经典散步丛书

旷思敛语
——极限自我随想

未 无 —— 著

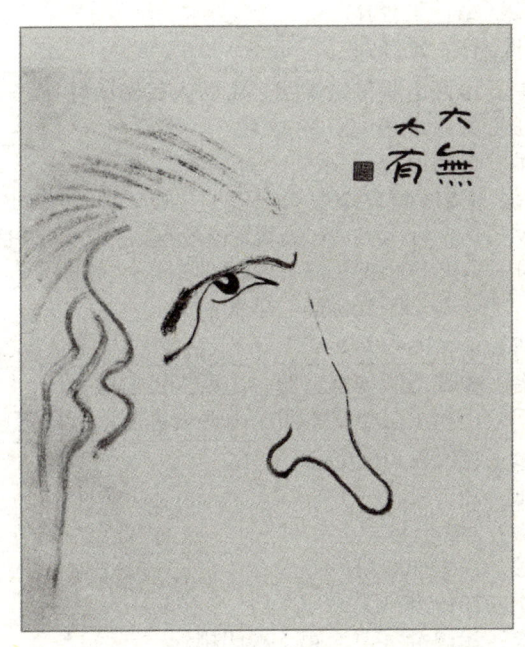

辉煌人生的至境　成就伟大的法则

山西出版传媒集团　山西人民出版社

图书在版编目（CIP）数据

旷思敛语 / 未无著 . —太原：山西人民出版社，2019.4
（经典散步丛书）
ISBN 978-7-203-10725-5

Ⅰ．①旷… Ⅱ．①未… Ⅲ．①随笔—作品集—中国—当代 Ⅳ．①I267.1

中国版本图书馆 CIP 数据核字（2019）第 029426 号

旷思敛语

著　　　　者：	未　无
责 任 编 辑：	贺　权　崔人杰
复　　　　审：	傅晓红
终　　　　审：	秦继华
封面设计插图：	奋　进
封 底 篆 刻：	张晋皖
美 工 操 作：	常红强
出 版 者：	山西出版传媒集团·山西人民出版社
地　　　址：	太原市建设南路21号
邮　　　编：	030012
发 行 营 销：	0351-4922220　4955996　4956039　4922127（传真）
天猫官网：	https://sxrmcbs.tmall.com　电话：0351-4922159
E - mail：	sxskcb@163.com　发行部 sxskcb@126.com　总编室
网　　　址：	www.sxskcb.com
经 销 者：	山西出版传媒集团·山西人民出版社
承 印 厂：	山西出版传媒集团·山西人民印刷有限责任公司
开　　　本：	720mm×1020mm　1/16
印　　　张：	32.75
字　　　数：	340 千字
印　　　数：	1—2 500 册
版　　　次：	2019 年 4 月　第 1 版
印　　　次：	2019 年 4 月　第 1 次印刷
书　　　号：	ISBN 978-7-203-10725-5
定　　　价：	78.00 元

如有印装质量问题请与本社联系调换

> 我与于铺仁老师机缘巧遇，已是本书我的征稿尾期了。他是一位最平常又最不平常的人。他好像兔子一样天生是一个逃亡者。把于老师的《金字塔边的随想》作为代序，也应该是特别的机缘吧。在此我还想说，对于老师，任何感谢的话都是多余的，所以，我就不把他列入感谢之列了。
>
> 为我了解书评的习惯和认识的朋友给有几位，

写在《金字塔边的随想》文本上的感言

CONTENTS 目录

001   金字塔边的随想
001   自序

第一章 常 约

002   心灵漫步
         心灵是有重量的,是会飞的。

010   让巨人耸立心中
         要感知伟人,就到山上去,到名山大川去。

015   帝王信命
         有帝王的信念,便有自己的王国。

019   异想天开成大功
         大物体要从远看。大事物也如此。

024   让上帝服你
         通向成功的道路不设禁令,是上帝规定的第一法则。

029　国王偷窃与我作检讨
　　　偷窃并不像太阳那样奉献光和热，所以只配得到冷酷的污点。

034　苏格拉底的心境
　　　"死也是很美的一件事"。

042　自信是太阳
　　　凡任大事者，心中除了太阳还是太阳。

050　文人无过
　　　邓拓的死，为历史也为现实，留下很多思考。

057　为大匠说句话
　　　如果把长城深埋到厚土下面，一样暗无天日。

063　手铐是自戴　怨不得钱与权
　　　手铐已经戴上了还不明白，戴上的不仅是手铐。

068　卑鄙与高尚的对比
　　　李真被枪毙了，据说肉体和灵魂都无处安放。

073　释尊指路
　　　倘若永远的未来世界，只有一个人被敬奉，大概是释迦牟尼。

081　为万世开太平
　　　离开进步和奉献，神便不再是神。

第二章　新　契

088　信念是上帝
　　　成功人生的首要保证。

目录

098　成仙后的新追求
　　　　在帽子下面，有一个可以超越神仙的巨能系统。

104　禅与梦
　　　　通向潜意识的桥。

112　"洞穴"探秘
　　　　人脑的"尚未发现"，比爱因斯坦的"相对论"还要石破天惊。

120　"冰山""电脑"及散步
　　　　在散步中脑可以给你更多无限。

126　脑怕不用
　　　　用脑由极限走向无限，不仅长寿，而且通神。

131　随便想想
　　　　本来赋予人类的无论何时何地无不可以随意的唯一功能。

137　读书经过来回想
　　　　像婴儿对任何东西总是用嘴品尝一样，读书人拿起一本书便进入一种境界。

147　世事洞明九问
　　　　人生问题中的"哥德巴赫猜想"。

154　一言之重
　　　　一句话开天辟地，日月星辰为之动容。

163　无商量的选择
　　　　如同太阳对大地的保证一样，"做个好人"是个人对自己的保证。

170　放私锁贪

　　"放私锁贪"没有写进市场经济的法典里,却有必要成为全方位践行的大原则。

第三章　铸　剑

176　写在人史边上

　　写在人史边上的是一些箴言。铸就这些箴言的是历史的血和泪。

182　人岂可与野兽同性

　　人与野兽谁更野蛮,目前依然没有给出确切答案。

188　拿破仑情殇

　　调情也是一门学科。

196　"才高八斗"×"拗"="X"

　　王安石掉进X里面引发的思考。

202　"国宝"谈"忍"

　　将季羡林的学问比作江水,"忍"便是广阔于大江的河床。

208　快乐:到前进中寻求

　　托尔斯泰是文学海洋里以自杀为终极追求的鲸鱼。

214　入境未必须自杀

　　没有框架的古今中外人生境界综述。

目录

222　手相学略说
　　　太阳下面的命运学。

227　孔子出国
　　　太阳从东边升起落向西边,孔子从东方升起升到西方。

234　老子为大
　　　心比天大的老子为自己造了一座很舒适的大房子,房子的名字叫做"道"。

243　鲁迅笔下的人镜
　　　鲁迅先生留给世人一面人镜。敢于对照的是常人,经常对照的是"战士"。

253　至　境
　　　苏格拉底至少有两个以上幸福快乐的世界。

258　中　和
　　　若问世界的东方和西方共同遵循的主导思想是什么?答案只有两个字:中和。

263　让宽容大行其道
　　　"宽容"应是人类法典的总纲,而要成为全人类的行为,必须人人都来张目。

第四章　览　胜

270　与众不同的符号——梵高
　　　由极限走入自由王国。

276 天才与天才的事业
    天之骄子与天地神交的"私生子"。
285 内外戏剧
    我的文学启蒙及其戏剧内外的一长串故事和理论研究。
295 蓝色幽默
    钱锺书的幽默是蓝色的。
302 玄学玄思
    一个比天高海阔更大的世界。
312 禅海蠡测
    无论站在外面，还是走到里面，都是无限。
322 石头寓言
    艾智仁教授的教具。
329 悬壶杂说
    傅山的副业、伽利略的仪器以及中医理论和故事。
334 酒苦茶香
    最耐品味的还是白开水。
342 浅叙丹青
    听听名画的声音，摸摸笔墨的韵律及其它。
350 书法中庸
    不仅是孔夫子的推崇、王国维的体会和吴清源的感悟。
358 大地小识
    由故事砌成的古今中外地理常识。

目录

364 　星空走笔
　　　　在银河村几个小庭院的散步与遐想。

373 　书事三叹
　　　　也像含饴弄孙一样，书里书外都有人间至乐。

第五章　奔　月

384 　世范
　　　　周恩来是大无其大小无其小的自然化身。

390 　巨星
　　　　爱因斯坦不是太阳，却是现代科学的光源。

399 　兼容并包
　　　　蔡元培的治学思想和人格风范留给北大的是更大的天空和地面。

405 　微笑可鉴
　　　　我渐渐读懂了胡适的微笑。

418 　妙曼优雅
　　　　证严法师的或坐或卧、或言或行、以至或生或死无不是"高级趣味"。

422 　项南五赞
　　　　项南酷似毛泽东的特点是：读书之余抽时间去工作。

432 　漫谈哈佛理念
　　　　"独立思想"对于学术内外，不仅是广阔的天地，而且是永远的希望。

439　务商冰鉴

　　胡雪岩的商经是政治智慧，是成功的大情怀。

449　与卓越为伍

　　杰克·韦尔奇从自信领航——个性彰显——绝处逢生——神奇解析——一路走向卓越。

457　王选选命

　　人生是一部大书，选择命运则是目录。

463　我钦佩的两个人

　　期货皇帝的吕不韦终归身败名裂。申纪兰以及陈忠孝平凡而本色的品格特别令人钦佩。

469　"只有我能做到"

　　无论是中国的主席还是美国的总统，对于把信送给加西亚的罗文都特别赞赏。

473　后记

金字塔边的随想
——读段爱民著《旷思敛语》札记

于辅仁

引 子

虽然没有给自己订过"书不读秦汉以下"之类的章程,但除了工作的需要,有十几年没有读过当代人的作品了。当代的散文,记得还是在九十年代初读过余秋雨先生的《文化苦旅》,但里面说些什么,至今已多半记不得了。只记得他写阳关、月牙泉、鸣沙山,文笔很美,再就是记得其中有一篇叫《道士塔》,把那位卖卷子给伯西和的王道士骂了个痛快,其余通通忘得一干二净。那以后,余先生的其他作品在书店里也见过不少,看一眼书名,过去了。别人的作品,也没有想过要读,书店里有时碰上偶尔翻翻,还是老实放回原处。不是摆清高,不是玩深沉,也不是怕花钱,而是精力不够。又记着庄子老先生的一句话:"吾生也有涯,而知无涯,以有涯随无涯,则殆矣。"常想到现在的书比庄子的时代不知多了多少倍,看看书店里的书山书海就不能不头晕,假若见书就读,似乎有几条命都不够用。而自己的生命大约活一百岁的希望几近于零,就算是能,以往不经意消耗的已经太多，所余下来的实在不敢随便开销。于是读书的范围不得不从以前的漫无边际，越来越收缩。一个朦胧的标准大约是，尽量只读那些不见得大家公认但至少是自己认为能代表人类智慧最高境界的书。这样一来，现当代人的作品就很难进入圈内，所以就出现了好久未曾读过的情形。

但最近不小心出了一次意外。因为工作的关系，读了段爱民著的《案劳随谈——做个幸福的文字工作者》的原稿，书是谈机关公文写作的，与自己似乎也没有多少关联，自然也说不上多感兴趣。可是稿子读完，却有一种不一般的感受，心里生出认识作者的愿望来。机缘凑巧，不久段爱民到太原，见过一次面就相识了，同时又从他手里接过他著的另几种书：《青山听雨》、《旷思敛语》、《旧屑新拾》。回家随便抽读了几篇，想必是中了蛊，便止不住想读下去。不只是读，边读，又边和作者短信交流起来，大约持续了一个来月……《旷思敛语》的内容看起来包罗万象，其中许多内容对我来说还相当陌生，我只好用避实击虚的办法，专拣自己比较熟悉的内容和他讨论。几个回合过去，了解越来越多，好像臭味相投，应了"惺惺惜惺惺"那句话，往来的信息也又几乎可以成书。于是庆幸生命中多了一个不可少的朋友。

读其书，想见其为人

太史公写在《孔子世家》末后的几句赞语，一直存在我的脑海，很巧的是，这几句话，段爱民在《旷思敛语》中也引了，大

约也可算是同频共振的明证之一,太史公说:

  高山仰止,景行行止,虽不能至,然心向往之。余读孔氏书,想见其为人;适鲁,观仲尼庙堂、车服、礼器,诸生以时习礼其家,余低回留之,不能去云。天下君子,至于贤人,当时则荣,没则已焉。孔子布衣,传十余世,学者宗之。自天子王侯,中国言六艺者,折中于夫子,可谓至圣矣!

  我读《旷思敛语》,也一直在"想见其为人"。我注意到,在书中,作者对古往今来的圣贤、英雄、天才、俊杰,总是表达着一种由衷的敬慕与钦佩,而且不计其宗教、文化及身份的差异。中国的孔孟、老庄、司马迁、六祖慧能、王羲之、曹雪芹、苏东坡、孙中山、毛泽东、周恩来、邓小平、李瑞环、鲁迅、蔡元培、陈寅恪、齐白石、梁思成、林徽因、钱锺书、季羡林、范曾、证严法师、申纪兰、陈忠孝、王选……外国的释迦牟尼、苏格拉底、耶稣、奥古斯丁、康德、叔本华、尼采、莎士比亚、托尔斯泰、梵高、泰戈尔、海明威、富兰克林、拿破仑、林肯、亚当·斯密、爱因斯坦、韦尔奇……这些名字在他的书中如同大小不等的星星,闪耀着强度不等的光。而作者则像一个虔诚的朝圣者,在每一尊圣像前都会行一个深深的鞠躬礼……我惊叹作者的谦卑与虔诚,同时觉得他的胸怀好生博大,说海纳百川,也不为过,又想,他是怎么做到的呢?待看到写蔡元培的一篇文字《兼容并包》时,才算有了一个初步的理解,再看到《让宽容大行其道》时,似乎更多了一份明白。有道是"有容乃大",我倒是想,反过来说"大乃能容"怕也是事实。不管怎么说,胸襟的宽阔与气象的博大，是我对作者的第一感觉。

《旷思敛语》的副题是"极限自我随想"，从这个副题，我想到作者追求的是人的价值与潜能的最大实现。全书的写作，在我看来也是围绕着这样一个中心。所以，古今那些道高德重智大才雄的人物就成了他持续关注的目标，成了他文章中不断谈论的对象。再从《成仙后的新追求》、《为万世开太平》、《至境》这些题目来看，我们就知道他的雄心是怎样的不同寻常了。

现在想来，《旷》书的这种取向，大约正是吸引我读完全书的一个重要因素。早年曾被马斯洛的著作吸引过，他谈论的人性能达的境界，自我实现，高峰体验，很让我向往。马斯洛把许多杰出人物共有的特点作了总结与梳理，为世人刻画出理想人格的样板，使心理学继弗洛伊德之后展示出一个很阳光的面貌。也许是由于马斯洛的影响，也许是再后来的人生经历，也许如同穷人羡慕有钱的人一样的心理，因为自己德薄，我对道高德重的人总是很向往，所以看到作者的这种向往神圣爱慕英雄的情愫，便由不得生起一种强烈的共鸣。我感觉到，整部《旷思敛语》中都回荡着一个高亢的旋律，激励着人向人生的顶峰攀登。作者的文字，显然是自己心路历程的一种记录，但对读者来说，却如同催征的战鼓，如同贝多芬的交响曲，让你血为之沸，心随之舞。我曾暗暗惊讶：在这个物欲横流、著书皆为稻粱谋的时代，怎么会碰上这样的书？

聚焦人生

王国维说：古今成大事业者都要经过三种境界：独上高楼，望尽天涯路。衣带渐宽终不悔，为伊消得人憔悴。众里寻他千百度，蓦然回首，那人却在灯火阑珊处。在《旷》书中，可以清楚地看到作者"独上高楼，望尽天涯路"的寻觅，也可以真切地感受到一种"衣带渐宽终不悔"的执著追求。从东方到西方，从古代到现代，从人文学科到自然学科，从儒释道到马列毛，从哲学到成功学、人才学、管理学、政治学，从禅的修养到耶稣的受难，从苏格拉底的死到陈寅恪的坚守学术自由……他都读了，想了，也写了。我猜想，作者大约想用来自四面八方古今中外的材料砌筑一座巨大的文化金字塔，金字塔的轮廓则用霓虹灯写一个摩天的"人"字。

可以说，作者是用了一种形象化、典型化的方法，写他的人生哲学。在《世范：自然品格的高大丰碑》中，他表达了对周总理人格的无限敬慕，每一个字都是至性真情的流露。我想，这不只是赞美周总理，而是赞美人类的美德，是一首美德的颂歌。在《妙曼优雅》中他写了证严法师的美好仪态及高品位内涵，显示了一种不同寻常的审美角度，这是作者给出的又一个人生修养的范例。在《国宝谈忍》中，作者巧妙地借一个大师来赞叹另一个大师，把老一辈学人人生修养的不传之密和盘托出，给人留下深刻印象，这有点像唐三藏西天取经。在《兼容并包》中，他借对蔡元培先生的叙写与赞叹，表达了他对理想人格的一个重要观点：要有海一样宽阔的胸怀。在《项南五赞》中，他用五个字赞项南，一赞其识，二赞其直，三赞其廉，四赞其诚，五赞其痴，同样是在借一个具体人物刻画他理想中的人。在《巨星》中，他写爱因斯坦的伟大，说道："人人可能发光，但不一定成为光源。一个人成为光源或许是自己的不幸，却是人类的大幸。……"写出了个人的成就与人类群体的息息相关。在《无商量的选择》中，他把做一个好人，作为人生的不可动摇的原则。而在《拿破仑情殇》中，则借对一位英雄的调侃表达了人生的无奈。所有这些，都是他对人的思考，对应当怎样做人，应当成为什么样的人的一种回答，是作者的人生哲学。他写绘画，写书法，写音乐，写戏剧，写电脑，写医道，写商道……每一门都给人如数家珍的感觉，都是娓娓道来，妙语如珠。而细想来，他说的其实都是人与人生。《星空走笔》写的是这个人的屋顶，《大地小识》写的是这个人的地板。《世事洞明九问》是写这个人处在人生这个迷宫中的迷茫，《洞穴探秘》写的是这个人的后院与地下宝藏；《成仙后的新追求》、《冰山电脑及散步》、《禅海蠡测》、《禅与梦》则是对如何开发宝藏、走出迷宫的构想与探索。《中和》是他给这个人设立的路标，《释尊指路》、《老子为大》、《孔子出国》是给这个人介绍向导；《人岂能与野兽同性》、《手铐是自戴怨不得钱与权》是指示这个人路上的地雷与陷阱。《让巨人耸立心中》、《异想天开成大功》、《自信是太阳》、《让上帝服你》、《信念是上帝》是给这个人传授成功的秘诀与人生的真谛。《最高要求》、《为万世开太平》则是给这个人指示顶尖的榜样，交待崇高的责任。《快乐：到前进中寻求》是告诉这个人生活的艺术。《蓝色幽默》是带这个人去幽默俱乐部的一次学习观摩。《酒苦茶香》是陪这个人在茶桌边度过的半日清闲。《读书经过来回想》、《书事三叹》是给这个人介绍读书治学的甘苦与前人的经验。《务商冰鉴》、《海尔成功外论》是给这个人讲解经营的战略。《卑鄙与高尚的对比》则是告诉这个人不同的人生走向与不同的结局……我惊奇，一个机关干部，整天有数不清的杂事琐事，怎么能读那么多不同种类的书？想那么多不同种类的事？顾及那么多纷纷纭纭的数据？我更佩服，他在海阔天空的神聊中谈的竟然都是人生哲理。

　　由此我又想到我们的文艺理论中对散文的定义，好像总叫人摸不着头脑。而我的脑子里曾冒出过一个关于"散文"的怪念头，觉得散文之"散"或许并非是从形式着眼，而是就内容来看的。散，不是对一篇文章说，而很可能是针对一群文章说的。彼此没有一个共同的主题，互不联属，各自独立，此篇说此事，彼篇说彼事，不能构成一个整体，这样一群文章，无以名之，就给"它们"一个随便的名字，叫作"散文"。散者，就是"零散"之意。由此推论，"杂文"之名或许原本也是这样得来，一群文章，内容庞杂，形式多样，没有定规，所以就叫它们"杂文"。这只是我的大胆假设，没有小心求证过，能否成立不敢肯定。假如这个想法有一点道理，那么，把庄子的文章叫"散文"似乎就不很合适，因为它们有一个共同的主题，都是在说"道"。对

《旷思敛语》，我想也可作如是观，近八十篇文字，乍看五花八门，无所不有；再看，群星拱极，都围绕着一个"人"字，不曾游离，哪里能说是散文？如果硬说是散文，再用上教科书里"形散神不散"的老套衡量，也可说是散文之极致了。

天光云影

人生，能达到怎样的境界，显示怎样的风致，大概除了先天的禀赋外，剩下来就全看后天的修养了吧？《旷》书的一个重大主题就是讲人生修养。作者从不同侧面来谈这个话题，有时候，是在自我解剖，自我反省，自我激励。而我觉得，许多话，似乎像镜子，照出人的病处；许多话，则是良药，给人很大的补益。随手展读，仿佛在听一位睿智的良师益友讲人生修养课，再再得到启发。

有人说，世间最难认识的是人，最不认识的是自己。铁的事实告诉我们，许多不成功、不愉快、不易越过的坎，总认为是环境不利，是别人给自己过不去。其实，根本原因却在自己。

我想，所有圣哲都是这么说的。

每当抑制自己的冲动，而不是激烈地与对方辩驳，自然地对他人的缺点显示出宽容，显示出善意，而不是斤斤计较，寸步不让，便是为世界和平贡献力量。

小处见大，并不夸张。好像给我在内的许多人把脉又免费开了药方。

性格的材料可能是水,可能是火,可能是金,可能是木,也可能是土,抑或是玻璃也说不定。是水,可以平静如镜,可以腾起细浪,也可以冲出沟壑,漫过山顶。是火,可以温暖如春,光华四射,也可以烈焰升腾,蔽天遮日。是金,可铸金戈铁马,气吞山河如虎,也可磨成引线之针,绣出锦帕一方。是木,可成绿树之荫,也会恶竹万竿。是土,可育出绿洲,也能扬起沙暴。玻璃美人是美丽的,是水做的,却经不住震颠,受不起火烤,日晒易爆,雹打易碎。

怎一个"精辟"了得?

人有才能和本事是好事,也是本分。拗什么呢?一拗,便等于自我相减,或者任何数与0相乘。

谨记。

做事还是留有余地的好,做人还是宽容、豁达一些好。

平常话,千斤重。三岁小儿或道得,八十老翁多难行。

人世间的道理千条万条,占据哪一条都未必高明。高明的选择只有一条:容忍有理。

高明。

仅仅把"忍"看作治家之道,看作行为克制,看作息事宁人的礼让,还是看小了。只有把"忍"提升到思想和行为修养的高度,修缮到自然天成的高度,才是一种美德,一种境界,一种智慧,一种难能可贵的品格。这样一种品格的形成,也像"庾信文章老更成",也像书法的人书俱老。

百炼钢化为绕指柔,非忍不能。

人生构成于举止之间。从点滴做起，将中国文化中传统的、现代的以及外来的一切优良与美好，点点滴滴渗透于日常行为中，既是普通人的本分，也是高尚者的追求，更是融伟大于平凡的必修课。

　　真希望编中学生教材的人也看到这些话。

　　相互尊重和共守秩序也是宇宙的一条规律。总把自己太当人，拿别人不当人，自己也就不是人。宇宙当中的星球大概比地球村的人要多吧，却从来互相尊重，各守本分，你吸引着我，我吸引着你，手拉手，共同走。一家子很少闹什么情绪，没有你给我一拳，我踢你一脚的时候。人这个万物之灵为什么做不到呢？

　　至理名言。每个人都应该想想。

　　命运在于选择。选择命运好像是天大的问题。如果从把握每一个瞬间做起，大问题就变成了小问题。

　　人生的路不管多长，多远，多复杂，都是一个个并不复杂的瞬间构成的。把握瞬间就是把握人生。人的一生不可能每一个瞬间都把握得那么好，但关键的几步是必须把握好的。

　　活在当下，是人生的最高艺术。

　　人活着懂得轻松，懂得放松，与懂得尊重人至少同等重要。……不懂得轻松，便是不懂得生活的真谛，不懂得幸福的真义。

　　诚哉斯言。

　　许多事无需外求，到内心去找即可。

　　道不远人。

金字塔边的随想

人生是向着光辉顶点不间断行进的过程。这过程只有驿站，没有末站；只有身前身后之分，没有开始终结之别。

看眼前花开花落，望天外云舒云卷。

信念是希望的种子，是成功的号角，是心中的第一个。信念的种子一旦生根，成功的大树便开始生长，上帝便始终与你同在。

信念不等于成功，但成功离不开坚定正确的信念。成功的信念在心中扎根，航行便有了导航系统，行进中便有了动力。

信念的上帝跟定终身，人生必然有所作为，甚至大有作为。信念对于人生，不仅像灯泡接通电路，甚至像掘进机上的动力系统。有了它，人生的进取和突破是很自然的事。

信为道源功德母，长养一切诸善根。

黑暗与光明同在，当断则断是好汉。

福祸相倚，勿为洒了的牛奶叹息。

据说，太阳自身承受了1500万度高温，才给世界万物带来温暖，带来生机。比起永远发光的日月来，一个人即便有点光和热，本已微不足道，再不谦虚、不努力，就更说不过去了。对日月精神真心佩服，尽可能为这个世界增光添彩，是人生的本分。

越伟大的越平常。

人世间的事千头万绪，人生的道理千条万条，归根到底一句话：征服自己或者自己被征服。

英雄征服了世界却不能征服自己，圣人征服了自己却无心征服世界。

蒸笼里的馒头，只有达到一定火候，才有香气冒出来。

为井九仞而不及泉，犹为废井。

人们往往看中的是结果，佩服的也是结果。一如此，便沦入成者王侯败者贼的循环论之中。我认为更应该佩服的是对信念的诚和实践信念的勤。这才是信念是上帝的真义。

因比果更重要。因为果是过去式，而因是未来式。

失败不是永远，成功没有终点。每一个成功，既是人生旅程的一段学习，一段实践，一段追求的阶段性小结，也是与命运抗争的一份战利品，一次对自我极限的刷新。对自我极限的追求是永无止境的，既不可中途止步，也不可骄傲自大和故步自封。

知此，则胜不致骄，败不致馁。

……

我想，如果把书中的这些格言至论全摘出来，也许可以成为一本现代箴言集，又想到，如果孔夫子的时代印书方便，他老人家的言论大约就要比《论语》多不知多少倍了。

生命的经纬

舍与得，是人生运筹中的一个大题目。一个人成为怎样的人，大约关键就在于他舍什么，求什么吧。对此，作者在书中讲了一个小故事：一个小孩把小手插入一个昂贵的古瓷花瓶之中，想尽办法取不出来。花瓶被打破后，原来孩子的手中紧紧抓着一枚硬币。书中写道：

金字塔边的随想

其实，在许多时候，成人并不比孩子更高明。一是对一些没有价值的事插手太深，浪费生命；二是对一些并不重要的东西抓住不放，造成痛苦；三是压根就分不清轻重，本末倒置；四是把一些并不美的东西当作美去追求，不懂得美的所在，更不懂得如何创造美和珍惜永不衰退的美。

想一想，古往今来一切伟大的灵魂之所以伟大，不就是因为他们舍弃了许多常人不能舍弃的东西，而全力以赴去追求最重要最值得珍视的东西吗？如作者在《释尊指路》一文中指出的那样，释迦牟尼"如果论拥有，金钱、美女、地位、荣誉、名声、权力，所有世人眼里羡慕的东西，他都曾充分拥有，并在文韬武略方面有过人之处。然而这一切他都毅然放弃，决然割断，毫不犹豫地将全部人生奉献于解除人生痛苦的伟大事业，毫无保留地投入无家可归的生活，投入苦修苦炼当中。"若释尊不舍王位，大约不会修行成佛，他的名字也会如人们从未听说过的其他印度国王一样，早已被历史的尘埃埋得不露一点痕迹了。但他没有恋栈所有那些无常的东西，而是去追求永恒，人类文明的星空中，才有了一颗光辉灿烂的巨星！反观我们凡夫之所以为凡夫，芸芸众生之所以为芸芸众生，不正是因为我们抓芝麻甚至是陈芝麻烂谷子而丢了金瓜？佛祖明明说一切众生皆有佛性，皆可成佛，只因妄想执著不能证得，这执著，不正如故事中那个小孩手中的硬币吗？只不过，有的硬币是名，有的硬币是利，有的是一个官位，有的是一个职称，有的是一个并不多么美的美女或未必多么帅的帅男，甚至只是碗里的一块肉，指缝里的一支烟……

在《王选选命》一文中，作者从另一个角度谈论了人生选择这个话题，表现了一个哲人的睿智：

命运在于选择。选择命运好像是天大的问题。如果从把握每一个瞬间做起。大问题就变成了小问题。

人生的路不管多长，多远，多复杂，都是一个个并不复杂的瞬间构成的。把握瞬间就是把握人生。人的一生不可能每一个瞬间都把握得那么好，但关键的几步是必须把握好的。

把握瞬间也是把握伟大。

退与进，舍与求，失与得，小与大，人生的艺术，都在这经与纬的交织中蕴藏着，而被作者的慧眼看得清清楚楚，剖析得明明白白了。

对中庸、中和的谈论，更显示了作者在哲学上的苦心孤诣与深厚修养。读读《中和》与《书法中庸》便可知晓。

探索：从极限到无限

作者在《自序》中说："我是主张人的能力、能量、能耐提高到极限，发挥到极限，扩张到极限的。"但同时，作者又清楚地意识到极限的墙壁："我曾决意打破语言秩序，砸开逻辑牢笼，凭思想任意飞翔。甚至像孩童玩积木一样，将构成此书的材料一脚踢翻；像傻姑娘洗青菜一样，大开水龙头任意冲涮；像洗麻将牌一样，将所有的铅字全部打乱，然后闭上眼睛重新组织。然而，海阔天高，仍然是鱼游水中，鸟飞水外，人的思维同样有限，蹦来蹦去仍在屋檐下的寸尺之间，宇宙飞船也无济于事。"

金字塔边的随想

如何突破这种极限？作者在苦苦思索，"有人说，卢梭和梵高作品最精彩部分，是精神错乱时产生的；庄子、老子，甚至正人君子之上的圣人孔子，也有令人不可思议的神经质表现。由此说来，文章要达到那样的境界，只有向神经病跨越。然而，在这深如死海，寂如死火，暗如地狱的入境处，我却犹豫徘徊，忐忑不安，心悸不已。既然无此勇气，便只能如此而已了。"在这里，作者是通过自己的亲身体会，提出一个人们普遍遇到的问题：人的最后极限在哪里？我们如何去突破那些限制我们的壁障？

说到极限，想起圣经中的一句话来：人算什么！？如果就体能而言，奥运会的田径冠军也跑不过鸵鸟与猎豹，游泳冠军也游不过海鲨，举重冠军比不过大象，跳高冠军比不过猢猴……就感官而言，我们看不见红外线紫外线之外的光谱，听不到超声次声之外的声音，蝙蝠能听到的声音我们听不到，距离稍远一点的，我们也看不到，听不到。我们的鼻子远不如狗的灵敏，皮肤却既耐不得大冷又经不住高热……如果就大脑的思维、智力论，似乎人比动物要高明许多了，这是人类常常引以为自豪之处，然而，再一想，人的所思所想，还不是自己见闻范围内的东西吗？再善于思考的人，也只是在加工大脑中业已输入的信息而已，谁又能超出这个？摸象的盲人都有大脑，他们想到了什么？苏东坡《日喻》中的瞎子能把太阳想象成蜡烛与盘子，也就算不错了。而如果想到人的寿命这道铁门槛，长寿者也不过以米茶来论，似乎就更没有什么可骄傲的。作者在《宁静致远通论》中写过这样一段："柏拉图有过一个比喻：整个人类就像是这样一群人——身上戴着枷锁，躲在黑暗的山洞里，背对着光线，身后有一堆火，他看到的只是墙上的影子。"柏拉图所说的这种人类的局限，庄子表达得更为直接："朝菌不知晦朔，蟪蛄不知春秋，夏虫不可以语冰。"他还把囿于感官见闻之知的众人比做井底之蛙，无法想象东海之浩大；比作在篱笆间飞来飞去的小鸟，不会理解其翼如垂天之云的大鹏。王重阳则用了两句诗来概括："井蛙应谓无龙窟，篱鷃安知有凤巢。"

想起作者在书中引用的一句格言："人类一思考，上帝就发笑。"上帝为什么发笑？作者说："据我分析，是笑人类的愚昧和野蛮"。我对这句格言的理解与作者稍有不同，我想，上帝发笑的意思也许是说：人类啊，别以为你的小脑瓜无所不能，别以为用思考可以找到真理。就如你不能开着奔驰冲上珠穆朗玛峰顶，你也不能用思维之网捕住真理之鸟。

是啊，每个人都会思维，但每个人思维的起点、方式都不一样；所以面对同样的事实，不同的人会得出不同的结论，这不能不让人惊恐。正如作者所言："历史是人写的，写历史的人各有各的性格。一位老友告诉我，千万别相信历史，眼见得我们过眼的历史，在史家笔下百人百史，相信谁呢？只能相信自己的眼睛，甚至自己的眼睛也有眼花的时候，较为可靠的是货真价实的良心，但又到哪里去找呢？"(《写在人史边上》)在这里，可以看到，人的头脑，思维，是多么靠不住。联想到"实践是检验真理的唯一标准"这种看似天经地义的论断，如果进一步考量，在许多时候大约也只能骗骗大家伙儿的头脑，或者是作为事后诸葛亮的法宝。因为事实只能是人眼中的事实，实践只能是人观照中的实践。只要人的眼睛走样，事实、实践也必定随之走样。而许多事，当被实践检验明白之后，熟饭再也变不成生米，舟也不再是原来的木了。刘少奇死了，陶铸死了，张志新死了，傅雷死了，老舍死了，许多人死了，多年之后，实践证明文革错了，这样的真理岂不是太贵了？但我们似乎无可奈何，因为这里遇到了人的极限，连"英明领袖"也不能例外。

在这里，人的可怜暴露无遗。作者在《世事洞明九问》中写道："一是同样简单的事，一成为当事人，就容易犯糊涂。二是事情再稍微复杂一点，就可能弄不明白，还自以为明白，或者不乐意承认自己不明白。三是许多事是事前不明白，事后明白，是常言中的曹操计谋，慢了一步；自己不明白，别人明白，与台上的疯子台下的傻子又有些不同。也有的事是事前较明白，事后反而不明白。本来很简单的事，处置起来往往本末倒置，也是常见的现象。因此经常听人说'那样简单明白的事怎么会办得如此糊里糊涂。'由此看来，做到世事洞明实在不是那么容易。"

难道人类只能这么可怜，这么无可奈何吗？有没有一条可以突出重围的路？

《旷》书的作者背负了这个巨大的课题，进行了辛勤不懈的求索。他参研古老的经卷，也检阅最新的科学报告，请教德高望重的长者，也叩问山野的樵夫与牛背上的牧童。他把自己探索的经历与收获写成了翔实的报告，满怀信心地告诉人们：人类并非只能如此可怜，极限是可以超越的。

他写道:"尼采说:'人之所以伟大乃是因为他是一个桥梁,而不是一个目标'。这个桥梁虽然一头连着动物,另一头却联着超人。"他又借科学家钱学森的话给人们传递了这个重要的信息:"如果把人体科学的研究成果运用到培养人方面,把人的潜在能力发掘出来,不仅是人人皆可为圣人,而且是人人皆可为'神仙'了。"他肯定地写道:"现在普遍讲开发,其实世界上最大的开发区就在你的帽子下面,如果没有戴帽子,那就在你的脖子上面。""剑桥著名天文学家阿瑟·爱丁顿爵士早已郑重其事地指出,'真正值得我们研究的世界乃是存在于我们自身的世界。''一个人应该运用天性中的高级官能,只有如此,这些官能对我们来说才不再是死胡同,而是通往精神世界的大道。'这个'大道'就是通向超人、神仙、以及超级神仙的通道。"

希望常常就在绝望的背后藏着。作者的上述研究结论无疑是卓有见地、极有价值的。想一想,柏拉图既然说人如同在山洞中戴着枷锁的囚徒,那么,岂不是意味着,一旦打开枷锁,人就可以走出那山洞,看到外面的世界吗?庄子既然说朝菌、蟪蛄、夏虫、井蛙、篱雀的可怜可笑,那不就意味着还有更高的境界,等着人类去攀登去发现吗?

但仅仅看到希望并不够,超越极限的路到底应如何走,才是最最重要的问题。作者意识到了这项工作的复杂性:"有着神奇脑能的人体是个巨能系统,其无所不能的开发前景十分广阔。这种巨能从正反两方面讲,可以铸造辉煌,也可以毁灭世界。这就向研究人的潜能的科学家及全人类提出一项重要使命,把这一巨

金字塔边的随想

能系统的潜能充分挖掘出来，光扬开来，让人具有超人、神仙、超级神仙的本领。同时，也给人文学家提出一项光荣而繁重的任务，研究出一套有效的修养方法，包括有效的自我控制和约束机制，确保一个个巨人竞相铸造辉煌而不做任何不利于和谐发展的事。"

透过《释尊指路》、《禅海蠡测》、《禅与梦》、《老子为大》诸篇，可以看到作者在生命的荒漠中为了探测超越极限之路留下的串串脚印。可以看出，在那一片浩瀚的荒漠中，作者付出了巨大的努力，有迷惘，也有惊喜；有困惑，也有发现。从这些探测报告中，得到的一个印象似乎是，作者看到了前人留下的脚印，但再往前，看到的却是漫漫黄沙；他也听到不少关于那条路的传闻，但追根究底，却又恍惚迷离，不能确定传闻有多大的真实性……似乎那条路不仅难找，即使找到了也很难行走……

我也曾听先知说，确有一条奇特的路，由这条路，人类可以从有限到达无限，从有形到达无形，从必然王国到达自由王国。

先知说，那是一条转凡成圣之路，是从小人变为大人的路。大人已打开了身上的枷锁，走出了山洞，看到了无限精彩的外面的世界，有高尚的德行与超凡的智慧，所想所做都合乎天道。"与天地合其德，与日月合其明，与四时合其序，与鬼神合其吉凶。先天而天弗违，后天而奉天时。"

先知说，人人都可以走这条路。

但这条路无法从书本中找到，只有在一个可靠的向导的带领下，才能找到。

先知还说，一旦找到真正的向导，那条路，并不像传闻的那样艰难险峻，而是至易至简……

因为这条路不在外面的地上，是在心灵的天空。正如《旷》书的作者所说，"无需外求，到内心去找即可。"

我还听说，如同出国须要办理签证一样，进入永恒与无限的自由王国也须要办理签证。签证不看地位、财富、知名度，只看德行，总统、国王与富翁常常被拒之门外，秦皇汉武也不例外，而贫民获得通过却并不稀罕；也不看学位与职称，博士教授并不比文盲优先。希望获得签证的人须接受神圣的洗礼，走圣贤指引的路，孝悌忠信，礼义廉耻，慈悲博爱，珍惜生命……不愿改变恶习的人不能进入那个自由的国度。

洞见：音乐与神圣的关联

天才，大约就体现在他们拥有常人所不易具备的某些能力，而其中，卓识与洞见，则是最值得珍视的东西吧？在《旷思敛语》中，不时地可以看到卓识与洞见的闪光。而最让我惊讶的是关于音乐的谈论。

在《天才与天才的事业》中，他写道：

高妙的音乐是天才创造的极品，也是天才与天才神交的神品。达此境界，音乐才是至高享受，至高修养，至高沟通，是圣之至者也。无怪乎英国的神学家托马斯·比瑟要相信音乐感动人心的魔力和人类欣赏音乐的能力都是上帝的赋予。原来音乐，或者说唯有音乐，才真正是可以充分展露天才，可以使天分很高的人达至至神至圣的境界。

我完全相信，音乐感动人心的魔力和人类欣赏音乐的能力都是上帝的赋予；我也相信，音乐可以使天分很高的人达至至神至圣的境界；我还相信，天分不是很高的人，也可借由神圣的音乐迈向神圣。

但我想象不出，作者的这种洞见是如何形成的。把音乐和至神至圣的境界联系起来，我总觉得这不是常人能说出来的。

作者又说：

美妙无比的音乐是生命的无价之宝，是天才的生命和产生天才的原生命。生命中没有音乐，将无色、无味、无光，将成为毫无生机的死生命。

有人说，爱乐使人崇高，使人完整。……歌德则说"不爱音乐，不配做人"。"只有对音乐倾倒的人，才可完全称做人。"

把圣洁的音乐视作生命的人说：欣赏音乐是幸福的最高感受，接受音乐是人类的最高教育，没有音乐则将成为人类最大的悲哀。

古典音乐动荡血脉，通流精神，是生命发展的大道，文明进步的阶梯。

世界上再没有什么比高尚的灵魂更神圣了，音乐则是天使的语言，是圣洁灵魂的音符。

在《巨星》一文中，作者进一步阐发了他的音乐观：

我曾说过，音乐是天才与天才的事业。这句话包含了三层涵义。其一，音乐是从天才的头脑中流出来的圣水；其二，音乐的圣水滋润天才的头脑；其三，圣洁的音乐始终与天才相伴和同行。

是伟大的音乐激活了产生相对论的脑细胞，也是伟大的音乐打开了流出相对论这清泉活水的闸门……

当我读到这些谈论音乐的文字时，实在说，心中产生了一阵颤抖，仿佛有一阵电流涌过。"音乐是天使的语言，是圣洁灵魂的音符"，这是人说的话么？我疑心这是天上来的声音。

我从遥远的远古得到过同样的信息：音乐能使人变得神圣。只不过，音乐与音乐有一点点不同，有有声的音乐，外在的音乐，还有一种是无声的音乐，内在的音乐。

我问过西方的先知，如何才能超凡入圣？他们告诉我说：

凡有耳的，都应当听！（《圣经》）

不是语，也不是言，是听不到的语言；它们的声音传遍普世，它们的言语达于地极。（圣经旧约《诗篇》）

看哪，这不过是神工作的些微，我们所听于他的是何等细微的声音，他大能的雷声谁能明透呢？（圣经旧约《约伯记》）

因为在太古之始，我们均一同分享此一孕育万物的神圣生命源流。并且，当天国的太阳高挂之际，你应追溯神圣的音流。那是你应让耳朵倾听的神圣音流，因为只有在静默中才听得到它。想想在沙漠中骤起的暴风雨后产生的溪流，以及湍急流过时的咆哮水声，这正是上帝的声音。如同经书所载，宇宙源自这个音流，这个音流与上帝同在，祂就是上帝！祂一直都在我们内边，我们听而不闻。所以，在正午的寂静中倾听祂，沐浴其中，并让上帝乐音的节奏敲击你的耳朵，直到你与神圣的音流合而为一，神圣的音流将会带你进入天父的永恒国度，那里是世界旋律的升降之处。(《艾赛尼派的和平福音》)

我问过道家的祖师，怎样才能超凡入圣？

庄子说：

专心地去听，不是用耳朵而是用心去听，也不是用心而是用气去听。(《庄子·人间世》)

在冥冥中去观照，在无声中去聆听。然后在冥冥中看到光明，在无声中听到美妙的音乐。(《庄子·天地》)

淮南子说：

有声的声音，超不过百里；无声的声音，遍满宇宙。(《淮南子·缪称》)

吕洞宾说：

坐在那里聆听无弦琴弹奏出来的音乐，你会明了造化的秘密。(《吕祖百字碑》)

丘处机说：

有一种奇妙的音乐缭绕不断，既像是笙又像是角但又都不是。那金玉般的天音绝无靡靡之气，清和畅美如同甘露浸润聆听者的心灵。我自从得到这个声音，天地鬼神都来相助，乘着这个妙音上天入地超越时空。在极乐的境界中我纵横自在，无拘无束，从此再也不想贪恋尘世的荣华，也不再有苦恼和屈辱。在悠闲之中泥丸宫内唱着阳春白雪之歌，在寂静里耳畔弹奏着超世界的乐曲。这曲子都是自然而然，不是有孔的管吹出也不是有弦的琴弹出。得到这个妙乐后我从浮生大梦中惊醒，昼夜不断都有清扬的大音遍满内外。（丘处机《青天歌》）

我也到佛祖的法会上问过文殊菩萨，如何才能超凡入圣？他告诉我：

要观内在的大音，那清净的声音如同海潮一样。这个声音可以帮助世间的人获得安宁，也可让人超越这个世界安住于极乐。你要反转你的听觉，闻听内在的自性，这个自性就会成为无上的大道。这是恒河沙数的佛获得涅槃的微妙法门，过去的佛是修这个法成就的，现在的各位菩萨，也是修这个法门进入圆满的开悟之境。未来修学的人，也应当依这个方法来修。我自己也是修这个方法取得成就。观音菩萨修的这个方法是最殊胜的。（《楞严经》）

我也问过印度教的圣哲，如何才能超凡入圣？他们同样说到那个奇妙的声音，并告诉我：

那个声音就是'大梵'，那个声音就是'无上'，人若能了知这个声音，他的所有愿望都能实现。（《羯陀奥义书》）

这个声音，是不灭的，是无畏的。谁能进入这个声音，就能无所畏惧，永生不死。（《唱赞奥义书》）

人就凭这个声音化入'自我'！这就是上天的最高秘密！知

道了这个，就得到天上的权威！（《摩诃那罗延那奥义书》）

我还问过儒家的圣哲，如何才能超凡入圣？他们对我说：

要用圣人制定的礼则来规范自己的行为，要用神圣的音乐来治理自己的心。这样治心心就能变得平易、正直、坦诚，心变得平易、正直、坦诚，就会快乐，快乐了就安稳，安稳了就恒定稳固，如如不动，这样就能合乎天道，合乎天道就超凡入圣神。合乎天道的人不用开口说话别人也会信服，超凡入圣的人不发怒也有威严。（《乐记》）

这个神圣的音乐，是内在的；而礼则，是外在的。（《乐记》）

我问那是什么样的声音，圣哲说：

那是敲击金玉的声音，得到这些声音，就是得道。金声，非常美妙；玉音，就是神圣的了。只有得道的人才能听到这种金玉的声音。（马王堆汉墓帛书《德行》）

大成就者，才有这种金玉之声。（同上）

圣哲还说：

什么是道？道就是藏于耳内的圣德。就是那个神圣的声音（同上）

了知人道叫作智，了知天道叫作圣。圣就是声。……圣这个名称，是依据声音来的。（同上《四行》）

圣的意思是通，是道，是声。（《白虎通·圣人》）

我还问过一位印第安圣者,如何才能超凡入圣?他也讲了声音的秘密:

那是一种不能被普通人的耳朵听见的声音。我们只能靠'心之耳'来辨别它。这是从未有人听到过的造物的声音。没有这个声音,什么东西也活不下去,因为万物都要靠它来激活。春天新长出的树叶发出这样的声音,当生命孕育,新的生命诞生时,也会发出这种声音。当地球诞生,我们开始以现在的人类形式出现时,也有这种声音。这也是蕴含在我们身体内部的造物的声音。这是美妙的音乐。

我想起老子说的"大音稀声";想起曾看到一本书上说,古希腊的壁画上,风度翩翩的神仙和可爱的小天使手中拿的不是竖琴就是排箫;想起敦煌壁画上的飞天总是带着乐器,在她们飘然飞动的身后,洒下的是一串串音符;想起佛寺山门里的天王们常拿乐器作为降魔之宝,想到毕达哥拉斯也总谈天体的声音,苏格拉底也常听到一种奇妙的声音……

我想到,中国古人创造的"圣"字中,有一个耳字,既然不是偶然,老子的名字中有两只耳朵,或许也不是偶然。……

我从一位佛家的圣师那里还听到一个惊天的秘密:那个声音有一个伟大的名字——"佛性",而一位道家的仙人告诉我,那个声音又叫"元始天尊"。

我跟着"旷思",却忘了"敛语"。

然后又想起作者的话来:

美妙无比的音乐是生命的无价之宝……是生命发展的大道,

金字塔边的随想

文明进步的阶梯。

唯有音乐，才真正是可以充分展露天才，可以使天分很高的人达至至神至圣的境界。

音乐是天使的语言，是圣洁灵魂的音符。

（于辅仁　山西人民出版社资深编辑）

自序

天崩地裂,
横空出世。
惊呆了野草,
惊飞了海燕,
惊醒了老子!
惊出我一身冷汗。
我从梦中醒来:
旷·思·敛·语
像四块砖头
压在胸前。
我连忙问心:
梦中何以出此狂言?
转而却思:
人啊,真是可怜。

  写这样一本书,虽然经过长期积累,却是一次讲课引起的。那还是2002年初,单位举办技术、营销、写作训练班,我以《升华生命,铸造辉煌》为题,讲过一次课。讲稿印过百余份,想看的，随便拿。拿完之后，仍有朋友问起，这无疑是个鼓励。有此鼓励，便产生写书动意。

　　要动手写了，再看讲稿，不免生出感叹。刚刚过去三年，变化竟如此之大，一些原以为有新意的话，已经不想那样讲了，材料也有堆积之感。既要出书，只好重写。

　　开笔当初，只是随兴写来。思想上有依宗又没有依宗，既有马克思主义多年浸润，中国古代文化长期熏陶，也有西方古往今来哲学大师、文化大师、企业名流的影子来争地盘。

　　这样，从我笔下写出来的似乎是人生哲学散论的东西，看过的朋友说是古今中外文化荟萃。我说，不敢有此奢望，不过像牛羊漫山遍野吃草，挑挑拣拣，随其所意粗吃进去，并不消化便吐出来，把倒嚼的工作留给了读者，好处是减少读者部分翻检之劳。若问说了些什么，明确要表达的主题是什么，便只能似是而非地搪塞过去。虽说似是而非，却也反反复复，写写改改，显然意向与追求是有所本的，只是难以转述罢了。

　　不知不觉将近一年过去了，七十多篇相互并不连贯的东西就这样形成了。于是，又根据"心要放开，意要收住"的初衷和"意广言简"的要求，写下"旷思敛语"四个字算作书名。为读者查阅方便，却也大体分类，编为五辑。

　　然而，一边想着这语意不确定的四个字，一边又想，这算作书的东西，虽然内容庞杂，并有自己某些方面的感悟，但毕竟是说"论"不"论"，说"言"不"言"，说"话"不"话"，说"语"不"语"的随意流露，还构不成完整意义上的人生哲学散

自序

论,更不敢说是诗化了的人生哲学,只是追求极限的意图和意蕴比较强烈和急切罢了。于是便又加了个《极限自我随想》的副题。我是主张人的能力、能量、能耐提高到极限,发挥到极限,扩张到极限的。

要说体裁,虽然力求融理性思维与形象思维于一体,并用了杂文笔法,却既非杂感式的小品文,也与类似小说的笔记,类似杂谈的"说话",都有些不同,只是个有论有谈、东引西联的杂货摊子式的随笔。或许,这也是为文的一种罢。

说到为文,我尤其推崇"百炼钢成绕指柔"的洗练、纯净、柔韧和狂而放之的广博、开阔、宏大;总是神往于思想的深邃通透,品格的自然洒脱,神韵的淡雅飘逸。认为作文就应该像孔子学琴那样,从曲调、结构、意蕴,到作者的为人、形貌,一直追上去见到那位"皮肤黝黑、身体颀长、称王天下"的周文王。这样,像孔子于琴的音色中见到周文王一样,在文章中见到毛泽东与曹操、鲁迅与嵇康、苏东坡与陶渊明、李白与屈原、颜真卿与王羲之、司马光与司马迁、庄子与老子,最后让读者看到"灯火阑珊"下的作者自己。

受孔子学琴的启发,我在读书与写作中始终留意着。从览两司马史书,吟苏辛诗词,观二王法书,到读罗伯茨的世界文明通史,时时感受到其意也深、其文也宏、其气也大。包括读鲁迅的《野草》,巴金的《随想录》,季羡林的《三真之境》,钱锺书的《管锥编》,都会笼罩在似至大,似至小,似至深,似至美,似至喜,似至悲的感觉中。这不是天上人间,却是至上品位;不是芳香四溢，却有馥郁气息。这是什么？我说不出，却能听到、闻到、呼吸到、感受到。我向着它们大步追过去，大口吞食着。然而，无论我的步子有多大，吞纳有多贪婪，永远置身其中，就像地球置身于宇宙，不知何处是上，何处是下，何处是前，何处是后，何处是左，何处是右。我好神奇，我好惊讶，我无话可说！

我竟有着如此强烈的感受，写出来的文章暂时还没有"我"，是由于我目前还前进在"留意"阶段，没有上升到"无意"层次。然而我坚信，神奇不是虚无，奇妙不会无形。我切切实实体会到，淡雅不一定只是小桥流水，也包括浩瀚高邈，而要自拓衢路，去除陈腐，第一便需狂放。无此，便没有个性的纯度，历史的深度，时代的高度，没有古今中外文化的大交汇，没有水乳交融的匠心之运。由于有此神思，有此追求，有此上下求索的信念，我对文字的驾驭时时有只配使牛偏要驭马，甚至千里马也敢试骑的感觉，即便是因学养不足，难免错误百出，依然放胆去写。也许这便是心比天高的狂放吧。

说到狂放，古狂莫过于庄周，今狂莫过于李敖，钱锺书也狂，尼采也狂。倘若依着《厚黑学》的思维定势，就像厚黑到家则"厚而无形，黑而无色"一样，真狂放就应该狂而无际，狂不显迹，狂到至大至小，无大无小。庄子"以天地为棺椁，以日月为连璧，以星辰为珠玑"，尚不是无边无际；李敖自封为"五百年白话文第一"，文章却不及庄子汪洋恣肆；钱锺书被外国人与万里长城相提并论，其终身追求也就是中西文化的穿洞与架桥吧；尼采居然有"用一句话说出别人一整本书说不出的话"的自

自序

讷，敢在盛行上帝的世界宣布"上帝死了"，应该说狂的可以，但仍不是无边无际。只有老子不是在比宇宙还大的"道"，就是于不知其多大的"有""无"狂来狂去，真正是无边无际啊！

我敬佩他们，同时感觉到任凭圣哲真人、神仙至尊，驾驭宇宙这万里马也有力不从心的一面，不是自然而然，万有归无，而是留下狂的痕迹——也即似是而非、不着边际的感觉。也许这只是我的感觉，但我确实有这样的感觉。进而又想，最狂的恐怕是老子，最不狂的恐怕也是老子，按他的驭术，应该乘过隙之白驹，但别人骑马，他为什么偏骑慢吞吞的牛呢？这不是虚怀若谷、心无时空是什么？

回头又想，了解巨人的心思和心血谈何容易，绝不是"狂放"二字可以涵括。坚冰下面有热流，狂放里面有着不寻常的劳动。我想，狂放对于巨人，是一生与自然相乘；对于常人，是十八彻管道出十流量水相比，均有造化之秘蕴含其中，是值得永远探索玩味的。

除此之外，也竟自我宽心：伟人的话也不句句伟大，圣人的话也不句句神圣，神人的话也不句句神气十足，小人物的话偶尔也许是此刻人类中最伟大的哲言。有了这胡思乱想作支撑，便无所顾忌地放言。

我曾决意打破思维常规，突破语言秩序，砸开逻辑牢笼，凭思想任意飞翔。甚至像孩童玩积木一样，将构成此书的材料一脚踢翻；像傻姑娘洗青菜一样，大开水龙头任意冲涮；像洗麻将牌一样，将所有的铅字全部打乱，然后闭上眼睛重新组织。然而，海阔天高，仍然是鱼游水中，鸟飞水外，人的思维同样有限，蹦来蹦去仍在屋檐下的寸尺之间，宇宙飞船也无济于事。

有人说，卢梭和梵高作品最精彩部分，是精神错乱时产生的；庄子、老子，甚至圣人孔子，也有令人不可思议的神经质表现。由此说来，文章要达到那样的境界，只有向神经病跨越。然而，在这深如死海，寂如死火，暗如地狱的入境处，我却犹豫徘徊，忐忑不安，心悸不已。既然无此勇气，便只能如此而已了。这也许就是我的文章仅此而已的大原因。

我的心就这样混乱着，思想就这样矛盾着，处于"以其昏昏"的状态，只有不明不白的感觉，却也竟以思想上有多少矛盾就产生多少艺术，世界本来就不清不楚为理由，把这不清不楚摄取下来，原汁原味赠送出去。

然而，虽然不清不楚，不明不白，却有一点是清楚明白的，就是我们生活在一个最好的时代，不是这样一个最好时代，怎么可以随其所意放言呢？

反过来又想，能如此畅所欲言的好时代毕竟不多。正因如此，文人的狂放大概也是压出来的。鲁迅先生作为尼采的推崇者，马克思主义的艺化者，国人灵魂的画匠和圣手，心中有话要说，却借狂人之口，写下十三篇《日记》，恰好与《孙子十三篇》同数，大有深意；曹雪芹要对他生活的被我们称之为封建社会的那个时代，作全景式的夺目的描绘，却说是石头大哥的"满纸荒唐言"，只敢以"通灵宝玉"寓言要义；苏东坡描绘"老桧树"的诗，碍着朝廷什么了，却被打入大牢，贬谪海南，有人说这是小人牵着大师，大师牵着历史，这话太客气了，应该是皇帝像玩泥丸一样拿捏着大师；司马迁不就是为国家利益说了一句负责任的话吗？就被去势了，连累汉武帝干下一件最丢中国人脸的事，至今"最下腐刑极矣"的撕心裂肺之声还通彻天地回荡着；屈原的《离骚》虽然放纵不拘、神奇古怪，却是怨恨不满、忧思伤痛铸成的满篇血泪。不是社会黑暗如此，怎么会有如此悲愤的辞章呢？

诚然，文人总是最敏感而又最多事的，水冷水暖他先知，别人不想他先想，别人不痛他先痛，别人不叫他先叫，别人无事他有事，别人的脑袋牢牢长在脖子上，他的最要命的一段却可能一分为二。

因此，文人的道义、文人的责任、文人的敏感，加上环境的压迫，若是神笔圣手，掌一枝生花妙笔，便会有光彩夺目的文章问世。有庄子神游，屈子赋骚，司迁绝唱，也有红楼夺目，呐喊惊天，管锥行世。这是文人的血，这是文人的命。

我不是文人，更不是哲史家，心既愚钝，笔又笨拙，却也对人、人性、人能、人生有些感受，并读过一些书，形成一些感想，已有的便是这几十篇微不足道的随谈。

夏秋之季本不是冰冻的季节，为了这随笔，我的心、我的思绪也曾冰结于一个个瞬间。

闷热的夏天，几乎令人窒息，我在窒息间喘息，在喘息中随想。清爽的秋天，又送来惬意，我在惬意中痛苦，在痛苦中兴奋，写下这既非痛苦也非兴奋的随笔。

人生是漫长的，又是短暂的，我的思绪在漫长与短暂中徘徊，在徘徊中集聚、凝固。

虽说漫长于痛苦，短暂于幸福，这仍然是一种感觉，而我却憎恨自己无知无觉。

又说无论痛苦还是幸福，都在于发现，发现什么？怎样发现？我只能苦恼于无所发现。

还说发现并不等于幸福，或许还会增加痛苦，但肯定是成功的开始。这倒对天机有一丝窥探，然而窥探了天机，依然并不等于幸福。

不以物喜，不以己悲，毁誉不计的气度，是我钦佩的；安于平凡，却努力走出平庸，不计较个人得失，却渴望充分发掘自身潜在能力奉献于社会，更是我主张追求的。

写完这篇《自序》，我的心好沉，沉到像磐石压着，铅球坠着，我从竭尽全力的挣扎中拼出两个字：极限！

这说明我已尽了自己的努力，不过也只是尽力而已。

段爱民于2005年秋记于旷世书屋

第一章 常 约

心灵天地常新美　琴声深处颂太平

人生道路上每一次失败，都是成功乐章的一个音符。智慧来源于失败。确立坚定不移的成功意识，是一个人一生最基本、最重要的决定，是与上帝的契约，是成功的通行证。

心灵漫步

> 将成功与非成功用两色线表示,成功应该是一条红线,不成功则是一条黑线。在以宇宙为背景的人生中,抓住哪条线,在于心灵昭示。

我不知道心灵与事物之间是否有一根线连着。我想,大概有吧。将成功与非成功用不同颜色的两根线表示,成功应该是一条红线,不成功则是一条黑线。一条通过挫折走向成功,一条因为丧失信心被拉入困境以至失败之谷。

我梦见睡在雪地里。一道白光由白雪中升起,直接天宇。我竟不知道是这光上升接于天宇,还是银河下泄挽住大地。细看,周围有帐篷,洁白如雪,几乎分不出是篷还是雪;似乎还有音乐,分不出是孔子用素琴弹出的圣者之声,还是海顿用树皮吹出的百鸟和鸣。我对天地一无所知,对古今一无所知,对音乐一无所知。

我好像是在醉酒中,朦胧看到,银河与大地相接,白光与白河交叉。看着,看着,随着呼啦啦一声响,大地上升,高天下降,将近相合时,突然出现一个不知是太阳,还是月亮的圆盘。这盘没有光射出,也没有亮映雪,死火一样罢了。随着这死火一样的东西放大,竟上承银河,下连大地,分不出是盘、是地、是雪。隐隐听到在很遥远的地方,有人惊呼:心灵!无所不在的心

第一章 常约

灵，无所不容的心灵，无所不能的心灵。

好像是佛祖说过"云何降伏其心"。将这个能随想，能梦想，能幻想，能痴想，也能妄想的心降伏，就一定是佛的本意？

我不知道育成这心的是晶莹的雪，是闪光的沙，还是透亮的玉。我好像记得五千年前有人就说过，白雪下面有红沙，红沙下面有蓝田玉。这心若是白雪做的，太阳一晒，会变成水，我则主张变成一道白色的光，与银河相接；若是红沙做的，沙中有水，有风，有血，有引起核变的铀，我则赞成它爆炸，四处散开，与天地同一；若是蓝田玉做的，虽润如含珠，娇弱如水，却也暴烈如火，我赞成拉成一根长绳，绕月亮三周，太阳九匝，银河三九二十七圈，带我飘荡，升腾，沉浮。我记得女娲用五色石补天，补的不是天，而是心，比天还大，比月亮、太阳还高的心。我们的娲皇在累到腰腿酸痛时，用紫藤蘸着泥水随意甩出来的泥点儿，也不是咿呀学语的小人儿，而是一颗颗跳动的心。先有此心，再有此人，从此大宇便有了心灵。

记得我醒着的时候问过，佛祖释迦牟尼是否看到了那种线？他没有说，只记得他确曾说过："心生，种种法生；心灭，种种法灭。"现在心想，这究竟是说心是雪，心是沙，心是风，心是血？还是蓝天白云？法从何来，又灭往何去？是灭往雪地里，沙滩上，还是变做白光，与白云同在？

我也问过美国心理学家威廉·詹姆斯是否看到了那种线？他也没有说，而他在一本书中确曾写道："我们这一代人最大的发现是，一个人可以通过改变内心的态度而改变自己的生活。"他甚至认为，被我们称之为心灵产物的意识活动不是以各部分互不相关的零散方法进行的，而是一种流，是以思想流、主观生活流、意识流的方法进行的。他所谓的发现是什么，怎样发现？意识既然不是一根线，如何将零散的连起来？既然是一种流，就可能是放大了的线，谁能分清银河是一条线，还是一种流呢？无论是线是流，都可能有雪，有沙，有我们当作宝贝的蓝田玉。那就还是先研究一番雪心，沙心，风心，宝石心再理论吧。

我还问过美国基督教统一教派创始人查尔斯·菲尔莫是否看到了那种线？他好像说了。他在《启示训言》中描绘得很具体——即："心灵是我们对世间万物视、听、触观念的所在地。只有通过我们的心灵，我们才能感知大地与天空、音乐与艺术乃至世间一切事物的美。思想的那只无声的梭子在我们的细胞与神经组织中往复不断地工作着，将万千思绪编织成一个和谐统一的整体，我们称之为生活。"我们是生活在天地间，生活在月光下，生活在太阳里吗？思想的这只梭子在银河与雪地，帐篷与树皮间旋转穿梭，带回了什么，穿透了什么呢？

我不知为什么，一追问这些问题，白雪就变成了黑沙，太阳就变成了墨块，月亮则像是自来水笔滴下的一个墨点，宝石隐去光彩，蓝天白云变成了黑帐。尽管眼前全黑，我心里依然明白：追问心灵昭示简直是徒劳，将徒劳的不果而果写成著作压根就是不自量力。更何况老祖宗早就说过，一些真有用的东西，一经用文字整理，就可能丢精得糟。得到一堆苹果核、瓜子皮和鸡蛋壳有什么大用呢？

第一章 常约

　　我摸摸自己的心，湿湿的，软软的，光光的，热热的。虽然没有雪毯绵软，没有清沙疏松，没有蓝田玉光洁，却有它们全没有的灵动。这灵动的东西从何而来，由何而成。好像老子说过"有物混成，先天地生。寂兮！寥兮！独立而不改，周行而不殆，可以为天下母。"有人说这是说道，我则认为是对心灵的描述，能深深地感受"寂兮！寥兮"的，唯有心灵！这是老子洞察心灵来由，洞明心灵感应的结论。

　　此刻的我，正在感受心灵的感受。不知是心灵在问，还是我在问，心灵呢，心灵到哪里去了呢？不管它在室内还是室外，我始终没有出借过自己的心灵。所以我依然明白：同样是心灵，有的体验那么深刻、深邃，有的几乎没有体验。就像甘雨偏向于海岛和绿洲，远离于沙漠和戈壁一样。我想喊：我的心灵是活着的！明明我的口大张着，冒着热气，怎么也喊不出声。我死了吗？我的心灵死了吗？心灵会死吗？心灵有死吗？有心灵死过的历史吗？无论有过还是没有过，我的心灵肯定没有死。

　　我隐隐约约记得，关于如何做好开发绿洲的工作，有两种观点。一种主张积极开发，一种乐于任其自然。去年，载有心灵的我到澳大利亚考察，曾与一位专家讨论沙漠绿化问题。他的观点是，治理也是枉然，不如任其自然。回国后，我又到新疆等地考察沙漠和戈壁，感受了相同方位条件下沙漠、戈壁与绿洲降雨量的巨大差异。由此认定，应促进优化，而不是任其恶化。现在心想：心既是雪做的，那就让它变成水吧；是沙做的，那就让它接纳雨吧；是宝石做的，那就炸出一条河吧。有什么不可能呢？只要心灵还在工作，就什么都可以，难道有谁可以限定心灵认定的方向和飞翔的自由吗？

承载着心灵并在飞翔的心，突然想起一件事：好像是不久前的一天吧，一位朋友踏着银河铺设的大道走来，或者他就是银河的顶端。随着他的走来，墨沙在变红，墨块在变红，墨盘也在变红，他也在变红。变红的他打开手提电脑告诉我：人生就像编电脑"程序"。"程序"编对了，一对百对；"程序"不对，一错百错。创造奇迹，铸就辉煌，不是做不到，或者是"程序"没编对，或者是信息输入有错误。他竟像姚明玩篮球一样，用手拍拍我的心灵说，只要心灵在，心灵还可以弹跳，什么奇迹都可以造出来。我的心灵竟像海上日出，用力跳了几下，放出七彩的光芒来。

我问他，你是说心灵是在宇宙间跳来跳去，世间的一切都是在心灵昭示下成功？他回答：是的。

我找到了知音，我认识了自己。尽管我的心灵已到银河边遨游，无灵之心的我却想到，就以我本人来说，多次听到有人说我不该只是现在这个样子。我想，成为现在这个样子，是"程序"早已编成了现在这个样子，似乎并没有错；不该只是现在这个样子，是"程序"早就编错了，也只能是现在这个样子，似乎也没有错。错与不错，都不是我的错，是心灵之线将我牵到这样一个地步。装载心灵的心，既然可以是雪，是沙，是宝石，是水，是血，是气，是风，我既然可以随着它到银河周游，又何必计较于错与对呢？

第一章 常约

不管是对是错，我仍然坚信：在哲人和强者的词典里，只有成功，没有失败。成功是他们至死不变的意识；失败只是他们成功过程中的一点波折、一迹伤痕，是对成功的衬托与装饰，只能反衬出成功者钢铁般的意志和辉煌战绩的更加辉煌。他们心灵的线是红的，是亮的，是长的，通向银河，连着雪地，在雪地摸爬滚打，在风中直线上升，在火中百炼成钢。

我虽然在梦中，却比醒着更清醒。我在梦中醒悟：自己作为不成功人生的证据，似乎没有资格谈成功，而作为局外人，尽管不能以"一览众山小"的气概雄视古今，却可以"举头望明月"的虔敬仰视成功者的得与失。看戏的不一定当演员，演戏的也不一定什么角色都扮演，更不会都成为大腕，但不仅可以津津有味地看，可以有会于心，还可以对所有的演员包括大腕品头论足。

我从看戏中想到，成功首先是一种默认和默契，是"独上高楼，望尽天涯路"；是"衣带渐宽终不悔，为伊消得人憔悴"；最后才是"蓦然回首，那人却在灯火阑珊处"。谁能证明他人的心是沙，他的心是水；他人的心是墨炭，他的心是火光；他人的心是萤火虫，他的心是红太阳呢？

我在梦中有百般变化：是讲故事的小先生，是管伙计的掌柜，是追问心灵与宇宙问题的哲学家。……我不知道是谁在讲话，我只听到较远处传来人语，细听好像是讲故事，又像是讲课。好像是说：世间的事很复杂，有上下求索所获并不多的，也有不意之获的。细究起来，不意也还是有意。举一个小人物的例子来说吧。关内通向东北大地的山海关城门，门额有"天下第一关"五个大字。清朝嘉庆年间为补上脱落多年的"一"字，诏告天下进行征集。筛选的结果不是任何一位名震华夏的大书法家，而是关门对面的店小二。原因是这位店小二在这里擦灰抹桌30多年，每天都望着关上的"一"字摹仿，既长期暗示于心，又天天心应于手。人世间虽然常常是"有心栽花花不开，无心插柳柳成荫"，但更多的还是"无心事不成，有心事竟成"的实例。这位店小二虽然未必"为伊消得人憔悴"，但起码也有对古圣先贤的敬仰，有对那个"一"字的欣赏。不管他的心是雪的洁白，沙的疏松，宝石的晶莹，都以其强有力的感召力引导自己走向成功。

这故事似乎早几个世纪就听说过，这评论也算不上深刻。梦中的我听后想：成功者是成功的证据。成功是心灵昭示结出的甜美之果，不成功则是心灵昭示结下的苦果。是收获甘美，还是收获苦涩，虽然不完全决定于心灵的昭示，但心灵昭示毕竟有现实的意义。

躺在雪地上的我，越来越清醒了。我知道我的存在，或者说，我还存在着，继续存在着，永远存在着。尽管柏拉图认为知觉不能认识存在。我现在依然是以知觉存在着，将来或许以无知觉而仍然存在着，我却宁愿相信以知觉存在的存在。而且以我的知觉知道，我已过知天命之年，有着较丰富的收获苦涩的经历，对此越来越没有不满意。目前尚有知觉的我，竟将苦涩当财富，以蜜蜂采百花酿蜜汁为榜样，在心中酿造甘美——苦涩酿造的甘美。酿造的过程更使我坚信：成功总是属于那些甘受苦涩的人，

第一章　常约

　　有志于成功的人，坚定不移地为成功奋斗的人。这应该是心灵的至上昭示。有了这至上昭示，雪气可以升腾，沙粒可以核变，宝石可以燃烧。

　　我在梦中来到一个多次来过，不厌其烦地来过，厌烦之后依然要来的地方——会场。这会场没有坐着喝茶水的人，却有一排又一排的名签。这名签上面不是写着某某的大名，而是标着千奇百怪的颜色。标着颜色的名签背面有雪的心，沙的心，宝石的心，各个放着属于自己的光芒，展示着各有特色的姿态，发射出没有声音的音符符号。只有一个声音在说，对贫困地区的扶持，要既给"鱼"，又给"渔"。听到这由声音组成的意思，在空气中传来的思想，我的无灵之心却在想：这话说得太好了，人生要有"鱼"，必须有"渔"。此"渔"正是可以养"鱼"的所在，我们称之为"心灵"。

　　我的心灵虽然飞走了，但并不是出借，他是在自由地飞翔。相信当它再回来的时候，会把银河系、宇宙间最美丽的色彩带回来。我似乎看到它正向我飞来。

　　这心灵不仅缤纷多彩，而且光亮无限。在它的照耀下，雪的心通体透亮，沙的心通体透亮，宝石的心通体透亮，墨块通体透亮，圆盘通体透亮，银河通体透亮，一切的一切通体透亮。透亮，只有透亮，永远的透亮。

让巨人耸立心中

> 人生道路上的每一次失败，都是成功乐章的一个音符，人生的智慧正是来源于无数次失败。

我出生于山区，工作生活在一个四面环山的小城。小时候，患于山高、路险、荒寂，向往平川和大城市。后来，多次到过广袤的华北平原，辽阔的东北大地，也曾数次到大海感受万顷碧波。经见多了，反而更爱山。一次行驶在平原上，脱口说出"大地没有山，乏味！"竟引来异口同声的赞成。

在我心目中，有与天为党的太行山，奇险挺拔的华山，红旗漫卷的六盘山，当然更有西王母久居的、毛泽东诗化了的、横空出世的昆仑山。联系中外历史强烈地感受到：大地没有山就没有雄伟，人间没有伟人便构不成壮丽的历史画卷。

中国革命的先行者孙中山先生，像雄居黄土高原与黄淮平原之间的太行山。他作为中国历史的重要分界，经历那么多磨难。我们看他，像从华北平原仰望太行山的巍峨。他在血与火的洗礼中名扬天下，高入云端，雄居于历史的十字路口。他发动的是资产阶级民主革命，而并没有金钱意义上的资本，只有一颗献身民族复兴的红心。此心上深印着三行大字，意思是改变旧世界的远大理想、坚定意志和不屈精神。他的赤诚，他的勇于牺牲，正像太行山呵护大地，老区人民勇于革命一样无私、忘我和倾其所

第一章　常约

有。一个人挺立于世，与世同在，必然像高入云端的大山，立得正，也看得远。孙中山先生非凡的一生证明：执着的信念、高尚的情操、不屈的意志，是改变历史的强大力量，也是走向辉煌的根本因素。

中华人民共和国的缔造者毛泽东，像昆仑山一样，奇峰矗峙，天外飞来，令人惊心动魄，目眩神摇。他从一个普通农家走来，却给人"看君似是羲皇上，直作太初名汝"和"惊倒世间儿女"的强烈印象。他经历的磨难、挫折、失败，承受的痛苦、牺牲、喜悦，可谓"战罢玉龙三百万，败鳞残甲满天飞"。一个人有那样坚定的意志，那样崇高的追求，那样无限的承受力，只能说他是"横空出世"的"昆仑"。伟大的毛泽东面对挫折、面对失败、面对巨大的牺牲，从来没有垂头丧气，从来没有怨天尤人，从来没有一蹶不振，而是像昆仑山爆出的第一声春雷，说出一句掷地有声、震荡山河、震古烁今、威震环宇的名言："失败是成功之母！"

他挥长缨、缚苍龙、挽狂澜、裁昆仑，以使"环球同此凉热"。他的一生经历挫折无数，据最近看到的一则资料，他仅在党内经受各种打击处分就有二十余次。他曾被开除党籍，撤销一切职务，赶出红军。他在推翻"三座大山"中经受的磨难更加难以尽说。然而，斗争，失败——再斗争，再失败——直至胜利，始终是毛泽东革命和奋斗的公式。宇宙生出昆仑，人世走出毛泽东，只能得出一个结论：天地赖其以柱，人世尊其以主。

给中国带来发展、带来富裕、带来民主与自由的改革开放总设计师邓小平同志,我想比作六盘山。他一生几起几落,盘旋而上,直接天宇,光耀万丈。他似乎天生是真理的化身,命中注定要经受那么多的打击和不公平待遇。对常人来说,只要有其中一次,就可能站不起来;而他则受一次打击意志更坚定一次,迈向真理的步伐更大更沉着一些。好像如此大的打击,对他来说是专门设定的训练科目,是专门考验他对真理的坚定性,是专门为证明真理,感化人心,发动民众而编定的程序。

  我认为,可以作出这样的概括,中山先生的威望,主要来源于推翻帝制,建立民国,以"共和"二字为标志,太行山可以为神仙搬动,孙中山的历史地位却不可动摇。毛泽东的威望主要是经历建立新中国的一系列洗礼,以"解放"二字为标志,像昆仑山屹立于世界的东方一样耸立在人民心中,人们几乎像敬神一样敬着他老人家。邓小平的威望是经历改革开放的发轫、突破、攻坚几个阶段洗礼,以"改革"二字为标志,人们衷心拥护他的同时,却不免"端起碗来吃肉,放下筷子骂娘"。

  邓小平率领的改革开放的航船,就像六盘山盘旋而上,通往峰顶,每经历一个阶段,都有更广阔的天地、更优美的风景、更高层次的幸福生活展现在世人面前。外国友人说,邓小平是真正的巨人,他改变了中国,中国改变了世界。我们说,邓小平不仅是中国改革开放的总设计师,而且是真正把中国人民带入幸福生活的领路人和开山鼻祖。 巨人是历史的见证,也是成功的证据。三位世纪巨人的成功实践,再有力不过地证明:成功在于坚定的意志,在于创造奇迹的热忱,在于不屈不挠的精神。同时证

第一章 常约

明：人生道路上的每一次失败，都是成功乐章的一个音符，人生的智慧、人生的成功正是来源于无数次失败。由此还使人认识到，常人不是不想成为巨人，而是没有像巨人那样接受那么多的挑战，设定那么高的人生目标，经受那么多的挫折和磨难。因而，常人的人生既构不成巨人的波澜壮阔，也构不成巨人的光焰万丈。

挫折和失败都是构成成功的基本要素。爱迪生为发明灯泡，做过一千多次试验，经历过一千多次失败。有人问他，一次次失败为什么没有停下来？他回答："那些失败都是前进道路上的脚步，每一次尝试都使我发现了一种不能造出灯泡的方法。"

假设爱迪生在成功前的任何一次停下来，人类不知还要在没有电灯的黑暗中生活多少年。假设孙中山、毛泽东、邓小平以及一切改变世界历史的伟人，在最困难的时候停下来，在遭受失败的情况下放弃既定的目标，那么，人类的历史就必须重写。

在巨人与常人的比较中可以使我们悟到：懦夫面对困难停滞不前，英雄勇敢面对困难。从挫折中奋起，在战胜困难中前进，在千锤百炼中成熟，在穿越挫折的刀丛剑林后成功，才是英雄作为，才能成为英雄。

常人为自己活着，伟人为事业活着，圣人为历史活着。这是就其基本点而言，并不否认常人也可以有伟人因素，伟人有圣人因素。是增长这种因素，还是削弱这种因素，全在内心决定。内心决定的要害在于：是否敢于选择失败和挫折——失败和挫折是最接近于伟大的因素。

西奥多·罗斯福对富兰克林·罗斯福说过："一个人只做到行为端正是不够的，一个要想赢得社会尊重的人，还必须机智、勇敢。"富兰克林·罗斯福从十四岁起，就把这句话作为自己的座右铭，影响他的一生。不能说罗斯福成为美国历史上最伟大的总统之一，是因为这句话，但这句话对他的影响和成功肯定是至关重要的。

我们心中耸立起伟大，应是全方位的伟大，包括伟大的伟大，也包括伟大的细节。

第一章　常约

帝王信命

> 帝王信命，是帝王之所以成为帝王的全部秘密。

人生有没有神助？人的命运是不是由一个看不见的力量左右着？信与不信各有千秋，恐怕是不信和全信的人都较少，似信非信，或者在人生的不同阶段有信有不信的情况比较多。

一般来说，青年人信命的不多，久经磨难，失败多于成功，逐步趋于认命，发出"天不助我，如之奈何"的悲叹是常有的事。孔子周游列国，几乎处处碰壁。所碰之壁有时坚如磐石，有时软如胶泥，总之是不能如愿。为此，他老人家面对滔滔黄河发出"命也夫"的浩叹，既有几分无奈，也有几分认命。

俗话说，心比天高，也可以说，心比天大。人心与天究竟谁更大，虽然很难说清楚，但天毕竟是太大了，不说全方位的天，就是天下的事毕竟太复杂了。面对如此大的天，如此复杂的事，人心再大也难以完全驾驭，望天悲命是不可避免的事。

然而，关于命，信不信是一回事，信好还是不信好又是一回事。有因信命吃亏，甚至付出生命代价的；也有因信命得到"神助"，取得巨大成功的。

可以相信，几乎所有取得巨大成功的人士，无不是抛弃一切不相信能够成功的疑虑，充分相信自己必然成功。据说，拿破仑发迹之前曾找人预测。预测者说，你将成为最伟大的统帅。拿破仑对此深信不疑，为实现这一预言，竭尽全力，不懈追求。当然，也可以理解为，拿破仑心怀超常目标，目标牵动意识，意识转化为潜意识，在强烈的潜意识支配下的成功引发了这样的故事。

无独有偶。《史记》载，刘邦未起事前，一天在田里除草，有一位老者来讨水喝，先说他老婆贵，又说他儿子贵，最后说都因他而贵。由此，刘邦心存要成大事的意识和潜意识，久经磨难，锲而不舍，终于登上大宝，成为一代开国雄主。

这其中最值得深思的是，在当时的历史条件下，面对秦王暴政，众多"奋起挥黄钺"的英雄"逐鹿中原"，最后为什么偏偏鹿死刘邦之手？用阮籍的话说是"时无英雄，遂使竖子成名"。事实上并非世无英雄，而是英雄辈出。然而，观察众多英雄，尽管觊觎皇帝宝座的大有人在，但从他们的思想行为看，真正相信可以成为皇帝的仅刘邦一人而已，真正以皇帝设计人生的仅刘邦一人而已，真正能网罗天下英雄的仅刘邦一人而已。刘邦绝不是等着天上掉苹果的主儿，而是心灵的暗示最为强烈的一个。否则，为什么一个失败多于成功的人会如此百折不挠地奋斗到最后的彻底胜利呢？当然，刘邦也吃过信命的亏。他相信自己是天子。说过老天怎么会要儿子的命呢？结果丢了性命。

信命与否，各人自便。然而，真想有所作为，必须相信自己可以大有作为，相信自己与众不同，抑或相信神助都大有必要。只要有利于成功的意识和潜意识形成，别的可以不去管它。如果事事都想得那么周全，时时总想着这条件那条件，这困难那困

第一章　常约

难，这也不合适那也不合适，越想不成功的理由越充足，越想不做事的道理越占上风，还谈什么成功呢？

一则寓言中的农夫，种麦担心不下雨，种棉担心虫咬了，为确保安全，什么也不种，结果是什么收获也没有。没有收获，何谈安全？由此可见，顾虑太多，重心不能突出，成功的暗示就会退场，成功的意识必然消退，光明的前途必然为暗淡的结果取代。

坚信成功是打开成功之门的钥匙。这是因为，坚定的信念是号令三军的统帅。在这一统帅的组织和调动下，意识、潜意识和意识以外的力量，都向着成功的方向攻坚，从而必然引导人生这一航船胜利到达成功彼岸。

帝王信命就是坚信自己命好，坚信自己可以成为帝王，坚信自己是天之骄子。这是帝王之所以为帝王的全部秘密。

上帝是最公平的裁决者，一切贿赂和取巧手段在上帝那里都行不通。上帝也是最辛劳的工作狂，他似乎昼夜不息盯着一切人的言行，总会在恰如其分的时候做出恰如其分的决定。

一位英国人说过："生活是从不充分的前提中得出充分结论的艺术。"一位法国人甚至说："上帝不关心行动，而关心驱使行动之精神。"常怀成功意识和成功意志的人，总是对生活理解最深，与上帝沟通最勤，成功的心灵暗示也最强烈。

在中国革命最关键的时候，毛泽东想到愚公移山，想到以愚公精神感动上帝。回顾当年，莫不说亲身经历者，就是对当年的艰苦卓绝斗争有所了解，也会异口同声地说，那样一种精神受到上帝感动是必然的。同时还应该想到，上帝的暗示不是到外部去找，而是到自己的心灵内部去找。上帝的与众不同就在于不是从表面上怎么样，或者以文件或口头的形式作指示，而是通过心灵暗示发挥威力。

我们常说，读书破万卷，下笔如有神。神从何来？神从长期的心灵暗示中来？打个比方吧。假如万卷书是灯泡，心灵暗示则是电路，破万卷的决心、毅力、功夫则是电源。孔子几次对弟子说："不复梦见周公矣。"这不是因为孔子不再读周公，也不是心目中无周公，而是随着年龄增长，心灵暗示有所弱化，形成短路。孔子把"不复梦见周公矣"常挂嘴边，正是警惕弱化，避免短路。

选择坚定的成功意识深深锲入自己的全部人生，是一个人一生最基本、最重要的决定。

第一章　常约

异想天开成大功

> 福特发明了汽车，成为创造奇迹的证据。当今时代，谁想成为证据，就要站在牛顿、爱因斯坦们的肩上。

在深山老屋休假，夜阑人静仰望天空，看着最亮的大星星心想："明星"这一概念不知是谁的创意，意蕴深厚，亮人心房，创造这一概念的人也该是一颗亮星。由此还想到《东方红》，想到《春天的故事》。得出的结论是：成功属于敢于异想天开，并以行动感动上帝的人。

翻开近现代创业史，光耀世界的创业大王，虽然寥若晨星，却都是相信奇迹一定出现的异想天开的成功者。异想一下都不敢，怎么可能有自己的一片新天地呢？

被称为新工业之父的亨利·福特，开始只是一家电灯厂的工人。1890年的一天，他突发奇想，要设计一种新型引擎。为此冒严寒，历酷暑，苦干了三年。当他开着装有新引擎的马车上街，人们的惊异程度不亚于太阳从西边出来，月亮掉在地球上，一些胆小的人只敢躲在巷子里远窥。

后来，福特又决定制造V8型汽车。开始，他起用的资深工程师因不相信奇迹出现而消极应付。福特毫不留情地解雇了他们，重新起用了一批乐于创造奇迹的后起之秀。经过锲而不舍地工作，终于有一天，好像被一股神力"击中"，获得成功。福特因此成为世界汽车工业之父，成为人类可以创造奇迹的重要证据。

福特的成功告诉我们：没有坚信奇迹的思想基础，没有强烈而持久的心理暗示，没有持之以恒的不懈努力，就没有奇迹的出现！其中最重要的启示是：在别人以常规思维面对人生时，福特早已以超常规的思维方式在思考了。

天之大，无法丈量，事之多，难以计数。面对无限之大和无奇不有的世界，怎么可以不相信奇迹呢？至于某种奇迹何时出现，在何处出现，如何促使它出现，则是我们的工作重点。

人们习惯于把伟人与天上的星星相联系，古代有什么星下凡之说，现代人仍热衷于以星座预测命运。希望自己命好，更希望像星星一样放光，这无可非议。再有揽月摘星的雄心，敢下地狱的勇气，做一个"最好的自己"的实践者就更好了。

我曾奇想，天上果然有十个太阳，上百个月亮，该是多么壮观啊！果真那样，我们就可以像张五常先生到街头看美女，侧身于自家床头，比较各个月亮的圆润、皎洁、明亮……这较之看美女的脸蛋、腰姿、屁股，更多几分圣洁、明朗、阔大。

如果牛顿那样的科学巨星，像天上的星星那么多，处处光芒四射，人间将是多么壮观而美丽的世界啊！我们走在街上，随时可以与牛顿那样的大师握手言欢。还可以把他们请到咖啡店、饭馆里，边吃喝边聊天，久而久之，我们也成为牛顿。到那时，我们不仅可以与牛顿并肩而立，不仅可以像弗洛伊德那样在梦境里开辟一个新宇宙，而且可以像爱因斯坦那样成为超越哥白尼、比牛顿更加伟大而光芒四射的科学巨星，甚至可以在大写的人字前面再加几个"大"字。

有人会说，这不乱套了。我认为，未必乱套，有其存在，就有其秩序，各司其职就是了。问题的关键在人人做一个"最好的自己"。与亨利·福特齐名的钢铁大王安德鲁·卡耐基也是一个相信异想天开的成功者。他以强烈的成功意识要求自己走好人生的每一步。12岁那年，他由苏格兰移居美国，先在一家纺织厂当工人，他当时的目标是"做全厂最出色的工人"，接着又当邮递员，仍然要求自己当最好的邮递员。他在每个岗位上，都以这一岗位的最高标准要求自己，做最亮的那颗星。卡耐基之所以坚持这样做，是因为他坚信现在优秀与未来成功相一致。他的座右铭就是"做一个最好的自己"。

"做一个最好的自己"，包括做父母最好的孩子，做孩子最好的父母；做老板最好的员工，做员工最好的老板；做社会最好的公民，做国家最好的领导人。假若做到了这一点，一家人坐在一起看电视，电视上经常出现的是从自家走出来的明星，该是怎样自豪的感受啊！然而，做到最好，则要以最大的努力为代价。一般而言，不是不愿意做到最好，而是不愿意付出代价。常人没有成为伟人，除了志向不高，目光不远，决心不大，最要命的是从消极方面接受经验。

伟人说："定能做到。"

常人说："哪能都做到。"

伟人说出的是决心，常人说出的是安慰。

伟人愿意为既定目标的实现愉快付出；常人只是面对许多目标观望而已。

伟人像太阳一样发出光和热，常人则像浮云一样飘忽不定。

伟人并不在乎别人的说三道四，并找到充分的理由坚定自己的信念；常人在别人的说三道四中找到理由放弃目标或改变目标。

这种情况好有一比，伟人像太阳一样照耀和带动自己的系统；常人像月亮一样不断地处于圆缺变化之中。

伟人一般是说到做到，常人往往说说而已。在这一点上，好像伟人是实干家，常人则是理论家或者"空头文学家"。

大王创业的成功，再有力不过地证明，成功总是属于那些按照规律来改变自己的人，尤其是敢于异想天开的人。

成功的三步曲就是这样：有异想天开的创造空间，有强烈的成功意识支配下的一系列实践，更有失败后勇于前进的超人意志、胆略和气魄。这一切既是对成功的最好诠释，也是之所以成功的唯一答案。

当然，异想天开并不是背律而行。成功者的实践告诉我们：规律不能改变，但可以按规律要求改变自己。改变的目的有二。其一，强大力量；其二，强化适应本领。谁如果在这一点上也异想天开，那就只能以惨重的代价为终结。《伊索寓言》的第一篇，就是驴子与狐狸跟着狮子去打猎的故事。驴子劳动态度最好，猎物最多，还被狮子授予分配权。但是，当驴子把丰盛的猎物分为三等份，让并没有劳动的狮子任挑一份时，却被勃然大怒的狮子吃掉了。分配权始终在强者的手里。据说,包括与生俱来的美色,没有足够力量也是一种灾难。世界上的事难说得很,强大有时候也是一种灾难。辩证法无处不在,人的修养也应该是多方面的。

　　谁真正懂得规律并懂得按照规律改变自己,谁就可能是强者。驴子要真正取得分配权,就得比狮子更强大。

让上帝服你

> 越是妄自尊大，越可能成为井底之蛙。
> 只要忝入此列，曼哈顿的和朝阳沟的没有两样。

成功的殿堂里没有名额的限制，只有条件的要求。上帝对成功者发出微笑，对勤奋努力的人表示赞赏，他们都是上帝眼中的高材生。

成功的条件，不分性别，不分籍贯，不分学历，对年龄也并不苛求，然而却毫不留情地淘汰懒惰者，坚定不移地支持勤奋者。这是上帝那里制定的法则。要想使上帝服你，就要依据这一法则，充分展示自己的才华和毅力，在此天地内争取充分的自由。

上帝是法则及人的行为的制定者、推动者、裁判者和检阅者。这两个方面都有他的导向和禁令。世人往往违背上帝的意志，违反导向和禁令，偷懒、取巧，习惯以貌取人和心存侥幸。这使我想到三件事：一是古月饰毛泽东，相貌酷似，在不少人的眼中古月就是毛泽东，真的毛泽东反而不像毛泽东，这是以貌求似得出的结论。以质求是则是另一种情况：古月绝对不是毛泽东，丝毫也不像毛泽东。

二是大汉奸汪精卫，相貌堂堂，一表人才，曾为世人眼中的美男子之一。但就是这一美男，国难当头竟投靠侵略者，为虎作伥，名曰曲线救国，实为祸国殃民。就是这样，人们从相貌上看他，怎么也与"坏蛋"二字联系不到一起，似乎"坏蛋"就应该天生与"丑陋"相联系，即使明明为事实，仍然难以接受，好像看走眼似的。

三是孔门弟子有若，因为相貌长得像孔子，在孔子去世后，竟被拥上老师的宝座，充起夫子来了。然而，面对众多圣贤提出的问题，有若却无以应对，只好被请下圣坛。有人当面直言："老兄，请下吧，这不是您该坐的地方！"真是尴尬至极。

人生中，以貌取人，重视表象而忽视本质，必然与尴尬相遇。孔子的道德学问就像在长江、汉水之中洗涤过，没有杂质；就像在盛夏的太阳底下晒过，光明洁白，没有谁能赶得上；就像汪洋大海，增不见多，减不见少，取之不尽，用之不竭。纵观孔子的弟子，以及弟子的弟子，尽管了不起的也不少，道德学问也令人敬仰，却没有可以与孔子画等号的。学问既不能等量齐观，开创之功就更谈不上了。圣人之所以是圣人，根本原因不在表面，而在本质。

世俗以貌取人，偏爱无理；上帝以质取人，偏爱有理。要使上帝服你，就必须注重本质，知道本质所在，向着本质的方向深入掘进。成功的规律明明白白告诉我们，一个人只有具备强烈的成功信念、坚定的毅力和不懈努力的恒心，才可能走出平庸，走向杰出。这是上帝坚定不移的原则。

世俗还有以地位取人的思维定势，以为地位高水平也高，说出话来自然是真理。我的一位老师讲过这样一件事：他们几位老同志在一起回忆党史，大家几乎异口同声认定一位曾经担任过省级领导的说的是事实，其中一位甚至说，他当过省长，听他的不会错。讲完这件事，他还评议道：世上许多事就是这样弄颠倒的。这还是自己看别人。尤其是有些人也如此看自己。一旦升迁，就自以为高大起来，学问也像猪八戒使变，可以在天上捅个窟窿。然而，越是妄自尊大，越可能成为井底之蛙。只要忝入此列，曼哈顿的和朝阳沟的没有两样。

真正伟大的人绝不是这样。胡耀邦荣任中共中央的总书记，明确告诫全党，今天的胡耀邦还是昨天的胡耀邦，并在全党倡导见面互问学习过了吗？当时习惯于"吃过了吗？"的人，很不以为然。现在看来，一见面就问"吃过了吗？"也很无聊，倒是彼此关心一下学习，在学习上相互促进较有意义。

越有学问越谦虚，知识越多越不自满。懂得谦虚就是懂得伟大。小时候听一位老者讲过这样一个故事。对于流进的水，海说"海、海、海……"永远是张着大口说"还要"；湖说"湖、湖、湖……"总是张着小口说"还行"；池说"池、池、池……"总怕水满为患，所以气急败坏地说"迟迟、迟迟！"现在想想这个故事，至少可以知道大之所以为大与小之所以为小是怎么回事了。

在人生的星图上，那些不起眼的小星星一旦放出异彩，可以给人以更深刻的启迪。

吕梁山下三交镇的青年农民刘笑，小时候患鸡胸结核造成终身残疾。身体的残缺并未打破成功的梦想。他从做作家梦到孵

第一章　常约

鸡、喂猪、养兔、种蘑菇、栽天麻，一次次折腾，一次次失败。不屈不挠的他非但不向逆境低头，而总是向命运发出挑战。

上帝偏爱不妥协的挑战者。刘笑不认输、不回头、不达目的不罢休的精神终于感动上帝。

不知为什么这使我想到宋代王质的那首《灯花》诗："造化管不得，要开时便开。洗天风雨夜，春色满银台。"一个人越是达到忘我的境地，不仅放出光芒，而且走向自由。这是上帝最佩服的一点。

从1984年起，刘笑开始从逆境转向顺境，由失败走向成功。首先是地膜覆盖西瓜种植技术获得巨大成功，接着是"吕梁山西瓜集团"创建获得成功，一个没有受过科班训练的青年农民竟创造了得到国家级权威机构认可的"全封闭旱地水作物栽培法"。

荣誉是对成功的命名。刘笑先后被授予全国"农村青年星火带头人"、"中国十大杰出青年农民"等荣誉称号，并获得"中国青年五四奖章"。刘笑以自己的心动、行动和感动，让上帝服他，因此受到偏爱。

在一个月明星稀的良夜，我关掉灯，躺在紧靠大玻璃窗户的床上，看着天上仅可看见的几颗星星想：为什么一些体格健全的人做不到的事却让一个残疾人做到了呢？他难道是天上的星星？是上帝的亲儿子？如果不是，又是为什么呢？

为什么那么多体格健壮的人一生碌碌无为呢？这使我想起鲁迅的弃医从文。一个没有思想的人，没有觉悟的人，没有毅力的人,即使再健壮,又能怎样呢?鲁迅"哀其不幸,怒其不争",弃医从文,立志拯救国民的灵魂。鲁迅的选择分量很重,历史意义很深远。

最近看到鲁迅先生曾推荐过的《中国人的德行》,是美国传教士亚瑟·史密斯于十九世纪末写的。书中写到中国人的《面子》,一个仆人失职,当确知要被辞退时,为保住面子须提出辞职;一个官员将被砍头,为保持面子,要求恩准穿着官服受刑。这证明在我们的血统里,许多正义、正直、认真、努力、勤奋之类的东西可以放弃,倒是那些乱七八糟的东西不能放弃。不说为民族大义考虑,为人类的宏伟理想考虑,退几步说,就是对自己着想,多想想什么是人生的要义,不是也很有必要吗?

刘笑的成功充分证明,人生最大的悲哀不是身体的残缺,而是拥有健全的体格,却因思想境界不高导致一生碌碌无为,一事无成。一事无成不仅仅是关乎自己的细事,而是对国家、事业、家庭都将带来诸多负面影响的大事。曾有一位领导发明一种工作方法——追究连带责任。再往上追,追到中国的封建社会有株连九族的罪名。其实所有追究手段都放弃,都废止,一个人碌碌无为,还是要连带全家,连带亲友,甚至连带到更大范围。

写到这里,我们再回过头来看上帝偏爱挑战者这个事实,是否确有道理,较为心悦诚服呢?既承认了这一点,那就应该在心中牢记:要想成功,就必须有强烈的成功愿望,不折不挠的成功意志。这是上帝的忠告,是与上帝的契约,是成功的通行证。只要真正做到了,上帝自然服你,通行证也自然送到你的手上。

第一章 常约

国王偷窃与我作检讨

> 伟人为伟大磨难，庸人为庸俗自苦，小人为算计他人而算计自己。

在月明星稀的夜晚，望着挂在天空的那轮圆月，我会想，吴刚又在砍桂树，他总是那样砍着、砍着，不停地砍着，有什么结果呢？似乎没有。每当这个时候，我的心就被一种虚无主义的思想所笼罩。心想，人生也是这样，忙来忙去，忙什么呢？同时又想，大概有些人是把这看透了，因此偷懒成为"天性"，贪污成为"本能"，甚至损公肥私，损人利己，也成为一些人的"选择"。

这样想着，我还会意识到，人生的追求，就像爱变脸的婆姨，有美的一面，也有丑的一面，天晴时讨人喜欢，不时的晴转阴则令人费解和难以接受。

人生的磨难，大概可以分为两种：一种是为伟大而磨难，一种是庸人自扰。伟人为伟大磨难，庸人为庸俗自苦，小人为算计他人而算计自己。

人要活质量。一些人把贡献视为尺度；一些人把放任作为标准；一些人在得过且过中将就。

我曾听朋友讲过这样一个令人不可思议的故事。

他首先煞有介事地说，一个人想做伟人会瞄准伟大目标奋斗，想做奉献者就会慷慨，享乐者追求享乐，贪污者贪得无厌，想做小偷，也会千方百计练习偷窃本领，以至于起五更，睡半夜，遭人唾骂，被人围打，在所不惜。

接着，他好像有什么重大发现似的问我，你大概还不知道吧，中国的历史上侯王窃国的例子很多，却找不出爱偷东西的国王，放大到世界范围就无奇不有了。你相信吗？有一个人偷窃成性，做了国王都改不了偷的毛病呢。

他接着讲，这个国王曾执政于世界四大文明古国之一的埃及。他的名字叫法鲁克，是埃及最后一位国王。

他又问，你以为这位国王是穷困潦倒之后才偷窃的吗？恰恰相反，他的财产多得无法计数，却专喜欢在王公宠臣、达官显贵的口袋里扒窃，以满足自己的窃癖。

他描述说，每当举行宴会的时候，这位爱偷东西的国王就穿梭于国宾之间，看中目标，便下手行窃。

他接着又讲了偷窃引起国际争端的事。那是二战期间，法鲁克竟将英国首相丘吉尔的怀表神不知鬼不觉地转移到了自己的口袋里。丘吉尔对这种不光彩的夺人之爱十分恼火，讨要又不给，最后弄到向埃及政府提出强烈抗议，才要回自己的心爱之物。

我的朋友评论说，权力这东西就像由人拿捏的橡皮膏，可捏成天使，也可捏成爬虫。法鲁克爱偷，就有专为他偷窃服务的机构及专门保管赃物的仓库。赃物库中有手表、皮夹、打火机、口红、手绢、金银首饰，还有从送葬时路过的伊朗国王尸体上偷来的宝剑、宝带等。 对此，我的朋友感叹道，一个国王，富有一国，应有尽有，一呼百应，一言九鼎，一手遮天，一应俱全，却

第一章 常约

一如既往，终其一生，不改偷窃的毛病，真是不可思议。不过，世界上可以成瘾的因素很多，药物可以，烟草可以，习惯也可以。大概这都是意识，尤其是潜意识受到勾引、感染而产生的惯性作用吧。意识，以至潜意识这一对兄弟，真是可怕的双胞胎，它可以使人因上进而美丽，而伟大，也可以使人因下滑而丑陋，而猥琐。

讲到这里，我的朋友突然问我，你说，国王为什么还要当小偷？ 我说，你是说国王偷窃，让我作检讨？

朋友说，这样理解也可以。不过，我把检讨人性这样一个大难题留给你，是对你高看一眼。

我说，你既高看我，我就试着用范曾的长诗《庄子显灵记》的诗句来回答这个难题：

其一，范诗曰："忆当年，大道不行社稷芜，天子宛若系图圈。看谋士，朝秦暮楚；甚人格，闲掷荒涂。笑苏秦，六国符；耻张仪，楚庭趋。巧惠施，痴迷鼠腐；睿韩非，愤忘身孤。"国王、谋士、赌徒，都追求一种极限，无止境地贪图，欲壑难填，积习难改，好习惯难改，坏习惯更难改，走到极端，贼船难下，是常有的事。这样说，不是为国王偷窃找理由，而是说窃国、窃艺、窃谋、窃物，都是人性中事。

其二，范诗曰："最可笑，弹铗求鱼；最可鄙，舐痔得车。""普天下，心为刑戮，身缠沉疴。"人心有病，结痂成疽，弹铗求鱼尚可原谅，舐痔得车，卑鄙之极。恶习的养成绝非一日之寒。试想，人生到了国王这样一个层次，就人欲讲，可能疯狂到发动战争，可能沉溺于声色犬马，当然也可能追求艺术成就斐然。法鲁克似乎对这些兴趣都不大，偏偏爱好偷窃。这在世人看来较不一般，因而也较为难以接受。用中国的"面子经"衡量，是有失体面的事情。仅就人欲分析，世袭王朝的流传，往往好的东西越传越少，以至被历史剥蚀殆尽。恶习却一代代传下来，传到法鲁克，那些为所欲为的恶习，一方面积习难除，另一方面，实在很难找到新鲜的更有刺激性的玩意儿，偷窃则不失为一种突破性的选择。这与皇帝嫖妓当嫖客，国王赌博成赌徒，都是一样的道理。皇帝嗜杀成性也是一件很典型的事情，不过此类事太多太普遍了，反而被视作常规。"圣人不作随大化，庄子无为卧敝庐"，本来是一种普通行为，发生在大名鼎鼎的文人身上，反而成为一种个性特别鲜明的突出表现，也是一样的道理。

其三，范诗曰："怎容得侯王窃国，却枉使窃钩言诛。疾巧艺：训离朱，五色涸；斥师旷，五音误。使骄奢淫逸充堂宇。"人世间本是一个乱糟糟的地方，多一个国王偷窃之事也算不得什么稀奇，这或许还是对"窃钩者诛"的一种反叛。何是何非，全在站在什么位置去看。连宇宙间确曾有过的"地心说"、"日心说"、"无心说"这样比天还大的事情，都可以彼亦一是说，此亦一是说，何况一些小事？

我检讨至此，朋友打断我的思绪说道：看来国王偷窃这件事，只是放在一定范围有点离奇。奇与不奇，我们讨论的范围不外乎人都在意识支配下做事做人。我赞成看人看事把范围放大些，但毕竟没有圣人胸怀，也常为一些小事计较，遇事总想分个是非，论个短长。这似乎也是一种局限性，但突破这种局限性，进入佛的境界，或者说这仍然是人所界定的佛的境界，另当别论。

苏格拉底的心境

> 一个遥远的声音漂洋过海而来："死也是很美的一件事。"柏拉图也说："学哲学就是学死。"我则宁愿心领"学哲学就是学美"，但对哲人的奇伟则深深敬服。

苏格拉底把一个心胸狭窄、冥顽不化、唠叨不休的泼妇留给自己，却以同时代躲避唯恐不及的辩证法创造出一套全方位的美的哲学，因此成为著名的美的助产婆。

人类有走过黎明的惊喜，也有黎明前的黑暗。一切的发现、发明与创造，可以理解为拨迷雾而见光明，也可以理解为在心中点亮一盏灯。一种创世说把明朗的天地说成从混沌中来，大概就是以人类比宇宙的结果。

无论怎样理解，苏格拉底都是人类中最早看到曙光和点亮心灯的人。尽管在当时，人们面对他的辩证法惊恐万状，连同生产辩证法这个人，必欲置之死地而后快。苏格拉底却以他的先知，他的洞明，他的执著，为追求人类的根本幸福而奔波一生，为创建最大化的美而献出生命，为营造心灵的天堂而奉献一切。即使被迫去死，他想到的依然是如何做一个愉悦而死的榜样，做一个追求完美人格，创造美的最高境界的表率。

哲人的伟大在于不同寻常的追求。苏格拉底正是这样的伟大哲人。这一切既体现于他的不同寻常的心境，同时体现于不同寻

第一章 常约

常心境下的非常举动。面对极刑，或曰从容喝下被赏赐的毒鸩之后，他依然平静地说："死亡根本不是坏事，死亡就像是进入了没有梦的睡眠之中，只不过没有一切感觉而已，这不是什么损失。或者就是到了一个死人团聚之处，那里有古代的诗人、英雄和先哲，与他们交流思想，是多么惬意的事情。"

不知为什么，读着这轻松美妙的临终感言，我的心好沉重，总想痛痛快快哭一场，以"黄河之水天上来"的眼泪，去洗刷这人间——人类千世万世荡涤不尽的耻辱！

苏格拉底可真是美的大师，他辩证的眼光似乎只盯着美，他把生前和死后都说得那么美，而对非美则不屑一顾。在别人眼里也许并不美的事物，他总能别具慧眼发现美。就连死，尤其是非正常之死这样恐怖的事，作为当事人，他没有说死的不幸，死的痛苦，没有说冤死的愤慨，没有说死后尸体会腐烂，会被虫子吃掉，也许他压根不去想这些不美的事。他也没有说把尸体喂狮子，决不给癞皮狗吃的话。没有说地狱里没有阳光，没有说阴风的寒冷，油锅的滚烫，肉锯下的残肢断骨，铁柱冒出的臭烟。没有说，统统没有说。这些或有或无，但却真切地发生在别人的想象中，出现在他人口中或笔下的残酷、黑暗、恐怖的事，苏格拉底压根不会想，更不会说。如此说了便不是苏格拉底了。他是以生命和一切牺牲为代价开人类宽容文明的先河啊！或者说，他也想到了，考虑到人类的根本利益，却换一个角度说出来。经他的头脑一转换，世界便只有美，无限的美，无处不在的美。

对人最恐怖的大概莫过于死。面对一切并不美的事物，包括恐怖，包括死，都想到美，看到美，说出美，正是哲学家的伟大任务。苏格拉底这样做了，耶稣这样做了，释迦牟尼这样做了。人类历史上最伟大的哲学家，都是对未来，包括死后的深刻探索和成功描述者。

苏格拉底为死找到了轻松和宽容，他说或许死亡是最大的快乐。耶稣为死后的灵魂找到了幸福的天国，找到上帝直管的国度，找到庄严美丽的地方，找到瞎子能看见，聋子能听见，瘸子能正常行走，死人会复活，穷人得到福音的美妙所在。释迦牟尼似乎更伟大、更深刻，也更神圣，他以独一无二的教义引导人们超越理智，超脱生死，找到永恒，从而让死失去意义。

人类向往美妙，先哲营造美妙。这美妙感天动地，既存在于历史，又存在于现实。既存在于今生今世，又存在于来生来世。它无所不在。苏格拉底以其特有的心境永远向往美妙，营造美妙，成为美妙。

然而，苏格拉底虽然将死说得那样美妙，那样轻松自在，而像我这样的常人，却怎么也轻松不起来。看到苏格拉底在几千年前面对死亡说过的话，我的感觉就像对悲痛欲绝的人说："不哭，不哭，咱不哭"，但自己的眼泪倒先流淌着了。

苏格拉底毕竟是苏格拉底，在常人看来不可思议的事，他竟会以谈笑风生的方式道来。为什么会这样呢？大概他总担心自己创造的美不留存于人间，善不留存于人们心中，一切美好被复仇的心灵和行为取代。所以他说："面对死亡，大家应该充满希望，一个善良的人，不论是活着还是死亡，都不会有东西伤害

第一章　常约

他。在我看来，我认为死亡比活着要好。所以，我根本就不恨那些将我推向死亡的人。再见了，我走向死，大家走向生。但究竟谁更好，只有神知晓。"

我们的伟大先哲说得多好啊，我虽然从内心深处愿意接受这一美好的观点，但愤愤不平的心还是按捺不住跳动了。我甚至想，上天听到这感天地泣鬼神的话之后，应该在电闪雷鸣中下一场暴雨，带着拳头大的冰雹，去砸碎那个不公道的黑暗世界。同时又想，我的这一想法是有违于苏格拉底的美好意愿的。他的意愿是永远的艳阳天，永远的和风细雨，永远的鸟语花香，永远的幸福安康，永远像阳光普照大地，并不因为谁是好人就多给一点光，谁是坏人就不予照顾。这才是苏格拉底，永远的苏格拉底，说不尽的苏格拉底。

苏格拉底这位创造美的哲人，对一切美好的事物都极端热忱。中国人把完婚与送终说成红白喜事。不管喜与不喜，总是人生两件大事。苏格拉底除了对死有美丽的述说，对其余的一件事也极为关怀。结婚的前提是男女相互选择。找一个从心底里满意的对象，找到并拥有自己心目中早已成相的美，是男女双方最幸福的企盼。苏格拉底通过指导学生找女朋友，也即为世人设定了选美的原则、路径和模式。　事情是这样的，正是春暖花开的时节，苏格拉底的三位弟子同时向老师请教如何选择一位漂亮的女朋友。苏格拉底让他们沿着长满各色鲜花的小路摘取一朵最大的。第一个学生只走了一小段路，看中一朵，摘下交给老师，老师说不行。第二个学生吸取教训，一直走到路的尽头，摘取一朵交给老师，老师也说不行。第三个学生边走边观察，走到中间，从比较中摘下一朵自己认为最大的花，交给老师。苏格拉底告诉他们，找女朋友就要像第三个学生摘花那样，从比较中选择，把行进的过程作为观察和比较的过程。其中最重要的是心中的美与现实的美天衣无缝地对接，错前和错后都不是最好的结果。

　　情爱是心心相印的渴望，也是对美的渴望，男女之间对象是这两个渴望最集中的体现。女人比男人更渴望美，渴望被人看一眼终生忘不掉。漂亮的外表是上帝的垂青。女人身上还可能出现一种经典美，一种高雅气质，一种浪漫情怀，这样的美将与星辰同在。有人说，没有力量，美就是不幸。然而，没有力量，再加上没有美，将更不幸，美毕竟是资本。至于这一资本是否需要别的附加，则是另一回事。

　　爱美是人的天性。苏格拉底认为"如果一个人具有正确的爱情观，从一开始就应该与美的形体交流，他所爱的形体应该产生精神美。"他接着又说："灵魂的美得到升华，他会满足于美的灵魂，形体美即使已经干枯，他也不会在乎。"

　　看来，苏格拉底是主张从形体美开始，向灵魂美升华。选花人除了应具备欣赏美、选择美的外在能力，还应该具备升华美的内在素质。苏格拉底是幸福的化身，又是美的化身。他为人类开辟幸福、光明、五彩缤纷的大道。有人说，哥白尼或者达尔文的真正成就不是发现了真理，而是发现了一种丰富的新观点。与哥白尼或者达尔文的发现相比，苏格拉底的发现恐怕更接近于真理。我们对他的发现和指引也可以更加放心和相信。

第一章 常约

  关于采花的时节，苏格拉底没有说。公元前的事不去说它了，中国一直到民国、中华人民共和国建国后的一段时间，早婚的现象仍较普遍。清乾隆年间，山西出过一个冯起炎，临汾人氏，他在准备呈送给乾隆皇帝的著作中有：到三姨母家，见一小女，年十七岁，方当待字之年，而正在未字之时；又到五姨母家，见一女，年十三岁，虽非必字之年，而已在可字之时。这正是当时普遍的情形。这位冯生员大概是着了当时通行的才子佳人小说的迷，想一举成名，天子做媒，表妹入抱。他乘乾隆谒泰陵（雍正陵墓，在河北易县）之机"意图呈进"，落了个被捕入狱，给黑龙江披甲人为奴的下场。这不是因为他过早地意欲采花的企图，而是因为他在乾隆必经之路上徘徊，被视为形迹可疑。这件事不仅被编入《清代文字狱档案》，还被鲁迅先生写入他的杂文《隔膜》当中。

  发生在二百多年前的事，对我们已有些隔膜了，发生在两千多年前的事反倒并不隔膜。我不知道我们的老西儿冯起炎对美是否也像苏格拉底那样执着，更无从查考他是否读过苏氏的哲学，但他爱美的心应该是正常的，占有美的要求也是正常的，他所缺的是苏格拉底的为求人类之美而求美的境界。因此，他虽然同样受难，却没像伟大的哲人那样在后世光焰万丈。退一步说，他起码应该读过苏东坡的《赤壁赋》吧，如果多少有一点"但求目遇成色，不求取之为有"的情怀，也不至于落此可悲下场。

  苏格拉底真是大哲。他所关心的总是问题的本质。从对美的向往，美的追求，美的选择，美的肯定，所包含的其实是亘古不变的人生。

人生的选择，尤其是对美的选择，既是一件较复杂的事，又是极简单的事。苏格拉底所指引的方法就是这样。世界上真正有用的东西往往既简单又明了。复杂而高深的东西，也有用，但多是附加的东西。就像日本人的礼物，包装很复杂，礼品简单极了。

大概是由于本质性的东西不容易把握，人们往往在一些非本质方面耗费许多精力。比如工作，就有许多没有意义的"无用功"占去大量时间和精力。这等于把生命缩短。奇怪的是，世俗总把"麻烦不少，意义不大的东西"作为衡量的尺度。把无用的东西提升到神圣的地步，办事成本能不加大吗？更奇怪的是人生成本加大，痛苦加剧，幸福减少，却成为人人明白，人人没办法改变的事。究竟是真的没有办法，还是习惯如此，不图改革？

无论如何，完全应该养成一种力求降低成本的社会风尚。比如读一本书，别的都可以忘掉，记住了最关键的一句话，并将其消化为生命中的一部分，就可能受益一辈子。

佛家和道家讲："得意忘言。"这是很高明的要求。明代文学家杨慎，就是那个编《古今风谣》的作者，在《洞天玄记》的开场中言"迷方者执象泥文，知音者得意忘言"。真正有用的是意，而不是言，既已得其旨意，便不须烦辞赘述了。得意忘象也是这个意思，得意忘形本意也是。

说到采花哲学，还有一个花瓶的故事，也发人深省。一个小孩把小手插入一只昂贵的古瓷花瓶之中，想尽办法取不出来。花瓶被打破后，原来孩子的手中紧紧抓着一枚硬币。

其实，在许多时候，成人并不比孩子更高明。一是对一些没有价值的事插手太深，浪费生命；二是对一些并不重要的东西抓住不放，造成痛苦；三是压根就分不清轻重，本末倒置；四是把一些并不美的东西当作美去追求，不懂得美的所在，更不懂得如何创造美和珍惜永不衰退的美。据说苏格拉底的丑与他的哲学一样享有盛名，但他在女人的心目中很有位置，是公认的爱情专家。

如果想要美向自己靠拢，就请向苏格拉底靠拢。

自信是太阳

> 自信是太阳，照亮自己，也照亮世界。

我们这一辈尽管没有像上一辈那样经历血与火的考验，但伴随《东方红》和《春天的故事》，走过了半个世纪，却也慢慢体会到：自信永远是人生的太阳。

"自信人生二百年，会当水击三千里。"自信是对前途的坚定，对成功的坚毅，对人生的坚信。自信肯定自我，肯定自我存在与社会存在的一致性，肯定二者的相互依存性。

佛经上说："自信如手。"人有手，才能入宝山，自由挖取宝物。缺乏信心，无异于没有双手，即使进入宝山，也拿不到东西。

成功来自自信。成功的人生必然蕴藏着向大自然和人世间挑战的坚信。梁启超说得好："凡任天下大事者，不可无自信心，每处一事，既看得透彻，自信得过，则以一往无前之勇气赴之，以百折不挠之耐力持之。虽千山万岳，一时崩溃而不以为意。虽怒涛惊澜，蓦然号于脚下，而不改其容。"

古代先贤以立身、立言、立功三不朽为人生目标，无不以自信名世，以自信传世。李白有"天生我材必有用"的自诩，王勃有"自能成羽翼，何必仰云梯"的自负，欧阳修有"遇事无难易，而勇于敢为"的自坚，老子更有"胜人者有力，自胜者强"的天尊。所有这些，如若没有自信为心，将为无根之木，无源之

第一章　常约

水,甚至无形无影。

"人生万事须自为",做人就要"手提智慧剑,身披忍辱甲","明知山有虎,偏向虎山行",踏遍千山万水,经历千难万险。谚语云:"困难好比一座山,看你敢攀不敢攀;胆小永远站山下,勇敢就能上顶端。"

自信是对个性的肯定。没有自信,便没有个性张扬,没有个性张扬,便没有独特的人生。前几天,正在大学读书的女儿在电话上说,看到许多同学有突出表现和个性张扬,自己应该怎么办,心中没底,心里发虚。我没有告诉她具体怎么办,只对她说:"要相信自己。有自信就会自觉学习别人的一切优点、能力及意愿,而不是看到别人进步心理紧张。心理紧张,心生嫉妒是前进道路上的障碍。"

放下电话,又给女儿发了一条短信:"自信是最好的导师和成功的资本。自信不是自以为是,而是充分相信自己和自强不息。同样资质的人,自信与否大不一样。自信者必然走在前头,反则只能跟在后面。甚至可以说,自信是太阳,可以照亮自己,也照亮世界。面前的世界充满阳光,自然一切顺意。"

短信发出后,仍觉意犹未尽。又在手机的记事本上写下:"自信是人生的太阳。有自信的人生是光明的。少年自信如朝霞万道,中年自信如阳光灿烂,晚年自信如夕阳满天。有自信相伴的人生是幸福的。"

人的自身是个矛盾体,经常处于自信与不自信的矛盾中。我在理智上知道这一弱点,平时较为留心关于自信的感受。还是十多年前吧，我读到一个小学生的作文。小作者写道：他每天上学都是迎着朝阳走路，心情特别明亮，即使阴雨天气，眼前仍有朝阳升起。这朝阳给他带来一天的好心情；走到学校，教室是那样明亮，老师是那样和气，同学是那样亲切，所学的课程是那样有趣；回到家里，竟是那样的温馨和惬意；晚上睡觉，也有朝阳温暖心中，做梦都是绚丽多彩的。他最后说，朝阳是大家的，也是自己的，心中升起朝阳，一生永远明亮。

读过小学生的作文，我曾反复思考过，得出的结论是：这是自信的情愫。自信与否，关系到一个人的进步与成功，关系到一个人的学习与生活质量，关系到一个人与亲人、朋友以及全社会的关系。自信对于人生应该像日月星辰一样永恒存在。

我不是意识决定论者，却充分肯定意识的反作用，坚信自信与否对看人看事的极大影响力。这正如，同样是一个太阳，可以温暖人心，也可以晒死病毒。朱元璋小时候与一伙穷孩子偷偷杀牛吃烤肉，希望太阳不要出来，天再暗一些，便于掩盖现场；后来落难时露宿街头，却盼着太阳快点上来，好驱除一身寒冷。看见糖水，柳下惠说可以养老，他的弟弟盗跖却道可粘门闩。同样的夜晚，有"月白风清，如此良夜何"的风雅，也有"月黑杀人夜，风高放火天"的野蛮。客体是同样的客体，在不同的主体心目中可有千千万万种变化，起决定作用的只能是自己的心。由此推论，自信与否对人的一生处人行事关系极大。

有人感叹于同一环境，甚至生于同一家庭，却有不同的命运。事实上，人生走什么路，是由自己的信心决定的。最近读到

第一章　常约

一篇小小说，题目是《别墅的力量》。面对新颖别致豪华气派的别墅群，三个人从三个角度看过之后都改变了自己的人生。

一个是制药厂职工外兼业余油漆工，拼死拼活挣钱，想把窄小的一室一厅换成宽敞的三室一厅，看过别墅后突然悟到，这样的追求何时到头呢？从此后每天以二两二锅头打发日子，图个悠闲自在。这种活法虽然不富有，却也自得其乐。

一个是文化馆画匠，面对天堂般的别墅突然醒悟，整天画广告挣钱，何年何月才能挣够一幢这样的别墅呢？倒不如安下心来画自己的画。从此不为眼前利益驱使，而为远大目标奋斗。后来竟成为远近闻名，在画坛上占据一席之地的知名画家。

还有一位是市长，被前呼后拥视察别墅群后，心灵天平倾斜。心想，作为一市之长还不如个体户，由此放弃人生的警戒线，特别是当了市委书记后竟大捞其钱。天平的倾斜也像泰坦尼克号撞上冰山，船毁人亡。他留下的临终感言是，思想一失衡，顺着滚滚而来的钱财滑向了地狱。

三个人看过同一事物，产生三种选向，得到三种结果。是物诱的力量，是经历的力量，还是什么别的外在因素？这些东西都是因素，但都不是改变一个人一生的根本因素，能决定人生方向的只能是自己的心——自信的力量。这其中既有自信心增长带来的好运，也有自信心削弱带来的噩运。自信永远是掌握命运和前途的重要因素。

人类的许多共同之处，除了本能方面的大体相同外，尤其表现为本质的相通，对事物本质的认知的一致性。关于心的决定意义，不仅中国的古代先贤有同感，西方人士也有同样的感受。一本谈人生的书载，西方的一位女诗人看到河里一些帆船驶向码头，不禁深有感触，写下这样的诗句：

有的船驶向西，有的船驶向东，

可是空中刮的，都是同样的风。

是帆而不是风，才决定我的何去何从。

命运之风可能把一个人刮向不平凡的港口，刮向辽阔的大海，刮向无限风光的圣地；也可能刮进平庸的港湾，刮进可可西里无人区，刮进恐怖的死亡谷，刮进黑暗的地狱。何去何从，起决定作用的仍然是心中的帆。

坚定心帆是人生首务。是在顺风中走错路，还是在逆风中张好帆，全在自己把握。美国总统林肯的命运可谓逆风多于顺风。但他充分相信自己，牢把心中之帆，每次迎风行驶，都成为受教育的机会，成为深刻理解生活的机遇，成为促使自己进步的训练班，成为具备驾起美国这条大船能力的加油站，成为将自己冶炼成美国历史上最伟大总统的"八卦炉"。林肯如果不是充满自信，怎么可能在逆境中收获如此丰硕的人生之果呢？

自信永远是辉煌的支点。正因为有着坚定的自信，在美国二百多年历史的43位总统中，经历磨难最多的林肯总统，始终耸立在世人心中。如果不是超常的自信心作基础，无论是穷困的童年，大波大折的中年，还是那位从肉体到灵魂纠缠他大半生的泼妇，都可以断送他的前程。如果真那样了，世界历史上也就没有光耀千秋的林肯了。

第一章 常约

《圣经》上说:"一个人心里怎样思量,他的为人就会怎样。"一位妇人经常梦到面目狰狞、奇丑无比的妖魔追逐。终于有一天,被逼无奈的她大喝一声:"你要对我怎么样?"妖魔答道:"是让我变成个漂亮的王子,还是让丑恶把你吞掉,全由你自己决定,因为这不过是你的一个梦。"

自信还是一个人内心的自由天地大与小的决定因素。19世纪英国最伟大的思想家穆勒认为:"完全的个人自由和充分的个性发展不仅是个人幸福所系,也是社会进步的主要因素之一。"他进而指出:"个性是人类的福利因素之一。""人类要成为思考中高贵而美丽的形象,不能靠把一切个性的东西都磨成一样,而要靠在他人利益和利益所允许的限度之内把它培养起来和发扬光大。"这当中,最重要的前提仍然是自信。没有自信,何来个性?没有自信,何来个性的充分展示?没有自信,何以使一切个性发扬光大?

马克思在《共产党宣言》中提出过一个著名论断:"代替那存在着阶级和阶级对立的资产阶级旧社会的将是这样一个联合体,在那里,每个人的自由发展是一切人的自由发展的条件。"马克思与穆勒看问题的角度尽管不完全一样,但二者却有异曲同工之妙,都把个人的自由发展,包括个性的张扬作为社会发展的先决条件。

每个人个性的发展是整个人类发展的必要条件。追求有条件的自由,追求个性的解放,不仅是人类共同的理想和本质要求,也是人类发展的共同需要和决定性条件。满足需要和条件的正确选择不能靠把个性磨平，把个人的自信打掉，而要靠每个人的自信的充分建立。建立自信带来的绝不是以自我为中心的各自为战和互相攻击，而必然形成自信与他信的统一，统一到充分自信的基础上的相互尊重，友好往来，团结协作，共同发展。以往历史上个人与个人，团体与团体的相互攻击和侵害，正是不自信心理支配下自我防范本能恶性膨胀的结果。这样的结果正是人的悲剧、历史的悲剧、人类的悲剧产生的基础条件。认识到这一点是人类的进步，充分肯定以自信为基础的共同发展，是人类进步的重要标志。

　　我经常想，中国封建社会的春秋战国时期，推翻封建社会以后的20世纪的三十年代，能出现孔子和鲁迅那样世界一流的划时代的人物和影响范围之广之深的思想成果，究竟是什么原因促成的呢？在别的时代和时期，这样的人物普遍销声匿迹，又是因为多了些什么和少了些什么呢？想到这里，我脑中展现出屈原问天，鲁迅呐喊，张志新愤怒。这使我进一步想到，优秀文化成果的产生，是自信的产物，与此同时，战乱等"人祸"，不能说全是，至少有一部分的发生是不自信导致不他信的产物。

　　追求自由理所当然，创造追求自由的条件势所必需，这都需要以自信为基础的他信扩大。这是人类走向进步和辉煌的先决条件。我们可以把这一切称之为人类发展的适当领域。穆勒指出这一适当领域主要内容有三条：一是思想、信仰、言论、出版的自由；二是兴趣和志趣的自由；三是无害于他人的上述人结合的自由。这三条的前提条件仍然是以自信为基础的他信扩展，或者说自信和他信的共同扩展。

　　先哲为我们描绘了一个无比美好的未来,这个未来是自信与自由的高度统一。无论就个体还是社会而言,相互依存的两个方面都是极其重要的。就个人来说,自信是自由的条件;对社会来说,自信是自由的基础。而这一切都充分证明:自信是太阳——是个人美好前途的太阳,也是全人类无限光明的太阳。

文人无过

> 为主义献身,为真理舍命,为历史添光彩,是为文人。

一部《燕山夜话》,是我最爱读、最佩服的书籍之一。读其书想见邓拓的为人,除了由衷敬仰,又陆续买下他的几乎全部著作。

老实说吧,除了《燕山夜话》,邓拓的那些大文章,尽管当年轰动全国,震惊世界,现在却已不能引起我的兴趣。不知为什么,多少年来总会想到邓拓内心的矛盾和痛苦,想到田家英劝毛泽东放弃一些政务,专心于理论研究,想到文人的种种遭遇,想到历史上的现实和现实中的种种磨难,想到一切社会制度和制度以外的一切。

从另一方面又想到司马迁说过的"文王拘而演周易,仲尼厄而作春秋。屈原放逐,乃赋离骚。左丘失明,厥有国语。孙子膑脚,兵法修列。不韦迁蜀,世传吕览。韩非囚秦,说难孤愤。诗三百篇,大抵圣贤发愤之所为作也。"我想到的版本是《毛泽东文集》中的引文,而非《报任安书》的原文。

之所以想到这些,是因为与前面的意思相对接形成这样一个观点:环境对人有压迫迫害的一面,也有砥砺激发的一面,这便是人类生存与发展的天地。

虽然说时间是淘洗一切记忆和消除心灵痛苦的神能妙器,但

第一章 常约

邓拓这位才华横溢、出类拔萃、文章道德都十分了得的文人，遭罪罹难近四十年了，每当想起他的冤死，想起一代文曲星的陨落，心里总不能平静，并由此引出关于文人的一些思考。

邓拓作为报人，作品、人品达到光辉的顶点。顶点，不是"会当凌绝顶，一览众山小"，而是人生的相对高度。这高度不仅是一个人奋斗的结果，是令人景仰的丰碑，而且是以人写的历史中的一个警句。然而，这丰碑和警句却会转而成为压在人们心头的铅锤。

邓拓去了，又没有去，他永远留在历史上。如果列一张新闻记者排行榜，我会毫不犹豫将邓拓列于榜首。接下来应该是邹韬奋、穆青、赵超构也即林放，还有曾经办报后来专事文艺创作的孙犁和马烽等。他们都是一流的报人，一流的文章大家，一流的才俊和道德典范。

邓拓的一生以办报名世，也以办报谢世。名世和谢世"都是媒体惹的祸"。

媒体是最招眼的地方。身处媒体首席，自然更招眼。作为北京市委书记处书记的邓拓，尽管也在被打倒之列，但毕竟前面还有挡风墙彭真等更大的人物，还轮不到他挺身为首。而作为报人，作为"三家村"首席老板，他却首当其冲。

"三家村"的邓拓、吴晗、廖沫沙，都是书生当政，都是文章大家，都是一代文人，都为文章所累。对此，邓拓似乎早已心有所思，诗有所表，诗曰："文章满纸书生累。"

这不能不使人联想到，"文革"风暴骤起，邓拓含冤自尽。他的夫人丁一岚忍受着巨大悲痛，冒着生命危险，珍藏起邓拓写下的一方诗绢。这方诗绢以潇洒的书法记录下同样潇洒的诗句：

战地青衫侣，风沙北国春。白云浮终古，江水去长东。

身世三生动，心天一向红！高情为尔我，天地自无穷。

这两位战地之侣，有他们艰苦卓绝的战斗春天，有他们高尚纯洁的感情生活，有他们穷尽一生的真理追求。但这一切，对个体生命而言，都没有"白云浮终古"，"江水去长东"。天地无穷，生命有限，邓拓的人生，竟是如此短暂，短暂的令人难以接受；而且竟又是那样去了，留下太多的沉痛、沉重，沉重到可以压弯我们这个民族的肩骨。

我不懂，文人对死既是那样义无反顾，文人的生命却又是那样脆弱。屈原那样去了，虽然走得一清如水，但毕竟有《离骚》的悲愤，没有《离骚》的悲凉之美；嵇康那样去了，刑场的悲风与呼号犹在，但毕竟不是《广陵散》那样的美妙旋律；谢灵运那样去了，"诗写毕，赴法场，刀起处，人头落"，这文人的笔好生痛快，但刀削脑袋，无论对当事人，旁观者，还是后来人，都没有那般潇洒；贾谊那样去了，仅有33年的人生，竟遭到那么多的忌妒，那么多的毁谤，那么多的打击，他的年龄与他的成熟太不相称，竟至于让那样稚嫩的肩头承受了如此的沉重，竟使得两千六百多年后的毛泽东都忍不住赋诗：

贾生才调世无伦，哭泣情怀吊屈文。

梁王堕马寻常事，何用哀伤付一生。

在另一首诗中又写道："千古同惜长沙傅，空白汨罗步尘埃。"

第一章 常约

看来，贾谊毕竟不是胸怀博大的政治家，却对政治抱有过大热情，过深地涉足政治漩涡。这几乎是中国文人最热衷的悲剧道路。

文人的生与死都有太多的悲愤和沉重。除了上述一系列历史的悲壮和千古遗憾外，还有李后主的死，李贽的死，李清照的死，方孝孺的死，金圣叹的死，龚自珍的死，王国维的死，竟是一个接着一个的沉重。这沉重，自然是事件的沉重，读者心头的沉重，或许已上升为规律的沉重。说轻点，是灯蛾扑火，自取灭亡，过于热衷于光明，却轻飘飘地葬身于黑暗；说重点，就像"精卫衔微木，将以填沧海。"雄心博大，壮志宏伟，道义冠天，却不免因过于沉重而筋骨断裂。

我以沉重的心，想着这些沉重的事，无论如何难以明白：历史，尤其是华夏古国的千年文明史，是否非要有那么多沉重压着，否则便不足以证明它的份量呢？

我所不明白的并非是为主义献身，为真理舍命，为大义洒热血，为存亡而肝脑涂地有什么不应该，而是面对太多极具感染力的悲壮，不能不想到"头颅掷处血斑斑"的书生意气与暴政、侵略者、非正义和吃人制度的并存，为什么非有这样的并存？这并存的原因何在？由谁设定？由谁主宰？

尤其令人不能释然的是：虽然人都要死，但舍生取义的死，一代才俊的死，毕竟更多出一份沉重，多出一份惋惜，多出一份悲凉，多出一份不能不有的愤慨。

人死似乎是可以选择又不可以选择。就可以选择而言，我特别敬仰舍生取义,却比较欣赏诗情画意般的死法。比如像李太白那样的死。据说他是酒醉后由船上落水而死,落水原因则是伸手倾身揽月的潇洒举动。李太白有"斗酒诗百篇"的才气,有"黄河之水天上来"的博大,有"浩歌待明月"的期冀,有"把酒问月"的空旷,有"千金散尽"的洒脱,有"呼儿将出换美酒"的天伦之乐。似乎人生应有的他都有了。他是那样的文采斐然、豪气逼人,那样的"神气高明、轩然霞举",那样的狂傲不羁、傲然伟岸,那样的清新俊逸、仙风道骨,那样的愁肠百结、满腔悲愤,那样的波澜跌宕、瑰丽多姿,那样的风骨高迈、秀雅绝伦,那样的天真直率、飘逸空灵,那样的汪洋恣肆、无怨无悔。做人当如李太白,不枉潇洒付一生;撒世也同李太白,以死自铸瑰丽诗。

我更不明白,历代统治者为什么竟要那样:一方面使出吃奶的力气大力倡导仁义、道德、气节,赠匾表、立牌坊、修专志,无所不用其极;另一方面又筑高墙、设囹圄、施酷刑,画地为牢,指天问罪,惨绝人寰。这好像是预先设下陷阱,任你刚烈的、高尚的、聪明的、老实的、出类的、拔萃的往里掉;又好像是自视甚高的文人自己挖坑,或者自愿帮忙,活埋自己,挺身刀俎,甘为鱼肉。

这样的结果该怎么说呢?好像被抿去的是人尖,是人才,是精英,是一流人物,是人中之龙;剩下的倒有不少是平庸之人,是庸才,是二流以下者,是混混,是人渣。

这样的结果怎能不是遗恨斑斑,无比的沉痛和沉重呢。假使

第一章　常约

文王不是受拘而是被杀，仲尼不是受困而是被害，屈原不是被流放而是处以极刑，孙子不是被剔去膝盖骨，而是削掉脑袋，还会有《周易》、《春秋》、《离骚》和《孙子兵法》传世吗？果真那样了，华夏的数千年文明史就不仅是沉重，而且是黑云沉沉了。

这样的结果也许只能是这样。不这样便不是历史，便不是社会。但是，不管是一厢情愿也好，还是幼稚的愿望也好，我认为对文人压一压无妨，但无论如何应该为他们留下活命的余地，断然把那个会思想的球体割去，也就真正切断了传承文明的命根子。

文人酸一点是有的，而酸并不等于腐。如同醋的酸一样，酸并不是臭。酿醋有多少道工序，我没有研究过，据说比美酒还要多出一道。这又好像水冻为冰，滴穿石透，绳锯木断，均非一日之功。更像是山愈高愈耸，水愈深愈蓝，气愈清愈朗，本色如此，十分自然。更何况，醋的酸与香是你中有我，我中有你。文人的酸与文，也是你中有我，我中有你。

写到这里，我竟不知不觉翻开字典研究起这个"酸"字来，"酸"的左半边是"酉"，本意是贮酒器，并有蓄、饱、老、成等义；右半边是"夋"。这个"夋"与"人"相配是"俊"，与"马"相匹为"骏"，与"山"相聚为"峻"，与"立"相并为"竣"，与"田"相会为"畯"，与"鸟"相伍为"鵔"，与"月"相前后为"朘"，无不表示着杰出、高大、挺拔、伟岸、潇洒、大度、丰硕。尤其是这个"朘"字，更为大有深意。老子有言："骨弱筋柔而握固，未知牝牡之合而朘作，精之至也。"柔中有刚，力固于内，柔和宽容，其奇其妙无比。

我想象的翅膀继续高飞，似乎看到文人的酸与山相容，耸入云霄；与马相匹，驰骋千里；与鸟相并，鼓翅奋飞；与田相合，"畯民用章，家用平康。"其形象，其志向，其功用，有什么可以挑剔的呢？

哲学给我们太多的思考，文人则留下太多沉重。这真是令人没有办法的事。面对这没有办法，将陈年老账扯出来，无非是通过对生命脆弱性的追问，对制度隐患性的追问，对民族劣根性的追问，对文化缺陷性的追问，对政治痴迷性的追问，以引起进一步反思，做好完善工作。然而，面对如此重大的问题，无能为力的我，最大的努力也只能得出这样一个结论：

书生有书生本色，文人有文人品位，往也今也，文人无过。

为大匠说句话

> 万里长城永不倒。令人总有些许遗憾的是,它雄视古今,却掩埋大匠的英名。一面光焰万丈,一面暗无天日。

中国是一个对工匠包括大匠重视很不够的国度。能否说古往今来莫不如此,有待商量,但不重视的问题肯定是严重的:不论是当时的现实,还是后来的后果。

历史的存在也是现实的存在,现实的存在无不透出历史的缩影。有句话说,万里长城今犹在,不见当年秦始皇。如果换个角度说,便是:秦皇千年今犹在,不见当年工匠王。

"阿房宫,三百里,住不下金陵一个史。"西楚霸王一把火,顿时烈焰升腾,灰飞烟灭。但烧掉的是"宫",而不是"阿房宫"声震数千年的大名。

此大名并非彼大名。本当与阿房宫紧紧联系在一起的规划设计者和建筑工匠们,哪怕是其中的一位都未能与此大名一同流传下来,更未见有史书记载,列有专传就更谈不上了。

倒是听说,几乎与"阿房宫"一样有名的,一个露天,一个地下的秦始皇陵竣工之日,也是工匠死期之至。随着最后一道工序的结束,成千上万的工匠活埋墓底。对此,不仅野史有生动描写,被历代帝王所重视的钦定正史也有记载。

其实,就艺术生命而言,当初的大匠们连同他们的创意、设计，以及一切美的创造，从来就没有与其姓名一道存在过。

某人写一本书，甚至一篇文章，比如李斯的《谏逐客书》、贾谊的《过秦论》、杜牧的《阿房宫赋》，都与他们的名字永远相连在一起。于是，人以文传，文以人传。何独"阿房宫"、"秦始皇陵"、"万里长城"等"伟大作品"的"著作权"和"作品署名权"没有着落呢？这恐怕永远是一个令人不可思议的谜。

不过，杜牧的一篇《阿房宫赋》毕竟还是让我们知道了许多，然而也让我们遗憾得更多。他写道："六王毕，四海一。蜀山兀，阿房出。覆压三百余里，隔离天日。骊山北构而西折，直走咸阳。二川溶溶，流入宫墙。"这是何等规模，何等壮观，何等工程。不说华纹缯帛，盘结回旋，纡曲回折，单说"一日之内，一宫之间，而气候不齐"，这是何等的匠心之运；不说长桥伏龙，环曲飞虹，单说"渭水涨腻""烟斜雾横"，这又是何等的奢华；也不说宫车辘辘，雷霆乍惊，单说"倚叠如山""弃掷迤逦"，这又是何等气派，何等排场。说来说去，一切的宏伟建构、富丽堂皇、奢华铺排都显赫入目，唯独关于谁的血汗、谁的佳构、谁的匠心、谁的艺术生命的奉献没有片言只语，这又是何等遗憾！

我为大匠鸣不平，也为中国文化而遗憾。中国的咸阳，中国的长安，渭泾之畔，艺术之河的澎涌，当不在意大利的佛罗伦萨之下。然而，出生在佛罗伦萨的米开朗琪罗、达·芬奇们，不仅在当时当地而且在后世大名鼎鼎，并没有因为他们是工匠，是搞艺术的就被伽利略的光辉所掩盖。直到如今，在佛罗伦萨博物馆

第一章　常约

和卢浮宫博物馆还可以领略到这些大匠们的艺术精华和光华人生。其中，米开朗琪罗，17岁便因创作了大理石浮雕《半人半马和拉鹿泰人之战》而宣告天才诞生，他的《大卫》更是天长地久般地耸立在全世界人们心中。达·芬奇的《岩间圣母》、《安加利之战》、《最后的晚餐》和他天才的名字早已成为世界艺术的瑰宝。尤其是《蒙娜丽莎》，更使他的大名响彻欧洲的莱茵河、多瑙河畔，亚洲的长江、黄河两岸，非洲的尼罗河、刚果河流域，美洲的亚马逊河、密西西比河全境，澳洲的墨累河、克拉伦河沿途。世界上大凡被文明的春风吹过的地方，几乎无人不知《蒙娜丽莎》，而知道《蒙娜丽莎》的人又无不对达·芬奇这一天才的大匠心存敬意。

　　但是，又有哪一个洲，哪一个国，哪一个省，哪一个县，有多少人，知道中国的《阿房宫》这一艺术瑰宝的创造者是谁？铸就敦煌灿烂辉煌的又是谁？恐怕当年已经不会有多少人知晓，后来就更是很快被历史的尘埃湮没。这当然有时间的剥蚀，但主要还不是时间老人和历史尘埃之过。

　　为了查找原因，更为了拨开历史的尘封一睹大匠的风采，我于经常的逛书市中一直留意着。最近，终于在成千上万的书丛中觅到一部《哲匠录》。书很气派，插入书架如鹤立鸡群。此书为中国建筑工业出版社出版，是专家编的专书，资料似乎也很齐全，上自唐虞，下至近代，均无不包。该书的封面赫然写着这样几行字：

　　"本书汇集了中国古代至民国以来的建筑师传略，反映了中国建筑先辈们自古迄今的心路历程和聪明才智,是一部以建筑师生平事迹及代表作品汇编而成的别样的建筑史。"

  我如获至宝,马上打开这部企盼已久的书,先从目录查索。依次看到的是唐虞时代垂与鲧,夏代禹与奚仲,周朝轮扁、工师翰、匠庆等。在垂的名下写着:"垂,尧舜时共工。创制规、矩、准、绳、钟、弓、矢、耒耨、粗、铫等器物。"这自然十分重要和伟大,具有开创之功。鲧与禹是治大水的父子,看过所载,于建筑艺术的创造,似乎没有更多的贡献。奚仲虽说是黄帝之后,却以打车为本行。轮扁虽然对造车技术有更深入的研究,并以造车理论与齐桓公论辩过,但他的建筑成果却没有记载,包括他的名字也不得而知,打车师傅而已,严格地说,这不能算"传略"。工师翰、匠庆,虽然可谓本来意义上的大匠,但仍应怀疑他们与轮扁一样并非真实姓名。尤其令人寒心的是秦一代只有蒙恬一人。蒙恬的大名尽管比不上万里长城和秦始皇,也是很响亮的。说他统领修筑长城和守边,是没有人不信的,但说他还是长城的总工程师,阿房宫的艺人之王,只能是荒唐之言。

  查索半天,被历史尘封的大匠的英名还是不能见到天日。即使留下真实姓名的,如地动仪的创造者张衡,修建都江堰的李冰父子,修筑中国人自己设计、自己施工的第一条铁路的詹天佑,其大名的流传,也不是为匠的业绩,而是为官的地位。古往今来,造成这样一种情况是华夏祖先的遗憾,历代子孙的遗憾,中国的遗憾,也是世界的遗憾。 那么,我们就来听听梁思成先生如是说吧。

他说:"中国建筑既是延续了两千余年的一种工程技术,本身已造成一个艺术体系,许多建筑便是我们文化的表现,艺术的大宗遗产。"既是"艺术体系",又是"文化表现",还是"大宗遗产",为什么千年流传的艺术纪录中,文化记载中,"遗产账目"中,不记下它们的主造者的名字呢?

他又说:"数千年来的匠师们,在他们自己的潮流内顺流而下,如同欧洲中世纪的匠师们一样,对于他们自己及他们的作品都没有一种自觉。在社会地位上,建筑只是匠人之术,建筑者只是个'劳力'的仆役,其道其人都为'士大夫所不齿'。"原来是为"士大夫所不齿",那就更为堂堂正史所不记了。至于不为官方所重的"野史"也未见载说,就只能说还为下九流小说家者所不屑了罢。

他还说:"西洋各国在文艺复兴之后,对于建筑早已超出中古匠人的不自觉创造阶段。""所以西洋的建筑创造同他们其他艺术,如雕刻、绘画、音乐或文学并无二致。""如果发扬光大我民族建筑艺术特点,在以往都是无名匠师不自觉的贡献,今后要成为近代建筑师的责任了。"

多么重要的"自觉阶段",多么需要的"自觉贡献",多么重大的沉重"责任",说得多好啊!但愿今后再也不要因为"不自觉"而引出绝名和绝对的遗憾了。

这就要求我们今人和后人,要深刻理解梁思成先生从国内与国际建筑艺术的内部与外部几个方面透彻的论说,真正认识建筑艺术的自觉是一个至关重要的大问题,永远记住梁先生的嘱托,切实形成这问题彻底解决的两个自觉。不是一个时期的自觉,而是永远的自觉;不是某一点上自觉,而是全面自觉;不是某一行业自觉,而是全社会的自觉。

当成群结队、成千上万的人们饱览了地上文物,又饱眼于地下文物,无不为这凝结着灿烂文化的文物惊叹不已的时候,可曾想到创造这传世文化的大匠们?可曾想过他们遭受的"暗无天日"的待遇?无论如何,大匠是不该被忘记的。在历史的长河上,应该有他们雕像相连的长廊;在一代又一代人的记忆中,更应该有他们的丰碑。这是艺术的呼唤,历史的呼唤,也是现实的呼唤。

我手边有一部王力题签、吴小如作序的《中国历代赋选》,收《赋》八十篇。有赋风、雨、雪,赋山、田、园,赋声、色、酒,赋楼、台、阁,赋士、子、神,赋文、章、音,赋别、离、恨,独独没有大匠赋或赋大匠。这篇小文压根不敢与历代各赋相提并论,但想为大匠说句话也是有感于心,借《小民说话》的"成例",为大匠说句话,尽管不自量力,却也不失为一种声音。

手铐是自戴　怨不得钱与权

> 追求金钱的过程是艰辛的，追逐权力的过程是残酷的，二者的高度结合是可怕的。对这种"高度结合"保持警觉，是必要的。

对富有与享乐的追求，人神皆然，中外皆然。这追求没有错。

人心向富，神也不喜于过穷日子。中国的庙宇，即便在贫穷落后的时代也力求金碧辉煌；外国的圣殿，更加富丽堂皇。因为这都是神的需要，是按照神的意志建造的。

以色列王大卫要造圣殿，神说，这件事将由你儿子来办。大卫还是为庞大的工程绘出宏伟壮丽的设计图，带头将自己所有的金银和珠宝捐出来，希望别人也照样去做。神没有说不满意，更没有因此降罪于他。

人可以省吃俭用，节衣缩食，神殿不能不富丽堂皇。我们读书阅史，也没有遇到过为神破费而遭报应的事。可见神并不反对富丽和拥有。

向往美好，追求富有，没有止境。在这一点上，人与神没有不一致，无须不一致，不必指责。这是人人应有的权利和正当追求。为此，完全可以说，金钱是个好东西，权力也是个好东西。权力实在是个好东西，仅是一个"权"字本义，不过一枚黄花菜而已，而权利却是一切的保障，不说别的，一个人没有生存权，便不能很好生活，文物没有保护权，便不能保证不被破坏。一切皆然，再上升为权力就更好了。其中好处，世人皆明，不过认识的深度不同罢了。物极必反的原则在此也是通行的。权力过大，又不受制约，危险也过大，这也是被事实证明的真理。在这一点上，不少人犯糊涂，认为金钱和权力是肮脏的和罪恶的根源。聪明的犹太人看得最明白，在犹太人的圣经《塔木德》中有这样的话："金钱在恶人手里是罪恶，在善良人手中是行善的力量。"不去区分人性而是为钱与权定罪是荒唐的，以此束缚自己的思想是愚蠢的。

这样说并不否认追求金钱的过程是艰辛的，追逐权力的过程是残酷的，拥有金钱和权力，尤其是二者高度结合，是可怕的，为此而投机取巧是自取灭亡。

明知如此，仍有人舍生忘死，奋不顾身，玩"火"丧命。不能不引起反思。有人反思后认为，是金钱和权力之过、之罪。这样认为，无异于溺水而死，把责任推给水；跳崖身亡，倒应该判定悬崖的罪。

追求金钱和权力都没有错，但不能成为它们的俘虏。钱与权应由人来把握，而不是相反。

一般而言，人对钱与权的承受力有个循序渐进的过程，就像入学升级是一样的道理。人与人之间也有差别，过于强调差别则会走向反面。据说科技大学少年班并不像希望的那样成功。钱与权的暴发户很少不出问题的。一个工薪之家抓到百万元大奖导致

第一章 常约

家破人亡，人们议论过很长时间。一位早年得志者以镣铐加身告终，人们更是议论纷纷。八十年代，贪污腐败还不像现在这样严重，有一位干部对上奴性十足，对下狐假虎威，所作所为令人作呕。一次他以出公差为名到某校接领导的孩子，不幸车毁人亡，人们说他发财太急了，坏事做绝了，早该到阎王爷那里报到了。

时下有一种说法，男人有钱就变坏，女人变坏才有钱。现代民谣载：地球是圆的，天是蓝的，海是深的，爱你是真的，嫁给你是不可能的，如果你是有钱的，我们还是有缘的。又说：酒杯一端，政策放宽；礼物一送，制度松动；明眸一笑，原则丢掉；熟人拜托，好说好说。这都是人间常事，神间似乎不有，至少不常有。这并非金钱与权力的错误。金钱和权力决不像SARS和禽流感病毒那样罪孽深重，问题在于有些人的贪得无厌，不择手段，至少是失当和越轨。

天津大邱庄禹作敏由兴到衰不到20年。其兴也忽，其衰也促。偶尔想到，我仍然忍不住反思。关于禹作敏，恐怕不能否认他的能力和能量，不能否认他曾得改革开放风气之先干过一番事业。应该说，作为一个农民，无论是开发大脑，还是开发创业，都是了不起的；无论是运营资本，还是运作权力，都是上档次的。发生在他身上的悲剧，好像是钱与权之过，好像是钱与权浸泡了他并不罪恶的灵魂。对此究竟应该怎样看？我曾经多次在心里发问，一个农民，为什么会走到这步田地，是他自己过于自负？还是别人过分抬举？或者是别有原因？恐怕还是坏在忽与促上吧。

我有一位老朋友，从普通工人成长为地位较高的领导干部，始终是那样令人亲近，那样心平气和，他也在变，却是越变越令人可亲可敬。一次，我对他说，在你身上有一种气象：平易、亲和、可敬却不容冒犯。他只是淡淡一笑说，你说的这种气象，我也遇到过，但不是我。

由此，我想到吃酒。据说有的人胃中有化酒器，多吃不醉，而没有化酒器的人就无福如此消受了。难道对金钱和权力的吸纳吞吐也有此分别？

不管怎样，事实明摆着。金钱和权力在一些人手中是"及时雨"，是"雨露"，在另一些人手中却是"暴风雨"，是"淫雨"、"苦雨"，甚至"灾雨"。根本原因在于追求的目的和方向。

我曾有幸两次到过华西村，两次见到吴仁宝，两次听吴仁宝作报告。他与禹作敏是两条人生道路、两种人生境界、两个不同结果。

吴仁宝率领下的华西村，坚持既富"口袋"，也富"脑袋"；坚持人活着，要有能力，有作为，有所为；要守法，守德，守信，要难不倒，夸不倒，吓不倒；坚持人死了，死即了了，但了的是物质，多留下一点好的精神、好的形象给子孙后代。

吴仁宝是真正的有福之人，也是真正懂得惜福的人。他将人生的幸福建立在为广大群众谋幸福的基础之上，主张有福同享，福人在前，福己在后；建立在留有余地的基础上，主张享福要留有余地，要惜福；建立在经久不衰的声望的基础上，主张留下好的名声，留下历史地位。从他身上可以悟到，中国的古圣先贤，为我们留下"惜福"二字，是值得永远珍视的人生至宝。

有感于此，第二次从华西村参观学习回来，我曾在《西方思想宝库》以下一些话画过着重线："一个人真正的责任并不在于增加他手中的权力，或者将他的财产扩展到远远超过他的需求，而在于丰富和享受他的永不磨灭的财产'心灵'。"并为一位朋友写下"惜福"二字的条幅，特别将这两个字写在了自己心里。

写到这里，我想到顾城的一首短诗：

树枝想去撕裂天空，

却只戳了几个微小的窟窿，

它透出天外的光亮，

人们叫它作月亮星星。

顾城仅有37年的人生，却终生为精神的光辉召唤，不能享受物质生活；终生面对灵魂，面对人生短暂与终极的疑问，身心难以稍事休息；他留给人间的文化遗产，异光而温蕴，单纯而丰富深邃，清澈而变化不尽……

钱是无过的，权也是无过的。如果把责任追究到它们二位身上，无异于酒醉鞭名马，情多怪美人。是真正的人，就应该面向光明，背向黑暗。能如此，即便把手伸向天空，采摘到的也是光明而不是乌云。

卑鄙与高尚的对比

> 高尚与卑鄙只有一桥之隔。灵魂一旦被贪欲攫取，便由高尚坠入卑鄙。就人生的悲剧而言，灵魂的沉堕更甚于形骸的支离残破。

李真就刑前，曾经发出绝望的嚎叫："活着多好啊，多么希望党和人民再给我一次活着的机会啊！"

这"绝望的嚎叫"虽然出自一个年纪轻轻就腐败丧生的罪人之口，但毕竟喊出了腐败分子的绝望和可怜，喊出了国家走向康庄之路的另一面。

与此相反，在祖国和人民处于水深火热的最黑暗的年代，鲁迅先生曾发出"救救孩子"的呐喊。这呐喊，喊出了被压迫人民的心声、怒火与企盼，喊来了举国上下的觉醒、觉悟与奋起。

同样是喊，卑鄙与高尚泾渭分明，地狱天堂。所以，对于李真，我用了"嚎叫"二字，联想到杀猪宰羊时的绝望之声。

鲁迅的呐喊，像一声春雷，震响天宇，喊醒大地，喊笑春华，喊来了亿万人民的同声回应，喊出了一个新中国，喊起了中国人民的扬眉吐气和蓬勃奋进。李真的嚎叫，连同情者都没有，甚至憎恶者也不屑一顾，当然更叫不回走向刑场的肉体连同灵魂。只能为他轻于鸿毛的死、最不光彩的死、万人唾骂的死增加一点可怜的、无奈的绝望色彩，实际上等于对灵魂的再度污染。

第一章 常约

一般来说，死分两种——正常死亡与非正常死亡。非正常死亡，又有壮烈牺牲，意外罹祸，罪有应得的处决和自杀等等。对灵魂的打击，恐怕是罪恶的死亡最为严酷。

李真被处决，是罪有应得，是自绝于人民。看过教育片也有人说，可惜了。这不是同情李真，更不是同情腐败，而是同情年轻的生命，同情附在这生命上的才华。

一个有才华的生命就这样结束了，本该高尚的灵魂就这样贴着"罪恶"的标签、拖着罪恶的枷锁下到地狱了。

钱穆在《人生十论》中从生命说到灵魂。他认为："生命并不是表现在身体上，而是表现在身体之种种活动与行为上。"物质、生命、灵魂，三者的死亡过程，心最先，其次生命，再次身体，即物质。

由此推断用最现代化的方式执行李真，首先是心脏停止跳动，接着是身体各个部分随之失去表现生命的活力。然而，从另一个意义上说，恐怕是纯洁的灵魂首先死了，接着是政治生命丢失，接着是自由失却，接着是心灵毁灭，接着是彻底绝望，最后才是身体的死。这五个阶段，每一次都等于失去一次生命，每一次都是一次灵魂由纯洁向卑污的沉堕。导致这一连串沉堕的原因是与人民根本利益背道而驰。

毛泽东曾引用司马迁的话说，人固有一死，或重于泰山，或轻于鸿毛，为人民服务而死就比泰山还重，替法西斯卖力，就比鸿毛还轻。毛泽东对古代的庄子极为推崇。他的大气磅礴的诗词《鸟儿问答》，是诗化了的《庄子》，是《逍遥游》的诗词现代版。他老人家对庄子的生死观作何评说，未见记载。在以牺牲生命换取崇高的年代，他赞同司马迁的而不可能赞同庄子的生死观，同时肯定像庄子那样轻松、洒脱、空阔。我认为这两点，能有一点，灵魂便有了着落。李真的活着与死去离这两点都较远。据说他死后骨灰盒都无处存放，何能有灵魂的安放之所呢？

庄子把生命视为"随侯之珠"，把功名利禄，视为微不足道的燕雀。现代人往往弃珠而追雀是何也？面对庄子的发问，该如何回答？

范曾先生在《庄子显灵记》中这样回答：

"我想不到二千三百年后，

人类社会竟如此地沉堕。"

"艺术的隳灭是如此的残忍，

心灵的贫穷以至于完全地赤裸。"

"把生命抛在无垠的蛮野，

让妖风毒日使形骸支离残破。

走向生死界悲风飒飒的奈何桥，

下面是通向地狱的邪河。

那里是蛇蝎的乐园，

再不闻人间的清歌。"

对于死，中西文化都注重"死得其所"。不同的是，中国文化偏重于"寿终正寝"，偏重于"光荣献身"；西方文化似乎更注重于"生命的保存"和"灵魂的安放"。

无论是中国文化还是西方文化，李真的选择，理所当然受到

第一章 常约

鄙夷，他的灵魂只能游荡于地狱的邪河、蛇蝎的乐园。由此看来，他的"绝叫"真是无可奈何，可悲、可鄙、可怜！

与李真"心灵的贫穷""灵魂的沉堕""形骸的支离残破"相比，死也有美的一面。中外文学艺术家、哲学家不朽的笔下多有美丽的描写：杨绛写钱锺书的死是出远门，是远行，像是在美丽的梦中。季羡林写"芝生先生离开我们，走了"，他"晚节善终，大节不亏"，"完成了人生的义务，掷笔而去，把无限的怀念留给了我们"，是平稳的过渡。他也写到一点遗憾，即冯先生在八十八岁自寿诗中写道："何止于米？相期以茶。胸怀四化，寄意三松。"米寿八十八，茶寿一百〇八，三松也是长寿的寄意，冯先生的书斋即自命为"三松堂"。冯先生在《人死》中是这样写的："能够立德、立功、立人之人，在当时因受知而为大人物，在死后也因受知而为大不朽。""岳飞与秦桧一样得到大不朽，不过一个大不朽是香的，一个大不朽是臭的就是了。"

苏格拉底没有留下文字，据柏拉图告诉我们，苏格拉底将死之时，想到天鹅快乐地唱着歌为生命画上句号，并说"我也认为自己跟天鹅一样，是神的侍从，愿意为同一个神奉献一生，同样也从我的主人那里获得强大的先知力量，同样也高高兴兴地告别此生。"

生前渺小、卑污，死后留下臭气、臭名，是人生最大的悲哀。从李真身上，以及一切腐败分子的罪恶下场，我们看到，由灵魂堕落到污秽的死，是那样的丑陋；相反，从苏格拉底、冯友兰、钱锺书等哲人宁静的死，竟有那样多的美丽，那样多的高尚，那样多的伟大。在美与丑、香与臭、伟大与渺小的对比中，李真的绝叫是否更具震撼力呢？但这震撼力毫无疑问是反面的。不过，反面的意义在于发挥正面的作用。

第一章　常约

释尊指路

> 如果一个人将全部人生奉献于人类最伟大的事业，他就是圣人，就是神。

释尊佛陀为了人类的明心见性，根除生老病死，从无限虚空中获取无限快乐，奉献了自己的一切。然而，有些人包括所谓信徒，总是千方百计利用他，做出与他的"言传身教"相反的事。如果仅为发财情有可原，下流到损人利己、祸国殃民，却强拿释尊佛陀为保护伞，硬拉至圣天尊入污，真乃可恶至极。

水中游鱼往来，依然清澈如画；山中花开花落，尚且岁月如歌。人，至少是有些人，却是一些这样的东西，或者说，只能是这样的东西。恰如尼采所言是扯着动物卑下的"另一头"，是完全挣脱与上帝的联系，堕落到黑暗角落的"卑下物"，狗也不是一条好狗，猪也不是一头好猪，是"猪狗不如"。

亚里士多德解释他对坏人施舍，是因为同情这个人，而不是同情他的品格。佛陀明知一些人不可救药，仍要付出千万倍努力，是大慈大悲，佛大无边。我们只要略知他的经历，略知他的卓越，略知他的洞明，略知他穷极真理的一切努力，略知他成就的光芒四射，便不能不对他特别加以佩服。

有人说，一个瞬间可能浓缩一个人的全部历史，一个细节也许展示一个人的整个品性。如果一个人将全部人生奉献于人类最伟大的事业，他就是圣人，就是神。"奉献"二字分量很重。奉献是贡献、是放弃、是牺牲。对于奉献，说到较易，做到很难。全心全意，完全彻底做到，就是伟大，就"既自觉悟，复能觉他"，就是佛，就与日月同光，甚至大如宇宙。

　　释尊佛陀正是这样。这位亘古及今最伟大的智者，最无私的先知，立足人间，超越人间，抓住个人与宇宙、个人与最深自性关系的大本，以无人可比的毅力通过修行实证，开辟了以"如实知见"的智慧自净其心，而成超越生死、达到永恒安乐之道。为此，他舍弃了通常不易舍弃的一切。如果论拥有，金钱、美女、地位、荣誉、名声、权力，所有世人眼里羡慕的东西，他都曾充分拥有，并在文韬武略方面有过人之处。然而，这一切他都毅然放弃，决然割断，毫不犹豫地将全部人生奉献于解除人生痛苦的伟大事业，毫无保留地投入无家可归的生活，投入苦修苦炼当中。就是在释尊放弃王位，路过摩揭陀国，那里的国王仍提出愿意将国土一半让出，或者提供军队让他夺取别的国家。佛陀回答，舍弃国家就是为了断绝生老病死的痛苦，就是为了给众生开辟超出生死的大道，不是为求取五欲的欢乐，因此毅然作别。大凡实现伟大的目标，必以超人的毅力为基础。释尊佛陀是这样回顾自己的修炼过程的："当我看到牧牛人和樵夫时，我便从这个树林跑到别的树林，从这一山谷逃到别的山谷，从这一山峰躲到另一山峰。为什么呢？为了他们看不见我，我也看不见他们。"他一个人在孤寂的环境里，"舌顶着上颚"，"凝神悉心，殚精竭虑，苦思冥想"，就是要以自己的生命作实验，以自己的献身精神作榜样，从日渐黑暗的世间，撞响不朽的鼓声，通过禅定功

第一章 常约

夫，透过觉悟而清楚地认识到自己所走过的人生之旅，从不断的生灭过渡到永恒。为此，出家后的悉达多太子，先拜在有三百徒众的著名瑜伽师阿罗逻迦罗摩门下，转而师事有五百徒众的郁头迦罗摩弗仙人，终因得不到超越的解脱之道，又加入苦行者的队伍苦修六年。因为仍不能达到修炼的目的，最后来到伽耶山附近的菩提伽叶，在一株菩提树下铺草而坐，发誓"不成正等正觉，不起于此座！"终于在他35岁那年的腊月八日后半夜曙色初现时，豁然顿悟，了彻宇宙人生的本面，成为"佛陀"。

伟大出自平凡。释尊佛陀开辟超越生死大道的一切努力，也正如农夫的春种秋收，一切都来自于辛勤的耕耘。为此，他把自己喻为"农夫"，说："众生都是我的田地，信心就是我的种子，善行就是露水，智慧就是阳光，细心照料就是犁，精勤不懈是我选的牛，真诚是系牛的绳，真理是我所握的柄，烦恼和无知是我要拔除的杂草，不生不灭的永恒乐境是我耕耘所获的果实。"

四川大学宗教研究所的陈兵教授将释尊佛陀比作医治人生百病的名医，并说一个好的医生应善知病症、善知病源、善知对症下药、善知治愈后如何保健不会复发之法，佛陀正是这样一位善治众生之心病的"大医王"。然而，作何比喻总与实际有所不同。佛陀与农夫不同的是，他所耕耘的毕竟不是有亩数限制的土地，而是世间或者宇宙间无限大的"精神之田"。他与普通医生最大的不同则是，不是通过广为大众治病提高自己的医术水平，而是通过先治自身的病为众生开辟超越生死的大道。这样的治愈过程称作"修炼"，其中也包括"禅定"。

禅定是明心见性的修炼方法，是开发智慧潜能的门径。觉悟通过禅定而达到，禅定通过正确的生活而获致。在禅定状态中，佛陀"用神圣的、明晰的、超感官的眼"去观察。他以自己的亲身实践总结出熠熠生辉的教义。他的教义"充满了平和与庄严"，由哲学的思维而导出真理与禅定中所体悟的真理相结合，从而在道德行为方面使整体生命得到净化。这当中，哲学的思维尽管已是人类的最高思维表现，并为历代哲学大师的实践和成果所证明，超哲学的修炼则是更高境界，是释尊佛陀达到的境界，是神的境界，是超越其他一切神之上的超神的境界。

据说，禅定对高洁的要求极为苛刻，没有相当的修行基础而想禅定是危险的；有此基础，则可在禅定中达致殊胜的境地。这时，整个身心获得觉悟，一直渗透到悟性未达的最隐蔽处。此境不是沉醉、神迷、享受，不是如吸大麻、鸦片所产生的奇妙幻境，而是超越一切正常意识之上的最彻底的觉悟。在这一觉悟中事物尽呈眼前，应有尽有，是一种从全无到全有的境界。能达至这样的境界对人生的纯与真要求很高。心灵卑鄙，行为恶劣的人，想进入禅定是不可能的，想进入觉悟的妙境更无可能，企图进入，甚至自以为进入是自欺，以此宣扬炫耀是骗人。

禅定，是升华了的意识状态。佛陀的教义虽有经验、抽象、列举、比附等非超感官的一面，但仅靠有限的理性思维，根本不可能容纳其教义的内涵，其真义唯有透过禅定方能体悟得到。

然而，意识状态通过禅定升华是很难的一件事。这便是历代禅师历尽千辛万苦追求的原因。如此而为，不是悲观厌世，而是对不圆满的深刻认识，是对圆满的进取。我的理解，大概是通过自苦（表层的）求取至乐（深层的），是一项终身甚至超终身的大事。弘一大师曾手书一联："日日行不怕千万里，常常做不怕千万事。"赵朴初大师有诗曰："为图十日闲，先办一日忙。"苏曼殊大师临终留下八个字："一切有情，都无挂碍。"从大师们将一生付佛，一生修炼来看，佛是一轮明月耀天心，佛法是宇宙间一切奥秘的洞见，修佛是直面疑问、心怀惭愧、不断精进的过程。以身许佛，终身求法是一个很复杂繁难的修炼系统，非外人可道。但是，我们通过释尊佛陀的一生以及各位大师的行迹，可以感觉到这位思想范式的创立者及其真心向佛的大师们极具感染力的人格力量。尤其是释尊以自己的实践和教义告诉我们，人类完美无上的意志，并不是征服世界、塑成世界，而是征服自己，摆脱自己以及俗世事务之束缚，从而获得卓越的意志。这可以认为是释尊指引的路，是否就是释尊以"世眼"省视人间的"如实知见"，是否是以他的"世灯"为人类照亮的道路，则不是俗根未除的我们所能洞见的。

  尽管我不能以智慧的眼光洞见人生，但仍然相信，沿着释尊指引的路走下去，我们可以愉快地学习，愉快地工作，愉快地生活。我们会感到一身轻松。什么金钱名利的诱惑，什么死亡的威胁，都可以被克服。这既是放弃，又是拿起，是升华而非沉堕。正像出身达官显贵的革命家，放弃的是家庭羁绊，高官俸禄，拿起的是人生责任——解放劳苦大众以及全人类的责任。

  释尊指出的路，绝不是悲观厌世者可以领略甚至稍窥于万一的境界，它以坚毅的自我征服，完美的不懈追求，使人的精神生活完全摆脱感官世界贪生、自我和我慢的束缚，从而至少获得雍容、静穆、无限温和的态度。据史料记载，佛陀成就正觉之后，在宁静中生活，在洞彻一切中从容观察，他游于无限之境，漫步于没有一切人类束缚之域。陈兵教授作如是说，作为佛法流传之地球的现代人，有缘听闻佛法，明了佛陀的睿智，是大福报、大荣幸，若能欢喜信受，认真思考，以佛陀的智慧启发正见，依法善度难得易失的人生，必能安住精神家园，获得现法安乐、后世安乐、究竟安乐。即使不能信受奉行，只要对佛陀的思想有所知晓，也会给我们提供有益的启迪，在心识田中播下佛法的"金刚种子"。

我真诚地认为，释尊的努力已融于全人类，融于无限。人们理应尊敬他、崇拜他，听他说法，与他交谈，在心中点亮智慧的明灯，追求永恒安乐之道，但不能企图由他来庇护一切罪恶。如果强拿释尊做罪恶的保护伞，企图在他的庇护下为所欲为，甚至坏事做绝，便是与释尊佛陀背道而驰。

我完全以非佛教徒的门外汉身份，来谈论释尊佛陀，是否也是一种亵渎呢？我想，怀着美好的目的，以庄严的态度来谈释尊佛陀，虽然不能对佛理解于万一，一切的努力都是虔诚和圣洁的。

曾经写过《听老子讲道》、《伴孔子周游》、《道德经旁说》和《向释尊问佛》四部书的邹牧仑先生说，他对儒家的生命哲理完全避开，理由是这是一个庞大的独立体系，不是轻易可以涉猎

第一章 常约

的。面对佛经的三藏十二部，洋洋数千卷，我也只能默默地发呆。无情岁月，每日每时都在静悄悄从自己身边溜走。随着时间溜去的自然是一个个个体生命，也包括我自己。与邹先生相比，我尽管几乎每天都挤出时间读书，但连身边书架上普通的书都读不完，丝毫也不敢涉足经海。

近日得到一部《明永乐内府刻本金刚经集注》，不说原经的弘深精密、神妙感通，单是历代大师为注经付出的心血竟是那样感人至深。智慧的追求无止境、无限啊！对经典我只敢以虔敬来崇拜，对传述的书也看过一些。即使这样，仅以我涉猎到的一些情况，我对释、儒、道的创始人竟如此敬佩不已，对耶稣、穆罕默德同样敬佩不已。陈兵教授说，佛陀是亘古及今最伟大的智者，具有当时最高的文化素养，知识渊博，熟知当时各种学问和各种人的生活、心态，又通过修行开发了潜能，智慧超常。他一生三千多回说法中，广泛讨论了社会人生的诸多问题和各家学说，描述了当时各色人物的生活状况，是古代东方文化乃至全人类文化的瑰宝。佛陀说法善于条分缕析，用了许多概念明确的专用术语，常用多种譬喻、故事来讲解深奥的道理，用偈颂复述总摄其说，以便记诵，这使他说的法具有理论的严密性和很强的逻辑性，又具甚高的文学性。好像是鲁迅先生也说过，释迦牟尼真是大哲，别人纠缠不清的问题，他三言两语就说清楚了。还说，我知道伟大的人物能洞见三世，观照一切，历大苦恼，尝大欢喜，发大慈悲。离人间愈远遥，而知人间也愈深愈广。

我之所以把自己所学所知所想所悟写出来，主要是想表达自己的敬佩之心。以往我也多次谈论过面对博大的文化经典进去与出来的问题。现在我更感受到它的难与重，真正进去尤其是真正出来的能有几人呢？

但我同意各位大师的说法，如果说世界上有一种有助于人的究天参地进而理解生命聚集和流转之真理，那就是佛学；如果学术、知识或思想中有一种能够使长期困惑焦灼的学人从中产生出巨大的心理满足和极大的精神欢愉，那也是佛学。

宇宙是深广的，佛学也是深广的。人们感受阳光的明媚，春风的和煦，空气的清新，大地的苍茫，冬夏的寒热，都是感受宇宙。然而，阳光不是宇宙，春风不是宇宙，空气不是宇宙，苍茫大地也不是宇宙。如此感受佛，或许可以感受到真佛。如若将阳光当作宇宙那样感受佛，便是盲人摸象。不过，佛并不排斥盲人摸象。佛比宇宙还大。

第一章 常约

为万世开太平

> 世间万物，只有人类产生神。神是人选择永生的途径。永生是奉献的结果。

对神的研究，是认识人，了解人，读懂人，最深入最便捷的途径。

神是人的升华和延伸，是否异化有待商量。人死而名鬼，或曰过去的人，故人，却不是神。

神是人选择永生的途径。永生是奉献的结果。

人类历史是人与神交叉的历史。历史中没有神，便不完整。人，尤其是早期人类，总把企盼托付于神。这等于为人的想象、希望和心理平衡找到一个载体、一条途径、一个无限世界。从而更加无边无际地想，想得更远、更深、更美。任你想到地老天荒，任你想到宇宙内外，任你想到生前死后，都是神无所不能的范围。

想为奇迹接通电路。人想到了，先由神办，人也办到了，又为神提出新的任务，开始第二个循环。如此循环往复，虽然不会合二为一，却不断有新的跨越。

由此得出两个结论：其一，产生神话的时代，是人类进步最快的时代。其二，从能力到贡献与神最接近的人是人中之龙，或许进而为神。

神话变为现实，现实实现神话。像天使那样飞天，像嫦娥那样奔月,像菩萨那样神秘地出现于天空、海底,过去只能想象,现在已不是困难。

阴阳两界,菩萨与孙大圣可以自由往来,当代人暂时还做不到,到了人神近于一的时代或许不是问题。

天空塞机,太空拥挤,地上人满为患,说不清来自何处的信息,说不准谁与谁碰撞,司空见惯,见怪不怪。

将来,地球之外的大宇不仅是人类的家园,或许成为人与神共处的世界。不过,即便如此,仍然会有胸怀更远大,能为更无穷的神出现。新世纪的人有一个新观点:只有想不到,没有做不到。人的想象力与时俱进,神的作为同样与时俱进。

距离产生神秘。普通人对非凡的人有神秘感是因为隔着一层大雾。当年毛泽东在常人眼中很神,彭德怀却敢当面指责。邓小平也是巨人,社会上却公开褒贬。应该是领袖与百姓的距离缩短了,这是一个历史进步。

非凡产生神话。从人到神,不婚而孕者有,从石头里蹦出来的有,从腋下钻出来的也有,似乎没见过从嘴里吐出来的。中国的契、后稷、舜,外国的耶稣,如出一辙。不管是足印、鸟卵、凤凰,还是天使降临梦中,都是一样,反正是一旦与众不同,出处便两样。有此非凡出处为基础,前途必然出奇的好,贡献必然出奇的大,影响必然出奇的久远。令人望尘莫及,望而生敬,永远羡慕。

既然与众不同,经历自然特殊,而且与生俱来。从婴儿就开始享受特护,弃置路旁,有牛羊喂养;丢在荒坡,有大鸟翼护;

第一章 常约

抛于水中，竟像睡席梦思一样温暖安详；最好再有万紫千红长空外，悦耳歌声卷地来。

我们高歌赞美伟大母亲，但一有母亲，至少降低一级。极少数可以勉强称龙种凤生，或许成名成家，大至称王称霸，绝不可能成神成仙。所以，讲出身，最好出生的方式就很别致。

其次，不求出处特别，却求死后特殊。比如关公。

有一件事我未想明白，有些人为了一己私利，除了害人还要害神。耶稣诞生，大希律王为除掉他，竟将一城婴儿杀死。越是出类拔萃，越面临危险。尤其令人想不通的是，早期人类如此厚道淳朴，竟会杀人如麻；现代人据说已经很文明了，还是厮杀不止。而且，如此伟大之举，都是大人物的杰作。从聪明、神秘、能量来看，越是大人物越与神接近；但就其行为来说，至少是其中的一部分大人物，其行为与神的愿望相距甚远。不过，生前杀人最多的帝王，死后直接成为神的也有。

这又发生一个新问题，天界在升迁导向上也有是非不清的问题。如果确有公道在，即便是迫使民众投票最多的魔，也应该从神庙除名才是。

还是耶稣最令人敬仰。他以自己的牺牲换取人类的幸福。然而耶稣受难却不能引起普遍忏悔。孙中山在英国遭到骗捕，险些被杀死、装箱、防腐，送回中国再宣判极刑。面对如此恶行，孙先生只能对天长叹："为什么要这般残忍？"

神毕竟是神。"生而神灵，弱而能言，幼而循齐，长而敦敏，成而聪明"的中国黄帝，还有老子、孔子、庄子、墨子等都有与生俱来的神性。耶稣、释迦牟尼一路走来,神出天威,自然天成。罗素说过:"我们将得到的乃是比幸福更加美好的东西,那就是善于与伟大的人物为伍,生活于对崇高思想的渴望之中,并且在每一次困惑中都会被高贵和真理的火光所照亮。"还有谁比耶稣、释迦牟尼、老子、孔子、庄子、苏格拉底、穆罕默德更伟大呢?与他们同在,就是与伟大同在,与神圣同在。他们是人神合一,是人与自然的最高结合,是人的力量神圣化,既是人也是神。

超凡脱俗,感天动地,不朽与永恒,是人类的最高追求。不过,对人而言,最实在的是太平与自由。维护太平与追求自由是人类社会最神圣的事业。

耶稣为太平而来,为自由而去。他创立天国,是从人到魂的彻底解放。核心是上帝的观念是不受任何条件制约的。既有秩序又有自由,既有发展又无战争,既有人生的幸福,又有灵魂的归宿和升华。有位哲学家指出:"这一信仰的本质乃是自由。因为在这一信仰中,灵魂可以延伸至完全的统摄之中。"人的灵魂正是在献身于超越中赢得无穷的力量。耶稣提醒人们注意人的终极状态,并以至高无上的行为做出典范。为此他选择了受苦,选择了赴死,选择了十字架,也选择了永生。

奉献就是永生。耶稣选择了永生,苏格拉底选择了永生,佛陀选择了永生,老子选择了永生,孔子选择了永生,庄子选择了永生。他们肩负人类最高责任和神圣使命。他们是"思想范式的创建者"。他们以自己的行为、举止、存在和要求为后人立下范

第一章 常约

式,以空前绝后的哲学思考成为千秋万世的师表和楷模。

他们都是唯一。他们都是无限。他们都有光耀万丈的人生。他们都以出类拔萃而入化成神。他们都在各自的领域以特有的开创性对后世产生巨大影响。正如卡尔·雅斯贝尔斯指出的那样"在他们那里人类存在的经验与原动力都得到了极致的发挥","他们直面死亡,以至于死亡在他们面前失去了意义","他们被证明千余年来一直不断地发挥着影响。"他们共同追求的,集中到一点,乃是普遍的人类之爱。这爱不分阶级、不分贵贱、不分国度,他们都是以如此博大的爱留给世人,他们为人类和平作出的贡献是无可比拟的。

他们与日月同辉,是仅有的几位"数千年来对人类的内在行为产生如此独特影响的人物。与此相反,一个不足挂齿的小人物是不可能在别人的想象中变得如此光焰万丈,也不会有高贵的灵魂让人感受的"。他们身上所具备的历史性以及由此而产生的独特性,只有在无所不包的人类存在的历史性中才能获得,而人类存在又是以极不相同的方式显露出来的。他们冲破了所有的习惯势力,一切被视为天经地义的事物,也冲破了单纯的可以想象的一切。他们创造了一个全新的空间以及各种各样的可能性,而这样一个业已开创了的空间是永无止境的。

太平是人类的最大利益。为这一最大利益贡献一切,是圣人先哲的使命。他们在承担这一使命中永生。永生是使命的驱使,是历史的承当,是对习惯势力的冲破,是对生命、生存、生活深刻而独到的体验,是道的创立,是对人类存在的经验与原动力的极致的发挥。

　　人升华为神，即是永生。永生是视死如归！然而，不管是人，还是神，不管是普通人，还是伟人以至圣人，都肩负着为万世开太平的责任。认识到这一点并奉献一生就是神圣。

第二章 新契

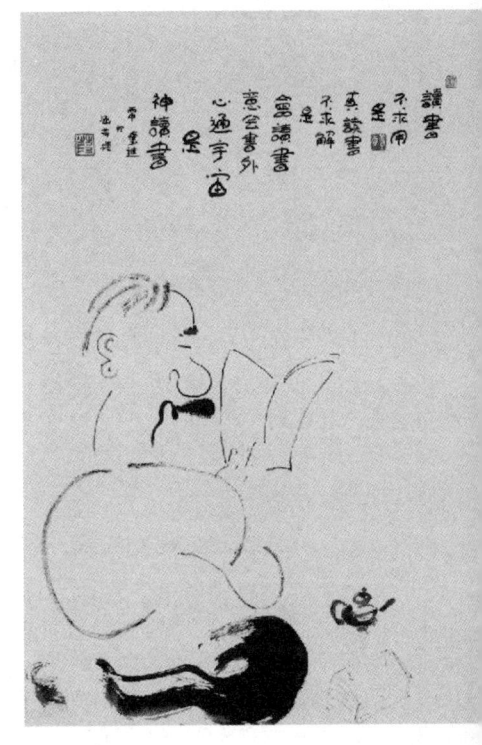

神读图

人类历史，虽然经历了从哥白尼到马克思无数次里程碑式的跨越，但是，对于人脑、人能的研究，仍处于小儿时节。人自身尚未发现的奇观，比"绿巴洞穴"更美、更奇、更壮观。

信念是上帝

> 光辉的顶点并非上帝的宫殿，也非心想的天堂，而是人生的向往。信念是上帝，是心中的第一个。

月光皎洁，阳光耀眼。这是因为，月亮的光辉是借来的，太阳的光芒是自发的。我既有感于太阳的自强，也有感于月亮的谦顺。

同时心想，借来的光辉亮度有限，自放的光芒强度同样有限。

光辉顶点并非上帝的宫殿，也非心想的天堂，却是人生的向往。这向往，如同太阳放光，地球自转，水冻成冰，溪聚为河一样自然。

有此向往，才可能立定信念，绕肠百结，蓄势而发；才可能百折不挠，勇往直前，向着一个又一个相对的高度登攀、再登攀；才可能做一个永不停留的攀登者，像鲁迅短剧中的过客，不管前途是鲜花、池塘、水洼、荒坟，也不管短衣破碎，足著破鞋，在向往的征途上，虽有倾听，虽有沉思，虽有吃惊，甚至徘徊，却不失望，更不停留。

何须畏惧和畏缩呢？高峰、顶点，以至顶峰，都是相对而存在，就是杜甫所云"会当凌绝顶"，也是相对高度，没有必要"一览众山小"。有谁能上到太阳的高度，或许可以俯视万物，但

第二章 新契

仍以虚怀若谷，面目向下，自然而然为好。否则，很可能虚有其表，却败絮其里，将仅有的光和热也自废掉。

人生是向着光辉顶点不间断行进的过程。这过程只有驿站，没有末站；只有身前身后之分，没有开始终结之别。对此，与天地同寿、同日月比光的释迦牟尼用一句话道破"如实知见"：应无所住。

这个世界上到处都是路，在没有路的地方也可以踏出路，何况路与路平行，路与路交叉，路与路分手。面对条条大路，可以问路，却无须徘徊。心怀惆怅，那不是没有路标，而是心有所结；怅然若失，那不是前途不顺，而是执着于过去；心生愤怒，那不是他人使坏，而是太轻看自己。心大力小是悲剧，心小目浅同样是悲剧。黑暗与光明同在，当断则断是好汉。不到长城非好汉，屈指行程二万，二万之后仍然是远大的前途。

有人说上山容易下山难，有人说上山费力下山易。这样简单的问题都公说公有理，婆说婆有理。可见，人生一理论，问题就复杂；不理论，好像又不是人生了。这可能属人生基本问题的范畴。但是，范畴不范畴，纠缠其中何益？

倒是应该明白，在人生的道路上，尤其是起步阶段，自然条件好一点，起点高一点虽然难能，但起点并不证明顶点。往往是那些起点并不高的人，由于不懈奋斗，冲出重围，实现突破，一步一步接近光辉顶点。每每面对他们，不光想到阳光的耀眼，月光的澄明，还想到激励奋进的信念不只是威德巍巍的皇帝，甚至是至高无上的上帝。同时想到，阳光和月光也有局限。

光辉的顶点，并非无限高度，不是最高，也不一定是皇冠上的明珠，却是人生灯塔的灯火。向着光明的前途不停地走下去，才是人生的正道。这正道主要是向着高峰的攀途。伴随着攀登脚步的是敬奉在心中的上帝，甚至比上帝更神圣的信念。

信念是希望的种子，是成功的号角，是心中的第一个。信念的种子一旦生根，成功的大树便开始生长，上帝便始终与你同行。

信念本身并非耀眼的光华，但没有信念的人生肯定不会有光华。信念不等于成功，但成功离不开坚定正确的信念。成功的信念在心中扎根，航行便有了导航系统，行进中便有了动力。

有时候，我会惊异于太阳、月亮的合理分工。心想，如果月亮也像太阳那样光芒四射，针刺人眼，就不是柔顺的月亮了。近日，住在山庄，望着温柔的月亮，谛听夜鸟的低吟，我竟想到，日月对自己的岗位那样坚守不移。据说月亮上并没有水，可见月亮上也不会有雨，不会有饮水的通例，不会有喝工夫茶的习惯，加上没有玩麻将牌的嗜好，是够寂寞的。然而，其伟大正在于耐得寂寞，无私奉献，永放光芒。早上外出散步，听到一位朋友说，中国人的玩麻将、赌博是很厉害的，想把一个国家搞垮，不用别的侵略手段，像英帝国当年输送鸦片那样，将玩麻将、赌博输过去即可。我听后若有所思，当然，我的有所思，不是毛泽东诗称的"七亿人民有所思"。如此想着，抬头看到初升的太阳，我不能不有感于太阳的无私奉献。据说，太阳自身承受了1500万度高温，才给世间万物带来温暖，带来生机。比起永远发光的

第二章 新契

日月来，一个人即便有点光和热，本已微不足道，再不谦虚、不努力，就更说不过去了。对日月精神真心佩服，尽可能为这个世界增光添彩，是人生的本分。这还说不上宇宙胸怀，只是本该如此罢了。

人世间的事千头万绪，人生的道理千条万条，归根到底一句话：征服自己或者自己被征服。一位哲人说得好，"一旦征服了自己的意志，便征服了周围的世界。"

法国有一个勤奋的木匠，一天去给法庭修理椅子，工作非常认真，尤其将大法官那把椅子装修得特别漂亮、结实。有人说，你又不会来坐这把椅子，何必那么认真呢。他说："我要让这把椅子经久耐用，直到我自己成为法官坐上这把椅子。"从此，这位非凡的木匠，把成为一位大法官的信念确立在心中。后来这位非凡的木匠果然成为一名大法官，坐上了这把椅子。

看过这个故事，我心想，这点雄心并算不了什么，如果连这么一点雄心都没有，恐怕就更算不了什么。算不了什么，也是什么。如果再追问什么是什么，也不过是说出什么是什么。

这些个什么，在心中想想也难，我认为没有必要弄到像列夫·托尔斯泰那样不能自拔。老子在图书馆中、在庭园里、在牛背上，也曾仰观宇宙之大，俯察品类之盛，并向自心追问了许多为什么，好像他老人家不仅没有不能自拔，似乎更加悠然自得了。这才是看透了，看开了。蒸笼里的馒头，只有达到一定火候，才有香气冒出来。这也许便是老子升华为神，托尔斯泰仅自杀为鬼的主要原因吧。就我目前的个人日程表，既无成神的计划,也无成鬼的打算。如果硬要像鲁迅先生那样,从字缝里看出字来,所看到的,既非满篇"仁义道德",也非"杀人"二字,而是这样几句话:敬佩伟大,不弃渺小,主张努力。

这样想着,我的脑海中又涌现出中国的大画家齐白石。齐白石当初也是个乡村木匠,但不是普通木匠,而是一位在信念的田野上勤奋耕耘的成功者。《传》载,齐白石六十多年作画生涯,只有十天没有动笔作画。一次是63岁时大病一场,不省人事;另一次是64岁时,母亲病故,过度悲伤。他作画成名后,为过篆刻关,便担回一担石头,刻了磨,磨了刻,直到被称为神品仍不放弃追求。

齐白石在一首诗中对勤奋耕耘作过如下描绘:

十年种树成林易,画树成林一辈难!

直到发枯瞳欲瞎,赏心谁看雨余山?

黄苗子先生说从这首诗可以清楚地看出一个真正艺术家辛勤不倦的艺术态度和对客观事物精心体验的独到能力,以及表现事物的创造才能和匠心。其实,黄苗子先生所说的主要是事物的层面,还不是精神的层面。我想,在这一切的背后则是对信念上帝的虔敬。到此精神境界,即便不是圣人,也离圣人不远了。

由木匠成长为政治家的李瑞环也是一个将心中的信念看得高于上帝的人。他当木匠被称为"青年鲁班",做市长受到全市人民爱戴,直到走向国家领导人岗位,从不放弃对理想和高尚的追求。他曾说:"忧国为民是德,是觉悟;能办事是才,是水平。"他心系人民,让"宗旨"贯穿人生,真正做到了做人实,想事大，办事诚。

有人说，成功等于目标，其他都是注解。面对三位木匠的成功人生，我还想到的是，地位、声誉并不证明一切，却至少证明心中有信念，证明信念指导下的奋斗历程。人们往往看中的是结果，佩服的也是结果。一如此，便沦入成者王侯败者贼的循环论之中。我认为更应该佩服的是对信念的诚和实践信念的勤。这才是信念，是上帝的真义。

还有人说，对于成功，积极的人像太阳，照到哪里哪里亮；消极的人像月亮，初一十五不一样。积极的人面向光明，把阴影抛于脑后。消极的人背向光明，满眼阴霾，丢掉成功的信念，动摇成功的信心，丧失成功的勇气。

把马克思主义像宗教那样对待是不对的，但真正的信徒对信念的虔敬在本质上是一样的。对这种"一样"任何人都没有理由亵渎它。如果不能把握信念的真义，而是把信念作为玩在手中的橡皮泥，利用它，以至以此行骗，那不仅是对信念的亵渎，而是欺世盗名的仁义贼行径。

成功自然是一种结果，一种认可，但更是日复一日耕耘的积累。失败不是永远，成功没有终点。每一个成功，既是人生旅程的一段学习，一段实践，一段追求的阶段性小结，也是与命运抗争的一份战利品，一次对自我极限的刷新。对自我极限的追求是永无止境的，既不可中途止步，也不可骄傲自大和固步自封。

信念的上帝跟定终身，人生必然有所作为，甚至大有作为。信念对于人生，不仅像灯泡接通电路，更像掘进机上的动力系统。有了它，人生的进取和突破是很自然的事。

　　耶稣是这样。耶稣的突破，是从人到神的突破，或者说是从上帝到爱人的突破。他把《旧约》中严厉暴躁的上帝改变成了一个仁慈的形象。他的信念是"爱人如己"。这也许就是旧的上帝已不存在，耶稣的上帝永远活着的根本原因。他要求人们相信福音，信仰本身就是拯救的必要条件，本身就已经是拯救。坚定这样的信念，灵魂自身有可能达至不可思议的尽善尽美状态。

　　尼采是这样。尼采的突破，是从神到超人的突破。他是超人哲学的创立者。他为思想而精神分裂。他的思想为法西斯所利用，是尼采的悲哀，也是人类社会的悲哀。尼采永远是尼采。尼采的信念是"从痛苦中提高"，"用最大的痛苦去换取最高贵的人生。"他赋予了哲学以前所未有的魅力。这魅力虽然与《圣经》的魅力有很大的不同，却也在某些方面有着比《圣经》更有魅力的一面。尤其是他在出生入死的探索中，探听到自己所有的精神状态，想象、忧虑，将这些随身带来带去，从中酝酿出哲学的认识。这些认识使人感到既真实又夸张，既狭隘又伟大。他在得到这些认识的过程中，或者每一个阶段，正如通常所说的灵感获得一样："人只是在倾听，而不是寻求；只是在接受——而不追问谁赋予了这一切；就像一道闪电一样，一种思想忽然点亮了，以一种毋庸置疑的必然的形式——我根本没有任何选择……"

　　亚当·斯密是这样。亚当·斯密的突破是使经济学由非科学到科学的突破。他作为古典经济学理论体系的创立者，奠定了自由市场经济学的基础。他对"看不见的手"也即市场竞争规律的揭示，对于解决"任何时代、任何社会运行的主要矛盾——公平与效率"，对于人们生活与发展问题的解决以及由此形成的与人们的关系，似乎比《圣经》更为密切和紧迫。因此，他的《国富论》被称为西方经济学的"圣经"，也就理所当然。

马克思是这样。马克思的突破是从维护统治到解放全人类的突破。他的理论及理论指导下的实践，使无产者失去锁链，得到"整个世界"。理论上，他使黑格尔"从头到脚"颠倒过来，从精神的累赘中解放出来，将哲学"从天上带回人间"，使"人成为人的上帝"。实践上，他使劳苦大众第一次成为自己的真正主人，使人类社会发生翻天覆地的变化。他是真正成功地将哲学实践化的哲学家，是以自己的名字命名的世界观。他与恩格斯合著的《共产党宣言》被称为共产主义的圣经，事实上在一定的范围，是比《圣经》的影响更大、更深入人心的"圣经"。

世界上的事就是这样。无论你赞成它，还是企图反对它，首先应当做到的是正视它。从本义上讲，孙子厌恶残酷的战争，但他不是消极回避，而是以积极的态度对待。因此，孙子论兵法，不是就兵言兵，而是寻求道德与功利的平衡，把兵法上升到哲学的层面、历史的层面、艺术的层面、美的层面。面对战乱的世界，孙子并不自欺欺人否认战争，而是把"慎战"、"上兵伐谋"与"不战而屈人之兵"作为兵法研究与运用的宗旨和最高境界。正因为这样，《孙子兵法》才与《论语》一起被列于影响世界历史名著排行榜前列，孙子本人也与孔子并列为文武两圣。应该说《孙子兵法》与《圣经》一样神圣。

一生被悲剧笼罩的莎士比亚把洞察人的本质作为最感兴趣的问题，通过把思考达于极限的《哈姆雷特》及其全部作品，以超越时代、超越国界、超越高雅和通俗，超越语言和文化的无与伦比列入文豪首位。这使我想到，一个立志于伟大并为之付出全部人生的人，无论他是否把伟大当作伟大，他笑出来的、喊出来的、唱出来的、说出来的终将被称之为伟大。在这个意义上，莎士比亚与耶稣、孔子一样，理所当然受到敬仰。

生活于高级的平凡中的歌德以为求知识的无尽的探索精神，通过顶天立地之作《浮士德》，充分体现出将创造性的思想和直觉紧密结合，以其看似随口说出却具有超常的深刻性、真理性和预见性占据不朽地位。歌德的人生证明，贫困和优裕、忧患和安乐都可以是成就伟大的育器和温床。

托尔斯泰以探讨历史和人生的根本问题为己任，一生煎熬在"什么是"与"为什么"当中不能自拔，通过触发历史根本性问题的《战争与和平》等不朽巨著，成为人类有史以来最伟大的作家之一，成为一个思索者、一位思想家、一位"人生导师"。而托尔斯泰的人生还证明，众多的不幸也许是使人生丰富的必要，然而有时候只要有一个不幸，就可能将一个人毁灭。不过，他也以自己的人生证明，伟大正在与不幸的抗争和较量中。

塞万提斯并非堂吉诃德，却通过《堂吉诃德》；海明威并非打渔老人，却将饱经风霜的人生智慧通过《老人与海》；十年辛苦不寻常，借得通灵作比方的曹雪芹，以彻头彻尾的中国特色的《红楼梦》；鲁迅这位灵魂的画师，信念的长者，则通过中国现代

第二章 新契

文学至今无人比肩的《阿Q正传》，如此等等，他们都是以超常的人生目标、超常的历史责任意识、超常的令人不可企及的毅力，超常的划时代的文学艺术创作的巨大突破铸就辉煌人生。

我想，一切真正能够长久流传，辉耀后世的伟大人物，之所以在不同的历史阶段、不同的人生层面，既照亮自己，也照亮世界，一定是首先在自己心中将灯点亮，将太阳升起，将上帝请出。而这灯、这太阳、这上帝，就是牢固确立于心中的信念。

因此，我们完全有充分理由坚定这样一个信念，只要对人、对社会、对精神、对形式、对情感、对美突破的一切思想和行为，不仅应该受到人世间世世代代敬仰，而且必然在上帝的天堂里永放光芒。

蛹对茧突破才有飞翔，人对自己突破才有生命升华。但是，所有这一切，都是因为心中有信念，有坚定不移、牢不可破的信念，都是因为信念就是上帝，甚至高于上帝。

成仙后的新追求

> 现代人可以超越以往的神仙，未来人必将超越现代的神仙。在至大间恬淡安宁，在至小里游刃有余，应为成仙后的新追求。

尼采说："人之所以伟大乃是他是一个桥梁，而不是一个目标。"这个桥梁虽然一头连着动物，另一头却连着超人。

经过深入思考和反复论证，我认为，现代人和将来人，可以超过以往的超人乃至以往的神仙。过去人们赋予神仙的神奇本领，现在看来实在是太有限了，超越他们已经是实现了的目标，超越现代人心目中的神仙，才是今后和将来的目标。由此，我们应该得出结论，成仙以后仍要继续努力，不断向新的高峰登攀。

钱学森在《谈人的潜力》的报告中说："从前人说什么'神仙'，无非是人们想象出来的东西。但是，如果把人体科学的研究成果运用到培养人方面，把人的潜在能力发掘出来，那就又高出一层，不仅是人人皆可为圣贤，而且是人人皆可为'神仙'了。"他又说"人体是个巨能系统。""人能产生一个其他生命、动物和植物都没有的现象，即人有意识。"

十年前，长治的东山，被称为老顶山的地方，耸立起一座高大的炎帝铜像。这座铜像象征着长治的辉煌历史，预示着长治未来的光焰万丈，在长治人心目中树立起追求极限的榜样。

炎帝这位极为慈爱而又无所不能的华夏始祖，他令太阳发出

第二章 新契

足够的光和热，普照滋润万物；他随身带来九眼泉井，让足够的甘泉供人享用；他从遍身通红的神鸟口中借来五谷，让世人开始耕种；他口尝百草，在人间兴起医药事业，并为此献上宝贵的生命。由此，他成为永远活在历代人心中的神。同时使我们知道，管住太阳是一个目标，泉甘谷丰是一个目标，口尝药性也是一个目标。而这一切都是五千年前的目标，新的目标源源不绝，更远大的目标将不断走来，一直到人类在宇宙间充分自由。这听起来似乎不可思议，与神的存在一样不可思议，而神奇的出现却是实实在在的存在，这一切都寄希望于人脑的充分开发。

现在普遍讲开发，其实世界上最大的开发区就在你的帽子下面，如果没有戴帽子，那就在你的脖子上面。

有着神奇脑能的人体是个巨能系统，其无所不能的开发前景十分广阔。这种巨能从正反两方面讲，可以铸造辉煌，也可以毁灭世界。这就向研究人的潜能的科学家及全人类提出一项重要使命，把这一巨能系统的潜能充分挖掘出来，光扬开来，让人具有超人、神仙、超级神仙的本领。同时，也给人文学家提出一项光荣而繁重的任务，研究出一套有效的修养办法，包括有效的自我控制和约束机制，确保一个个巨人竞相铸造辉煌而不做任何不利于和谐发展的事。

这并不是我一觉醒来，坐在台灯前胡想和胡写下的臆语。剑桥著名天文学家阿瑟·埃丁顿爵士早已郑重其事地指出，"真正值得我们研究的世界乃是存在于我们自身的世界。""一个人应该运用天性中的'高级官能'，只有如此，这些官能对我们来说才不再是死胡同,而是通往精神世界的大道。"这个"大道"就是通向超人、神仙,以及超级神仙的通道。只要开发工作做到家,这个通道将比高速公路更宽畅。

仅以目前尚处于较低层次的研究成果来看,科学家已经发现,人的大脑能分泌一种叫荷尔蒙的东西,它是联结身心的化学物质。人体通过大脑分泌的荷尔蒙向全身传递指令,使人体信息系统灵动起来。目前,已知的荷尔蒙有100多种,未被认识的尚有很多。还有类似"变压器"之类的东西,这种东西虽然暂时还没有形成定论,但一经确认并投入使用,人体荷尔蒙以及更奇妙的东西就会使人体这部世界上最精密的机器再先进若干倍,到那时人类的前景岂可是"成仙"二字可以描述的?

路德维希·维特根斯坦说过:"聆听小孩的哭声,我们都明白,哭声中潜藏着一种伟大的精神力量,这是一种与人们想象的事物截然不同的可怕力量。那里面蕴涵着深深的愤怒、痛苦和毁灭的欲望。"我同意"截然不同"的观点。通常我们总是从饿、湿、痛等方面去理解小孩的不满,联系与菩萨刚生下来的种种反差,应该是对不能走路、不能说话、不能与大人平等讨论问题而不满。为发泄这天大的差别和不满,愤怒到极点、痛苦到极点,直至接近于毁灭。这样理解,才能深刻理解孩子哭声当中潜藏的伟大精神力量。

"一个新词就像一粒播下的种子。"这样理解世间万事万物,才能对万事万物赋予更深刻广博的伟大涵义,才能更深刻地认识事物。一滴水是大千世界,一粒米是大千世界,一片树叶是大千

第二章　新契

世界。"让自然去说明和认可唯一比自然更高级的事物，但它不是人类可以想到的事物。"对于万事万物，包括人与神的思想，应该做到：每天早晨，你必须重新掀开废弃的碎砖石，碰触到翠绿的、生机盎然的种子。难道这不应该成为成仙后的新追求？

人的伟大在于有意识，人的受束缚依然在于有意识。意识不是最勇敢的小伙子，就是最保守的老太婆。小伙子和老太婆的斗争是长期的、持久的、复杂的。谁战胜谁，似乎是一个很明白的问题，又是一个很难分清是非的问题。二者的长期并存，有着本质的、深刻的、复杂的原因。以人间的是非标准判断，常常是公婆各有理，断然消除哪一面似乎都不是明智的选择，也不是轻易可以办到的事。以成仙的标准去断此案，可能容易些。深入研究，正确判案，用好意识和潜意识，让它们为自己的人生服务，应该是我们的目标，也是成仙后不能放弃的继续追求。

善于运用意识和潜意识的人，可以达到化境这一点，在两千多年前，我们的老祖宗就已经做到了。举例来说吧，庖丁解牛是那样的游刃有余。庄子认为这充分证明在至小的空间能得到最大的自由。梓庆削木为鐻，观者认为鬼斧神工，也是同理。在至小里游刃有余，在至大间恬淡安宁，是新时代赋予神仙的使命。仔细想一下，目前人类最大的不自由，不正在这一相反方向吗？

再退一步，就人的智能发挥的创造性成果而言。文王演八卦，李聃遗《老子》，庄周化《庄子》，屈原赋《离骚》，司马迁传《史记》，曹雪芹说红楼。他们的用脑与常人相比，是多大的超越啊。所以，即便按过去的标准来看，也可以说老子是神人，庄子是仙人，屈原、司马迁是超人，曹雪芹是巨人。他们都是在成仙道路上赛跑的人。

为什么人类又进化了双倍的千年，就多数人而言，反而不能与前人相比呢？

据我的观察与研究，人类最大的特点之一，是放弃追求与超越的努力。就超越生死而言，一般人与释迦牟尼相比，是多大的差距。二是教育严重滞后。胎教基本是说说而已，并没有成熟的教育技术。同样是人，农村与城市的教育竟有如此大的反差，便是城市的教育也依然滞后，许多方面很不得法，甚至有人极言现在的大学是培养废品。我虽然不这样认识，但教育走向死胡同的现象是值得警惕的。三是身系沉重的世俗镣铐。仅以一事而言，就充分证明了这一点。那就是"何以为大，何以为小"这样一个问题。世俗认为，地位高的便大、低的便小，大小与地位高低成正比。地位一高小弟弟变成老大哥司空见惯。流氓群的老大跃升为父辈依然不满，做了老祖宗也想再上几个台阶。这是因为，世俗的思维定势是，地位高便感觉良好，便一览众山小。一些人甚至觉得，生如昆仑，死比泰山，目空天地，唯我为大。

其实，大与小，应是内观腹藏，外观成就，看在成仙道路上前进的步伐大小，跑得快慢。庄子论官位可谓微矣，正因为他腹藏极大，所以能从至小里得到最大的自由。老子的胸怀不仅大于地球，宇宙大概也只是他心中的一部分。越是腹藏大、成就高的人越是把自己看得微不足道，因为他们真正懂得什么是道。相反，一些腹藏小的人总是自觉不自觉地自以为是，自以为大，这

第二章　新契

就难免从自大之下露出小来

在至大间恬淡安宁，在至小里游刃有余，是神仙的境界和成仙后的继续追求。有位高人有感于这种难以企及的伟大，说是"大美皆天驭"。

禅与梦

> 禅师将梦撕开一条缝，落入梦底，却说这便是极乐世界。

对常人而言，禅与梦都是梦中神游。禅是白日说梦，梦是闭眼说禅。然而，须不知禅与梦都是透视潜意识的捷径。

说到以梦深探潜意识，鼻祖是弗洛伊德。他的《梦的解析》据说是同哥白尼和达尔文的学说一样对人类中心主义进行的一次革命，而且是最后一次革命。哥白尼把人类所在的星球从世界的中心移开；达尔文看到人与其他生命形式并无根本不同；弗洛伊德则指出，人并不是自己行为和精神的主宰，而是在很大程度上受潜意识的控制。哥白尼的学说已由惊心动魄的革命之说转变为一种常识，或者说已被证明是一个想象丰富的错误观点；达尔文的生命学说作为十九世纪自然科学的三大发现之一，为社会哲学提供了一个全新、独特的空间，这虽然极其重要并得到后人的继承和突破，却也有其不可避免的错误和局限性。三者相比较而言，恐怕更深邃更有未来意义的要数弗洛伊德及其继承者对潜意识的研究了。这方面的研究对于生命的升华，对于思维的突破性发现，意义将是不可估量的。

尼采因为病痛折磨，在最痛苦的时候，进入生命里最黑暗、最痛苦的那一部分。然而，竟然就是在那里，他看到了最快乐、最强壮、最富创造力的超人形象。

第二章 新契

文盲六祖禅师慧能，头脑中大概并没有多少概念推理之类的东西。但就是这位眼不能识字，口不能念书，脑中没有装着"子曰"、"诗云"的所谓睁眼瞎，心最明，眼最亮，体悟的本能最高强。不是教授水平的神秀，而是这位几乎没有引起任何人在意的文盲慧能获得真正的觉悟，体悟本性，立地成佛。

我曾猜测，通过坐禅修道，人是否真的能开天眼？如果能，这天眼应该是意识与潜意识的通道。开辟这样一个通道，也像我们修筑高速公路穿山架桥，洞道的深浅、桥梁的长短都是由立地条件决定的

在一般人看来，参禅就是打坐。慧能认为，终日打坐，不是禅，而是折磨自己的身体。禅是身心极度宁静、清明的状态。这种状态的获致，要求离开一切物相的诱惑及困扰。至于怎样除妄念、离诱惑，依然在于自己的心如何思量。思量善事，心是天堂；思量邪恶，心是地狱；心生毒害，沦为畜生；心生慈悲，就是菩萨。

这些曾被我们作为反动的唯心主义口诛笔伐的东西，确有它存在的意义。尤其是对于潜意识的开发，参禅是一条路子。禅应该是人类思维的一个领域。这一领域经过研究开发，运用于人能，必将对人的思维能力提高产生极大的推动作用。

我相信，我不是说梦话。就是梦，也是开发潜意识的又一途径。弗洛伊德通过梦中一场大火的经历，发现了"自由联想"的析梦方法，并由此发现心理运作的复杂、隐秘和深邃。

据说，正是这种自由联想，可以使大脑得以充分发泄，把潜

意识仓库里的东西,像运垃圾一样运出来。弗洛伊德的这个自由联想,大概接近禅的觉悟,为洞道的通明透出一丝微光。所不同的是,禅是为意识上了一个极精密的筛,既要把阻塞意识和潜意识的杂物筛掉,又不让物相的进入导致心生杂念,形成新的堵塞。弗氏的办法,是用一个勤劳的清洁工,把占据和堵塞在大脑中的东西清理出来实现清仓减员,利通利明。二者的共同之处都是为求得心的洞明清亮,它们的结果都是心灵的解放。正是在这一点上,达成了尼采的超人形象,慧能的彻底觉悟,弗洛伊德的心理疗救的统一。

佛家认为,空是存在的根本特征。在心理状态中,一个人若能做到空,就不会受外界影响。这正如一个了无障碍的无限空旷的空洞。这空洞没有上下,没有左右,也没有前后,任一切东来西往,南接北送全都毫无挂碍。正因一无挂碍,所以一切放下,一切洞明,一切现成。雪泥鸿爪、云舒云卷、朝潮朝落、迎风邀月、茶香酒苦、似梦非梦,皆是禅。

现代研究者认为,弗洛伊德的精神分析没有达到空的层面,他探究的只是个体的潜意识。他在潜意识的深处找到了菩提树与明镜台,却又发现这一切都找到的时候,问题似乎并没有根本解决。这是因为,他不能推倒菩提树,打破明镜台,未获根本超越。他所达到的水平,大概相当于神秀的层面,而慧能大师压根就是"本来无一物,明镜亦非台",把持住了世间的一切迷乱,实现了根本的超越。

老子认为"反者道之动,弱者道之用。天下万物生于有,有

第二章　新契

生于无。"庄子评价老子是"以懦弱谦下为本，以空虚不毁万物为用。"空虚是柔软的极致，是"弱者道之用"的本义。这个"弱"字，大有深意，宇宙的运行不是靠强制的力量，而是自然地运行。为此，老子形象地赋予一个"弱"字。不仅如此，他还把"弱"运用于政治哲学。一部《老子》是自然哲学、政治哲学，也是人生哲学。据专家讲，"天下万物生于有，有生于无"这个极富哲理的话是符合宇宙真实的。从天体物理学到生命起源史，以及精神发生史，老子的"万物生于无"这句话得到验证。而一部政治史，也往往充满弱则强，强则弱的辩证法。

上述所说，最难理解的是空虚。其实空虚是普遍存在的。宇宙本质上是空虚，地球本质上也是空虚。对此，科学家说，地球从表面看是充实的，如果除去那些构成地球的分子和原子的空隙，它的直径就不再是1300万米，而只有100米。

老子还有一个比喻更为直观和有趣。他说："凿户牖以为室，当其无，有室之用。"按他的意思推而论之，我们住的不是房子，而是房子的空间。但是，没有房子，哪有房子的空间呢？虽然在没有房子之前，房子将占有的空间是存在的，但那不是房子的空间，而是原有的空间；有了房子之后，成为房子的空间而不是原有的空间。不管是房子的空间，还是原有的空间，这一切都是在虚空中发生的。

"有"与"无"是同一的两极，都是一种存在，而虚空是存在的根基。印度的心灵大师有一个很精彩的比喻，男女交合试图回复虚空，达到高潮的片刻，那个点就是虚空的点。此刻已经没有你我之分，男女之分，进入了一种无法被限定的状态，这种状态还不仅仅是物我两忘，而是与宇宙的空合而为一。这时候虽然已经不再有两个自我，却仍然有着存在，这个存在对于两个自我而言就是与宇宙合二为一的虚空。根据老子的探究，真正达到无为的境界就能够真正获得虚空中性动力的无穷潜力，达到无为而无不为的充分状态。

禅宗所追求的是什么？这是一个最令人神往的问题，也是一个充满神秘感的问题。无论是参禅，还是与文学大师、科学大师、先知先觉对话，绝对不能用眼睛、用头脑、用推理，一用这些便偏离方向，而是要用"心。"这个"心"不是通常的脑，而是潜意识。禅宗强调"以心传心"，要旨是"教外别传，不立文字，直指人心，见性成佛。"这种发生在禅宗内部师徒之间的"以心传心"，可以叫做哑巴吃蜜，甜在心头，无法表达，也无法用脑思考，大概可以说是悟，又不完全或仅仅是悟。关于"悟"，钱锺书先生有个说法是："乃博采而有所通，力索而有所入也。"并引用古人的话说，人皆有悟，就如石中有火，一经敲击，火光始现，而后承之以艾，继之以油，然后火可不减。

究竟怎样才能通过禅悟而见到佛性呢？一位学僧问惟宽禅师："佛性到底是什么？是我们能看到，或是能想到，或是能感觉到的吗？"惟宽禅师回答："什么也不能，只能悟。"并说"真正的佛，是一种澄明的智慧，一种明亮的作为。……是事事妙圆，处处空寂，无争执，无欲望，一切都可以放下或牺牲，这就是真佛！自我就是佛，佛就是自我。"

第二章 新契

　　这似乎把一切都说清楚了，又似乎什么都没有说清楚。佛果真可以说清楚，也就不是佛了，或者说也用不着悟了。说到悟，又使我想起另一个故事。唐代的灵佑禅师问智闲和尚："还在娘胎里的时候，能做什么事呢？"智闲冥思苦想，无言以对。回去翻箱倒柜，查遍自藏的经典，没有找到答案。灰心之余，一把火烧掉经卷，辞别灵佑禅师，来到一个破旧的寺庙里独自苦修。禅师的问题成为他唯一苦思冥想的问题。一天，他随意将一片瓦片抛了出去，瓦片打到一棵竹子上，竹子发出清脆的声音。智闲脑中突然一片明亮，内心澎湃。他感到从未有过的颤抖和喜悦，体验到了禅的境界。

　　我认为，这才是悟。悟不是师父指点、语言指引下的行为，是自心内部的活动的深层体验，是心灵长久暗示与外界事物的突然撞击而产生的山洪暴发，雨过天晴，阳光普照，混沌初开。我理解这悟，与创作上的灵感有相似，应该是更深层次的体验。我猜测，悟到的应该是潜意识世界里澄清广阔、美妙无比的世界。巫山云雨是什么？用思想去推理，可以理解为神女布雨，或者男女欢合。用心去悟，闭上眼睛感觉，到六合中寻觅，就不限于布雨和男女欢合了。而是一种云遮雾罩的胜境，带霞的地球，花开的宇宙，颤动的天地。

　　我由此接着往下想，以慧能的顿悟成佛为例。慧能的觉悟主要还不是来自五祖弘忍大师的口传心授，如此便低了，便不是慧能了，连他的师兄神秀也不及了，最多只能是二三流的和尚了，就不是超越神秀、被弘忍大师认可的六祖禅师了。我弄不明白的是：是慧能有着非凡的慧根，他潜意识中那澄明的世界特别容易打开？还是他的"擦试"工作比别的和尚做得更好？还是他方法正确，找到了捷径？

据资料表明，五祖弘忍并没有给慧能开小灶吃偏饭，只是让他干一些劈柴、舂米一类的粗活。然而，慧能就是在干粗活的过程中，把粗重的体力劳动与一心向佛的诚信高度统一起来，变得越来越纯净，越来越透明，离开悟只差一层薄纸。这层纸由谁来捅破？这不会像是雏出壳、蛹出茧，靠慧能自己是捅不破这层纸的。捅纸者是五祖弘忍大师。据说弘忍大师点破慧能最后迷障的，只是《金刚经》上的一句经文。这句经文是："应不所住而生其心。"意思是自己的心性不被世间种种表象所迷惑。慧能言下大悟：一切万法不离自性。于是十分激动地说："真没想到啊，自性本来清净；自性本不生灭；自性本自俱足；自性本无动摇；真没想到啊，自性能生万法。"别人悟到的，一旦点破，原来如此简单，但这看似很简单的一件事，恰恰是人人都难以做到的一件事。所以又有"不识本身，学法无益"和"凡夫被物转，菩萨能转物"之说。

禅的奥秘在于放下一切不自然的东西，返本归原。真正做到了放下一切，就会发现在什么都没有的最后一点上是一切俱足的。这该就是禅境吧。但如此说出来，还是把禅简明化了，或许真正的奥妙是无法用语言表达的。

禅的奥秘和弗洛伊德心理疗法的奥秘，都是回归自然生活。实现这个境界的权力不在禅师的掌握中，也不在精神分析大师的教诲中,而在自身的开悟中。为弄明白这开悟,我曾到山林中体验,大概是功夫不够,红尘牵挂又深,无果而归。但我并不甘心,同时依目前对此问题的研究水平,我相信,开悟还是深藏于潜意识的领域里,其奥妙无穷,其境界没有止境。

我愿意为找到答案继续求索。

让我们用一个勤劳的清洁工,清除占据和堵塞大脑的垃圾,实现清仓减员,利通利明。

"洞穴"探密

> 对于人体、人能这一像宇宙一样大的问题,无论科学还是非科学的探秘,尚在找钥匙、绘地图阶段。

在美国西部,有个天然大洞穴——"绿巴洞穴",其美丽壮观出乎人们想象。然而,这个大洞穴未被发现之前,谁也不知道它的存在及其美丽和深广。

这样一处美景,被一个牧童发现,才逐步完成它由自然存在到现实存在的跨越。据推测,尚未开发的部分,可能更美、更奇、更壮观。

茫茫宇宙,无奇不有,无限不有,无能不有,无趣不有,无喜不有。然而,就其中之最和对人的吸引而言,无论是已露的部分,还是深藏的更大部分,都在于万物灵长的人。

人有好奇心,是上帝赋予的本能。有此本能并以创造奇迹为天职的人,已经发现与没有发现的相比,就像未被开发的"绿巴洞穴"一样深广。目前所见所知与未见未知相比,等于只见树木未见森林。生活在小树下面的人类,为进入森林,跃身林海,打开更广阔的未知世界,不自信不行,不奋斗不行,不谦虚也不行。

创造奇迹的首务在于发现,而对人自身的发现尤为重要。人类暂时还没有能力谈论自身更深层次的问题,仅从一些表象之论

第二章 新契

来看，也可以将我们带入一个风光旖旎的殊胜境地。

这个胜地很大，我们仅参观其中一处景观——大师们描绘的人之美这个小庭院——殊胜境地的沧海一粟。便是从这沧海一粟中也会发现，古往今来，竟有那么多大师怀着如此虔敬的心情极言其美。

——"当情热如火的时候，紧抱着的美就是上帝。"这是维克多·雨果对人之美的颂扬。

——"自然界中任何东西都比不上人体更有性格。"这是罗丹对人之美的定位。

——"既然人体是造物的杰作，那么它们的每一个细部都融化于天衣无缝的整体之中。"这是范曾对人之美的体味。

然而，无论中外艺术家如何心旷神驰于对人之美的揭秘，他们所关注和揭示的主要还是表象，是生命的表层部分，还不是更深层的美境。如果抱定雨果、罗丹、范曾等大师的虔敬精神，从生命科学、思维科学的层面探幽发微，我们将会遇到和看到怎样一个奇妙的世界啊！每想到此，我的心便激动不已，狂跳不止，内心之悸动决不在新郎新娘入洞房之下。

不过，以我有限的观察，就目前的整体水平而言，第一，包括那些可以称为科学家的人们，对这一奥秘的探究还在找钥匙、绘地图阶段；第二，不知他们是没有徐霞客的探险发幽精神，还是为柴米油盐、老婆孩子所纠缠，工作较为一般；第三，也许不能全怪科学家不够努力，就像所谓的太空飞行一样，不过是在距离地球并不远的地方游走几圈而已。

探究人体之秘这一像宇宙一样大的问题的科学家们，既立鸿鹄之志，就不能限于燕雀之为。哪怕我们是研究一片树叶，也要既能回顾于恐龙时代，又能预测微软公司的诞生。这话听起来有点天方夜谭的味道，却为必要之举。什么时候，人的眼光像上帝一样远大深邃了，或许可以说真正对自己的"绿巴洞穴"登堂入室了。我想，这一定也是上帝的初衷和希望。

　　人类当中，确有一些佼佼者，或者说上帝的钟爱者，他们较早醒来，苦心体验，勇于探索，其研究成果令我们叹为观止。当我们怀着无限崇敬的心情，拜读马克思的《资本论》，拜读《圣经》，拜读《论语》，拜读《老子》，拜读《孙子兵法》，拜读《相对论》，再静心想一想，不能不惊讶于"经典"二字的分量。

　　"经典"所揭示的是最本质的问题，其思想是后来人思想的源泉，也是本来就有和本来却无。所谓本来就有，是说他们揭示的真理是天经地义的；所谓本来却无，是说在他们揭示之前尚没有过如此深刻和深远的揭示。

　　经典尤其是对与人相关的事物，尤其是对人的根本性阐释。如果只是简单理解，爱因斯坦的《相对论》所揭示的似乎是非人方面的问题，但其本质性的揭示仍是对人的思维的重大突破。

　　毫无疑问，前人在这一问题的探究上，已深入"绿巴洞穴"的一部分，领略了在当时条件下少数人可以领略的风光。他们作为先行者，已完成了先驱的工作。历代和现代的其他人在"绿巴洞穴"的开发上，自然各有所获。但尚未开发的"绿巴洞穴"，太令我们心驰神往了，其开发的价值也太不可估量了。有多大

第二章 新契

呢？大概只能以宇宙作比吧。

如今，开发手段似乎更加优越了，我却总觉得少了几分神奇，几分浪漫，多了几分粗糙和呆板。我很羡慕耶稣和老子思维的奇特和深广，尤其是与上帝近距离对话的独特层次。仅以西方的第一部经典，其主题就是人的《圣经》为例，在耶稣诞生的前后，似乎常会有上帝、天使、圣灵的光临。指不定在山巅、旷野、夜幕下的城堡都会与上帝直接交流。这当然不是人人可以做到的事情。如果人人如此，上帝和神灵岂不是比春运期间火车站的售票员还要忙得不可开交吗？

老子是东方与上帝对话交流的第一人，他交流的上帝比耶稣的上帝还要伟大，大概是与宇宙同大的自然。

我常常苦恼于交流的局限性。尽管电脑的广泛使用，人与人交流的范围和速度大为改观，但仍然局限于形而下的范围。现代人无缘与上帝直接对话，永远是个遗憾。如果再把网络之间的垃圾信息、垃圾文化算上，简直令人愤慨。

我又想，有可能与上帝直接对话的条件，为什么不抓住机会请教几个本质性的问题呢？包括耶稣当时所关心的似乎只是人类的幸福与痛苦之类的问题，还不是人类的根本问题。转而又想，上帝这个善良而开明的老人，面对人类提出的问题，常常是笑而不答。由此看来，也怨不得我们的前辈。

为感动上帝，上帝的子民人类作出不懈努力。然而，从耶稣受难到哥白尼地动说产生；从牛顿《自然哲学的数学原理》问世，到拉瓦锡的《化学原理》引起化学革命；从达尔文的《物种起源》及其进化论思想的爆出,到弗洛伊德《梦的解析》出版使释梦也成为科学,一直到20世纪建立分子生物学这又一划时代的重要事件的发生,人类社会的发展,虽然经历了无数次里程碑式的跨越,但迄今为止,并没有从根本意义上揭示生命的秘密和人脑的奥秘。正如一位量子力学家所言:"当前的物理学和化学在解决这些事件时显得无能为力。"但他接着又说,"这决不能成为怀疑这些事件可以用物理学和化学来解决的理由。"

这话仍然是人类惯用的判断和猜测,就像我们指着一片地面说,这下面有煤,这下面有水;或者指着一片天说,上帝是由此上去的,这是通向天堂的路。指出是重要的,甚至是了不起的,更重要的工作则在洞天世界,只有钻天入地,才能登堂入室。

一位科学家说得好,回想人类艰难求索的历程,最值得骄傲的不是"登月",也不是什么网络,而是人类发现自身蕴藏着无穷的潜力。据生命学家目前的研究水平表明,人的大脑由140亿个神经细胞组成,一个神经细胞相当于一台电脑。一部装有140亿台电脑的精密无比、奇大无比的机器——人脑,简直就是一个伟大而系统的超级工作室,或者说是世界上无可比拟的伟大工程。目前世界上最伟大的水利工程——长江三峡枢纽工程,也不会拥有140亿台电脑。然而,用电脑来比喻人脑,仍然是一种局限,我是主张将人脑与宇宙相提并论者。局限是个永远的存在,打破局限则是最有意义的工作。尽管目前的信息加工、信息储存、信息传播发展一日千里,人类社会已经积累了可以用汪洋大海来比喻的文献,人脑每天接收的信息、知识、刺激,较之以往

第二章 新契

已是天渊之别,但当代科学技术并没有明显改变人脑储存信息、接受知识、产生思想、创造发明的能力,人脑的潜在功能远远没有发挥出来。目前和今后,开发人脑功能的工作,永远是人类社会最有潜力、最有价值、最有意义的事业。

简要回顾人类的卓越贡献,我们仍会发现局限比比皆是。耶稣及《圣经》的伟大在于创造奇迹成为可能和人类自觉的开端,因此《圣经》是了解西方文化的一把钥匙,但其局限也是显而易见的。穆罕默德及《古兰经》的智慧在于为相当范围的人规定简单、明确、易于实行的行为准则,而在鼓励人们积极进行科学探索的同时,却显然多了一些规范和束缚。牛顿及《自然哲学的数学原理》第一次表明人可以像上帝那样洞察世界的奥妙,并以伟大发现和创举证明,没有牛顿就没有近代科学,而却被爱因斯坦以更深远的目光证明了他的局限性甚至荒谬。弗洛伊德及《梦的解析》的伟大功绩在于理性地将梦作为一种研究对象,并有了"潜意识"这个划时代的发现,但也只是为进一步的研究探索提供了一把并不万能的钥匙,此后行进在这条路上的探索者不仅寥寥无几,而且作为极其有限。拉瓦锡及《化学原理》,使人们可以新的观察方法看到多样多彩的物质世界,但他的功绩也仅在于同麦克斯韦及《电磁通论》在物理学上的重大突破一样,促进工业现代化和信息化,对于人自身研究而言,仅是提供更先进的手段而已。薛定谔及《生命是什么》作为二十世纪生物学最重要的著作之一,对来自沃森的分子生物学和克里克的DNA双螺旋模型产生深刻影响,但其主要作用仍然在于生物学面貌的改变,并非人脑、人能研究的直接成果。

总而言之，人类具有划时代意义的研究和创作成果，其侧重点仍然在自然科学和文学创作两端，二者结合、渗透、互为对象的以人自身为核心的深入研究，则有待于今后。循着这一思路钻进去，或许是进入人脑这一"绿巴洞穴"深入开发的途径。

也可以说，迄今为止，人类对人的生命、人脑潜能的研究领域，几乎还是未开垦的处女地。与对自然界"绿巴洞穴"的开发相比，人体自身的"绿巴洞穴"，只开发利用了极小部分，即使拼命用脑工作的人，相对潜能来说，只是半醒状态而已。

过去，有人把中国比作东方的睡狮，一旦醒来，吼一声，百兽归服，动一动，惊天动地。目前仍然处于半睡半醒状态的人类，他日醒来，那该是怎样的光景呢？想一想类人猿、人猿、猿人、原人，他们与现代人相比，再预想一下处于半醒状态的我们与醒后的未来人相比，当有几分明白。

局限尤其表现为人对自身认识的局限，以及对认识认识的局限。过去的局限集中反映在所谓对神的冒犯，哥白尼和伽利略都曾是这方面的"罪犯"；现在的局限则集中于对所谓"科学"的冒犯。科学如果成为人类向更大范围探索的桎梏，那就真可能成为人类世纪的末日。哲学的思维不应该受科学与非科学的一切束缚。

在房龙写《人类的故事》那个时候，就有人断言，人类的发明创造已经到了尽头，今后再不会有什么发明创造了，美国的专利局应该取消了。那个时候不仅没有网络，连高速公路也还没

第二章　新契

有，仅仅不到一个世纪的变化是多么惊人啊！现在一天的发明创造恐怕比以往一个世纪还要多，但这依然是人类处于半醒状态的作为。由此推论，人类完全醒来的世界将是什么样子，至少是以往任何时代的神仙世界都不能比拟的——一个极大的觉醒觉悟的时代。

为了人类彻底觉醒，或者说一个伟大觉悟时代的到来，我们还是应当遵循这样一个原则："求知是人类的本性。"这不仅指知识的积累，尤其指奥秘的探索与发现这一本性的体现。自觉坚持这一原则，锲而不舍地探索，必然会不断有新的重大发现和重要解密。

上帝已在向人类招手，这招手不是要某位朋友回到天国，而是激励人类进步，尤其是对人自身的研究的重大突破。面对上帝的招手，就像我们望着朝阳微笑，迎着朝阳走路，不仅看到光明，而且享受温暖。勤劳智慧的人们啊，向着光明，沐浴着无限惬意的温暖，大步流星地前进吧！

"冰山""电脑"及散步

> 庄子在山野散步，达·芬奇、歌德、卢梭、宗白华在庭院散步。他们于散步中接通奇思妙想的电路，在散步中成就伟大。

将"冰山""电脑""散步"这三个似乎风马牛不相及的词写在一块，是想极言人脑的发现、发掘、发挥、发展。通过这样一种写法，如能从字缝里流出点意思来，也算是对每天或甜或苦勤奋工作的大脑的一次亲切的安慰吧。

有人用最简单的自然现象作过一个比喻。把人的意识和潜意识比作冰山，认为意识只是露出海平面的一角，潜意识则是深藏大海的主要部分。

便是这露出的一角，也是人类亿万年进化的结果。远的不说，按房龙《人类的故事》锁定的情况看，史前人类虽然有意识，却不过是一些习惯简单、习俗无聊的动物。他们游荡于五大洲的荒野上，与别的动物相比并没有什么特别之处。这些与别的动物差别不是很多的原始人，攻守能力很差，徒有一个较大的脑袋，办法并不多。

人类从开始拿起石块、木棒到制造使用工具，经历了洞穴时代、石器时代、铁器时代；经历了采摘野果，火烤动物，种植植物；经历了从图画到文字的记事，当然还有我们老祖先用过的结绳记事；经历了由游牧、农耕到工业化，据说现在已经到了信息

第二章　新契

化。在这漫长的经历中，"冰山一角"就这样一点一点露出海面。这露出的过程，既说明着过去，也意味着未来，更充分证明着人类自身建设当中最重要的工作是促进"冰山"更多地露出海面。

与房龙所描绘的情况大大不同的是，即使出版于20世纪二十年代的韦尔斯的《世界简史》已经作过这样的描述：十九世纪短短100年间，人类所取得的物质成就，远远超过了从旧石器时代到农业时代，或从埃及的斐比时代到乔治三世的漫长岁月中所取得的一切成果。而这一切都是由于人类智能的极大发展。在知识经济和信息时代，"一天等于100年"已不是神话。

与此同时，人类对于生命科学的探索，包括人脑功能的研究，较之以往也有了突飞猛进的进步。创立于十九世纪三十年代的细胞学已不是生命科学的前沿。继孟德尔发现遗传学定律后，遗传密码的破译已有重大突破。

然而，用冰山比喻人脑的意识和潜意识，虽然较为形象，令人明白意识和潜意识巨大差距和人的脑能开发的广阔前景。但是，我们完全有理由想得更多。一部名为《天地无限》的书这样写道：一边是神奇秀美的山川，一边是与现代文明格格不入的苍凉和贫困；一边是寻找"天堂"的芸芸众生，一边是瓦解"天堂"的各种非健康力量的骚动。雄勃遒劲的奋争、穿透天宇的智慧与自甘沉沦的愚顽麻木交织在一起。

这是人类社会发展的写照，也是人的脑能研究的写照。仅从性的研究来看，人类就走了一条十分曲折的道路。中国的黄帝、彭祖对性与人脑的关系已有深入独到的研究。黄帝之所以为华夏始祖，大概正在于对生产技术、物质生活、精神文化和人自身的繁衍提高都有始创性质的特殊贡献。古人对性的崇拜，既是人类物质意义上发展的动力，也是意识意义上发展的动力。不仅孔子对性的意义是充分肯定的，汉以前似乎没有更多的反动言行。不知是什么原因，越往后来似乎是越文明了，却把一些本当理直气壮光扬的文化精华，当作见不得人的东西大加封锁。

到了20世纪二十年代，十月革命的炮声未息，几乎在马列主义传入中国的同时，中国最早的三大博士之一、中国性学第一人张竞生，在中国第一次发起性爱大讨论，第一次提出了"第三种水"对人的发展的重大意义。他及他的伟举尽管被孙中山先生引为同志，认为志同道合，并受到不少革命志士的同声支持，却仍然被漫天大雾一样的非议之声所包围，直接的结果是把正确指认为下流和猥亵。面对如此黑暗的现实，鲁迅先生也只能说："至于张竞生的伟论，我也很佩服，我若作文也许这样说的。但事实怕很难……张竞生的主张要实现，大约在二十五世纪。"

面对光明与黑暗交织的历史现状，我总认为，与宇宙同样大的人的问题，需要同样宽松的环境，同样大力的支持，同样大胆的探索

还有人用现代科学术语作过一个形象的比喻，人体的神经系统，特别是大脑，相当于电脑的"硬件"，意识是电脑的"操作者"，潜意识则等于电脑的"软件"。

人脑分大脑、中脑、小脑和干脑四个部分，由左右两个半球

第二章 新契

组成。大脑虽然只有身体重量的三十分之一,但能令心脏每天跳动10万次,每天泵出6800升的血,通过全长60000英里的血管;能使眼睛作出1000万种细微的颜色辨别;能令肌肉——如果向同一个方向运动,产生25吨拉力。据说一个人的大脑所能记忆的信息大体相当于全世界图书馆的藏书(大约7.7亿册)。有位专家把人的大脑潜能用机器来折算,得出的答案大体相当于1000台超级电脑拥有的能量。

自从诺贝尔医学奖获得者罗佳·斯帕里博士研究出脑左、右半球的不同功能后,二十一世纪对"右脑革命"的呼唤,又为开发脑潜能打开一个大门。科学家普遍认为,脑的左半球拥有"理论性"功能,而右半球富于创造和想象力的"非理论性"功能。左半球管语言、思维逻辑、高级神经活动以及右半身的各种活动,右半球则起协助作用。人们习惯用左半脑活动,如果增强左半身活动,发挥右半脑的功能,就可以使人的记忆力显著增强。随着电脑的广泛使用,向人脑发出新的挑战,不是任其走向退化,而是有意识地发挥人脑的作用,挖掘人脑的潜能,现代人和未来人都应当有这种自觉。

开发人脑潜能最有效的方法是大量用脑,而散步也是一种很好的开发右半脑的方法。研究者认为,散步对于开发右半脑,就像加热壶接通电源一样有着神奇的作用。这是因为边散步,边冥想,左脑进入休息状态,智慧就从右脑中流出来。

在这方面,许多著名的文学家、艺术家都有深切体验。

卢梭在《漫步遐想录》之二中写道,我有时在独自一个人散步时体会到的那种欣喜若狂、心旷神怡的境界，是应该归功于我的迫害者的享受。要是没有他们，我就永远发现不了，也认识不到我自己身上的这一宝藏。

歌德谈到创作经验时则说，我最宝贵的思维及其最好的表达方式，都是在我散步的时候发现的。

果戈理也说，作品的内容常常是在散步的道路上完成的。

著名美学家宗白华先生似乎对散步更加情有独钟。他不仅在《美学的散步》中对散步与思考有过专论，而且在其他著作中也都不厌其烦地阐释过散步对创造性思维的显著作用。

宗白华先生特别指出，中国古代的庄子在山野散步，观看鹏鸟、小虫、蝴蝶、游鱼，得到与自然相通的灵感；在人群中散步，凝视驼背、跛脚、四肢不全、心灵不正常的人，获得独特的感受，受到深刻的启示。他还把视线放大到全世界的范围，指出意大利文艺复兴时期的大天才达·芬奇在米兰街头散步时速写下来的一些"戏画"，以及这些"戏画"如何成为"画院奇葩"，指出西方的逻辑学大师亚里士多德建立过一个"散步学派"，以及这个散步学派对人类智能的贡献。

看到大师们对散步如此钟情，我不禁想，是伟大的哲学大师、文学大师、美学大师、艺术大师统统都对散步有特别嗜好吗？恐怕主要还是他们对散步与挖掘人脑潜能的关系有着更深刻的感悟、感受和体验罢。

通过阅读思维研究著作，我还进一步认识到，人通过散步放松，大脑的意识和潜意识特别活跃，而且人在散步的放松状态

第二章 新契

下，脑中会出现一个连接器，把意识和潜意识有效地沟通和激活起来。这种沟通和激活的深层原因尚有待于进一步研究。我认为，这应该作为一个重大课题，拨专资有组织地进行研究。也许国家早有专门机构，只是我孤陋寡闻罢了。

我也有同样的体验。有了写作任务，在办公室理不出头绪，找个开阔僻静的处所散步，文章轮廓很快形成，小标题也一条一条出来。尤其神妙的是，在散步中出现的提纲和思路出奇的好。每当出现这种情况，我便急于回去记下来，家人和朋友开始不理解，见得多了，也就习以为常。有时候回来之后竟又忘记了，在室内怎么也想不起来，再次走出去边散步边思索，不但原有的意思奇迹般地回来，而且还会有新的发现，从而使主题深化，思想升华，句子更加完美，真是奇妙无比呀！朋友和熟人看到我经常散步，早晚散步，上下午除了开会，也挤出时间散步，说我工作游刃有余，考虑问题有条不紊，办事很有章法。这些倒不一定都能做到。但是，在散步中调整心态，促使肢体和大脑休息，并在散步中轻松自如地思考一些问题，是再好不过的一种方式。我多年实践，感受很深。其中还有什么高深的原因，只能留待专家研究解决了。

总而言之，人的大脑无比奇妙，开发前景无限广阔，就是日常生活中，也仍然有许许多多利用脑潜能的奇招，本文所谈到的最多不过是冰山一角罢了。

脑怕不用

> 让大脑的田园撂荒，不仅是人生的荒废，也是对生命的虐杀。

圣手华君武有两幅漫画给我留下深刻印象。这印象此刻之所以从脑海跃出，是因为与"脑怕不用"这一题目有着直接的联系。

一幅是《只许向上》。画面上一位柳荫下的垂钓者，长长伸出的渔竿连线带钩一律向上，垂柳枝条一律向上，下款由下向上，上款为柳荫垂钓图。这是典型的既一心向上，又决不下犁沟的"心想事成"图。

另一幅是《等地心力发挥作用》。一个人躺在地上，睁着两只大眼睛，张着一张大嘴巴，耐心地等待苹果在地心力作用下掉入口中。这一表现更直接：只等天上掉馅饼，准备付出的代价仅是张张嘴而已。

这两幅寓意鲜明的漫画反映了一个深刻的社会命题：有些人向上心切，却不准备付出劳动。他们所谓的"心想事成"，最好是不学习就考上名牌大学，不工作就连连升官，不用任何本钱和费力费心就日进斗金。倘若非要付出一定劳动，也只伸伸手，张张嘴罢了，千万别劳力劳神。有人甚至担心，劳力伤筋骨，用脑耗心血，脑力劳动影响寿命。

这样的担心完全没有必要。把幸福寄托于劳动，把长寿寄托于用脑，才是人生。劳动创造人，劳动创造美，劳动为人类打开更广阔的天地，既是天经地义，又是天道人义。不管是天国的缔造者，还是法律的制定者，在这一点上从来没有不一致。

普通老百姓也懂得："身怕不动，脑怕不用"。这正是上帝奉行的天条与人世规定的原则"不谋而合"的又一证据。或者是有人从上帝那里讨来的，抑或偷来的天理人道也说不定。但一成为常言，就进一步证明着这一条已得到较为普遍的认可。这可以被认为，群众评委投了满分。

我们再回头看看专家评委的看法。据不少专家研究的结果表明，勤奋用脑的人，脑血管供氧充足，脑细胞活跃健康，有利于延缓衰老，健康长寿。这应该理解为群众、专家与上帝的心是相通的，上帝的暗示已得到专家的确证和群众的普遍认可。

司法上有一句话叫做"以事实为依据，以法律为准绳"。在用脑长寿这一根本问题上，上帝那里的规则，与上帝子民的见证是一致的。

有人对十六世纪以来数百名伟人研究统计，发现最长寿的是发明家和学问家，平均年龄80岁。其中阿基米德76岁，爱迪生85岁，牛顿86岁。

上海文艺出版社出过一套王元化先生为名誉主编的《释中国》。该书的作者都是第一流的大学问家，都是勤于用脑到登峰造极的人物。所收117位大学问家当中，80岁以上的58位，70岁以上的33位，二者占到78％。其中90岁以上的有季羡林、梁漱溟、费孝通、冯友兰、张岱年、金克木、钱穆、钱锺书、朱光潜、宗白华、严灵峰、邓广铭、贺麟、周一良、缪钺等。已超过90岁仍然健在的有季羡林、张岱年、周一良三位。费孝通先生今年刚刚离我们而去，享年95岁。

面对此情此景，我们不能不由衷地感叹，最勤于用脑的人正是最长寿的人。然而，就是这些大学问家，脑潜能的发挥仍然很不够，在他们身上尚有许多未被发现的"绿巴洞穴"和未开发的处女地。平常人与大学问家相比，脑潜能开发差距更大，平均寿命也显然要短。这当然还有别的原因，但用脑不够，脑锻炼不足不能不是一个主要原因。

研究者认为，人脑的潜在能量很大，就是牛顿和爱因斯坦这样的顶级科学家也不过是百分之十几的脑细胞在工作。一般人的脑细胞更是大部处于休息状态，只有百分之五左右在工作。假如说，一个农场有万顷良田，投入生产的只占5%左右，大量荒芜，这是无论如何也说不过去的。人脑中的良田，就这样日复一日、月复一月、年复一年，甚至一个世纪一个世纪撂荒，是多大的浪费啊！

军队有"养兵千日，用兵一时"之说，打仗有战斗部队与预备队的安排。与此相比，人的脑细胞投入战斗的极少，预备队却是一支强大的军队，反过来又说，部队不够用，这不是一件十分说不过去的事吗？

美国诗人惠特曼用诗对人脑这一"绿巴洞穴"作了形象的描述：

我，我要比我想象的更大，更美，

第二章 新契

在我的，在我的肉体内，

我竟不知道包含这么多美丽，

这么多动人之处。

美在何处？美的所在似乎并不大，却无限大；并不深，却不知其有多深；无色无象，却斑驳陆离、五光十色、多姿多彩、包罗万象，宇宙间有的一切它都拥有。

人的这一"无限"用处何在？众多哲人竞相作出回答：

——老子认为"古之善为士者，微妙玄达，深不可识。""不出于户，以知天下。不窥于牖，以知天道。"这都是因为有一个不可限量、奇妙无比的脑。

——释尊如是言，思量之实不可思量。既是虚空无限，又是应有尽有，无论如何思量，终将无所思量。与其思量将自己锁住，不如一切放开。

——《大学》有言，"物格而后知至，知至而后意诚，意诚而后心正，心正而后身修，身修而后家齐，家齐而后国治，国治而后天下平。"说来说去，核心还是一个心——统辖万有的脑。

南怀瑾讲得好，毕生求征"内明"之学的人，必须把一生一世，全部的身心精力，投入好学深思的领域中，然后才能有冲破时空，摆脱身心束缚的自由。

《大学》作为《四书》之首，不过是曾子写下的一篇学习心得论文。这一不足二千字的短文，把什么都说了。由此可知方寸之间的人脑的不可限量。

——另一位美国诗人郎费罗则说："伟人的生平业绩经常令我

们想到，我们有能力使我们的生命发出灿烂之光，并在我们的身后留下足迹。"

——被称为"全球投资总管"的坦普尔顿说得更精到，"我们的心里应该藏着这样一个信念：令我们的生命发出灿烂之光的人生法则，正如宇宙的自然法则一样，是可以得到检验和证实的。"

好像还有一位哲人说过，人类每前进一步，背后都隐藏着创造力的根源，它生长在某些与众不同者的头脑中，这种人会在梦中醒来，而此时其他人却沉睡不醒。

综合这些经典之论，有这样几个事实不能不引起我们的关注：其一，人脑是个无所不有、无所不能的无限；其二，人脑的潜在能力奇大无比；其三，人脑的绝大多数细胞仍处在休息状态；其四，用脑有利健康长寿；其五，人生应发出灿烂之光的法则与宇宙的自然法则并无二致。

为了让生命发出灿烂之光，让我们自身拥有的无限在无限的宇宙中任意驰骋，必须充分相信它、善待它、重用它——美妙无比、无奇不能的脑。非此，如果让华君武大师挥动大笔再画幅漫画，当比本文开篇列举的两幅漫画更加令人捧腹大笑。

第二章 新契

随便想想

> 人会思想，是上帝的偏爱，"随便想想"，是对上帝的回报。

上帝是否手捏着地球，控制着宇宙？我对此既无研究，也未咨询，暂作悬案。然而，我想，上帝既为无所不能的主宰，应该是老子所说的"道"、"有"、"无"，都在他老人家的掌管之下罢。进而又想，即便如此，对于脑神的游走，他老人家也会给出一片自由的天地吧。

我的脑子爱走神，坐在车上，躺在床上，走在路上，包括开会、写作、吃饭，脑神便会游走于"神州"大地，驰骋于"五洲四海"，扶摇于"星际河汉"。

此刻，游走的脑神竟打入"神游"这件事里。心想：脑神会游走，就像江河奔流不息，是很自然的事。江河上可以筑坝设堤，却不可将河堵死，对思想也可以设卡立防，却不能禁止它的游走。"随便想想"不仅是常人的行为，伟人的行为，甚至是圣人和神人的行为。谁能否定《论语》没有随想的成份，老子没有打开过随想的闸门呢？包括他老人家在伸懒腰的时候，也可能神游于天上地下，突然从心底放出"天地不仁，以万物为刍狗"这样一个表达形式怪怪的却反映宇宙运行客观规律的思想闪电。

孔子说"七十而随心所欲不逾矩，"不就是放纵心意，"随便想想"也不会逾越法度、违背天理的证据吗？

老子骑在牛背上,可以闭目养神,却免不了要"随便想想",或许他竟会随便想到"玄牝之门,是谓天地根。"能生出宇宙的生殖通道可谓深矣,"微妙玄通,深不可识";可谓玄也,"是谓无状之状,无物之象,迎之而不见其首,随之而不见其后。"孔子思想了也是随想了一辈子,到晚年才达到"随心所欲不逾矩"的境界。

今人中"随便想想"的事就更多了,以此立身名世的也大有人在。我们列举一百位思想家,就有一百位是"随便想想"的高人甚至疯子;列举一百位文学家,就有一百位随想之后留下随笔。《鲁迅全集》中大部分为随想留下的随笔,明确标题为《忽然想到》有十一篇,《随感录》五十四则。巴金到了晚年大成的时候,最大贡献是一部《随想录》。日理万机的毛泽东也有许多随想的光辉纪录。

随便想想这一人的自然属性,可谓贯穿于人的喜怒哀乐全程。愉快时随便想想使快乐增加,但也难免突然拐个弯愁上心头;压抑时随便想想或许心情更加沉重,却也许因一缕阳光的射入心情顿然明亮。"大漠孤烟直","海上生明月",可能是心胸阔大的"随便想想",却也并不表明一个人心胸开阔;"疾风知劲草","板荡识诚臣",可能是遭遇忧患后的"随便想想",却也不能保证从此不被小人捉弄;"多病故人疏"虽然可能是饱经磨难得来的"随便想想";"雪尽马蹄轻"肯定是冲出重围后的轻松写照,却也不说明从此不会马失前蹄,前途一片光明。

思想的闸门一旦打开,不仅可以想入非非,而且还会联想茫

第二章 新契

茫。此刻我就想到，宇宙是无边无际的，人类的创造是无穷无尽的。这是因为，人与其他动物以及植物虽然都有接受信息的功能，但人除了接受，还能分析、贮藏、加工，并把各类信息转化为意识和潜意识。"随便想想"这件小事，却牵涉上述功能的各个方面。看一看人类的发明创造，再想一想借以创造的广阔资源，最令人振奋的不正是"随便想想"吗？不就是人有如此傲世的取之不尽、用之不竭的广阔资源吗？

人类会思想，是上帝的偏爱，也有人认为是一种惩罚。我赞成偏爱说，愿为偏爱派，乐于任其"随便想想"，并不准备对这个"随便想想"的机关上锁加封条。

"随便想想"还是上帝爱人的重要体现，以爱报爱则是人类的责任。是人与不是人，一个"爱"字是分水岭。据说，上帝创造了人的同时，也创造了爱。在考虑将这份最珍贵、最博大的财富存放于何处时，想到山的最高处，也想到海的最深处，最终却决定藏在人的心中。心中在哪里？不就在经常"随便想想"的那个地方吗？不就因为这个地方不仅不会将宝贵的"爱"想亏损了，还会为之增添无穷光彩、绚丽、美好，越想越长、越厚、越重、越深、越美吗？

如果条分缕析进一步替上帝想想原因，关于人心优于其他所在，我暂时想到三条：一是广大而安全；二是内外两有利；三是取不尽，用不竭。有谁因为"随便想想"便把爱，包括宇宙之爱、天地之爱、人类之爱、社会之爱、男欢女爱想没了呢？有哪种爱又能与"随便想想"分得开呢？爱的发生、发展，并不是接到命令之后的行为，恰恰是心想包括"随便想想"的结果。

陀思妥耶夫斯基说得好，倘若你爱世界上的一切事物，你便能洞察事物内部所能包含的秘密；而你一旦洞察了这些秘密，你对事物的理解也会一天天深刻起来。无论是"洞察秘密"，还是"深刻起来"，都不是单靠眼睛可以做到的，而主要是靠心，心的行为不就包括"随便想想"吗？

是人都有两只耳朵一张嘴，心中装着爱特别是爱人之心的人，必然会把听到的和吃进的变成美好，变成甜蜜，变成激情，变成诗；把用嘴送出去的变成阳光，变成雨露，变成明朗的天、广阔的地，变成无穷的力量。而这一切都离不开思想，也包括"随便想想"。

游走的脑神既是一本正经的上帝，来去无踪的天使，又是随随便便的游客。有时候一本正经地想了半天，几乎没有什么收获，没有什么重要的意思，甚至简直没意思，不正经八百去想了，对游走的脑神放一马"随便想想"，反而会有意想不到的惊喜。正如卢梭说的那样，让头脑无拘无束，让思想纵横驰骋，才能充分体现自己，自由才真正属于自己，幸福的源泉才会发现就在自己身上。

此时此刻，没有油尽灯灭之虞的我，虽在夜幕拥抱中端坐于明亮的台灯之前享受着"随便想想"的畅快。这样畅快着，忽然想到，人的脑神真是厉害，怪不得要把它与开天辟地的造物主，无所不能的神仙，排除万难的精神相提并论，都用了这个"神"字，正是因为它能把死人想成活人，而且常活常新。因为脑神的

第二章 新契

作用，我心中的神人、圣人、伟人都是永远活着的人。他们大都死去几个或几十个世纪了，我却强烈地感受着他们的活，似乎他们才真正活着，永远活着。我白天晚上，梦外梦里常常与他们交往，实实在在感受着这种交往的幸福。

游走之神不知不觉到卢梭那里去了一趟，又去拜访大诗人李白、杜甫、白居易，去惊动苏轼、苏洵、欧阳修。现在已经是午夜两点多了，可能他们都休息了吧，既没能尽兴访谈，他们的诗文也没有一言半语闯入我的思想天地。这就好像王羲之的儿子王徽之夜半思念戴安道，一夜行舟到了戴的门前，却不进去，问到何以如此，却说是乘兴而来，兴尽而去，为什么一定要见戴安道呢？

不过，我虽然没有见到他们，还是想到，大江依然向东流，《大江东》的作者却永远地睡着了；《将进酒》的篇名虽然出现于我的脑际，篇中诗句却无一字前来报到；煤炭照样那样黑，今日的《卖炭翁》已不是"满面尘灰烟火色"，而是"春风得意马蹄疾"了；"安得广厦千万间"的美好愿望早已成为现实，对此不知诗圣作何感想；美妙的"秋声"犹在，却加上了沉重的污染，这一美中不足也忽视不得，单有童子出来看看是不够的，还是让身在其位者亲临第一线抓抓这件大事吧。《心术》、《六国论》、《辨奸论》都在我脑中一一闪过，老苏毕竟过劳而卒，还是让他安静休息吧。

想了这么多，我的"神游"只是我的"神游"。苏东坡、李太白、白居易、杜工部、欧阳修、苏老泉一个都没有醒来与我畅谈，这是多么令人扫兴的一件事啊！老妻已催过三次了，不好意思再不熄灯了，与他们的会面只好寄望于梦中神游了。

不过，趁着此刻的清醒，我又回到上帝这里。我并不特意赞颂上帝，只是"随便想想"，竟又想到上帝是无私的，却并不搞平均主义。他以爱为基础，以公平劳动为尺度。他给予我们的是无限也是有限，给予的时间是长久也是短暂。在他老人家那里，没有旧货市场，却有成本会计；没有拍卖行，却有竞技场。他给我们的，正是我们真心诚意想要的；他要收回的，正是对我们假心假意的发现。

面对上帝的给予，我们只能真诚，只能勤奋，只能广博。但无论怎样真诚，怎样勤奋，怎样广博，比起上帝的给予来，依然不足以回报于万一。如此说来，我们更应该想想自己的责任，想想爱，想想奉献，想想天下的事，也想想自己行为中的过失。诚心诚意地践行上帝的要求和依据上帝要求制定的准则，最好达到"随心所欲不逾矩"的水准。

第二章　新契

读书经过来回想

> 读书，不求用，是真读书；不求解，是会读书；意会书外，心通宇宙，是神读书。

读书是很惬意的一件事，逛书店也是很惬意的一件事，雨天读书更加妙不可言。大概与无限的心在无限的宇宙畅游一样快意。

我曾想过，辞去工作，一心读书，随心所欲读书，昏天黑地读书。但是又想，吃饭的家伙谁来喂，一家老小谁负担，只好等而下之，做一个工读余民——业余读书，读余工作。不知是读书为余业，还是工作是余业，十足一余民也。

无论如何，我对读书情有独钟，似乎有着天生的敏感和快意。这样说，不是以为自己是什么天才，而是并无抱定治国平天下的大志，也不往"伟大意义"上联系，却仍然对读书有极大的兴趣。这等人也称天才，满世界的天才当像夏天里会发几句怪论的蚊蝇一样多了。进而剖析，这样一种就像蚊虫叮血一样，只有在读书中才能找到的异常快乐，大概仅仅是追求快感而已。

在我心中，对美的追求，比较空旷，却不失恬静。具体到美女、雕塑、绘画、书法、音乐，总有一种云遮雾罩的朦胧。尤其是对美女，不是无此向往，却有原罪心理关山阻隔，一点也洒脱不起来。对书就不一样了，"开卷有益"四个大字像当空而出的四个大太阳，照耀着自己的心和路，好不光明正大。

与书打交道，总体而言，理直气壮，但也有三种心理障碍。一是书价涨势之猛，令人难以接受，为一部价格难以承受的好书受煎熬是常有的事；二是为时间的分配为难，恨无分身之法，在读书的兴头上为事扯走，心里不免难受；三是读神人、圣人、伟人的书，总怕态度不够虔敬，并为自己悟性不足生恨。

障碍和挤压也会转变为反弹的动力。每每遇到一本神往已久的好书，自己欣喜若狂，与朋友共享的欲望十分强烈。如果再向伟大和神圣高攀，这样的快感大概不在孔子所说的"学而时习之"和"有朋自远方来"两大快乐之下。

读书人有个缺点，遇事善于反思。反思本是长处，但太重反思，就变成毛病。正像有人对我的评价，优点是老实，缺点是太老实。此刻心想，竟敢在读书这件万般皆下品之上的神圣之事面前，自吹自擂我这个名不见经传的小人物也竟读书这件小事，简直没意思。然而，依然自不量力地认为说出来就有了点意思。仔细想想，这个不知天高地厚的小人物真有意思。钻进去问上一问，所谓真有意思，也不是那个意思。把你逼到墙旮旯审视，仅仅是那么点意思。

从头说吧。我参加工作前，即便身处穷乡僻壤，也总设法找书来读。为了买一本书，只好从五分钱一个黑馒头中省。为了想书里的事，柴禾不捡、猪菜不采，也没少挨母亲的唠叨。参加工作后，条件逐步好起来，经常拿出一部分工资买书，书越买越多，读书的兴趣越来越浓厚。我喜欢将几本书交叉读，并随意写点没意思的所感所想。写下的实在算不上高明，却自鸣得意，孤

第二章 新契

芳自赏，乐在其中。就像雨天读书，雨打绿荷，花瓣溜珠，声中有静，一件蓑衣，一把油纸伞，都与书中的事交相辉映成一种意境。其情其景虽非巫山云雨令人意象万端，却以一种灵动的静谧浸入心田，与心中已有的意象共同烘托出一个其妙无比、其乐无穷的境界。

古代关于四季读书的感受妙不可言、乐不可支。我这个时常有知有觉的存在，在常年读书的不同季节也有快乐的感觉。莫说春风相伴的春天，便是"燕山雪花大如席"的冬日，在暖融融的屋宇下，也惬意于对一本书从头翻到尾，再从尾翻到头。每当这个时候，我这个也算世间的存在，却不知不觉使世间的一切存在为书中的存在所置换。我这样一个存在与书中各式各色各样的存在交往、交流、交战，其乐无穷，其狂无比，不能自已。

我这个似有如无的存在还会认为，读书较之看电视、看电影、看戏，更加随意、方便、快捷，或前进、或后退、或横着、或竖着，随其所愿。即便我这个在宇宙中有生有灭、生生灭灭、不生不灭的微渺怎样微渺，这个微渺竟会极端狂妄地认为，书是这个微渺存在的书，天地是这个微渺存在的天地，宇宙是这个微渺存在的宇宙，简直不知道微渺有多大，宇宙有多大，二者究竟谁比谁更大，好不惬意。

就是这个似有如无却轻狂无比的微渺存在，有时候似乎很高迈，有时候又很低俗。高迈的时候，他的灵魂可能出窍，跳出地球，奔星赶月，到上帝的茶室讨杯茶，到玉皇的宫殿闲庭信步，到蟠桃会上开个玩笑；但却没有拉拉嫦娥的袖子，拍拍吴刚的肩膀，套套玉帝的近乎。我总认为，低俗一点是可以的，但还是有限度的好。正像高迈也有限度一样，两个方面的极端，哪一面都是虚妄和卑鄙。尽管有人关切地对我说，你一生的失败在于没有读懂低俗这部经。这经的要义何在，我的确不明白，但我却明白通向此经的路，虽然五光十色，悦人耳目，却处处陷阱。由此混水组成的混河还是不趟为好。

然而，我并不一概排斥这低俗。我在低俗的另一层次仍会感受到，从书中找方法也很方便和管用，不时会有所发现，受到启发。前年，到吕梁开会，买到著名新闻记者艾丰谈方法的两本书。一本是《新闻采访方法论》，另一本是《古今说》。

通过第一本书的存在使也算存在的我知道了三种最基本的分析和判断方法。即：对事物要从纵、横、变三个维度来看。从纵向考察事物的历史和未来；从横向考察事物的现状；从变化中观察事物的发展趋势，总结规律。这些并不脱俗的形而下的东西，对处理俗人俗事或许有些用处。但若俗到以此满足贪心，算计他人，便有掉入陷阱的危险。

第二本书，虽然也未脱俗，却从古至今，天上地下，山东，山西，城市，乡村，名楼，名碑，状元的卷子，诸葛亮的帽子，华西村的房子，景德镇的窑子，均有论及。那一个存在无所不谈，这一个存在随意而看，这是怎样广阔的自由天地和无比快乐的享受啊！

如果由此想到："且夫天地之间，物各有主，苟非吾之所有，虽一毫而莫取。惟江上之清风，与山间之明月，耳得之而为声，

第二章 新契

目遇之而成色,取之无禁,用之不竭,是造物主之无尽藏也,而吾与子之所共适。"无论是雅是俗,是高迈,是低下,都可以自由自便,出此大格,便可能俗雅不成。

写到这里,不知是从哪一个存在中又蹦出一个不能再俗的问题,竟是"怎样才能有效读书"几个字之后连带一个并不脱俗的"?"。本着俗事俗办的原则,过去有一种现成的说法:读书要读立场,读观点,读方法。这似乎已成为一种经典读书法。我这个微渺却没有如此高的要求,除了读兴趣,读热闹,读清静,读感觉,对方法的追求,要算是最高境界了。读了几十年书,才逐步感悟到,对方法的追求,尤其是基本方法的追求,无论是于书还是于实践,都需要把"书"读厚了,再读薄了,最后化为"血液",融于生命之中。要不,为什么十年寒窗苦读,脑中装下堆积如山的知识,仍不知道问题怎么想,事怎么办,人怎么做呢?这点俗不可耐的认识既已从一个俗不可耐的头脑中溢出,就让它俗不可耐地"招摇"吧。

依据并非不俗的标准判断,我在读书这个存在中,有两件事留下后悔,或者说有两个教训应该总结。

一是读经典不多,不细,不深,不透。毛泽东读《资治通鉴》十七遍,聂绀弩读《资本论》十七遍。毛泽东从延安窑洞读到北京中南海,聂绀弩从铁窗里面读到铁窗外面。这两部书,前一部,我这个尽管微渺尚有知觉的人,仅囫囵吞枣读过一遍,后一部只读过删节本。

我不知道天天打交道的太阳、月亮、空气,以及苍蝇、蚊子、小飞蛾对我的读书怎样批评。自我批评，就像日日三餐，天天感受阳光的温暖和空气的浸润一样，几乎天天读书，经典著作却没有读多少。仔细想来，我的读书，简直等于"拿书"，在手里拿拿，放下，再拿拿，拿起来放下的时候虽多，拿出完整时间读书并不多。这样拿来拿去，几十年拿过去了，好不后悔。

二是年轻时背书太少，没有打好基础。前几天在电视上看到，在我心中大体与季羡林先生齐名的汤一介先生，正在倾毕生之力编著《儒藏》。他认为，他们这一代学者，之所以比不过他父亲汤用彤先生那一代，主要是国学与外文两个底子还不厚。说白了，是启蒙阶段背书不多，当然还有"小学"也即"中国传统语言文字学"根基不牢。由此，我这个微渺却并不微渺地坚信：一个人年轻时多背经典，一生受益。特地要求大学中文系的女儿把《论语》背下来，然后再陆续把《老子》、《楚辞》、《诗经》背下来，古典诗词更不必说了，英语一定要学好一点。我担心女儿不够重视，还进一步指出，这几部背熟了，别的课程一般点，将来也不会后悔。女儿问我背过哪些？我只能说这是对教训的总结，不想让遗憾在她身上再现。

如果再写个第三点，我这个微渺却可以心高气傲地说，可以与毛泽东、聂绀弩，甚至马克思、列宁、老子、屈原，与《诗经》有关的贵族代表和群众代表一样，一张嘴说话，或者动手写作，就受到名词、动词、形容词，总之是一切现存的词的束缚。词是人类文化的结晶，却也是思维创新和思想解放的桎梏。我以有与伟人一样的桎梏为得意，可见何等浅薄。这就像你痒我痒大

第二章 新契

家都痒,你疼我疼大家都疼,你也有秽气,我也有秽气,大家都有秽气一样浅薄。

或者是与自己的秽气有关,也许是因为我爱读点书,又为人家写了几十年稿子的缘故吧。碰到熟人,总能听到一些介于赞扬与安慰之间的话,好像以我的学识水平,不该只混到现在这个位子。其实,就像温度计对冷暖自有分晓一样,自己那点很有限的知识水平,既与香飘万里不沾边,秽味也谈不上熏天,怎么可以扯到"学识"二字上去呢?倒是由于较多地与书打交道,受书的影响,经常产生一些怪怪的思想,或曰怪味外泄。比如,像上面这件事,同样的话听过三次以上,心里便产生一种怪怪的意思,不知是问别人还是问自己,为什么总以此论长道短呢?即便是个叫花子,不去偷,不去抢,不也是本分吗?

尽管长期受书香或书臭熏染,也并未完全醉死书中,虽不懂世故,却也知道有必要保持几分清醒。所以偶尔也明确表示,第一,我不是人才,历次安排基本人尽其才;第二,像我这种资质的人,弄出这样一个局面,已经很努力很幸运了;第三,我很欣赏一位老朋友五年前讲过的一句话,人过五十岁什么也不想了,就想抢时间好好工作。我自己两年前就满五十岁了,在大家眼中越来越接近于工作狂,好像有什么野心,自我解剖,也就三点想法。其一,不要让人家笑话不好好工作。其二,随心所欲读点书,满足精神需求。其三,并不想管住这个暂时还算不得"无限"的大脑,任其到无限中畅游。

三教九流互相转换角色越来越成为普遍。红道、黑道、白道、花道，好像还有绿道，有的人道道相通，不是运交华盖，而是运交"五道"，无所不能。当然将自己拉入烂泥中的事也不鲜见。比较值得看重的是，人世间好人与坏人当中，都有一些可以称为"状元"的人物。伟大的人物不用说了，就是跑腿跟班的二脚小子和老妈子，也有十分了得的。新闻界的老前辈黄运生笔下的《外交部的厨子》，不仅是厨子中的状元，也是官场上的袁世凯。这位厨子不仅让部属司员以老伯之礼毕恭毕敬，便是王公贵戚也待之以殊礼。其巧何在，一言以蔽之：灵通官道，精于关节，善于巧用势力。《雍正王朝》中皇后的老妈子动不动就教唆皇后"制造状况"，为促使皇帝杀人，设下陷阱，十分阴险，也十分深刻，虽非妙不可言，却是机巧迭出。《水浒传》中的王婆教唆西门庆勾引潘金莲，那一套程序，那连环套似的如此便有几分了，如此便不成了，如此便成了的细节，真可谓起决定性作用的细节。

由一个厨子和两位老妈子的精妙入神，我想到读书不是制造状况，但必须进入一种状况；不是勾引女人，却必须有西门庆勾引女人的急切；不是官道运作，但必须有官道运作的通灵深邃。能如此，便成了；否则，便不成了。

我这个微渺的存在，读书不多，却也会有微渺的思想，总觉得人与神通，才谓之通。主张禁吃豆子并提出勾股定理的古希腊哲学家毕达哥拉斯曾经很自负地说："既有人，又有神，还有像毕达哥拉斯这样的生物。"我不知道这"生物"是有生命的物体，是与神通的生命，还是可以赋予神以生命的物体，也没有资格自

第二章 新契

负,却也于五十岁生日那天,在一本书名为《中国人》的书衣上,写下这样几句话:读书,不求用,是真读书;不求解,是会读书;意会书外,心通宇宙,是神读书。在"三讲"剖析中还说过,睁开眼睛看书,闭上眼睛做梦,是书就读,没有目的。这样神道,往大里说,可比如宇宙,有谁明白,宇宙有什么目的呢?往小里说,可比为蚊子的议论。好像是鲁迅说过,蚊子也有很恶劣的言论,甚至长篇大论。

这样读书,虽然不一定达到邓小平强调的完整地准确地理解马列主义、毛泽东思想的要求,但肯定比"活学活用,急用先学,立竿见影"那一套强。最近,又在读书笔记中写下一条心愿,除学习规定的内容,还想读马克思的巨著《资本论》。这个心愿几次尝试都没有实现,客观上是没时间,主要原因则是自觉性不高,学力不够。为此,对自己很不满意。

有人认为学习劳力费心,担心患心脏病;我的体会正相反,书法养心,看书学习也养心。闭门谢客,置心书中,较之到三亚、大连、青岛、北戴河疗养,还要上乘。鲁迅先生为救民于水火,救心于黑暗,把别人喝咖啡打牌的时间,全用于读书作文,虽然自比为吃草、出奶、献血的老黄牛,心脏依然为上等。学习理论是个痛苦的过程,也是个幸福的过程。没有入门的时候,为入门而痛苦;入门之后,品出味道,尤其是在"是人与做人"上有了进步,快乐就来了。谁能说这快乐一定在喝咖啡、打麻将、行酒令、泡歌厅之下呢?

我较为崇拜的张中行先生说"读书有如开宝库的钥匙",这只是书外说书,并未品出书与人生的精要。钱锺书先生把他的散文集命名为《写在人生边上》,还有《写在人生边上的边上》,我这一通上不得调盘的话,虽然距离黄金屋和颜如玉较远,却也算是对读书这件事的一点感想,不是写在书的边上,而是写在书事边上,或者写在书事边上的边上的一些话,往高里说,多少涉及书内书外的体会,所以写下这样一个题目:读书经过来回想。

第二章 新契

世事洞明九问

> 洞明世事是一部天书。是"大事不糊涂"为洞明,还是"难得糊涂"为洞明?答曰:全是盲人摸象,只有不洞明是真洞明。

一位朋友玻璃板下压着这样一条格言:"世事洞明皆学问,人情练达即文章。"问到什么是洞明世事?尽管朋友讲得头头是道,我却越听越不明白,虽不明白,出于礼貌,只得点头称是。

事后反复自问:人生像吕端那样"大事不糊涂",或者郑板桥所言"难得糊涂",就是洞明世事了吗?那么是吕端洞明了,还是郑板桥洞明了呢?如果他们二位大人都洞明了,究竟是"不糊涂"为洞明,还是"难得糊涂"是洞明呢?一只青蛙偶然叫了一声,群蛙跟着齐声噪天,这究竟是因为洞明世事而庆祝呢?还是糊里糊涂而起哄呢?

我与几位朋友如此这般讨论,虽不像青蛙噪天热闹,却也如群凤汇歌,各抒己见。但是,讨论来讨论去,在概念中绕弯子,总归过于抽象,有老虎吃天的感觉,才引出对下面几个小故事的讨论来。

其一,一个骗子衣袋里装着一颗石头来到一个村子,声称用这颗石头可以煮出一锅味道鲜美的汤。好奇的人们马上架起锅,添上水,生旺火。石头煮了一会,骗子尝了一口说,太美了,再有点葱丝就更好了。随着他的引导,人们陆续把葱丝、肉片、蔬菜一应俱全提供过来。接下来大家只管对这鲜美的汤赞不绝口,却没有一个人揭穿其中的奥秘。

请问:

①是骗子洞明了,还是村人洞明了?

②是骗子和村人都不洞明,读者洞明了吗?

③是世界上的事情本来就不可以洞明,即使洞明了也应该假装不洞明吗?

其二,一头驴子驮着盐包通过木桥,那天桥恰好被河水冲垮,它只好蹚河过去,由此得到一条经验:负重过河可以越走越轻。几天后,桥修好了,驮着面粉的驴子却依然选择蹚河而过,结果越驮越重,被淹死河中。

请问:

①是驴子错了,还是经验错了?

②是应该接受经验,还是应该接受教训?

③驴子所犯的错误,人为什么也犯,是人和驴子一样笨吗?

其三,经常阅读报纸的老张看到这样一则广告:某处的一辆高级小轿车只卖一美元。好奇的老张抱着试试看的态度,竟真的用一美元买到了崭新的高级小轿车。当他好奇地问车主为什么时,身为贵妇人的车主说,丈夫把所有的遗物留给她,只有这辆车留给了他的情妇,却又明言拍卖权仍归夫人。老张听完心里似乎明白了。当老张兴冲冲开着车在路上碰到棋友老李时,老李说:"前一周我就看到这则广告了。"

请问:

第二章 新契

①看到了广告像老张那样是,还是像老李那样是?

②诸如此类的广告是信是,还是不信是?

③是信与不信都不是,半信不信是,不管不顾是,抑或一切都不是吗?

我多次说过喜欢"神游",或者说"神思神想"。回到家中,去到会场,走出路上,坐于车上,甚至在无论多么嘈杂的人堆里,都能开辟出一块思想的自由空间,任思想之神"鸟飞鱼游"。

在这样的"神游"中我曾想到:简单事物也不简单。比如常用的、挂在嘴边的词汇,很难洞明它们的准确含义,甚至一个最简单的问题都可以把专家难倒。

同时,我常常惊异于汉语造词的深刻和奇妙。一字之中不仅有形象,有深刻的思想,有历史的缩影,还可能有色彩的组合,情感的凝结,幽默的渗透,应有尽有。组成词就更奇妙,无论是前后的调序,还是语言环境的变迁,都会有意想不到的神奇,说不尽的奥妙。

比如"舍得"一词,本义是愿意割舍。其实,也可以理解为无舍不得,舍是为得,舍是前提,得是结果,得缘于舍,舍导致得。这似乎都一样,仔细品味,却微差叠出,至少是大同之中有小异。贾平凹说的"舍得实在是一种哲学,也是门艺术"还算不得高深,而说的"孔雀开屏最美丽的时候也暴露了屁股",却是深到大峡谷底去了;如果再说"天堂就在脚下",就有了把人抬高到天上的意味。

无舍不得和不舍而舍的事可谓司空见惯。朋友讲过这么一件事。一位站在三峡游船上观赏风景的游客，不小心将钱包掉入江中，当即不加思索跃身水中，包虽抓到，自己却随包沉入江底。如果这位游客当时能放弃钱包，留下性命，就不至于人钱两空。这是一件极端的事，一般人都能分清是非得失，做个洞明者。

但是，一是同样简单的事，成为当事人，就容易犯糊涂。二是事情再稍微复杂一点，就可能弄不明白，还自以为明白，或者不乐意承认自己不明白。三是许多事是事前不明白，事后明白，是常言中的曹操计谋，慢了一步，自己不明白，别人明白，与台上的疯子台下的傻子又有些不同。也有的事是事前较明白，事后反而不明白。本来很简单的事，处置起来往往本末倒置，也是常见的现象。因此经常听人说"那样简单明白的事怎么会办得如此糊里糊涂。"由此看来，做到世事洞明实在不是那么容易。

也许有人会说，世事洞明并不指这些陈芝麻烂谷子的小事，而是指经国要事和人生大事。或许是吧。但人生无论面对大事小事，最怕的是失不起、输不起，上帝也好，规律也好，专喜欢与这种人开玩笑、唱反调，却也是个事。

我曾与几位朋友谈心，说到所谓拿得起放得下，放得下才是真了得。二者相比，后者份量更重，做到更难。两种力量相比，后者力量更大，有此力量必定更厉害。朋友们认为此话有点深意。

一说深刻，我就有点害怕。深那么一点还可以，真要深进去，不说下到十八层地狱，便是无论来到某一处洞府，见到哪一路神仙，都要打上一仗，弄到遍体鳞伤还是轻的。真陷进去不能

第二章　新契

自拔，无论与何路神仙结亲，都可能成为神经病患者，或者命丧黄泉。梵高不是患病了吗？托尔斯泰不是先病后自尽了吗？他为自己的头脑不能明白极想明白的道理而自觉自愿走到生命的尽头，精神可佩，却不应模仿。世事洞明之难，托翁可能有痛切体会，但却因痛到极点，而痛断小命。

洞明世事之难，难于上青天。真想洞明，痛想洞明，怕是会把自己弄得昏天黑地。

世事洞明也很难有一个统一的标准。有三种情况经常可以遇到。

一种是像挖掘金矿和采宝石一样，通过深挖细选发现真理，一旦发现就朝着正确的方向勇往直前。不过，便是直前也须有一个限度，一直直前下去，就可能走入误区。这是因为，目前的人类，无论就思维方式，还是行为方式，基本是按照圆的方式运行的。什么时候能跳出这个圆，或许另当别论，但也说不定是祸是福。这种人可能成为思想家、哲学家，也可能成为艺术家和政治家，神经病和自杀是有的，却不会无所作为。

再一种是像雨天走在泥泞的土路上，绕着水坑小心翼翼向前走去，虽然慢一些，总还是向前走，且较少摔跤。世界上这样的人大概比较多。这样的人既不会成为毛泽东，也不会成为唐三藏。一生行为就像一个老太太，提着一篮鸡蛋去看女儿。竹篮是破的，既怕底塌了，又怕梁抽了。右手提着，左手护着，前想着女儿，后忧着老头子。这种人可能成为慈善家、实干家，却不会成名成家。

第三种是伴随四面楚歌，举目望去，处处敌阵，悲天怨地，困惑而终。这种人似乎天生是与天为敌，与地为敌，与人为敌。与这样的人打交道，甭想有正确的时候。在他眼中及心中，别人所说的话都是错的，所做的事都是为非作歹，一切的一切都是与他过不去。所以你张嘴必错，不张嘴也错，没有不错。这样的人不可能成为思想家，却可能成为阴谋家和权术家。

以上三种类型的人，虽然对世事各有洞明，却仍是以糊涂为主体。第一种人即便成为思想家、哲学家，也是半成品。第二种人即便再谨慎，成不了什么品不说，也不见得不滑于水坑。与其如此拿捏着自己，倒不如不管它三七二十一。鞋子湿了有体温暖干，衣沾泥巴可以清洗晒干，办法多的是，出路不会没有，何必作茧自缚呢？赫拉克利特早就说过"上升的路和下降的路是同一条路"。身在雨中，涉足泥泞，坑外坑内能有多大差别呢？一切放下，或许是又一种境界。第三种人，总怕别人危害自己，却受害最多，其苦无穷。他们三类，谁洞明了呢？都是为洞明反而不洞明者也。

自称有特异功能的清代大学士纪晓岚的《阅微草堂笔记》中有这样一个故事：有个棋迷与人对弈，时赢时输。一天他遇到神仙，请教必赢之法。神仙说，没有必赢之法，却有必不输之法。棋迷觉得必不输也不错，急问其法。神仙回答，不下棋，就必不输也。看来，神仙看问题虽然较为洞明，但所指的路仍然是一条死路，依然表明世事洞明之难。同时，也为洞明世事打开一扇天窗。

第二章　新契

其实，世事就是输赢二字。上面说到的第一种人走得快，是因为他能勇敢面对，全身心投入；第二种人走得慢，是因为患得患失，唯恐失足；第三种人裹足不前，是因为赢起输不起，勇敢反为恐惧取代，心灵已被凶神控制。这样想，似乎洞明了，细想想仍然有许多不明白，尤其是一遇走路，仍然难免不知何去何从。

伏尔泰对这个问题其中一点看得较为深刻。他认为，对自己的不幸想的越多，受它的伤害越大。倘若总是摇摆于两个对立的事物之间，那就等于闭上了洞明的眼睛，关闭了洞明的心灵。箴言曰：

世事洞明皆不易，万事未必洞明行；

竟说洞明无须求，恰是置身洞明中。

一言之重

> 一句话穿越历史的天空，日月星辰为之动容。

做人能言之有度已属不易，做到言为世则更是凤毛麟角了。

我并不反对或则大侃，或则大笑，或则大骂。但理应追求的是，一句话惊动一个场面，一句话表明一世人生，一句话改变世界历史，一句话让人听过后一辈子忘不掉。

（一）一句话开天辟地

一句话成为一个方针，一条路线，一个纲领是有的；成为一个制度，一个方向是有的；成为开辟一个新天地，开创一个新时代，开始一个新纪元的标志也是有的。这样一句话的份量，无论用什么样的度量衡都难以称其重！

马克思的"全世界无产者联合起来！"这句话不正是这样吗？这样一句惊天动地的话，纵看横看，都不是用"经天纬地"一语可以形容的。此前有谁说过这样一句话惊醒了全世界，引发了人类世界史无前例的伟大革命运动？没有。此后又有谁说过这样一句话开辟出一个新的时代，开创出一个新的世界呢？暂时也没有。

毛泽东"实事求是"这句话仅仅四个字，含义如此之深，涵盖如此之广，表意如此之科学，影响如此之深远，也是绝无仅有。每当看到或者想起这句话，就会出现一个站在历史的河边观

第二章 新契

鱼者（当然他是比《老人与海》的主人翁更善于搏击风浪的人）的形象。这个观鱼者不是最终以独立的哲学家和数学家身份进入公众视线的毕达哥拉斯，不是因辟谷几乎丧命的释迦牟尼，不是面对滚滚河水喟叹"逝者如斯夫"的孔子，不是被人家从一艘出卖他的航船上赎回来的柏拉图，不是发现银河星系和太阳黑子的伽利略，也不是发现微积分、万有引力定律和光的本性的牛顿，而是政治天才、军事天才、艺术天才，曾受到举国崇拜，也曾"寂寞披衣起坐数寒星"的毛泽东。毛泽东在20世纪四十年代说下的这句话，成为中国共产党的思想路线，代表了这个党的灵魂、本质、前途、命运、责任、态度、方式、形象，简直就是天经地义的。

同样的伟大发现，让这句话以原本如此的真理出现于世人面前的，还有邓小平的"科学技术是第一生产力"这样一句话。这句话揭示了社会发展的根本要素，代表了时代的本质要求，指出了经济发展的根本方向。还有"一国两制"这样一句话，也是只有四个字，却最能说明领袖的胸怀，伟人的眼光，伟大政治家处理国事的气魄、胆略、原则性和灵活性。

真理的存在就像太阳一样，本身具有光和热，又像化学元素一样深藏在物质结构的内部。面对大海，人人用肉眼可以看到水，但有谁用肉眼看到了H_2O呢？能说出这样一句话的人，也像太阳一样，本身具备光和热，又愿意将这光和热无私奉献出来。因此，他们的热，是将光明和温暖带给人间的热，是普天下可以感受到的光明。正因如此，他们的光芒四射的语言与光彩照人的人生是相互辉映的，是可以言以人传和人以言传的。

（二）一句话扭转乾坤

外交场合最能体现伟人的智慧。往往一句话打破僵局，消除尴尬，扭转乾坤。周恩来总理出席万隆会议，面对敌对势力的封锁、挑拨和中立国家的疑虑，走上讲坛的第一句话是："中国代表团是来求团结而不是来吵架的，是来求同而不是来立异的。"这样一句话不是一石激起千层浪，而是一滴水融解了北冰洋。就像春风吹绿大地，春雨滋润万物，春日温暖人心一样，使会场坚冰迅速融化，大国的风度充分展示，和平的融融春意传遍五洲四海！

台湾问题是中美两国最关注、最敏感、也最难措辞的问题。在中美建交的第一个公报中，经过周恩来和基辛格两个世界顶级智慧人物共同切磋，"海峡两岸的中国人"这样一句话，既体现了一个中国的原则，又表达了两岸人民一衣带水的深情；既表明了中美两国的大国风范，又推动了新的世界和平格局形成。这句话决定乾坤的意义可谓大矣！

扭转乾坤是人的行为。这行为既要求临场的魄力，又要求日常的功力。因此，也可以说是细节决定成败。所谓的细节，也常表现为一句话。一次招待外宾演出《梁山伯与祝英台》，需要搞一个《简介》方便外国人观看。《简介》送来，周总理一看便问："这是让人家看戏还是看书？"于是拿起笔写下这样一句话："请看中国的'罗密欧与朱丽叶'"。有了这样一个一言中的的简介，不懂中文的外国人看戏看得泪流满面，演出十分成功。这

第二章　新契

件事充分说明，伟大的举动、英明的言词不仅出现于惊天动地的大事件，也体现于细节——具有本质性和决定意义的细节。伟大不仅像太阳的光辉有普照的意义，而且像空气的流动无所不在。

（三）一句话震撼人心

朴实的格言最震撼人心。华罗庚七十岁时说过"工作到最后一天"这样一句话。这话朴实无华，却确切地代表了千万科技工作者的本质意愿。同时也是对他不顾疾病缠身，跑遍全国二十多个省市自治区普及"优选法"，以全部的光和热实现一个科学家爱国情怀的真实写照。我们以崇敬的心情仰听其言，俯拜其行，不能不想到人的高大是由言行来塑造的。有其言，以行践其言，有其行，以言述其行，才受到敬仰，成为楷模。

一滴水可以照出太阳的光芒，看似平常的一句话，也能映出一个灵魂，震撼一个时代。巴金说："要讲真话。"并一而再再而三提倡讲真话。今天看来，这句话太普通了，太实在了，一点也不"酷"，用巴老自己的话说，也不过是"把心交给读者，讲自己心里的话，讲自己相信的话，讲自己思考过的话。"这完全是理所当然、顺理成章的事。这样做本来就像"孩子要哭，鸟儿要叫，猫儿要睡，马儿要跑，太阳要晒，风儿要刮，苗儿要长，时间要过"一样自然。但是，在"假话盛行，真话犯忌"的特殊时期，说出这句话无异于美国投向长崎和广岛的原子弹，不少人为巴老捏着一把冷汗，巴老的勇气得到举国敬仰。

（四）一句话催人泪下

乡情与亲情、思乡与思亲，是最牵动人心的一面。人在这一点上似乎特别脆弱，往往是一句话点中泪腺，催人泪下。台湾著名诗人余光中的"我在这一头，大陆在那一头"，一句话把"渡我的梦回大陆"的思乡之情之愁写得淋漓尽致。余先生的《乡愁》表达的是台湾同胞对故乡和大陆同胞的眷恋和思念，是亲情、友情、乡情最形象、最凝练的表达。读过这首诗这句话的能有几人不潸然泪下呢？

钱锺书和杨绛的独生女儿钱圆圆得了绝症，躺在病床上不能进食了，心里还想着两位老人的衣食起居，用铅笔在病历上写下这样一句话："牛儿不吃草，想把娘恩报。"这是多么感人的一幕，多么令人心颤的一言！

一身是诗，一身是才，一身是美的林徽因，"今世"人生只有五十余年，这五十余年却有二十年受着病痛的煎熬。在生命的最后一天，她高兴地对周围的护士说："你们快看我的女儿，她的身体和脸色多好看啊！"这是病人对健康的赞美，是美对美的颂歌。这一幕发生在美丽的母女之间，发生在病房里，是情、是美、是向往、是留恋，只能说是综合这一切的催泪剂。林徽因去世后，金岳霖挽曰："一身诗意千寻瀑，万古人间四月天。"她的自身是美，想的是美，说的是美，围绕她的也是美，她简直就是完美无比的诗，但这美，这诗，却是带泪的美和诗。

（五）一句话继往开来

人在将要走完旅程，临终前说出来的一句话，往往使一家人，一族人，一党人，一国人牢记到永远。当然，这恰如将一块石头投入水中，击出的涟漪大与小，也要看水的窄与广。

第二章　新契

孙中山先生临终说："革命尚未成功，同志仍须努力。"这句话既说出孙中山先生至死不渝的革命意志，对革命事业的留恋，对同志的嘱托和激励，是否或多或少也对那个党、那些"同志"不够放心呢？无论如何，这句话是令人难以忘记的。革命尚未成功，不能忘记；革命成功了，也不应忘记。

弘一法师圆寂前说的最后一句话是："我流泪，是在回忆我一生的憾事。"他一生追求圆满，临终却想着不圆满。这样的人没有"临终"，只是在一个阶段画上句号的时候，作一个小结，为谱写更新更美的人生开启新的一页。

冯友兰先生最后一句话是："我做完了我要做的事。"他一生要做的事是："为天地立心，为生民立命，为往圣继绝学，为万世开太平。"他认为："此哲学所应自期许者也。""虽不能至，心向往之。"

（六）一句话撕心裂肺

让我们把镜头聚焦到两千年之前，再慢慢拉回来，注视古人或裂人心肺，或动人心魄，或发人深思，或启人心智的临终之言吧。

司马迁受宫刑，从心灵深处裂出："最下腐刑极矣！"这样一句话，他的心被撕裂了，读者的心也被撕裂了。他受辱到了极点，虽然没有死，但比死还要痛苦万倍。他不死，是怕"文采不表于后世"而不死；他不死，是要等待"死日后是非乃定"而不死；他不死，是为写出《史记》，藏之名山，留之后世而不死。对他而言，"生在哪年，是不重要的，死在哪年，也是不重要的，活着，才是人生的全部目的。"他没有把今世人生的终点作为至高境界画上一个斩钉截铁的句号，而是向着更高的境界实现超越。关于这一点，他的《报任安书》作了全部说明。我读过和听过《报任安书》许多遍，每读或听一遍，都异常激动，无比愤怒。事后静下心来想，作为一个文学家，一生中写过这样一篇文章，便可以不朽。作为一个历史学家，有了这样一个心怀，他写的历史必然是信史。鲁迅先生称《史记》是"史家之绝唱，无韵之离骚"。这句话与《报任安书》一道成为轰响在历史天空的黄钟大吕。黄钟鸣而八音谐，这宏伟的交响乐必然响彻天地，响彻八垓，响彻当日，响彻未来，作为天地宇宙的和谐、正大、庄严、高妙之音永存史册。

据说，鲁迅先生对魏晋人物最佩服的是曹操和嵇康。在举世皆骂大白脸曹操的惯性思维中，鲁迅先生异军突起，不仅称曹操的文章"通脱"，是改造文章的祖师，而且明言"我对他总是特别地佩服。"他对嵇康就更推崇了，为编辑《嵇康集》倾注了长达数十年的心血。嵇康就义前，弹完《广陵散》最后一个音符，说的最后一句话是："广陵散于今绝矣！"太学生们的苦心和愤激，不仅未能留住嵇康，留住《广陵散》，留住公认的道义，大概反而帮了倒忙。此时，刑场内外只能由一片愤怒的喊声变成一片悲愤的哭泣声。为此，余秋雨以沉重的笔调写道："有过他们，是中国文化的幸运；失落他们，是中国文化的遗憾。"尽管这已成为"遥远的绝响"。

（七）一句话心旷天宇

文人的笔是神奇的存在，文人的心是神奇的存在。这不仅指

第二章 新契

它们化腐朽为神奇的功能，而且指其本身就是一个神奇的存在。然而，我更神奇于这心通过这笔使他人沉重了，使历史沉重了，拥有此心、掌管此笔的文人却超然了。

李斯被绑赴法场，马上就要腰斩了，却对一起俯首就刑，一起奔赴黄泉的儿子说出这样一句话："牵犬东门，岂可得乎？"有人说，死到临头，能说出这样一句话者，非常人也。能在受死前想到旅游的快乐，或许还想到黄泉之后是否可以"牵犬东门"？是大彻大悟？是黑色幽默？是举重若轻？不管怎样，中国古代知识分子，或者说大学问家的心思，是令后人琢磨不透的。说不透，也能透出一点令人深思的东西：那就是他们对人生有自己的领悟。无论是面向过去还是未来，是满意、怀疑还是否定，都给人留下超然、通透和博大。这就是文人，文人就是这样，不这样就不配为文人。

苏东坡在我心目中是天下第一文人。他的文，他的诗，他的词，他的字，他的画，都堪称一流。这样的全才，中外古今绝无仅有。林语堂的《苏东坡传》称："世上有一个苏东坡，却不可能有第二个。"张五常则说："苏学士的才华，天下罕有其匹。"并列举出诗有"苏黄"，词有"苏辛"，文列"唐宋八大家"之首，书出"宋四家"之头，画开文人画之宗。但就是这样才冠古今的苏东坡，仅限于此，也不足以称天下第一文人。尤其值得称道的是：一生磨难与磨难一生而超然物外，心旷环宇。有此胸怀，才有旷世之才，才酿出旷古绝伦之美，才使这美渗透于他的诗、词、文、画及全部人生之中。那么他在行将走到人生尽头时，对于死，说了什么呢？他说："九死南荒吾不恨，兹游奇绝冠平生。"苏东坡的旷达是真旷达，倒是余秋雨说的话较为沉重。他说："小人牵着大师，大师牵着历史。小人顺手把绳索重重一抖，于是大师和历史全都成了罪孽的化身。一部中国文化史，有很长时间把诸多文化大师捆押在被告席上，而法官和原告，大多是一群挤眉弄眼的小人。"尽管如此，小人永远是小人，罪孽永远是罪孽，不仅对文人的旷达无损，反而彰显出文人的旷世无匹。

　　"一言之重"写到这里，从高、大、深、沉、远、空都说了个遍，概括为一个字仍然是"重"。不管是重于泰山之稳重，高于昆仑之庄重，大于环宇之威重，深入苦海之沉重，还是任重道远之繁重，以重为轻之超然之重，都是想说人生是神圣的。知此，就更应该懂得珍重自己，做到"纷吾既有此内美兮，又重之以修能"。

第二章　新契

无商量的选择

> 经常拍着胸脯说，咱是先做人的人，其实是担心人家说他不是人。

鲜艳的太阳从那一边耀出，据说他脸上的笑容有七种色彩。然而，他告诉大地的只是一个字：亮。

人的思想宝库中不可能只有一个信念，假如作个横截面，必定是几种信念并存。再作个纵剖面，也是一样。

然而，关于主导思想方面的东西，特别是"要做一个好人"这样的信念，就像太阳对大地的保证，只有始终如一。这是无商量的选择。一个人只有做到这一点，最后才可以在墓碑上写下：长睡在这里的是一位始终如一的好人。

有人说，人类文明史，是"天使"与"魔鬼"交织的历史。为什么会是这样呢？这是因为在"要做一个好人"这一不可越雷池半步的根本问题上，有些人坚持原则，有些人却放任了自己。

我曾读到一则故事，有两个人被强盗追到断崖边，通向对岸的只有一根绳，第一个人过去了，第二个人却被面前的深渊吓住了，问过去的人有什么诀窍？回答是："快要倒向一边时，就向另一边用力，时刻保持平衡，也就不那么害怕了。"其实人生正像踩着钢丝绳过河，把持自己，保持平衡是十分重要，也可以说，是一生一世的大事。

另一个故事说，一个酒色俱全的人死了，镇上主动送葬的人成群结队，而一个圣人死了，除了他的家人和门徒再没有别人。为此，有人提出质问：你们为什么尊重一个无耻的人，而忽略一个圣人呢？回答是酒色之徒虽然无耻，但他今天买东家的酒，明天买西家的肉，出手又很大方，镇上几乎家家都挣过他的钱，而那个以冷馒头和萝卜干度日的圣人，除了一张苦脸，镇上的人又得到他什么呢？

　　读完这两则故事，涌上我心头的第一句话是：做人的信念在于坚持。第二句话是：做好人必须办好事。

　　是坚持做人原则，让"天使"战胜"魔鬼"，还是事实上放弃做人原则，投向"魔鬼"怀抱，走向正确人生和完美人格的反面，往往是一念之差的事。为此一位哲人为我们留下一句既平常又经典的话："人生十分重要的一件事，就是牢固坚持这样一个信念：我要做一个好人，一个有益于人民的人；我现在做得很好，今后要做得更好。"

　　茫茫宇宙，万象归一，这是谁也不能改变的"自然"。人生几十年，即便上百年，仍然是短暂的。对短暂的人生不懂得珍惜，不懂得延长，守不住这个唯一，是人生最遗憾的一件事。果真那样了，连猪都会嘲笑你：坏事都是人干的，你枉披一张人皮，还不如我们猪。而一个人仅仅懂得死守这个唯一，不懂得为这个唯一增光添彩，也可能还不如一个酒色之徒。

　　做人要力求横纵都好。我总觉得，一个人的一生，从横向看，做的好事越多，坏事越少，他的人生一定像一池碧波荡漾的春水一样纯净；相反，如果动摇"要做一个好人"的信念，放任

第二章 新契

自己，便像受到污染的水，除看上去不再纯净，还会冒出臭味；如果走得再远些，由"天使"变成"魔鬼"，那就不是可以用水来比喻了。从纵向看，人的一生可以比喻为雨水、小河与江河的关系。雨水、小河可以看作学习、思想修养，所做善事、好事，总起来形成江河，形成一个人一生的主干。学习和修养越到位，所做的善事和好事越多，人生的江河就越宽阔，越源远流长，不仅流淌于身前，而且流淌于身后。既是人生的加高加厚，也是加宽加长。

中外历史上这样的榜样不断走来。苏格拉底作为人类道德的化身，逍遥人生的鼻祖，西方哲学的第一座丰碑，智性与情感完美结合的第一位哲人，一生致力于人类幸福的思考、探索与推动。他认为，聪明的最高境界是智慧，智慧的最高境界是爱。他的灵魂不是属于哲学，而是属于全人类的幸福。他相信，世界上有一种方法，使恒量的幸福增加，痛苦成倍减少，并且很容易办到，那就是与他人分享幸福。他这样看待人生，也这样践行人生，自觉地把一生奉献给人类的根本需要，真诚地为他人着想，为所有人着想。他的一生概括为一句话就是：为人类的幸福不懈追求。他的人生用两个字概括就是：至美。

苏格拉底的学生、西方第一位思辩的集大成者柏拉图，在第一句话就修改了九十九遍的《理想国》中，集中表达的一个基本观念则是"至善"。他以至善指称事物的精华，以至善指称人类中的出类拔萃者，特别是以至善指称人的公正、勇敢、智慧、谨慎、慷慨以及所有完美人格的品质，以至善塑造自己的人生，他就是"至善"。

同样是西方思辩集大成者的奥古斯丁和康德，也与柏拉图一样，极富创造性地探讨了如何做人这个哲学主题。奥古斯丁对人的存在、人的生活、人的认识也有其独特的理解——他心目中的人生就是像艺术品那样的美。他虽然认为世界是上帝的创造物，但这个上帝就是善，拥有像艺术品那样的美。那么，上帝创世之先在干什么呢？奥古斯丁在大胆地提出这一问题的同时也作出自己的回答："他为建立如此高度秘密的人们准备了地狱。"上帝这样做则是因为规范人生的美，确保此美、严禁不美。

这人生的美中还有一项十分重要的内容，就是"爱"。奥古斯丁从长期的观察和思考中对人作过这样的描述：人，为了生活而存在，为了认识而生活。岩石存在着，动物生活着，但是岩石没有生命，动物没有认识。如果有人问，一个人是不是好人，那不是问他信仰什么或希望什么，而是问他爱什么。因为有上帝存在的地方，爱是可以信赖的对象。被上帝之爱充满的人，就会到处发现善，发现美，处处做正义之事。

人类对至善、至美、至爱的追求，才真正使人"高大"起来。康德这个非常矮小、消瘦、胸脯凹陷、右肩高、左肩低的小老头，却以他的思想成为巨人。作为教授，他一星期的阅读时间在20个小时以上，阅读范围包括数学、物理学、逻辑学、形而上学，也包括自然地理学、人类学、教育学和自然神学等。作为具有世界历史意义的哲学家，他虽然只活到五十岁，但他五十年的人生却是充满使命感的一生。正因为这样，他才从更高层面上

第二章 新契

完成了全新哲学——人学。

康德提出,一种合乎理性因此也合乎道德的行为,最高的指标就是所谓的绝对命令。绝对命令的表现形式是:"应该这样行事:你意志的准则始终能够同时用作普遍立法的原则;应该这样行事:就好像你的行为的准则通过你的意志应该成为普遍的自然法则;应该这样行事:就好像你的行动要把你自己的人性和其他人身上的人性,在任何时候都看作是目的,永远不能只是把它看作手段。"人只能这样行动,就好像人必须这样行动一样。这与中国《世说新语》中的"言为世则,行为世范"是同样的道理。尽管中西文化有较大差异,但在做人的最高准则上,中国人与外国人,前人和后人是相同的。

在不断走来的完美人格的榜样中,我始终认为毛泽东更高大。因此有人说,毛泽东关于做人的教导和做人的典范意义,是集中西文化思想、古今文化思想的大成。从中既可以看到马克思也可以看到孔夫子,既可以看到康德、黑格尔、卢梭、德谟克利特和柏拉图,也可以看到孙中山、梁启超、曾国藩和顾炎武。这话所揭示的正是做人与如何做人,尤其是如何使人生延长和扩大的精要所在。

从苏格拉底到马克思,从孔夫子到孙中山,他们都以自己的杰出贡献以及对后世的影响延长和扩大了人生。孔子的思想宝库中有这样一个基本的思想:对于人自身来说,人仍然是他的一项使命。这当中前一个"人"是人自身,后一个"人"是人的追求和如何做人。一切的真、善、美理所当然蕴涵在完美人格当中。

正因为孔子作出这样的选择，始终不渝坚持了这一选择，才有了这样一种历史现象："先孔子而生，非孔子无以圣。后孔子而生，非孔子无以明。"

孔子是这样，苏格拉底是这样，柏拉图、奥古斯丁、康德都是这样；马克思、恩格斯、列宁、毛泽东、周恩来、邓小平则更是这样。他们正是以始终如一的信念塑造了完美人格，以完美人格成就了天才条件的发挥，从而创造了照耀千秋的光辉理论，铸就了惊天动地的辉煌业绩。如果不是这样，而是走向反面，以他们的天才和能量，那对人类是多大的灾难啊！因此，我总认为，越是天分高的人，越有必要加强人格的修养。他们的修养不仅是个人之福，而且是全人类之福。

最能延长和扩大人生的是优秀的思想成果。这又是一个说不尽的话题。别的不说，仅以马克思、恩格斯合著的《共产党宣言》而言，有人说，这部巨著以其气势磅礴和深刻思想，尤其是二者的有机结合造成非凡影响，作为"共产主义的圣经"影响了千万人的思想和行动。我要说，这部巨著的核心意义在于发现并深刻阐述了人类社会发展规律，揭示了资本主义的秘密，指出了无产阶级解放的出路。如果说，这部著作是指导共产主义运动的理论主体，那么，他们此前和此后的其他著作则主要是它的哲学基础，经济学基础，社会学基础，人类学基础和科学基础。然而，所有这一切的总和都是他们完美人格的外化。纵观这一思想体系，正是由主体理论+基础理论+此后对这一理论的发展，构成了人类迄今为止最伟大、最高尚的关于社会与人的理论体系，

第二章　新契

造就这一理论体系的则是世界上人格最完美的一批人。

我们不妨从正面再说到反面。这就是我们经常可以遇到的另一种情况：有的人，动不动拍着胸脯说，咱是先做人，后做官，却往往放弃做人的原则，滑入有损于人格甚至不是人一面。有的人，暂时得不到器重，心灰意冷，却说咱只是做人，好像别人不是做人，领导不是做人，朋友不是做人，唯有他是做人。有的人，明明办了出格、龌龊甚至卑鄙犯罪的事，违背了党和人民意志，还要恬不知耻地说，咱的人格没问题，咱就是堂堂正正做人，其实，心里却总担心人家说他不是个人。事实上，对于这种人，人家当面不说破，心里并不把他当人看；即使出于面子，敷衍几句，心里也会不自在，言不由衷之后还会想到有必要漱漱口。黄永玉也说，来不及拒绝与写过告密信，拍过马屁，打过爹妈和老师的人握手后，会洗了又洗，嗅了又嗅，仿佛不小心吞下一只苍蝇，或者糊里糊涂跟老母猪亲了一个嘴，呕吐恶心，后悔不止。

世界上，不老实的东西很多，只有不老实的人，不仅会在心里产生一套不老实的理论指导言行，还会将掩盖不老实行为的理论写在纸上，出版著作，并以此攻击别人不老实，也包括诬蔑老实人不老实。可见，人这东西最好是他，最坏也是他。可以好到使人想象不到，也可能坏到令人不可思议。

坚持做个好人这样一个"唯一"并不容易，假若对此半信半疑，哪怕是含糊一点，也可能是悲剧人生的开始，至少是不幸的种子已经种下。

放私锁贪

> 有私是常人心态，贪污是犯罪行为，"放私锁贪"是市场经济规则，"脑中法院"要办好此案，万勿颠三倒四。

过去，总说"私"是万恶之源，把"贪"全归罪于"私"。这是很冤枉的。较好的办法是把"私"解放出来，将腾出来的锁链把"贪"锁牢。

为什么要解放"私"呢？这是因为"私"像兔肉一样，加入鸡汤是鸡肉味，加入羊汤是羊肉味；又像可拿捏的面粉，发成面包，压成饼干均无不可。"私"这东西利用好了，还是市场经济的"好材料"。西方经济自从亚当·斯密发现经济发展的秘密后，就把"私"冠冕堂皇地请入殿堂，保护到宪法里面了。对此，我们却没有如此开明和大气，而是狠斗私心一闪念，付出了沉沉重重的代价。

为什么会是这样呢？这是因为我们把"私"看扁了，也看偏了。其实，问题不在"私"，而在人为地用四堵墙把它圈住，没有堂堂正正给它留条出路。

茅于轼先生讲得很透彻。他说："为什么市场经济之前，个人的私心是一切罪恶之源，而到市场经济时代反而成为社会进步的基本推动？答案很简单。市场经济之前，个人的私心通过侵犯别人的利益来实现，私心没有使社会的财富有所增加，只是财富的

第二章 新契

转移，而且在这种转移的斗争中，造成生命财产的损失。到了市场经济时代，每个人的利益都受到保护，个人利益只能通过人们之间的合作来实现，也就是通过交换，彼此从交换中得益。这种人际关系使得全社会的财富不断增加。"又说："市场经济之前和之后，人的私心并没有改变，改变的是人际间的处事准则。"

"贪"就不一样了。贪不仅是一种无序行为，而且是通过侵犯他人利益或者集体、国家利益来实现的。贪污作为一种犯罪，不仅对市场经济发展构不成推动，而且构成阻碍和破坏。仅从字面上看，私心是"私"与"心"相连，是人的本质行为，而"贪"的基本义为"不择手段"地攫取财物。一个"不择手段"完全界明"贪"是损坏人格的非本质行为，是附加在人的本质行为之外的不光彩的东西。《左传》曰"贪货弃命，也君所恶也。"《战国策》有"左右皆恶之，以为贪而不知足"之说。《庄子》中对盗跖有"贪得忘亲，不顾父母兄弟"的指责。这一切都说明，"贪"历来就是个罪恶的角色。

"放私锁贪"就是要像茅于轼先生所说的那样："明确保护个人利益，反对特权，进而尊重他人利益，发挥同情和博爱，建立一个既有丰富的物质享受，又有良好道德风范的社会环境。"这是基于"要求人们无私既没有必要也没有可能"的正确判断。也是基于"要求人们尊重别人的私，把别人的私看成和自己的私同样重要，问题就全部解决了"这又一正确判断。因此，在市场经济条件下，理直气壮地"为私字平反"，"树立起尊重他人的私和自己的私同样重要的观点"极其重要。

去年年初有机会到华西村参观学习，听了吴仁宝穷则思变、富而思进的事迹介绍，很受感动。人心思富，人心思进，无可非议。但富与贪、进取与腐败是两回事。促进发展，包括肯定私心的积极作用，是社会发展的基本要求。反对贪污腐败，肯定清正廉明则是对公务员的基本要求。封建时代，官场尽管腐败，仍有清官。历朝历代都把"光明正大"，"清正廉明"作为衡量政风、考核官员的主要尺度，作为国家的主流文化。正因如此，人民群众总是用清与不清、不贪与贪来划分好官与坏官。一个"贪"字，最令广大人民群众深恶痛绝。但是，不能将"贪"归罪于"私"，而要归结于不能正确对待"私"。这既包括理直气壮地给私以出路，也包括入情入理地肯定"私"的积极意义，毫不留情地将"贪"锁牢。

在防微杜渐、拒腐反贪方面做得最好的还是我们党的老一辈革命家。毛泽东一生不动钱；朱德做了全国人大委员长还要为子女补衣服；周总理用餐不让洒掉一颗米粒，掉下去的还要捡起来吃掉；邓小平、刘少奇、陈毅等都是勤俭反贪的光辉典范。他们就是这样一批永远受到人民甚至全人类敬仰爱戴的伟人。他们的伟大尤其在于从来不以为自己应该多得，总认为自己得到的已经不少，欠人民的仍然很多。在他们的表率、倡导和要求下，全党上下才形成史无前例的节俭之风，勤政之风，拒贪之风，爱民之风。这是谁都否定不了的事实。令人惋惜的是，由于时代的局限性，在当时没有建立起市场经济这样允许以私作为推动经济和社会事业发展的制度，及其相应的人际关系和处世准则。但现在没

第二章　新契

有必要指责历史,有必要的是永远记住并发扬老一辈革命家的道德风范,并对私的推动作用给予充分肯定和依法保护,理直气壮地做好放"私"锁"贪"工作。

有私,是常人心态;不贪,是伟人境界。贪财不足,是人的弱点和较普遍的存在;贪污行为,则是犯罪。拒贪防腐,是一项长期的斗争。克服人身上贪的弱点绝非易事。钱锺书是文章大家,他在《读伊索寓言》一文中,几句话浓缩出一个贪心老太婆的形象:一个老婆子养着母鸡,每天下一个蛋。老婆子贪心不足,希望它一天下两个蛋,加倍喂它。从此鸡越吃越肥,再不下蛋了——所以戒之在贪。讲完故事,钱先生还加一句"大胖子往往是小心眼。"仔细品味钱先生的话,"贪"不仅对发展生产不利,对正确处理社会关系和人生修养都不利,把"贪"锁起来一点也用不着有怜悯之心。

对于贪心民间曾流传过一首《十不足诗》:
终日奔忙为了饥,才得饱食又思衣。
冬穿绫罗夏穿衫,床前缺少美貌妻。
娶下三妻并四妾,又怕无官受人欺。
四品三品嫌官小,又想面南做皇帝。
一朝登了金銮殿,却慕神仙下象棋。
洞宾与他把棋下,又问哪有上天梯。
若非此人大限到,上到九天还嫌低。

我们生活在一个最好的时代,尽管还有贫困群体,总体丰衣足食。即使困难户,也不至于上顿不接下顿。讨饭人也提高要求，要钱不要饭了，米面也不要了。因贪心过重导致腐败成为经常议论的话题。钱这东西，没有不行，希望多一些，也是正常心理。人承重有限，承富大概也有限。贪心太重，是灾祸的开始。一些暴发户，钱多之后，自己变大了，房子变小了，老婆变老了，该与神仙称兄道弟了，这不是不幸是什么？国外与国内都有一些胸怀广阔，目光和目标远大的企业家，非常注重节俭，重视捐助，尤其倾心于为全民教育的贡献。这才是大家风范，大家气派。抛弃更大的目标，更高的人生追求不说，为保富贵也当如此。

"放私锁贪"，还有一个好办法，就是在自己的头脑中办一个"脑中法院"，自己当被告，自己当律师，自己当法官，让自己的思想、行为，经常接受监督和审判。这个"三当"人生经验，是做过中华人民共和国第一任高院院长的革命老前辈谢觉哉总结出来的。在市场经济条件下，在"放私锁贪"中仍然大有用场。统而言之，个人用个人受益，人人用全社会受益。

第三章 铸 剑

横空出世他为大　骑牛更比逍遥夸
道德经里谈军事　穷尽海水饮小鸦

西方的苏格拉底,把克制视为希腊人的理想境界;东方的孔子,则把自我修养作为人生的第一要义。"性格"这柄双刃"宝剑",既在于把握,也在于铸造。

写在人史边上

> 我梦见在沙漠中开荒，在悬崖上赛跑，在雪地里打坐，在坟场间睡觉，也梦见与《史记》交谈。

1

一头雄狮看到河水里的怪物张牙舞爪走向自己，一怒之下，毫不犹豫猛扑过去，结果不言而喻。这是人类历史的一部分，至少是人的性格史的简要读本。

2

人对于自己的性格，并不比死于水中的狮子更明白。出局后，或许明白；一入局，又犯糊涂。性格铸成悲剧，悲剧谱写历史，历史便有了性格。

3

历史是人写的，写历史的人各有各的性格。一位老友告诉我，千万别相信历史，眼见得我们过眼的历史，在史家笔下百人百史，相信谁呢？只能相信自己的眼睛，甚至自己的眼睛也有眼花的时候，较为可靠的是货真价实的良心，但又到哪里去找呢？

4

历史像时间一样过去了，书写历史的人却留下自己的身影，自己的"照片"。站在历史的长河边上，可以看见过去的人影，也可以看见这些人影的性格倒影。性格的倒影无处不在，人心的

第三章 铸剑

百影眼花缭乱。

5

有人说，世间最难认识的是人，最不认识的是自己。铁的事实告诉我们，许多不成功、不愉快、不易越过的坎，总认为是环境不利，是别人给自己过不去。其实，根本原因却在自己。连自己都不认识自己，把不认识的自己写成历史，让他人和后人怎么认识呢？

6

还有人说，真诚既是忠厚者的信条，又是弱小者的赎金；既是正直主人的尺度，又是温和论者的教义。每当抑制自己的冲动，而不是激烈地与对方辩驳，自然地对他人的缺点显示出宽容，显示出善意，而不是斤斤计较，寸步不让，便是为世界和平贡献力量。站在历史长河边看"倒影"，还是宽厚点好。不过，依此写成的历史仍然有些水分。包括元首与元首的对话，将军向战士的命令，有时候并不比幼稚园传出来的童语更成熟，写在史书中的却只有冠冕堂皇。

7

做到宽厚并不容易。大度能容可容天下之事，却往往迈不过自家门前那道并不高的小坎儿。从古到今多少人吃了大亏，教训被写进史书里，挂在口边上，但一成为当事人就犯糊涂。这糊涂渗透到历史里，不免揉成糊涂账，加上小家子气，历史便不堪一睹。

8

我梦见在沙漠中开荒,在悬崖上赛跑,在雪地里打坐,在坟场间睡觉,也梦见与《史记》交谈。一位学者模样的人说我有野心。有什么野心呢?既未想过出仙入神,连做皇帝的梦都没有过,不过主张一个人努力到极限罢了。

9

人,尤其是男人,一般自信上帝偏爱,不是天子,也是天才,不是天才,也是福星,不是福星,也是命之贵者也。

10

我有一位朋友,这几年公司规模扩大,有人说他是个人物了。听到此誉,本已流光溢彩的脸自然锦上添花。我不喜欢蚂蚁爬杆那一套,当着他的面竟说:人家可以说咱是个人物,自己千万别以为是人物。人物不人物都是人,何必云天驾雾呢?

其实,我还想说,历史上你能数出多少人物,再过若干年又有几人能数到你呢?考虑到朋友的承受力,话到嘴边还是咽回去了。

所谓人物是怎么来的呢?想出来的,打出来的,骂出来的,编出来的,自然更有捧出来的。时下这个"捧"字特别流行,到了不择手段的地步。"读其书,想见其为人"的毕竟凤毛麟角。

11

潮起潮落,云卷云舒。事物不是依据意志,更不是依据天真的梦想,而是依据规律运行。进入轨道,踩对节拍,就算幸运了。超越或许有吧,但我总觉得像鲁迅说过的,一只苍蝇,拍了

第三章 铸剑

一下,绕了一圈,又回来了,飞急了,还碰到玻璃上。当然,上帝对目标高远、心胸宽阔的人较为关照的事也许有罢。不过,在历史的列车上,能坐上软卧的毕竟不多。

12

曾国藩是制联高手,湘军攻克太平天国国都,众部将劝他黄袍加身,曾氏手书一联:

倚天照海花无数,流水高山心自知。

民国初年,有人将此联拿给杨度和齐白石的老师,一代通人王闿云观看。王老师看后说:涤生襟怀,此前仅知一半,此后全知也。这话有点历史口吻。他当国史馆长,总怕白干,却没有白当。

13

关云长是何其壮烈的人生。过五关,斩六将,英勇无敌;讲义气,够朋友,世代敬仰。然而,正是他的性格,酿成败走麦城而死的悲剧。他老人家已成为一尊令人敬着的神。想想他付出的代价,想想人生的成本,心情沉重啊!难道史书就可以教人不计成本,教人意气用事?这只能是历史的一个方面。看来,修一部完整的全史难啊!

14

曾说过"你不能两次踏进同一条河"的哲学家赫拉克利特还说过:"人的性格就是他的命运。"雄姿英发、羽扇纶巾的周公瑾,卓尔不凡、从容娴雅的一代儒将,竟是自气身亡。诚然,这是就小说人物而言。《三国志》的周瑜"性度恢廓","器量颇大"，"雅量高致"，另当别论。《三国演义》中的诸葛亮也应该是气累而死的。用人失察，马谡失街亭，自责如此之深；用计虽精，但拿曹操和司马懿终归没有办法；六出祁山，基本上无功而返，饭吃不下，觉睡不着，能好端端活着吗？司马懿如此关心诸葛亮的饮食，很能说明些问题。这些都注入历史，有了这些，历史就悲壮了；这类内容太多了，历史便沉重了。

15

性格的材料可能是水，可能是火，可能是金，可能是木，也可能是土，抑或是玻璃也说不定。是水，可以平静如镜，可以腾起细浪，也可以冲出沟壑，漫过山顶。是火，可以温暖如春，光华四射，也可以烈焰升腾，蔽天遮日。是金，可铸金戈铁马，气吞山河如虎，也可磨成引线之针，绣出锦帕一方。是木，可成绿树之荫，也会恶竹万杆。是土，可育出绿洲，也能扬起沙暴。玻璃美人是美丽的，是水做的，却经不住震颠，受不起火烤，日晒易爆，雹打易碎。

16

性格是双刃剑。它可以创造奇迹，也可能泯灭天才；可以铸造辉煌，也可能酿出悲剧。知道这些，等于懂得历史的一半。不过，历史从来也没有完整过，就像人的性格不完美一样。

17

历史告诉我们，好的性格并不需要巨大的投入，却比金钱更珍贵。狮子的投入，关云长、周公瑾、诸葛亮的投入，都是全身心的投入。人生能有几次这样的投入呢？假如在如此投入之前，

第三章 铸剑

多一些性格修养的投入，结果是否两样呢？

18

戴尔·卡耐基讲过这样一件事：纽约一家极具规模的百货公司人事部长选人的标准是，宁可雇佣一个没有文凭而有可爱微笑的女孩子，不愿雇佣一个冷若冰霜的哲学博士。这使我想到，大家都挤在楼梯上，拼命登堂入室，怎么没有想到面对微笑的朝阳练练笑容，或者为自己的心整整容呢？

19

据卡耐基说，人是很容易被感动的，而感动一个人靠的未必都是慷慨的施舍，巨大的投入。往往一个热情的问候，温馨的微笑，也足以在人的心灵中洒下一片阳光。然而，美丽的微笑遗留于现实当中，钩心斗角却堂而皇之进入正史。

20

中国人生活在历史中，美国人生活在现实中。生活在历史中的中国人心中装满人物，生活在现实中的美国人自己成为人物。历史的梦长，现实的梦美。

21

性格倒影在历史长河中，历史长河满载着性格的倒影。投入一定时间，站在历史河边，看一看，再想一想，便会有些心得。还可能会有历史著作、哲学著作问世。并会有《水煮三国》、《麻辣水浒》、《臆说红楼》那样的东西出来。我只是站在人史边上，闭上眼睛思索片刻，就像午间小憩，打了个盹，记下半个残梦，写下这些类似梦话的东西，也许睁开眼睛看一看未必如此。

人岂可与野兽同性

> 人类一思考,上帝就发笑。上帝为什么发笑?从华盛顿到巴格达,从布什到萨达姆都有必要深思。

和平年代久了,融和的声音越来越高,人性日趋平和已不待说,据说野兽也有了人性。

为此,这方面的著作纷纷上市。除了《永远的伊甸园》、《人与动物》、《和谐世界》,还有《野兽之美》和《野兽人生》。这自然预示着和谐世界的无量前途。但是,最近从电视剧中看到日军侵华灭绝人性的暴行,不免使人联系野兽的天性想到人的兽性。从而更明白了这样一个理:野兽不是人,人也有兽性。

因为有了这一成条在心中,各种论据便纷纷前来捧场。

一本杂志载,热带雨林的白蚁吞噬美式装备机械化师,使一整师的军人全部葬身蚁腹。另有一部书说,有个叫做霍桑的年轻猎手不听从劝阻,组织猎人小分队,闯入"野猪王国",弹尽粮绝,全部葬身猪腹。

野兽终归是野兽,和谐社会包括人与自然和谐,但并不意味着无视野兽的兽性,更不能希望兽性变成人性。

野兽王国有许多出乎意料和不可思议的事,人的王国更有许多意想不到和永远也想不清楚的事。人不仅以人的思维而思维,也以野兽的思维而思维,加上人毕竟是人,是会思想的动物,是

第三章 铸剑

会挖陷阱的"工具",也可能是吃人不吐骨头的"野兽",一旦兽性发作,和平局面破坏,导致世界毁灭不是不可能的事。

鲁迅先生从遥远的历史查考到现代,发现了制度吃人的秘密,这说明人类中有人不如兽的一面;我则从现在倒翻遥远,明白了人类虽然由野蛮进化到文明,有时候仍不免像孙悟空变庙宇露出猴子尾巴,更何况对人进行兽性训练的事并没有终结。日本"军国主义"的产生、消灭,到企图复活就证明着这一点。这种可能性即便只有万分之一,也是万分之万可怕。

这使我联想到"人类一思考,上帝就发笑"这件事,并因此自问:上帝笑什么呢?是微笑,笑人类聪慧、勤奋、广博和可爱?还是冷笑,笑人类无知、愚昧、妄为、多此一举?据我分析,是笑人类的愚昧和野蛮。因为愚昧,尤其是聪明过头的愚昧,就可能兽性发作。人类的兽性发作是与世界的毁灭相联系的,这难道不应该成为上帝关注的第一问题?前年的非典型性肺炎,今年的禽流感,尽管猖獗,并没有对人类造成毁灭性灾难,我担心以往惯用的人口调节手段大都失灵,比上帝还要大的自然的平衡会把希望寄托在人类的兽性发作上。倘若如此,上帝这一笑实在使人心惊肉跳。但愿这只是杞人忧天和危言耸听。

美国是当今世界的唯一称霸的大国,据说十分文明。然而,从世界各地的报道看,这个文明程度很高的大国,却经常干出杀人放火的勾当。我们对野蛮的帝国主义行径,虽然可以视为"纸老虎",可以在战略上藐视它。但是,尽可能不像霍桑那样闯入"野猪王国",毕竟是明智选择。

萨达姆这个曾在一方天地呼风唤雨的人物，早已被打得落花流水，沦为阶下囚了。有人说，萨达姆是挑着一副一头重一头轻的担子，一头挑的是伊拉克的辉煌历史，一头挑的是五百年后的他自己，斜着横着要走称雄之路。他傲视中东，不屑老美，目空世界。然而，世界非但没有以他的意志为转移，反而酿造出苦海般的灾难，让他以惨重的代价作出回答。老萨是否有点后悔莫及，他本人没有说，他的人民肯定有严重的悔不当初心理。把一家子搭上不算，还把一个国家拖入战火的深渊和持久的灾难之中，这灾难毕竟是太沉重了，便是野兽也会后悔的。

中国历史上的吕后实行无为政治，据说政气决策出于宫廷，仍然天下太平，且刑法少用，犯罪的人极少，人人勤于耕织，家家丰衣足食。但她对于功臣和情敌未竟太残刻了，曾留下"人彘"的杰作。这当然是两千二百年前的"作品"了，现代世界文明了，据说美国又是大讲人权的国家，"断手足，去眼、焊耳、饮瘠药、使居厕中"的事是不会有了。但是，科学技术已经如此发达，又是走在世界科技前列的老美，对老萨的教育手段决不会弱化，一定是丰富多彩、无奇不有吧，吕后那点手段怎能与之相提并论呢？

尼采虽然早就说过，人是超人与野兽的中间物。但是，至少是野兽的那点单纯、那点直率、那点忠厚，人是不屑一顾的。所以，人的兽性不除自然更加可怕。动物学家、生命学家、社会学家，不知研究过野兽与人的相互影响和传承关系没有。我总认为，人类当中至今还有人不如野兽。他们对人性中的美好一面不

第三章 铸剑

屑一顾，对野兽的温驯、互助、情爱、反哺、单纯、智慧的一面也不屑一顾，而对其野蛮、愚蠢、猜忌、残暴等兽性的极端部分却极端热衷，这不能不说是人类进化后留下的后遗症。

"野蛮"一词，《古代汉语词典》中没有，《辞海》也没有，看来是单为现代人考虑的。《现代汉语词典》的释义是："不文明，没有开化和蛮横残暴"。美国民族学家摩尔根对"野蛮时代"的描述是："蒙昧时代之后的人类社会发展的第二个时期。始于制陶术的发明，终于文学的出现。"给人的感觉是：还不如"野马"——"北方的一种良马"通人性；不如"野老"——"田舍老人"纯朴，虽然杜甫有诗曰："唐尧真至圣，野老复何知"；更不如野餐、野合、野生那般潇洒。

美国是国中之霸，就好像兽中之王，萨达姆是人中之枭，但已是布什餐桌上的枭羹。他们性格中的缺陷，对于世界人民而言，就像夏天的蚊蝇，非常令人讨厌却又没有办法。

有人说，傲慢、情欲、懒惰、嫉妒、愤怒、贪婪和无度，是人的七大罪孽。然而，这还仅仅是人的缺陷，还没有表现为兽性发作。我们骂起人来，总说对方是畜类。这可以证明两点：其一，人身上有畜类基因；其二，人有时候有畜类表现。但有一点不能证明，人与野兽谁更野蛮。有位哲学家讲过："高尚可以用任何语言说出来，而卑鄙的东西则令人难以启齿。"其实，卑鄙的人除了卑鄙的思想，卑鄙的心理，往往有一套卑鄙的语言，而且运用娴熟，炉火纯青。

人的能力和能量毕竟高于野兽。人能使天堂变成地狱，也能把地狱变成天堂，而且这样的变化常常在一念之间作出决定。在这一点上，野兽望尘莫及，连天狗追月亮的水平都赶不上。

大哲学家培根说过："人的天性经常是被隐藏着的，有时可以被克服，但基本上不会完全根绝。"这天性大概不仅指人性，也包括兽性。

六十年前，日本法西斯，还有德国法西斯，他们的暴行和残忍，能说是人性的表现？恐怕更多的是兽性暴露——是比兽性更残酷的人的兽性集中发作。这样的发作有其国际气候，有法西斯非人道的严密组织，是国际大气候与法西斯主义者黑暗的内心世界小气候相结合的产物。

培根还说过，"天性如果被压抑住了，那么它在压力消除之后会变得更加猛烈。"这好像等于为天性伸张，也包括为兽性的暴露提供理论依据。他同时警告："不要对于改变天性过于自信，以为天性真的完全可以克服。"《伊索寓言》中那只在爱神帮助下变成美女的猫，虽然被他的主人爱到"片刻不离"，可以安静地坐在餐桌前与家人共进晚餐，而一旦发现老鼠出现，仍然情不自禁地扑上去，不遗余力地追出去。人身上残留的兽性并不比猫性容易根除。

天性作为人性中的基因，如果用屈原在《楚辞》中使用过的词汇来描述，既能育出香兰、宿莽等香草，也能长出菉、葹等毒草，甚至像鸟兽身上的"秋毫更生，其容微眇，而日长大也。"

因此，人性中的兽性即便是小蚂蚁，也会长成大赤蚁；即便是小蜜蜂，也会长成大玄蜂；即便是小蚯蚓，也会长成大雄虺。

第三章　铸剑

消除人性中的兽性实在是太重要了。这项工作虽然艰巨，但正如著名心理学家马斯洛早就说过的：

心若改变，你的态度跟着改变；

态度改变，你的习惯跟着改变；

习惯改变，你的性格跟着改变；

性格改变，你的人生跟着改变。

总之，为了人性的不断提升，为了永久的和平与进步，人身上与人性相对立的兽性是必须消除的。然而，比这还要紧要的一件事是：时刻警惕来自人类的兽性发作。

拿破仑情殇

> 猪八戒背媳妇好笑,拿破仑找女人伤心。好笑、伤心都渗透着忧患,生于忧患,死于忧患,便是人生。

据说,调情是一门艺术。别的艺术在于打动人心,男人调情在于打动女人的芳心。不能打动女人的芳心,就是情场的失败,像我的这篇文章不能打动读者的闲心,引起读者热心,读时比较可心,读后尚能舒心一样失败。游戏文字无须认真,上流社会的男人混迹情场却是他们心中天大的事,失败了便不能不伤心。

"性能"一词,通常理解为对设计要求的满足程度,是针对机械类产品而言的。可以把它移植过来,赋予二义:其一,性的功能;其二,以性为基础的调情能力。

调情也是一门学科。书市里五花八门的言情书籍,书籍中眼花缭乱的温情软语,都是调情这一艺术的教科书内容。写此类书的人,不是个情专家也是个情教授;不是情教授,至低也是个言情唆爱的准教授。

调情既然是一门科学和学科,无此研究又未经专门训练的人恐怕只能是非科班,是外行。拿破仑被人称为天下第一统帅,战场第一勇士,是几乎可与尼采笔下的超人画等号的人物。就是这样一个不可一世、世人刮目相看的人物,却是情场里的一个小兵,一个很不起眼的小兵,一个屡遭失败的小兵,一个在情场上

第三章 铸剑

失败到让人可怜可鄙可叹的小兵。

调情的第一张名片是引人注目的外表，拿破仑可能由于出身贫寒，营养不良，或者还有爹娘因素，个子矮小，貌不惊人，没有美男子的帅感，加之见到女人，尤其漂亮女人便紧张，只能留下窝囊的印象。一直到当上统帅，成为皇帝，在外交场合仍很笨拙。出身、教养、财富等所有能为气质增添光华的优势，他都没有沾上。这就难怪作为皇帝的他，仍被一些漂亮的女人窃窃私语：我们的皇帝一点也不吸引人，爱他，凭什么？一个争雄天下威震无限时空的伟大统帅，怎么会是这样呢？不过，这责任也追不到拿破仑本人身上。大凡创作一件作品，总需要对存在、需要、奇特、深刻、挺拔、伟岸、气度、完美有所追求。拿破仑爹妈出品的这件杰作，奇特还有点，深刻就值得怀疑，挺拔和伟岸更谈不上了。没有挺拔和伟岸，怎么成为占据人家美女爱情空间的心上人呢？

调情的第二张名片是优美的嗓音，洒脱的谈吐。拿破仑的嗓音似乎没有许多动听的天赋，说话也不畅快，还有点结巴。这是最令人家漂亮女人看不起的一点。也真是邪门了，作为统帅的拿破仑在士兵和军官面前下命令、发指示、即席演说，都有天才的表现，空前的表现，无与伦比的表现。他能把整个欧洲大陆作为战斗语言和激情驰骋的舞台，在一切条件下，都知道什么样的姿势能打动观众，什么样的台词能契入听众的心，什么样的演讲逻辑能俘虏听众、激励将士、唤起民众。但一来到女人面前特别是漂亮女人面前，尤其是他最中意的情人面前，说出话来便颠三倒四，语无伦次。人家情场中人在女人面前的变腔变调是越变越中听，越变越讨女人的心欢，越变越使芳心萌动，花蕊绽放，就像晨光给白云裹上霞彩，清泉给空谷增添了潺声。他却恰恰相反，本来并不太差的嗓音，一见女人就变坏，越在漂亮的女人面前越变坏，如果再真心喜欢，便彻底坏。他自己紧张还不算，最要命的是弄得面前的美女也为他吃紧，往往是以尴尬开始，以不欢而散告终。这有什么办法呢？这大概也像林彪的天才脑袋是爹妈给的一样，他的爹妈在他的心灵上种下了太多尴尬。

调情的第三张名片是文学修养。好像没有任何人，尤其是女人看出拿破仑有什么文学天才。小时候他的父母大概没有想过让儿子背唐诗，唐诗不背也罢了，莎士比亚十四行诗总该背几首吧，他也没有做到，因此在女人面前更表现不出任何诗情画意。据说，他曾参加过里昂学院举办的一次作文比赛，实在谈不上争气，竟拿了个倒数第二名，是十六个参赛者中的第十五名。钱锺书数学打十五分，人家文学、英语都拔尖，有着无与伦比的文学天赋。不仅以无与伦比的才气压倒群儒，并以震动水木清华的才名惊动百千才女的芳心。拿破仑怎么如此可怜呢，没有文心诗才，如能写一手好字也就算了，但他好像压根没有练过什么书法。他倒是绝对地、毫不动摇地相信自己的命运，相信自己的辉煌未来，尤其崇拜那个大写字母"N"，他在所有信笺上都签上这个字母，并让这个字母出现在他草率修建的宫殿上。这有什么用，尽管他拿破仑信命，未来的前途也很辉煌，你现在这个样子，能让人家哪位女人预支给你呢？况且这个"N"是个什么东

第三章　铸剑

西呢，是与美女关山阻隔的一座山，是越不过去的一条沟，很可能还是会夹住人家女人的一个枷锁。拿破仑相信命运的预测，怎么就没有预测一下要博得美女的芳心适宜起用哪一个字母这件大事呢？

　　调情的第四张名片是堆积如山的金钱和可以与阿尔卑斯山比肩的显赫地位。这两样后来的拿破仑倒是都有了，但据说女人经过与拿破仑接触，留下的印象是，他这个人从来就没有真正爱过谁，也不可能真心爱谁，似乎更不懂得怎样被人爱。没有爱，你的钱是臭的，显赫的地位反而对人家崇尚爱情的女人是一种威胁，一种黑云沉沉的压力，一种不易承受的负担。你当调情的对象是二十一世纪的一只鸡，那可都是十八世纪的天鹅。

　　好像拿破仑是喜欢过一段出生于拉丁美洲的、一位军官的女儿约瑟芬。据大名鼎鼎的戴尔·卡耐基描述，他们第一次见面，约瑟芬已经33岁了，脸蛋不漂亮，牙齿不整齐，孀居的她已有两个孩子，债台高垒，快要因无力还债进监狱了。她的最大资本不是美，不是可爱，而是懂得如何驾驭男人。在这种情况下，约瑟芬像捞救命稻草，更像捡破烂一样，把小她6岁的、一身疥癣的、刚从战场上死人堆里爬回来的、性饥渴到了忍无可忍地步的拿破仑拥入自己的怀抱。

　　就是这样一个女人，拿破仑的心竟被深深打动了，受宠若惊了，坠入爱河了，不能自拔了，同时也掉入爱的黑暗深渊了。如火如荼的战事，那可是寸时寸金的时刻。就是在如此紧张时刻，拿破仑竟忍不胜忍，争分夺秒，给约瑟芬写下一封封炽热如火、心真似冰的情书。

他在给约瑟芬的情书中竟写道"你的爱情无时不在激励着我，它已经使我失去了理智——使我寝食不安。""你的爱情让我一往无前。一想到你我就如醉如痴。我没有一刻钟不在凝视着你的玉照，我没有一刻钟不亲吻你的芳容。"最可怜的是他竟写下"收不到你的消息，我感到非常不安；快快给我写来四页信，写满令人开心的事情，让我的心充满欢乐喜悦。"

拿破仑是够一往情深的，但约瑟芬对这火热的情书却毫不在意。此刻她正在向另一个男人卖弄风情，以至懒得给恋情如火的拿破仑写回信。正像拿破仑在信中的猜测，让一个新情人日日夜夜统治着她的心。移情别恋的约瑟芬任凭拿破仑解数使尽，毫不回情，他们离婚了。

离婚使拿破仑伤心至极，在离婚书上签字时竟痛哭失态，丢尽了男人的面子，大概也赔光了统帅的威风。

据说他们离婚后的第三天，拿破仑坐在他的皇宫里，凝视着天空，心拥着黑云，心重如死海，就这样在黑云和死海的相伴下闭门沉思，拒绝接见任何人，也无心做任何事情。何至如此呢？仔细想来，一个面对百万敌军所向披靡的统帅，竟对女人的芳心无能为力，还被一个并不起眼的女人甩了，伤心啊！

调情的第五张名片是锲而不舍的意志。这一点拿破仑倒是超群绝伦。据说他追人家丝绸商的女儿德赛妮，一追就追了相当长的一个历史阶段，但人家却嫁给了他的反对者——柏拉道特将军，如果对你有那么一点好感，能这么绝情吗？还好意思给人家

第三章 铸剑

授什么"和平夫人"的佩剑。剑是接受了,可人家又成了瑞典——挪威王后,也没有成为你的王后,又能怎么样呢?就到大西洋中央那一块小石岛上,在那个令人忍无可忍的英国总督管制下单相思吧。面对此般可怜的景况,也不能不想一想上帝在给予拿破仑绝世军事天才的同时,怎么就没有多少给他一点调情的才能呢?这难道也是一种平衡;让你能,却也让你有所不能。我们不能不佩服上帝才是玩平衡木的高手。

从拿破仑这个小个子的有点破旧的衣袋里已经掏出了第五张名片,也够难为他了。还是让他骑上他的那匹大白马去出演征服欧洲大陆的拿手好戏吧。他身边还围着一群从埃及沙漠中威严的狮身人面像下跟着的、从埃及的金字塔下入伍的、在意大利浸着露水的平原上冻得发抖的一群人等着他去指挥打仗呢!既然在战场上有人愿意献上身躯,舍弃生命,抛妻别子听从他的召唤和指挥,并以自己的灵魂效忠于他这个小个子,那就不要让他在情场上丢人现眼了。如果还有兴趣关心别的大人物的类似隐情,那就把林肯那段情史拉过来进行一番比较研究吧。

林肯虽然也出身贫穷,从小是以熊皮为被,树叶为床,跳蚤为伍,野果为食,五指为叉锻炼成长的。这样的好处大概多于坏处。我们的梁启超老前辈就说过:"患难困苦,是磨炼人格之最高学校。"我们的契诃夫先生说得也不错:"困难和折磨对于人来说,是一把打向坯料的锤,打掉的应是脆弱的铁屑,锻炼的将是锋利的钢刀。"我们的大仲马先生说得更深刻:"艰苦是一把锋利的雕刀,时刻都在雕琢着人们的灵魂。"本篇文章的配角林肯先生,虽然经历过"最高学校"的"磨练",经受过"锤"的敲打,经过了"雕刀"的雕琢,但他毕竟还得到过美丽迷人的安妮姑娘真心的爱。他与安妮姑娘像"最高学校"的同学一样朝夕相处过,像"锤"打下的钢坯一样火热过,像"雕刀"锲入骨子里一样刻骨铭心过。不幸的是,那位美丽可人的安妮姑娘只活到二十多岁,就被病魔夺去了生命。此后的一段日子,林肯总是徒步五英里到安妮的墓地陪伴她,回到自己简陋的小屋,一躺在床上,就有莎士比亚来告诉他:"从那边的窗户,透进来何等温柔的光芒!""假如那是东方,朱丽叶就是太阳。"

一百多年后,又有我们的杨朔先生安慰他:作为一个人,要是不经过人世的悲欢离合,不跟生活打过交手仗,就不可能真正懂得人生的意义。

其实,莎士比亚早就说过,倘若时时忧虑着最大的不幸,那么在较小的不幸来临的时候往往可以安之若素。

大概是林肯先生有过童年阶段的苦难,有过青年时期的悲欢离合,他对感情方面的事已不再挑三拣四了。此后伴随他终身的是相貌并不出众,骂街十分出色,老早就坚信自己成功,做了总统夫人脾气更加古怪的玛丽大姐。与这位玛丽大姐一见就感到痛苦不堪的林肯先生,本来自己有决心,加上朋友鼓励,是要退掉这门难堪的婚事的,却经不住人家几滴眼泪的折磨,只好说:"事情既然如此,我也只能信守诺言。"尽管他害怕与玛丽大姐结婚就像"爱尔兰人害怕绞索似的"。

人显示出德性和恶性,就像光线显示出物体。大度能忍的林

第三章　铸剑

肯先生，与泼妇第一的玛丽大姐，绝对是天造地设的一对儿。

讲到这里，我们的主人公拿破仑也该心平气和了。看来战场得意，情场失意，政治得意，家政失意，也许是上帝的合理安排，哪能得意的事都让一个人占去呢？上帝果真如此偏心，你那里天天春暖花开，别人的心整辈子在冰天雪地里冻着，这还成什么世界？由此一想，拿破仑也没有必要心绪不好，心情不痛快。剩下来的林肯先生如何经受血与火的考验，玛丽大姐如何成功地骂出一本骂人词典的事，等以后有机会再说吧，《拿破仑情殇》也该就此打住了。

"才高八斗"ד拗"="X"

> 人有才能和本事是好事,也是本分。拗什么呢?一拗,便等于自我相减,或者任何数与0相乘。

性格不是最好的导师,便是最淘的孩子。一脚踩扁紫罗兰,香味留在脚跟上是一回事;一脚踢翻电视机,一家人不欢而散又是一回事。不过,这对常人而言都算不了什么,但拗脾气若发生在大人物身上,问题就严重了。

中国历史上的拗相公王安石,才高八斗,文章诗词都蛮漂亮,推行新政大刀阔斧,对待朋友仗义执言,不但在当时,而且在历史的天空放射光彩。然而,他那九头牛拉不回来的拗脾气,着实让人难以接受还不算,也毁了他的改革事业,并对他的声望留下憾点。

拗脾气对于小人物,影响一人一家;对于大人物,则影响到国家命运和历史发展步伐。

有人说,中国历史上的改革,包括变法、改良、维新,从桑弘羊到谭嗣同,未获成功的原因非常复杂,其中领袖人物缺乏人格魅力,浮躁偏激,是一条重要原因。这一点体现较突出的是王安石。

我们可以假设,如此性格的人,选择的是从文,而非从政,其结局或许好些,X的值或许大些。王安石却与绝大多数中国文

第三章　铸剑

人一样，首选从政，并且十分热衷于政治事业中最敏感、最牵动国人神经的改革。

王安石志向高远，才气很大，文名很高，为人处事像他的造语用字一样瘦硬遒劲，但他的拗脾气并不因为文才高而有所"美化"，而是才助拗气，拗得比一般人更"出色"。他生前的大起大落，死后被剥夺封王的谥号，从孔庙"配享"祭祀中赶出，本来可以与颜回、子思、曾参、孟子享受一样崇高待遇的他，却落得如此惨局，都是为拗脾气付出的代价。

王安石的拗脾气突出表现为听不得反对意见，把不同意见视为杂音，致使他忽视参照系，赶跑同盟军，大批树立反对派。这不仅为他的人生种下祸根，也为断送改革事业修下坟墓。

拗者，固执也。固执的人未必不能坚持正确的意见，但也包括固执地坚持错误的意见，尤其表现为正直意见听不得，小人奉承巴不得。王安石的才能与他的拗劲好像是成正比的，就像风助火势，火助风势，拗脾气越来越大，自以为是，刚愎自用达到顶点。这样的人最大的危险是亲近小人而远离君子，往往成为小人的首选目标。

小人是人类中最聪明的一群。小人的能量不小，能耐也不小。他们总是恰当其时地来到王安石身边，恰如其分地设下王宰相乐于舒舒服服钻进去的圈套。只要进了圈套，能耐再大的人，也会像一头驯良的小毛驴一样，让人家乖乖地牵着走。无论是在磨道转圈，还是被人家送进杀房，扒皮食肉，都成为此后的宿命。

小人又是人类中最阴险的兽类。这些小人啊，绝不是高尔基笔下与海燕相对应的蠢笨的海鸭，也不是塞万提斯笔下的堂吉诃德。缠绕在王安石身边的最令人叫绝的小人李定、吕惠卿们，从言谈举止，编圈设套，举绞勒索，可谓绝招迭出。这些小人正是看准了王安石这一大人物，越是有人反对的事，越是大刀阔斧地去做的特殊性格，总能顺着、逆着、牵着、赶着这头唯命是从的小毛驴，让其乖乖地去做他们想办而办不到的事。

在小人不折不扣、不遗余力驱使下做事的拗相公，好像不是为本来目标而做事，而是为了反对反对者而做事；不是为了国家利益而做事，而是为了让这帮小人高兴而做事；不是为推动改革成功而做事，而是为促使改革迅速失败而做事。

自然界有一个很美好的循环，就是绿洲孕育风雨，风雨滋长绿洲。大人物与卑鄙小人好像也会形成这样的循环。对大人物而言，不管是自愿的，还是非自愿的，不管是有知有觉的，还是无知无觉的，结果好像没有太大的区别。无论是王安石一类的大人物孕育了卑鄙小人，还是吕惠卿一类的卑鄙小人"培养"了王安石的拗脾气？结果却只有一个：便是将好事变成坏事，祸国殃民，污染历史。二者好像又是互为土壤，互为雨露，互为阳光吧。否则，为什么会如此成龙配套，相得益彰呢？在这样的相互作用下，王安石的拗性格与才华横溢相乘的负效应实在是太大了，以至表示未知数的"X"填不下这个数字。

文如其人，大概就是说性格决定风格。王安石的拗脾气不仅留在历史记录中，而且留在他的诗词与文章中，或者说是他诗词

第三章　铸剑

中的拗脾气也泼洒到了中国历史上。清人袁枚在《随园诗话》里说："王荆公诗无一句自在，故其为人拗强乖张。"这好像是说他的诗词文章影响到性格，实质是拗强乖张的性格表现于诗词文章，言为心声，诗为身影。当然也有读者心中先有了一个拗强乖张的王安石，再去读他的诗文，便有处处不自在的感觉。袁枚还将王安石与苏轼作比较，认为一个执拗乖张，一个坦荡率真；一个在身前处处高人一头，一个在身后永远高人一丈。

苏轼词曰："大江淘尽，千古风流人物。"但突出的历史人物，包括他们特殊的性格，还是会留在历史上。一直到公元1957年，距离王安石在世九百多年后，钱锺书在《宋诗选》中还说："苏轼一向被推为宋代最伟大的文人，在散文、诗、词各方面都有极高的成就。王安石尽管他自己的作品大部分内容充实，把锋芒犀利的语言时常斩截干脆的不留余地，没有回味地表达了新颖的意思，而后来宋诗的形式主义却也是他培养了根芽。"我一向主张作文一枪击中要害，像闪电一样直奔主题，但做事还是留有余地的好，做人还是宽容、豁达一些好。否则，让不良的性格渗透于诗文，谬种流传就不好了。

南怀瑾在《论语别裁》中有一段评人论世的沉痛之言："识人难，识己更难"。说他的老师曾写过这样的诗句：

隋炀不幸作天子，安石可怜作相公。

若使二人穷到老，一为名士一文雄。

意思是说，隋炀帝运气不好，当了皇帝；而王安石很可怜，作了宰相。这两个人若是不得志，王安石将成为大文豪，他的文章那么好,恐怕当时和后世对他的敬仰还要更高;隋炀帝如果当时不作皇帝,就是一个很好的名士,一个才子。这看似历史安排,实质是性格决定。性格上的显著缺陷,转而为事业的缺陷,事业的缺陷转而为历史的遗憾。从历代文人,到中外政治家,只要深入分析,都不免憾点斑斑。

褒贬他人,横说竖说,都较容易,触及自己的灵魂,才有痛切之论。我之所以拉出王安石说拗,是衷心希望自己力戒拗脾气的恶性膨胀。

诚然,像我这样的人,即便怎样的恶劣,也不会对国家、对历史造成多少影响,但对同事、对家人、对朋友却会带来诸多不利、不便和不悦。

自我检讨,我没有王安石之才,却有类似的坏脾气。我经常想,平庸之人与杰出人物相比,往往是缺点相似而优点不可相比。至于平庸的人尽管有缺点,造成的危害总是较小,那不是因为缺点不够严重,而是因为才能过于平庸。也就是说,乘积小的原因是由于第一个乘数太小,如果用这个小数字去除积,得数并不小。

拗脾气虽然有时也有助于坚持一些真理,办成一些事情,但总的来说,缺点仍然是缺点,而且在不少情况下可能把真理气跑,把事情办砸。这一缺点已构成自己的性格。这种性格的最大特点是遇到反对意见,走向反面,越有人反对,越坚持己见。我在处事为人方面,常有的口头禅,或者说心理准备是,忌恨不动脑子和不认真办事的人,憎恨损人利己,尤其是既损人又不利己

第三章 铸剑

的人。对这类品性的人嫌恶如仇,容易较劲,好说惹了你怎么样,还怕阎王爷不要我吗?如果要拼,那肯定是我先把手榴弹拉响。就我这个手榴弹,你就是座太行山,也要炸你一片。和领导打交道,常有宁舍自己,不舍原则的心理准备。当然,也有人说我有修养。听到此话我想到三点:其一,修养还有点;其二,读书较多点;其三,今后应该注意点。

性格修养至关重要。中国近代史上的民族英雄林则徐,为了克服急躁易怒的弱点,养成冷静平和的性格,在室内挂起"制怒"横匾。这类事例很多,可见性格修养历来是被一些大有作为、对民族、对事业高度负责的人所重视的。

一次出游,我曾看到一副妙联:

一竿竹影敲明月,半榻松风卧白云。

人,生而有志,也有闲,天之高,竹影敲月,地之大,白云舒卷,可养我浩然之气,也可颐我清淡超逸品格。天地本来不远,人生更为短暂,得一份开阔,留一份永久,何乐而不为?

"国宝"谈"忍"

> 人世间的道理千条万条,占据哪一条都未必高明。高明的选择只有一条:容忍有理。

温家宝总理于"五一"期间,特意看望了季羡林和钱学森两位老学人,尊敬地称他们为国宝级人物。钱老对世界和平的贡献有口皆碑。季老则是看尽繁华、拥有辉煌、博雅仁厚的学界泰斗和当代大哲。尊称两老为"国宝",可谓盛世之举。

前年,我到北大参观,曾渴望一睹季老风采。这自然是非分之想。此愿难遂,只能远远地望望季老居住的朗润园,也算感受了一点"其气深矣,其意永矣"的圣哲之气。其余的愿望只能倾情于书中。

著名国画大师范曾先生写季老的《彼美一人》,给我留下深刻印象。此文可谓名人谈名人,大师之间的碰心之言。

说到范曾先生,我首先是常以他的画册颐眼、养心、开境、扩胸。看书累了,随手翻看《老子出关》、《达摩神悟》、《庄周梦蝶》、《东坡吟啸》、《君子临渊》,从"飘然素发,悠然独往"的画面上,从"以诗为魂,以书为骨"的画韵中,得一份宁静,开一片蓝天,领略无穷神韵。偶然的机会,遇到他的《庄子显灵记》,知道他还是一位雄视古今、随缘设法、称心妙运、尽合诗旨的大诗人。此书的序一就是季羡林先生写的,短短五百余

第三章 铸剑

字,气度恢宏,令人折服。其中指出"人类在大自然面前翘尾巴的高度与人类前途的危险性成正比"尤其发人深省。至于文章中充盈着的博大高迈之气更是一般人不可企及的。范曾的文章中也有这样一股气息。特别是他品评老、庄及古今中外其他思想家、艺术家的文章,可以进一步认识到他是腹笥宏富、高瞻远瞩、贯通古今的硕学魁儒。他看人论世,总是从中西文化的大视角,从奥博精深的学术层面,从历史与现实的大对比当中,从或静穆、或高雅、或深邃的五彩缤纷的社会生活的活水源头,追踪摄迹、采光触魂、缱绻壮怀,把圣哲至伟活现于我们眼前。

范曾先生把季老比作磅礴的大山。他认为季老的文章,"往往于青萍之末而顿起浩然雄风,或于枝微末节感悟无隅大方",既"无纵横气、无市井气、无腐儒气",又能于"无论寓理、寓情、寓气、寓识中存天然去雕饰的根本","令人能时时感到那'言在耳目之内,情寄八荒之表'的魅力"。我除了有此同感,却不能如此艺术地表述之外,读季老的文章总感受到一种如道如仙的震撼。也许一个人真可以完成从人到仙的升华,否则,季老文章何以有此外化呢?何以有此仙风道气弥漫其间呢?

范曾先生谈到登临会见季老的感受时说:"他讲的每一句话,都像来自深山大壑的源头活水。他的清谈,接之弥淡而味之弥甘,慢条斯理和你剖析一件事、一个人,决不过分,而绝对到位。芝兰同味,葭莩相投,这样的谈话,自是人生的崇高享受。"我虽然无此造化,无缘得此"崇高享受",但可以想象那春风轻拂,甘霖细润,或者在梦中随季老观《荷塘》,听《春雨》,

说《寂寞》，论《毁誉》，意倾之，心仪之，不亦乐乎。

范曾先生很推崇季老的为人，尤其是"对宇宙本体时时发出咄咄追问，而对人生百态处处表现广大悲怀"的人生态度。说"他有些像尼采一样天真，不过尼采是一位疯狂的天才，而季羡林则是谦逊的贤哲，但在'真'这一点上却殊途同归。"对季老"不喜喧嚣，不爱入群，不求闻达，不会酬酢，决无谀词"，但"凭着他宽厚本性，最善于发现人们的优秀之处"颂扬有加。以至对季老对人绝少批评，即使是缺点，都有几分欣赏，即使批评，也决非"刻峭贬损"深表赞赏。这一点与戴尔·卡耐基的"赞赏是一种伟大的力量"不谋而合。这使我忽然想到，在人类宝塔尖上，中外圣哲的聚谈，才真正是无与伦比的神仙会呢。

我虽然不能像范曾先生那样透彻地感悟季老，但也有一种感受。就是在我心目中，尽管鲁迅先生始终占据中外第一的位置，却只有师长、战士、文豪、思想家的感觉；而对季老则总有一种是仙、是师、是友的感觉。一篇《清塘荷韵》，其香远益清，其荷魂通灵，就是释尊设坛讲经也不过如此吧。

冯友兰先生在回忆蔡元培先生时谈到这样一个感受：一次从蔡先生身边走过，感觉到一种"蔼然仁者、慈祥诚恳气象"，心里一阵舒服。并说这大概就是古人所说的春风化雨吧。蔡先生一句话没有说，使见到他的人受到化雨之教，这是比任何言教都有效的教育。我没有冯先生的幸运，却从许多描述季先生的文章中感受到了这样的"不言之教"。其中最本质的感受是什么呢？我反复想过之后得出的结论是：宽容。表现在日常言行上则是"容

第三章 铸剑

忍"。这种"容忍"不是强忍着,而是很自然的一种气度——一种令人肃然起敬的风度。

季老认为,容忍是一件好事,是一种美德。他讲过一个故事。唐朝有一个姓张的大官,家庭和睦,善名远扬,一直传到皇帝耳中。皇帝问他治家之道,他一口气写下一百个"忍"字。

季老还讲过一件自己亲历的事:年轻时在出国路上,遇到检查过分挑剔,想发火却强忍着,同车的外国人用英语说,容忍是很大的美德。不过,季老并不是毫无原则地讲宽容。他说过,如果有人污辱我们的国家,则无论如何也要同他们玩命,绝不容忍。

季老还批评了一种常见现象:在公交车上或是别的公共场所,本来一句"对不起"就能化干戈为玉帛的事,却恶语相骂,甚至扭打,伤心,伤人,伤社会风气。为此不免在心中暗暗祝愿:"容忍兮,归来"!

通过对季老谈"忍"的理解,通过阅读他的天真、天然、似道、似仙的文章,通过范曾先生传神之笔的沟通,使我对"忍"也有了一些新的认识:仅仅把"忍"看作治家之道,看作行为克制,看作息事宁人的礼让,还是看小了。只有把"忍"提升到思想和行为修养的高度,修缮到自然天成的高度,才是一种美德,一种境界,一种智慧,一种难能可贵的品格。这样一种品格的形成,也像"庾信文章老更成",也像书法的人书俱老。这样的自然,是追求过程中,由不自然到自然的高层育成。

试想,一般人做不到,你却做到了,岂不珍贵;一般人有时做到了，有时做不到，你却做到持之以恒，天衣无缝，岂不难能；一般人在一般情况下做到了，遇到特殊情况便难以保持冷静，你却处事不惊，冷静面对，岂不了得；一般人通过有意的克制做到了，你却"随心所欲不逾矩"，岂不融之弥宽，视之弥高，品之弥甘。有此襟怀，有此智慧，有此境界，大概只有一种答案，那便是以宏伟的人生目标为理想，以平常的处世之道为尺度，以不懈的道德修养为追求。

宽容和容忍既是贤哲大师的风范，也是大政治家遵循的世则。第一次世界大战之前，德国出过一个铁血宰相俾斯麦，他的上头，如果不是有度量极大的国王威廉一世，那动不动就发脾气的作风，一百个俾斯麦也不够杀。尽管宰相常向国王发脾气，威廉一世却认为，老俾作为一人之下，万人之上的主管，经常受下面许多人的气，他受了气，把气出在我身上是最明智的选择。我上面再没有人了，摔个茶杯也就算了。作为一个上级，"不迁怒，不二过"，这是多么难能可贵的品格啊！

容忍也应该成为终身遵守的戒律。曾参与《独立宣言》和美国第一部宪法起草的著名科学家、政治家、社会活动家本杰明·富兰克林，为了改变急躁直露的性格，虚心接受来自各方面的劝说和批评，把宽容和容忍作为最高戒律，给自己立下这样几条规矩：决不正面反对别人的意见，不武断行事，不许在自己的文字和语言中用"当然"、"无"等太肯定的字眼，不急于表态，不造成面子上过不去的局面。即使认为不妥当的请示、汇报和陈述，也不立刻驳斥，不立即指出对方的错误，而是说："你的

第三章　铸剑

意见没有错,但在目前情况下,还需要斟酌。"富兰克林就是用这十多个"不"时时约束自己,自觉克服性格中的缺陷,才成为倍受美国人尊敬的人。

从国宝谈"忍"说起,一口气从中国说到外国,所要表达的中心思想无非是四个字:容忍有理!

快乐：到前进中寻求

> 追求心外快乐，忽视快乐的过程，就像阴天晒太阳一样莫名其妙。

列夫·托尔斯泰是有史以来最伟大的作家之一，以他的名誉、地位和物质生活条件，也应该是世界上最快乐幸福的人之一。然而，据说他并不快乐与幸福，晚年甚至陷入痛苦的深渊不能自拔，直至以自杀为苦不堪忍的人生作结。

这似乎太不可思议了。然而，他的痛苦似乎又是很有道理的。他人生的最后三十年，一直沉浸于"我为什么活着？""我和其他一切人存在的理由是什么？""我该如何生活？"等问题的折磨中。这些问题一年比一年强烈地煎熬着他。八十二岁那年，他终于忍无可忍，离家出走，留给妻子的信是："我在家中的地位已经忍无可忍了，我不能再在这种奢华的环境中生活。"然后，他以手枪打中脑袋为自己的肉体生命画上句号。

这就不能不令人从心底发问：一个人物质富有之后，尤其是物质和精神双重富有之后，一定快乐吗？如果像托尔斯泰那样什么都有了，依然快乐不起来，甚至反而加重痛苦，一切的所有，不是快乐的条件，而是痛苦的砝码，该当如何是好呢？快乐究竟应该到哪里去寻找呢？

就常理推论，托尔斯泰不朽的作品、健康的身体、旺盛的精力、温馨的家庭、足够的财富、名满天下的声誉，领袖列宁甚至

第三章　铸剑

称他是"俄国革命的一面镜子"。有了这些，还不应该是全世界最幸福的人吗？这一切都有了，还有什么使他不快乐呢？再有了什么或者再减掉什么，就可以使他快乐了吗？

为弄明白这一系列问题，他付出了晚年的全部精力写过一部专著。我读这部书时，一直留意着三个问题：1.什么是快乐？2.快乐的条件是什么？3.打开快乐之门的钥匙在哪里？这三个问题都没有在他的书中找到答案，找到的是四个字："自我折磨"。

我们不妨暂别托尔斯泰，继续向往圣寻求快乐的答案。在老子那里，找到四字箴言：清心寡欲。在叔本华那里找到一个办法：快乐只有向内心去寻求。培根没有直说，但他认为"财富毁掉的人远比财富救助的人多。"

综合他们的看法可以明白，财富还不是幸福与快乐的主要资本，幸福与快乐主要来自人的内心世界。社会底层的人为谋取生活必需品，摆脱贫困疲于奔命，及至走向富有，又将遭遇上层社会一直存在的厌倦情绪侵扰，仍然快乐不起来。为此，有人甚至说人生苦海无边，根本没有快乐可言。许多宗教设计出种种方案，效果依然有限。由此看来，解决人生的快乐问题，开辟一条快乐大道，是人生的重大课题。

带着这一课题，我继续思索。心想，其实人生对幸福与快乐的追求和追求幸福与快乐都是过程。正像塞缪尔·斯迈尔斯所言"主要而且必定依靠自己努力——依靠自己的勤奋，自我修养，自我训练和自律自制。"这是一个从内到外和从外到内的全过程。如果忽视这个全过程，追求过程以外的东西，无异于阴天晒太阳；只注重过程，不注重过程与目标的统一，则无异于永无目的的旅行，终归因丧失目标而使过程失去意义。向着目标，充实过程，才生活得有滋有味。

在处理目标与过程的关系上，我较为赞同释尊佛陀"应无所住"的方案。"应无所住"就是不要停留。他认为停留的地方便是终止的地方，即便是绿洲也不可过久停留，过久停留便一天天走向反面。做人就是要顺应变化积极行动，在行动中与快乐相随，或者说在快乐的行动中做一个愉快的追赶快乐的人。

"应无所住"，就是要去掉不必要的执着心，不为一滴水拼掉所有力气，也不为洒掉一滴水耿耿于怀。既不为一个大目标丢掉小目标，更不为一个小目标影响对大目标的追求；既不为某一点收获、某一点满意、某一点满足停止不前，也不为追求某一点收获、某一点满意、某一点满足忘记对收获、满意、满足诸多风景的欣赏。

事实证明，无论是物质财富还是精神财富，既可以将一个人送上幸福的天堂，也可以将一个人拉入黑暗的地狱。正像社会的发展必须从经济、伦理、法制等方面建立平衡秩序一样，快乐的实现必须从自己内心建立制造快乐的机制和维护快乐的秩序。

我们所熟知的美国石油大王、出身贫寒的洛克菲勒，创业当初，凭着自己的奋斗取得巨大成功，从奋斗的过程中享受着无比的快乐。及至金钱像火山爆发、江水奔泻而来，他变得贪婪、冷酷，不仅别人不能容忍，连他的亲兄弟都十分讨厌他。环境变化导致心情变化，由于心情不好，加上疾病缠身，他僵化得像个木

第三章 铸剑

乃伊。

"物极必反"这一出自中国的名言,大概对于美国人也一样适用。痛苦引起洛克菲勒反思。在医生忠告下,他终于开始第二次转变。他向教会捐款,捐巨资促成芝加哥大学诞生,北京协和医院初建也得到他的巨资赞助。这样,他向社会献出爱心的同时,也得到了应有的社会之爱。这等于赢得双份的快乐与幸福。他终于成为一个摆脱"魔鬼"而亲近"天使"的幸福老人,愉快地活到98岁。

快乐是产生于内心的一种感受,同时,也是与外部影响关系密切的一种体验。因此,快乐既要向内心寻找,也要向对社会的奉献中寻求。这一从内到外和从外到内的过程,既包括外在的奉献过程,也包括内在的发现过程、感受过程和升华过程。这就像太极图一样,是一个双向旋转的过程。

更现实一点讲,面对贫穷和改变贫困面貌是一个问题;面对富有和富有之后确保健康幸福又是一个问题。市场经济的手在极大地推动经济发展,改变物质贫乏状况的同时,要求把伦理道德提到相应的高度,通过德治与法治的有机结合,使人本身成为一个立法者、执法者和守法者,以此实现一种平衡。这一平衡,既包括发展与秩序的平衡,社会与个人的平衡,也包括个人心灵内部的平衡。它是一个从外部社会到每个人内心世界全方位的平衡,是一个平衡与不平衡循环前进的过程。

然而,现实生活要比设计者想象的复杂不知多少倍。就社会和个人而言,在"笑贫不笑娼"的价值取向中,金钱成为最有力量的因素，追名逐利，不仅成为取向，而且成为挖空心思、不择手段的同谋。马克思把这种现象描绘成血淋淋的权利。

目下有一种片面的理解，把道德的堕落归罪于现代物质文明，似乎在物质文明尚未形成之前不是这样的。我认为，就人的本质、本性以及由此派生出来的种种现象看，古今中外大体是一样的。我们不妨回望一下将近两千年以前的一个情况。宗教的圣徒本来应该是圣洁的，犹大却为了三十块银币，出卖耶稣。这应该是一桩受到道德与法律双重审判的罪恶。接下来的是，耶稣被钉在十字架上，耶稣死了，又复活了，犹大用一根绳子结束了自己，没有听说复活，恐怕是永远作为罪恶的化身钉在历史的耻辱柱上，同时也必然使其罪恶的灵魂永远在地狱中经受折磨。

犹大并非一个。不论是教徒还是非教徒，心灵的无序永远是一个难以处置的问题。这一旷日持久的难题并没有随着物质社会的发展而趋向单纯，而是越来越复杂，越来越严重，越来越突出了。宗教是以美好的天国、万能的上帝相统一的思路来设计完美人生秩序的，虽然突破了一手鲜花、一手宝剑的窠臼，但在错综复杂的社会生活和人的心灵面前仍然力不从心。也许正因如此，正像爱因斯坦之后，历次成功的验证者成为诺贝尔奖得主一样，历代都有耶稣、释迦牟尼的信奉者成为伟大的圣徒。

我虽然没有像托尔斯泰那样为这类问题弄得苦不堪言，有时候静下心来想一想，躺在床上过一过电影，越来越认识到，这确实是一个人生的重大问题。为深化这一研究，解决这一人生的疑难重症，我一直留意着、寻找着。有没有最好的方案呢？最近读

第三章　铸剑

了茅于轼先生的著作，我认为他适应市场经济的要求提出的人生方案比较切实和管用。茅氏方案的要点是：允许每个人做对自己有利的事，鼓励通过自己发财致富促使社会财富的快速增长，但不能允许为了追求自己利益妨碍他人的自由。除此之外，还要鼓励和规范人们追求比赚钱更为本质的东西，把促使自己和别人在交换中获得更多的快乐，增加社会快乐的总量作为社会共同遵循的基本原则。

　　我认为，这也就是要求，要把奋斗中获取快乐与向内心寻找快乐相结合相统一，把为自己创造快乐与为他人创造快乐相结合相统一，把获取中求得快乐与奉献中得到快乐相结合相统一。这就是我受茅于轼方案的启发，在心中设定的方案。我的人生目标便是带着这一方案，在快乐的追求中做一个快乐的旅行者。

入境未必须自杀

> 有人认为,神经病是艺术天才的归宿。神经病式的思维是否最接近艺术的顶峰呢?以极端到极限而论,或许应该承认是人类思维能力取得突破的一条途径。

王国维先生在《人间词话》中说:"词以境界为最上。有境界,则自成高格,自有名句。"我很佩服王国维的学问,对他的总有些特别的人生句号却不想佩服。

不过,好像叔本华对自杀有一种解释:"人越是多愁善感,就越容易自杀,走到极端的人甚至没有什么痛苦也会自杀。"亚里士多德则说:"在哲学、政治学、诗学或艺术方面有着杰出才能的人几乎都是些多愁善感的人"。只要轻轻将两位大师的话往一块这么一对照,天才人物的自杀竟然是顺理成章的事。英国心理学家菲利克斯·波斯特博士积十年心血研究的结果也是:创造性才华和病态心理这两个心理活动上的极端,竟有着某种联系,天才多有精神疯狂症,一些艺术天才追求至境走向极端也就成为并不罕见的行为。

这就是说,艺术的敏感,环境的敏感,与生命的脆弱大概是一致的。感受敏锐、心地纯洁的人,容易达到理想的境地,却掺不得杂质,最容易被折断。

顾随教授不是研究生命科学的专家,但他从艺术的角度说,

第三章 铸剑

歌德的《浮士德》，但丁的《神曲》，真是"上穷碧落下黄泉"。并说，诗人和哲人都是寂寞的。诗人欣赏寂寞，哲人处理寂寞。他虽然没有说寂寞到一定程度一定要自杀，而事实上恐怕是处理寂寞的哲人还不要紧，欣赏寂寞的诗人则难免走上自杀之路，因为只有死亡才是寂寞的最高境界。

托尔斯泰、梵高、王国维、老舍这些大艺术家都以自杀画上了肉体生命句号。阿Q不是艺术天才，但在画生命句号的时候，总担心画得不圆让人家看不起。那些艺术的天才如此画上人生的句号，是否也有阿Q一样的心理呢？不管有还是没有，他们既然如此了，究竟是与环境不相容的忍无可忍，是功德圆满的止步，是新的追求的开始，是神的召唤，还是幸福的驱使？这实在是个难以圆满答复的问题。大概最主要还是对寂寞的过分欣赏，或者寂寞已使他们难以忍受和再无别的选择罢。

大师对寂寞的欣赏直到自杀，自然都是追求艺术险境的过程，但这个过程毕竟是太残忍了。不如此，是否还有别的选择呢？这又是一个令人们争论不清的问题。好像有人对艺术家的自杀特别欣赏似的。本世纪之初，蒋子龙到某大学讲演，有学生递条子问：现在的文学艺术家为什么不自杀不发疯？这是不是没有大师的一个原因？这一问的言外之意是艺术家要成为大师，就得拼命追求到发疯以至自杀的程度。

这是一个很极端的提问。对于这一很极端的当场提问，蒋子龙当时没有正面回答，事后却认为，当代作家、艺术家也不是没有自杀的，先杀妻后自杀的也有，只是没有历史积累下来的那么多，名单也没有那样长。

发疯和自杀也不是艺术家的专利。据菲利克斯·波斯特博士对300名具有重要影响的人物综合分析，有严重精神毛病的，政治家中占17%，如希特勒、林肯、拿破仑等；科学家中有18%，如高尔登、安培、牛顿、哥白尼、法拉第等；思想家中为18%，如尼采、罗素、卢梭、叔本华等；作曲家中是31%，如瓦格纳、柴可夫斯基、普契尼、舒曼、贝多芬、莫扎特等；画家中约37%，如梵高、毕加索等；小说家中达46%，如陀思妥耶夫斯基、海明威、劳伦斯、卡夫卡、司汤达、福楼拜、莫里哀等。自杀的也不少，芥川龙之介、川端康成、三岛由纪夫、茨威格、法捷耶夫、叶赛宁、杰克·伦敦、托尔斯泰、梵高、海明威、王国维、老舍等。

当然，大师也还是不自杀的为多，只是由于大师的自杀影响特别大，自杀后惊天动地，便给人留下不自杀不足以成为大师的印象。比较而言，我还是佩服没有自杀的大师们。

在一次讲话中，我曾把人生境界归纳为"思想的高度，行为的纯度，为人民服务的力度"。人生怎样才能达到一种化境？就像王羲之的书法，李杜苏辛的诗词，唐宋八大家的文章，齐白石的画，梅兰芳的京剧艺术，卓别林的滑稽表演；马列主义、毛泽东思想、邓小平理论，鲁迅的小说和杂文，钱锺书的学术著作等等，达到常人不能企及的化境呢？

我认为，能达此化境，不一定是因为立志自杀，而应该是天才加勤奋。天才的敏感，加上勤奋到了极致，生命脆弱一点在所

第三章　铸剑

难免，但也未必非走到自杀的地步。即使自杀了，也仍然是一种极端行为，永远不是值得提倡的榜样。

人生的化境，也不是只有大师、伟人、巨人才可以达到，不同人生道路上的人都可以达到。比如，人生达到时传祥那样的高度，王进喜那样的高度，雷锋那样的高度，孔繁森那样的高度，黄继光那样的高度，同样是一种至高境界，是一种化境。从他们走至人生化境的情况看，实现人生化境至少要做到三点：1.努力到极限；2.无私到极高的地步；3.在伟大的追求中将有限投入无限。

有一副对联说的好："置身须在极高处，回首还有在上人"。人生的境界没有止境。雷锋的人生将"伟大"寓于"平凡"，平凡升华为伟大，更加伟大。

什么是人生的境界？人生的意义何在？哲学家冯友兰的说法是，世界是同样的世界，人生是同样的人生。但就是这同样的世界和同样的人生，其意义却因人而不同，可以达到的境界也大不一样。他将人生境界分为四个层次，也即四种境界：（一）自然境界，（二）功利境界，（三）道德境界，（四）天地境界。第一种受温饱驱使，"日出而作，日落而息"，对人生的目的、意义并不明了；第二种以追求个人利益为目的，虽有明确目的，目标并不远大；第三种以谋求社会利益为目标和追求，古今贤人及英雄便是这种境界；第四种人是区区七尺之躯，以其精神立于天地之间，其事业不仅贡献于社会，更能贡献于宇宙，"是与天地比寿，与日月同光"的大圣大贤。

我赞同冯先生这种人生观，却更敬佩像雷锋那样把伟大寓予平凡，把有限的生命投入到无限的为人民服务之中去，认为如此境界的人生才是与天地比寿、与日月同光的人生。同时，回过头来想了想，就冯友兰先生说的四个人生层面，虽然追求的角度和层次不同，难易和结果不同，但在不同层面的追求过程当中，恐怕是都有自杀的，哪一个层面就一定占据自杀的绝对优势也难说，只是不同层面的人数不同，产生的影响大小不同，所以影响也大不一样。

北大的哲学教授叶朗讲人生有三个层面。第一个层面是柴米油盐；第二个层面是事业；第三个层面是审美。由于需求不同，动机不同，处于三个层面的人生，对同一件事物必然有不同的视角。著名美学家朱光潜讲过，对于一棵树，三种人有三种态度。科学家从植物学上研究有何特征；木材商考虑它可以卖多少钱；画家欣赏树的形象。三者一个是科学的，一个是功利的，一个是艺术的。三个层面各臻其境，又相互贯通，相互影响。问题在于我们在这三个层面上，能否有意识地去追求更有意义更有价值的东西，不一定非弄到自杀的程度。

我们说人生是美好的，高境界的人生更美好。一个人无论从事什么职业，只要达到较高境界，同样可以感觉到风调雨顺，风和日丽，风清月朗，风光旖旎，美轮美奂。既然如此，为什么一定要自杀呢？

美的顶点是汇聚天才的所在，也是一切高层次追求的归宿。到了那样一种境界，哲学、自然科学和艺术的大师们自然为美

第三章 铸剑

聚拢。杨振宁博士作过一个报告叫《美与物理学》。李政道也作过一个报告叫《科学与艺术》。路甬祥讲得更透彻,他认为,我们的时代与科学技术的未来越来越显示出交叉性、复杂性、多样性的特点。而这些特点归而为一,必然是一个美丽的境界。梁思成、林徽因夫妇也是科学与美的信徒,他们不光认为建筑学即是美学,甚至肯定建筑是一首美丽的哲理诗。大师们是科学探索的智星,也是领略美的圣手,却不一定要去做扼杀天才生命的杀手。

应该说,大师们所达到的境界,本身就是一分开阔,一分潇洒,一个美若仙境的世界。面对这样一个世界,为什么一定要以自杀来作出终结呢?

最近看了《林徽因传》,尽管事先有较充分的思想准备,依然被她全方位的美所震撼。一个人从形体到心灵,从语言到举止,从生活到事业,能体现出如此完满的美,是人间的一个奇迹。甚至她只有五十岁的生命,似乎也是上帝有意安排,是不忍让时间剥蚀完整的美

我们普通人虽然不一定能达到冯友兰说的天地境界,也很难看到杨振宁、李政道、路甬祥、梁思成、林徽因领略过的那种美景,但对美的追求,却是人心所向,人人有份,对美好生活的拥有和享受也有越来越多的自由和自主,这就更没有必要走自杀的道路了。

生命是美丽的载体。死毕竟是对美的摧残和破坏。在人生的道路上,我们尽可以全身心投入对美的追求,但在追求过程中绝

不可以把弓拉断。拉断了,不仅是追求过程的中断,也是对美的破坏。

追求美是目标与过程的统一,也是追求与享受的统一。比如我们读一首诗,大家都熟知的二年级小学生就能背能懂的"两个黄鹂鸣翠柳,一行白鹭上青天。窗含西岭千秋雪,门泊东吴万里船。"一诗四画,景美声美情更美。"白日依山尽,黄河入海流。欲穷千里目,更上一层楼。"寥寥二十字,写尽世间美景、人生哲理。由此可以想象到:一轮红日伴着火一般的晚霞,金灿灿的黄河滚滚东流。你可以想象,一个孩子骑在妈妈的肩头,母与子共同吟唱着这美妙无比的诗句。孩子被感动了,喊着妈妈把我举得再高些,我要越过高山,跨过大海,和太阳公公到霞光里面去。这当然是我的想象,但我们可以共同去找找感觉,一种升华之后的意象,这难道不是目标与过程的统一,不是追求与享受的统一?

达到一定的欣赏能力需要一个过程,具备创造美的能力更需要一个过程,两个过程都是实现目标的过程,也都是享受的过程。

我们读一部书,看一部电视剧,好的大家都说好,但好在何处,如何好法,不同文化层次的人感受不同,圈内圈外大不一样。套一句哲学上的常用语:"只有理解了的东西,才能更深刻地感觉它"。领略世间无限风光,是文化层次高的多一些,还是低的多一些?这是不言而喻的。就是为了这份享受,也应该努力向上,不断追求,更何况还有时代的使命,人生的责任呢?

第三章　铸剑

歌德说得好,你如果真心向往,那么,就请抓住每一分时光。你能做什么,或者你梦想做什么,那就开始做好了。只有动手干起来,然后,意志才会升温,工作才会完成。歌德是一个圆满。他在美好的人生中,既走在前面,又没有将弓拉断。他的人生的冒号、逗号、句号,以至惊叹号,都是顺理成章的。如果在他的破折号之后添两个字,我想稳稳当当写上:美满。

人生要有追求,疯狂的追求值得敬佩。全世界都为贝多芬的音乐倾倒。这种倾倒不分人种,不分国籍,也不受时代局限,成为一种永恒。

那么贝多芬在音乐的道路上是如何疯狂追求的呢?请听听他自己的心声吧。他说:"我让曲调从激情的闪光里涌流出来。我追赶着。我追赶得气喘吁吁。然而,它又飞走了,它消失了,一头扎进纷纭错综的感情喧嚣中。我又抓住它,欢快地拥抱它……我用抑扬变化叫它展开、发展,最后,我终于成功地写出第一主题。于是就有了整个交响曲。"

感受这扣人心弦的富有音乐激情的话语,我们似乎看到了可以让人抓住的激情,看到了叫人无法按住的跳动着的心,看到了同时驾驭着十八匹骏马的骑手,看到了举重运动员的筋肉,看到了炉前工的汗水,看到了纤夫肩上的沉重。这都是一种极限。极品出自极限。

入境未必须自杀,但对艺术的追求,对美的追求,对美好的向往与坚持,是比生命还要宝贵的东西。

手相学略说

　　一说，手相是神在人手上留下的符号和印章。神意何在，这是耶稣和释尊回答的问题。我则主张，相信手相和不相信手相都要自信。自信是人对神的超越。

　　据说，中医通过掌纹，可以看出一个人五脏六腑及身体其他各部位的健康状况，并能看出一个人的性格，更有甚者，还精通对前途、命运、祸福的预测。我想，手可以实在表达的是人的气质，要比面部更能表达人的气质。

　　记得有一位老中医为我把脉，顺便看了我的掌纹，非常客气地说：你有能力、重责任、讲义气，但对人的优点和缺点看得太明白，当了领导，在你手下工作很不容易，希望注重修身养性。这实际上等于既把握了我的体质，又断言了我的性格，还隐隐告诉我人生比较波折，前途不太广阔。

　　大约因为有此经历，此后又涉猎有关书籍，对这方面的道听途说也有所留意，知道掌纹研究也称手相学或手相术。手相是否可靠，手相术是否科学，我没有深究过，自我掂量，也无此能力。可靠与否也并不十分在意，在意的是自我心态把握，尤其主张始终充满自信。

　　据说，手相术源于古希腊，最初名为"手镜"。有道是"以铜为镜，可以正衣冠；以史为镜，可以知兴替；以人为镜，可以

第三章 铸剑

明得失。"既然关注手相，顺便再加一镜，以手为镜，可以知命运至少可以知性格、知气质。性格和气质都是决定命运的"关键点"。所以，这一镜，关心的人恐怕不在少数。

中世纪以来，手相术首先流行于欧洲诸国，成为流浪的吉卜赛人谋生手段之一。从就业角度讲，这是手相术一大历史功绩。何时传入中国，或者竟是中国自产，没有查到依据。一说中国从春秋战国时期已有手相术流行，是否可靠却说不定。可以肯定的是，这门"手艺"流行范围十分广泛，几乎遍及世界各地。西方人看手相，所重的是职业与爱情；东方人看手相，关心的是贵贱与祸福。

手相术并不只是下层社会的玩艺儿，上层社会对这玩艺儿也有兴趣。中国当代名人中是否有此爱好者，暂时没有遇到和听说。外国古代名人当中，有据可查的有柏拉图研究过手相，亚里士多德的手相学著作在大英博物馆可以查到。《圣经》上甚至说，手相是"神在手上留下的符号和印章。"耶稣的手脚被钉在十字架上，替大家受难，《新约》中有多少处涉及手没有统计，《旧约》中据说有一千多处。

据研究者说，手有纹如同木有理，木理美为奇材，手纹美为贵相。手纹有深浅之别，粗细之分，人有上下贵贱不同。手纹深而细者为贵，粗而浅者为贱。这是"万般皆下品，唯有读书高"的翻版。脑力劳动者手纹自然深细，体力劳动者手纹能不粗浅？这是可以一目了然的事，算不得相术。说来说去，其实只是一句话：手是人生的纪录，是一个人学习、劳动、工作的笔记本。

我理解，人的性格有先天因素，也有后天积累。无论先天还是后天，有此存在，就会反映出来。言谈举止，处人行事，都会物化一些痕迹。手纹上，五官上，骨骼上，大概都会留下烙印并反映出来。现代人讲信息，人体的气息中，看不见、摸不着、闻不到的微妙，也许都记录在案吧。但眼睛看不到，仪器似乎也测不出，断定起来也不方便。大概正是因为从手与五官研究这些较为方便吧，所以才相之于手与面。我想，脚底也应该有些记录，只是相脚既不太方便，又不太雅观，所以没有以此为相的部位并形成脚相学。

不过，也不完全如此。据说，孔子看相不只看手、看面，看的范围很宽，是全面考察：视其所以，观其所由，察其所安。是从一个人的目的、动机，以及甘心于什么，不甘于什么，进行全面了解分析。他既要全面考察，像相马一样，让你走两步是有的；虽然未必启口，但听听声音，品品语气是少不得的。

孟子也喜欢看相，他是个"眼科大夫"，习惯于从眼神上看人。他认为，光明正大的人，眼神一定端正；喜欢向上看的人，一定傲慢；喜欢向下看的人，会动心思；喜欢斜视的人，可能是心里有病。其实，他关注的是一个人的心，是心的气质。望你一眼，就能将你的心看透，是很可怕的一件事，反过来说，又很正常，你的心机、心术、心相、其实都在脸上和手上。

这几年，无论为官还是为民，都有一部分人对曾国藩产生兴趣。这兴趣似乎不在他的立德、立功、立言，而在他的智谋和智慧。其中包括他的识事识人，特别是体察入微、洞悉人心的心法

第三章　铸剑

要诀。据说曾国藩有十三套本领，其中之一是他的《冰鉴》。《冰鉴》是相人的专著。曾氏特别讲究骨相。他有几句话总结的很有点意思："功名看器宇，事业看精神，穷通看指甲，寿夭看脚踵，如要看条理，只在言语中。"有人说曾国藩是："查神骨，审气色，相遍华夏英雄；观容貌，辨声音，罗尽天下英才；聚一时豪杰，谋就不朽勋业；以冰为鉴，真正明察秋毫。"这不是过誉之言。

还有人通过总结得出结论："上等人有本事，没有脾气；中等人有本事，也有脾气；末等人没本事，却脾气很大。"看来，老中医是拐着弯奉劝我勿流入末等人行列。我也有此夙愿，但做到谈何容易，可能要令老人家失望了。

人的性格是否反映在掌纹上，以及如何反映，说法不一。其中一说是：根据"命运线"可以知道一个人的性格。呈直线说明忠实、开朗，与"生命线"重叠说明独立心强，徐缓是人缘好，线短是活泼外向，断断续续是兴趣广泛等等。其实，这只是一些最浅显的说词，通过"手掌"这个笔记本，尤其是其中的"纹路"，应该可以读出更多的内容来的。

手相是否可靠，不深究也罢。近年来，此类书籍纷纷出笼，有时随手翻翻，发现哈佛的观人学与人学习、生活、工作关系较为密切。它不仅触及人们经常活动的办公室、会议室、会客室、公司、生意场、旅途、舞场和情场，而且观察到人的形体语言：由小动作看出大问题，由撅嘴巴看出换情人，由身心不定看出要自杀，由走路了解职业，由发言了解意志，由"猫腰"了解阴险,由翘足发现有外遇,由架"二郎腿"看出是否老婆当家……如此等等,不一而足。

我认为,相术可靠与否不大要紧,知道一点未尝不可,信不信各自为便,至关重要的一点是:永远不要让猜疑和顾忌阻碍了追求梦想的决心和恒心。

第三章　铸剑

孔子出国

> 孔子不是帝王，却为历代帝王尊奉。纵向看，绝非联合国主席可比；横向看，早以万国公民活在全世界人的心中。

《孔子出国》这样一个题目，是我去年出国在国际航班上忽然想到的。随着题目浮现，还想到下面一些内容，以及与此相关的另外一些问题。经过整理、充实、修改，形成这样一篇文字。为了眉目更清楚些，想到"乐章"这个词，分三章论说。

第一章　不曾乘桴浮于海　却无桴出海走向世界

我们经常出国，到过许多国家，并没有哪个国家的人民知道来的是谁，无论是来到还是走后。我们的圣人孔子虽然直到临终也未曾圆"乘桴浮于海"的出国梦，世界各国人民不仅知道他，而且永远敬仰爱戴他。我们是以形体出国，等于原野里一株小草的移动；他老人家是以思想和德望出国，等于凭空多出一个太阳，没有人感受不到他的明亮和温暖。

国外无论是东方人还是西方人，在古往今来的中国人当中，对毛泽东、周恩来、孔子、老子，尤其是孔子特别注目。原因是这几位大贤大哲所重视、所追求的是人类共同关心的主题。在对这一主题研究和推行上，孔子被西方人称为"东方第一人"。围绕这一主题，孔子的学问修养达到登峰造极的地步；集中反映这一主题的《论语》，理所当然成为代表中国文化首屈一指的著作。这一经典著作及其孔子的一切言论不是宗教教义，却成为比任何宗教影响更大更深的行为规范，影响后人两千多年；不是宪法和政治纲领，却成为一种思想体系、文化核心、政治制度，在历代王朝占据统治地位；不是被有意要送出去或奉献给谁的灵丹妙药，却不经意走向世界，成为超越时空、超越时代的普遍认可。

英国杰出历史学家罗伯茨在他的皇皇巨著《世界文明通史》中，把孔子列为中国历史第一人，认为他的名字给任何与他相关的事物带来极大的声誉，以孔子为代表的儒学思想的重要性和影响力无法估量。

冯友兰先生在《中国哲学简史》中设立专章，写了孔子心灵的修养，通过与古往今来一切人物比较，得出一个字斟句酌的结论：在西方，人们最熟悉的一个中国人大概就是孔子。有好事者，把一长串伟人的名字排在一起，无论从哪个角度排列，在西方，排在第一位的总是苏格拉底；东方则非孔子莫属。

这是为什么呢？我想最重要的原因大概在于：他们都是为人类的根本利益而思而想而为，都是为此付出了人生的全部，都是与天地自然人文先同一后同寿的。苏格拉底觉得自己是承受了天命来唤醒希腊人，孔子认为是承受了一种神圣的召唤而"志于道，据于德，依于仁，游于艺"。为此，他"笃信好学，守死善道。危邦不入，乱邦不居。天下有道则见，无道则隐。"为此，他以"邦有道，贫且贱焉，耻也；邦无道，富且贵焉，耻也。"为此，他"十有五而志于学，三十而立，四十而不惑，五十而知

第三章 铸剑

天命,六十而耳顺,七十而从心所欲不逾矩"。因此他与苏格拉底一样,终其一生为神圣而无与伦比的使命奋斗不息,尤其是修养到最后阶段,他的行为不再需要意识引导,所做的一切都合乎规范,顺应自然,合于大律。

有此境界的人在历史的长河中能有几位?孔子立足中国走向世界是迟早的事,是必然的事,是公认的事,是现实的事,是历史的事,也是永远的事。如果不久的将来世界文化以中国文化为核心,其核心依然离不开孔子的文化思想。但这一核心思想绝不是宋明理学绝对化了的东西,而是顺应时代需要的对其核心思想更合理的发扬。

第二章 无意于成为神明 最终还是成为神明

古往今来最伟大的思想家往往以神的形式覆盖全世界。二十世纪最伟大的哲学家之一,德国的卡尔·雅斯贝尔斯在他的巨著《大哲学家》中,把这样的神人列入思想范式的创建者。入此列的有史以来只有四位。孔子位列其中,其他三位是苏格拉底、佛陀和耶稣。他指出,孔子只希望自己是一个人,但最终还是被奉为神明,这真是一个令人深思的发展。

我们不妨通过这"令人深思的发展",来深思一下孔子以及其他伟人成为神明的事。达到一定"级别"的伟大人物被视为典范、奉为神明,受到信仰和追随,是人类的思维特征之一。其中的主要原因是什么呢?恐怕不外乎三点:其一,不管他们以何种方式提出自己的思想,他们所关心的都是人类普遍注目的根本问题;其二,不管他们的思想与其他思想有多少相同点,一定是在不同点方面揭示了更深刻更本质的东西；其三，不管他人对他们创立的思想体系怎样看待，自己必定是坚信者和坚定不移的推行者，并用有效而非强行的方式做到了这一点。这三点加上其综合力量大概就神奇般地形成一种神秘的力量，为人们所推崇、所神往、所神化。

除了上述三条，孔子的伟大还在于他的神圣地位不是自封的，也不是他封的，而是像明珠璀璨，太阳普照，雨露滋润万物一样天长地久地存在着，广大而无边地普照世界。这样说来，也可以理解为，孔子是只管自己发光，便自然而然地照耀全世界。有谁能说太阳是中国的，是美国的呢？太阳之所以是全地球的，以及地球以外共有的，是由它的高度和光的强度决定的。孔子的意义不也正是这样吗？所以，也可以说孔子只是以自己的思想思想，自己的方式行事，并不需要特意出国便出国了，走向世界了。

我这样说，中国古代以至现代历史上有这样一个存在，不是迷信，而是以人类最伟大的使命为中心的文化传承、提升、发展的必然。公元一世纪时，孔子被推崇到比君王更高的地位，明中叶后被尊崇为"至圣先师"。在《史记》中，司马迁怀着无比崇敬的心情写完《孔子世家》，在传后的论赞中说：

高山仰止，景行行止，虽不能至，然心向往之，余读孔氏书，想见其为人。适鲁，观仲尼庙堂、车服、礼器，诸生以时习礼其家，余低回留之，不能去云。天下君子，至于贤人，当时则荣，没则已焉。孔子布衣，传十余世，学者宗之。自天子王侯，

第三章　铸剑

中国言六艺者，折中于夫子，可谓至圣矣！

我们注意到，司马迁在短短的论赞中，第一，把孔子颂扬到无以复加的高度；第二，与孔子相关的一切都因为孔子而神圣生辉；第三，尤其重要的一点是，天下几乎所有的人都跳不出"当时则荣，没则已焉"的规律，只有孔子破律而出，横空出世。

然而，世界总是由多种声音构成的。就是孔子这样伟大的人物，围绕他的也不可能只有一种看法、一种声音。庄子就曾把孔子描绘成了一个鄙陋而求声名之人。庄子如此而为，除了要表达一种超越功利的超然以外，就是对人世的看法和人生的追求根本就是另一回事。像庄子这样持不同看法的历代都有，但真正能经得起历史检验的人物与思想，不同的声音以至诋毁，反而起到了炒作的作用。孔子在世的时候，子贡就针对种种非议说过，仲尼是毁谤不了的。别的贤能好比小山丘，还可以超越，仲尼就像太阳、月亮一样是不能超越的。有人纵然想自绝于太阳、月亮，也不会对太阳、月亮有所损害。为此，也可以说，神是有国界又没有国界的。一个人一旦成为神，成为太阳，出国就成为必然。

第三章　对孔子的否定　否定的并不是孔子

有人说，"五四"时期，包括"五四"以后的一个时期，提出打倒孔家店并对儒家思想进行全面清算，是由于宋明理学家把孔孟思想推向极端造成的。这恐怕是一个原因，但事情并不如此简单。大凡一种新的思想潮流，对原有的思想是融合，还是排斥和清算，总要做出选择。这似乎没有什么不正常，但最不应该的是走向极端。在这一极端思想指导的极端行为推波助澜下，使得多数人失去正常思考的自主和自由,形成不由自主的惯性和盲动。一个早上醒来,发现自己糊里糊涂犯了一个天大的糊涂错误。我们曾经对孔子及其思想的全盘否定就是这样。尤其严重的是,对孔子的否定,否定的并不仅仅是孔子,而是更大范围的对中国传统文化的否定,是对中国文化走向世界的否定。既然一种思想文化走向世界,又是有益的,我们何必举起不应该举起的手,将其打入黑暗的地狱呢?

接下来我还想到的是,中国的春秋战国时期,是那样一个战乱不止和剧烈竞争的时代,是一个真正追求极限的时代。这样的时代,在中国长达五千年的文明史上,为什么只有一次,不有二次、三次至多次?或者说,在其他历史阶段,战乱的情况相近,而出思想家的情况大相径庭呢?这是一个值得历史学家、社会学家,以及一切有志于为推动人类社会进步做出贡献的人们反思的问题。

我们这个时代,物质文明发展史无前例,精神文明成就巨大。但是,相比之下,尽管信息传递手段是那样的发达和先进,中外文化交流是那样的广博和频繁,为什么就没有形成春秋战国时期那样一个各种学术思想自由竞争的百花齐放局面呢?

有一种说法:"一将成名万骨枯",出一个思想家,似乎意味着一代人的超世绝伦的心灵磨难。这是另外一个问题。就人类的整体利益和长远利益看,思想家对人类的贡献毕竟是无与伦比的。我们所需要的是循着这一线索去反思和追索。思想家的产生,靠迷信不行,靠反迷信也不行;靠封闭不行,靠引进也不

第三章 铸剑

行，所需要的是剧烈竞争与高度自由的结合，当然还不只这些。

回首中国近代以来的历史，特别是20世纪四十年代之后的历史，从造神到破除迷信，是一个进步，但包括对马克思，对毛泽东，对孔子，对鲁迅，有人打着解放思想的旗号，毫无道理地任意贬损否定，这是很不好的一件事情。这样的行为最多是乌云对于太阳，能遮住一片遮不住全部，能遮一时遮不到长久。伟人的光辉永远是光辉。这光辉就世界而言，没有他们便没有如此文明的世界；就中国而言，没有他们，便没有如此文明的中国。

孔子是历史的孔子，也是现代的孔子。曾有一度，把中国的封闭落后归罪于孔子及其治国思想。事实上孔子的出现正像封建社会的出现一样，是历史的进步。如果说到负面影响，则是因为不能全面理解和与时俱进。再好的思想，把它割裂或者推向极端，都会走向反面

孔子的出世，孔子的传世，孔子的走向世界是中华民族的骄傲。无论是孔子自己走出去，还是西方人把他请出去，都是中国文化的成功。我们既要走出去，还要把从苏格拉底到马克思，从达尔文到凯恩斯的一切里程碑式的人物请回来，与从孔夫子到孙中山，到毛泽东，到邓小平，到"三个代表"重要思想，到科学发展观，到习近平总书记再到重要讲话精神，到此后继续发展的先进思想和一切优秀思想成果，作全面、深入、具体的发展。这是时代的使命，历史的课题，现实的要求，未来的希望。

老子为大

> 老子有多大？实在难以尽言，就像难以尽言宇宙有多大一样。

老子为大，不是自以为是，自封天地，自立为王，而是通过管窥老子李耳的宇宙天地，云锦天章，舒展胸怀，登高远望。

老子姓李，名耳，字伯阳，谥曰聃，或曰太史儋，老莱子。楚国苦县（今河南鹿邑东）厉乡曲仁里人。据海内外专家考证，安徽涡阳郑店村可能是老子的诞生地，还可视为道教祖庭。考古人员在此地天静宫遗址发现有"天静宫为老君所生之地"和"世传老子在妊，有星突流于园，既而降诞"的记载。

老子涵盖天地宇宙

据说老君曾多次显化，指点世人。《云笈七签》载，伏羲时，老君下为郁华子，演阴阳，正八方，定八卦，作《文阳经》；神农时，下为大成子，作《太微经》，教尝百草，得五谷；祝融时，下为广寿子，教修三纲，齐七政，作《按摩通精经》；黄帝时，下为力牧子，作《道德经》；少昊时，下为随应子，作《玄藏经》；颛顼时，下为元阳子，作《微言经》；帝尧时，下为务成子，作《政事经》；帝舜时，下为尹寿子，作《太清经》；夏禹时，下为直宁子，作《德戒经》；周初时，下为郭叔子，作《赤精经》。而后托神玄妙玉女，处胎八十一载，逍遥李树下，剖左腋而生，生即皓然，号曰老子。乘青牛西度时，遂付《道德真

第三章　铸剑

经》于关令尹喜。

老子生卒已不可考。《列仙传》说他"生于殷时，为周柱下史"。有专家指出，这是将老子出生大大推前了。后世道教却把这一记载当成信史，并以殷武丁九年二月十五日为太上老君诞辰。又一说，老子曾为东周守藏室之史，孔子曾问礼于老子。这说明老子先于孔子，"老学"先于"孔学"。也有专家认为，老子后于孔子。这都是以老子的最后一次出世来考证老子的生平。我则更愿意接受从伏羲到武丁的五千年老子，认为这才是老子之所以为老子的老子。

一般而言，人生在世不足百年，较长的如黄帝据说有150多年，彭祖800余岁，大概是最长寿的了，也不及老子在世的十分之一，他老人家在世之长不也无人可比吗？

老子是在世五千年的老子，又是阅世上下五千年的老子，是超越古今中外的老子，是涵盖天地宇宙的老子。老子已经不是一个人意义上的老子，而是一种精神，是宇宙或者大于宇宙的象征。老子究竟有多大？庄子曾描绘"鲲之大，不知其几千里也；化而为鸟，其名为鹏。鹏之背，不知其几千里也；怒而飞，其翼若垂天之云。"但此鹏之于老子，只能是他堂下的一只小雀。

老子的《道德经》是唯一可以与宇宙同大小，甚至是可以涵盖宇宙的大书。

关于《道德经》一书，说是老子弃官，准备退隐山林，经过函谷关时，关令尹喜恳请著书，老子一挥而就，写下洋洋五千言，然后骑青牛出关而去，不知所终。湖南长沙马王堆三号墓出土了甲乙两种帛书《老子》，却是"德经"为上篇，"道经"为下篇。这是迄今发现最早的《老子》版本，也许比较接近原貌。

《老子》也即《道德经》，是中国第一部具有完整理论体系的哲学著作。它所阐述的"道"、"德"、"有"、"无"、"太极"、"无极"、"自然"、"无为"等概念，成为中国传统哲学研究的重要范畴。

《老子》又是中国第一部军事哲学著作。它探讨了战争的一般规律和军事辩证法，提出了"柔弱胜刚强"的重要思想，以及较完备的战术原则。

《老子》还是中国第一部系统论述统治术的专著。它将哲学思想和用兵之道运用于社会生活的各个领域，概括总结出了政治斗争的策略和驭人、治国的方法。不仅中国的历代帝王看重《老子》，彼岸的元老政治家基辛格也奉劝西方当政者学习老子的政治智慧、军事智慧和外交智慧。

《老子》构造了至大无二的巨网：道

"道"无所不在。天虽然至高无上，也得法"道"。"道"是天地宇宙间最根本的存在。目前可以借助天文望远镜，看到一百万光年范围内的宇宙运动，再远就看不到了。"道"却可以包罗宇宙，像一张其大无比的巨网，是万无之由，也是万有之本。宇宙间的一切都依"道"而无而有、而生而行。或者说，宇宙万物都由"道"所生，都是"道"的表现形式，都包含着"道"的力量和规律，都按"道"的法则运行。

在老子之前，还没有人提出过"道"这样大的概念；老子之

第三章 铸剑

后,也没有任何概念大于"道"。道至大无朋。

老子认为,人类的语言工具充满缺陷,在传统的典籍中,不但找不到"道"的影子,而且已有的语言和概念也无法将"道"准确定义和清楚表述。因此,他说:"道,可道,非常道。名,可名,非常名。"《老子》五千言,围绕"道"而展开,从方方面面进行描述,试图将无形的"道"的法则揭示出来。

"道"是万无之由,也是万有之本,可以派生一切。道"无所不在,而所在皆无也"。"道"与"无"同一。没有"道"就没有"无"。有生于"无"。"道"没有一刻处于静态,它像一张巨网,包罗宇宙。任何事物都在发展、变化,并在一定的时空范围内进行,"道"却以它的万世不变超越时空。没有开始,没有结束,没有因果,"道"就是永恒。

"道"超越感知而存在,看不见、听不到、摸不着,无色、无味、无状、无象。"道"对于万物"生而不有,为而不恃,长而不宰"。就是说,"道"自然地产生、推动、生长万物,不带任何主观意念,不施加任何压力,不自恃其力,不据为己有,不主宰一切,一切都是那样自然而然。

老子认为,要想认识"道",必须使内心保持高度的虚静,进入一种不思不想、无私无欲的境界,才能看清"道"的真面目。这反映了老子观察事物的客观性、深入性和整体性。就像我们徜徉于山川湖泊,林木泉石之间,尘心自灭,俗气渐失,忘情悟性,心体本然。

老子将"道"、"德"、"仁"、"义"、"礼",依次排了顺序，强调"德"要服从于"道"。《庄子·知北游》指出："'道'不可致，'德'不可至，'仁'可为也，'义'可亏也，'礼'相伪也。"意思是，"道"是客观规律，"德"是"道"的体现，"仁"则是人为的。

用"道"来治理天下，不但鬼不灵验，神不伤人，圣人也不伤人，人也就不起来反抗，两相无事，平安自治。钱锺书先生研究了大量中国古代典籍，证明神的最初身份是鬼。鬼发迹了变成神。这就像人发迹了成为圣人，有人甚至比之于盗发迹了成为帝王。以道治国是一件很轻松的事。为此老子说："治大国若烹小鲜"。其中，当然也有小心掌握火候和精心调理的意思。

"孔德之容，唯道是从。"有大德的人，必然自觉地遵守道。这是一个很重要的思想。以德治国，首要问题是按规律办事。以德修身也一样。这不仅表现在主观意识上，而且表现在实际效果上。《西升经·序》认为，按照"道"的准则，修之于身，其德乃真；修之于家，其德乃余；修之于乡，其德乃长；修之于帮，其德乃丰；修之于天下，其德乃普。由此可见，"道"对人的修养意义实在是太大了。一个人与"道"相合有多大，就会有多大的成功，这是被历史证明了的事实，也是人人都可以经历的历程。

古人认为，学"道"而有得，就是"德"。《周易》已有"君子进德修业"之说，《尚书》也早已说过"汝克黜乃心，施实德于民"，司马祯甚至说："神与道合，谓之得道。"世俗总认为，既为神仙，便可以超越规律，其实神也要修"道"。后来道

第三章　铸剑

教还有"真人之德配天地，只在怀中非外求"的说法。

"道"无所不在，也无所不能，无论是"万无"还是"万有"，都依"道"而生，依"道"而行，依"道"而转化。

《老子》揭示了自始无先的本源：无

宇宙，这无涯的空间和无限的时间来源于什么。老子说，它来源于"无"——"无，名天地之始。"

在《老子》中，"无"与"道"是同一个范畴，也是同一个等量。"道"即是"无"，而"无"是产生一切"有"的根本。天下万物生于"有"，"有"生于"无"。

"无"有多大？未见有人作出具体描述，却有人这样说过，天地者，万物之逆旅；光阴者，百代之过客。没有天地，万物无所庇寓；没有光阴，何来匆匆过客？我们不妨反问一句，有了天地，有了光阴，就能囊括一切？这一切又从何来？恐怕还是只能回到老子提出的"无"。老子把"无"称为"无状之状，无象之象"，既无上，也无下，既无前，也无后，既无光明，也无黑暗。这是多大呢？恐怕只能说是"无大之大"，或者是"无小之小"。

老子又说："视之不见，名曰夷；听之不闻，名曰希；搏之不得，名曰微。""夷"、"希"、"微"，分别表示无形、无声、没有。为了以有形说明"无"，有人说这是比杨振宁先生讲到的可以捡起来的原子——一根发丝上可排列一百万粒原子的体积还小一百万倍。其实这仍然不能表明"无"的形态。

老子的"无"，揭示的是多维世界的空间。这个空间是无限的，是无限大，也是无限小，同时也是"无为而无不为"，但绝不是虚无。举一例来说吧。人类本身是从"无"中走来，一旦成为真正意义上的"人"，即是"有"。"有"后便幻想成仙，长生不老，无所不能，与天地同在，与日月比高。而要成仙，据说又必须根除七情六欲，复归于"无"，这却又比登天还难。

　　老子一个"无"字，似乎把一切都说透彻了，说清楚了，说明白了，却够后来的所有哲学家说一辈子，而且还说不清楚。这就是老子之所以为老子。无怪乎范曾先生要说："笑遍了大哲人，看破了仁义书，只悦欣老聃一席言，视作甘荼。"这是庄子的态度。

老子推崇的至要无比的态度：朴

　　"大巧若拙，大辩若讷"。老子这位有史以来天下第一大人物，深知"大道泛兮，其可左右"，"上德若谷，大白若辱"，"大方无隅"，"大器晚成"，"大音希声"，"大象无形"，"大成若缺"的辩证法，所以十分注重守拙归朴。魏人王弼注着了一个"随"字，说这就像"大直若屈"，是"随物而直，故若屈也"。"大巧因'自然'而成器，不造为异端，故若拙也。"大辩也是"因物而言"，同而无异，"故若讷也"。孔子大概对此也有感于心，因此说过"敏于行而讷于言"。毛泽东好像对此也有足够的关注，所以他的两个女儿，一为李敏，一为李讷。他为儿子起名，都有一个"岸"字，两个女儿则一"敏"一"讷"。由此可知，毛泽东受中国传统文化和东方佛教文化影响之深。老子所言当然不限于自身修养，而是关乎自然大道和用人治国的大智

第三章　铸剑

慧。用人治国更应该敛巧守拙，行为"若拙"。为此，老子还说过："善用人者，为之下。"

关于"朴"，大概与"道"一样，老子是放在更大范围来思考和探讨的。就"朴散则为器"而言，自然而无约束，则可以生成万物。王弼注曰："朴，真也。真散则百行出，殊类生，若器也。"真即自然。老子常用"朴"形容"道"。"道常无名，朴"。道是"独立不改"的，宇宙中没有任何力量可以对"道"进行"加工和改造"，只能顺应"道"的法则。为此，老子又说："朴虽小，天下不敢臣。"老子认为，"道"既"可名于小"，也"可名于大"。因其"小"，所以无处不入，可以自如地运行于天下最为坚硬的一切物体之中；因其"大"，所以可以包容整个宇宙，宇宙中没有任何事物可以"超越"这张巨网之外。

针对老子的这一重要思想，王弼作过极为周详的论述。他说："'朴'之为物，以'无'为心也，亦无名。故将得道莫若守朴。夫智者可以能臣也，勇者可以武使也，巧者可以事役也，力者可以重任也。'朴'之为物，愦然不偏，近于无有，故曰'莫能臣也'。抱'朴'无为，不以物贵其真，不以欲害其神，则物自宾，而'道'自得也。"

由此可见，万有莫如守朴。老子至大，表现为至小；至高，表现为至低；至强，表现为至弱；至刚，表现为至柔；至能，表现为至不能。这就像"水"，善于利用万物而不与万物相争，总是乐于处于众人轻视的低下之处。有道德的上善之人处世，住处喜于像水一样低下，心境像深渊之水一样清澄平静，交友像水一样亲和仁爱,言语像水一样诚信无欺,当政像水一样洁净清明,做事像水一样无所不能,举止像水一样伺机而行。这才是至大之人。

大哉,老子。说不尽的老子。永远的老子。至大无二的老子!

第三章 铸剑

鲁迅笔下的人镜

> 如果人人心中悬起鲁迅笔下的人镜,不少人恐怕如同猫头鹰一样,只能夜间出没在这个世界上。

有感于一些人对杂文的攻击,鲁迅先生晚年的文章有这样一段沧桑感较重的话:"分类有益于揣摩文章,编年有利于明白时世,倘要知人论世,是非看编年的文集不可的,现在新作的古人年谱的流行,即证明着有许多人省悟了此中消息。"

鲁迅先生写下这段话的时候,是56岁,比现在的我仅大三岁。"此中消息"是什么呢?过去读这段文章也就过去了,现在再读,却停下来想了想。想的结果是:倘要知人论世,必须用历史的眼光在发展变化中看人。一部《鲁迅全集》,便是知人论世的全书。

读鲁迅的书,敬佩先生的学识渊博、思想深邃和抱负神圣。在我心中,鲁迅先生是圣人,是永远的偶像,不仅是伟人,也不仅是文人,古今中外、古往今来所有人当中,鲁迅始终位占第一。一位朋友问,孔子、老子、庄子、柏拉图、苏格拉底排哪里?我回答:"往后排。"我就是这样想的,说成过去这样想,今后也将这样想也行。并且认为,感情方面的事,无须勉强,也难求理智。

我的书桌上,端端正正耸立着一尊鲁迅雕像。我喜欢仰望他，想一想，从二十多岁，三十多岁，四十多岁，直到现在。我虽然达不到像舜崇拜尧那样，卧则见尧于墙，食则见尧于羹，却也有会于心；虽然不能以诗的眼、文的心、灵魂的感悟与鲁迅先生沟通，不能说已做到随缘而近，已"读进去"，"走出来"，却也耳濡目染，梦外梦里，书内书外，心神相会；虽然不能哪怕是从皮毛走进鲁迅，相随鲁迅，实现生命与生命相遇，相会，相合，但半个世纪过去了，尽管在别的方面，似乎没有长进，唯有这年龄，已经超过鲁迅与许广平结合的岁数，很快就要追上先生写《死》及已死的寿数，而我对鲁迅的崇敬、崇拜、热爱，非但没有削减，反而日益增长。

耶稣是西方的第一尊神，鲁迅是我心中第一巨人。

我曾在一部书的扉页上写过这样的话：鲁迅是文化丰碑，是思想宝库，是民族灵魂。我对鲁迅的书特别有兴趣，别的书看累了，不想再看了，拿起鲁迅的书，仍然津津有味地读起来，而且乐而忘倦。

为什么有此特别呢？我曾认真想过，大概是读鲁迅，与他老人家交流，别处感受不到的渊博、深刻、愉快、痛苦、光明、黑暗，敌、友、仇，美、爱、憎，似乎人间应有的一切，都可以感受到，强烈地感受到。尤其是其深厚的历史底蕴、充满辩证思维的知人论世，更令人刻骨铭心。

我在另一部书上还写过：最近，生出一点野心，通读鲁迅，借鲁迅的眼光和解剖刀，通过鲁迅笔下的人物，悟点什么；然而马上又想到，这无异于老虎吃天。做不到却不甘心，想到封建时

第三章 铸剑

代的科举,有以《论语》中一句话为题写策论的惯例,便不揣以蠡测海、以管窥天,从鲁迅谈人的变化漫谈开来。

或许有人会问,我想要表达什么主题?我虽然一贯认为,文章不必立定和死守什么主题,但本文也不过是说,一个人把握自己很难,经得起历史考验更难,虽然难,却必须努力去做。这不是知人论世,而是以知人论世求诸于己。

一个人如何思想,如何追求,如何行为,都要受到历史、文化和环境的影响。不是单方面的影响,而是正反两方面的影响。除了原有的影响,还有反作用的影响和影响的影响。做人要有主导思想,要有原则,要把握住方方面面的影响,但这些东西也很累人,说不定还坏人一生。这是做人最难的地方,也正是我写鲁迅笔下人镜的主要原因。

鲁迅先生悬出的第一面人镜是他热爱的老师。此镜照出:人生的价值在历史中显现。

鲁迅先生曾经谈到关于师长的变化,透过师长的变化,显现一个人或一类人在历史中的价值及其他。

为鲁迅师而我印象较深的有两位。一位是藤野先生。在鲁迅笔下,这位令人敬仰的先生,处处体现出对一个来自异域的学子的关切,洋溢着鲁迅对这位师长感人至深的感激、惜别之情。至于他做到了"小而言之,是为中国;大而言之,是为学术",就不仅是恩师的行为,而且是世人的榜样了。这榜样没有阶级的局限,没有国界的局限,也没有历史的局限,是人类世界普遍的和永远的榜样。

另一位是章太炎先生。这位当年在东京穿着白背心，挥汗如雨，为鲁迅、周作人、许寿裳、钱玄同讲授《说文解字》的先生，《民报》的主编，曾是鲁迅神往的"有学问的革命家"，也是鲁迅惋惜的"先前以革命现身，后来却退居于宁静的学者了"的落伍者。

一个"神往"，一个"惋惜"，深刻透视出鲁迅先生与时俱进的识人观。太炎先生的变化，固然因为"用自己手造的和别人帮造的墙，和时代隔绝了"，根本原因还是骨子里的价值取向。由此使我想到三点：其一，一个人心中的价值取向，决定着一生的主要行为方向。其二，"造墙"好像是别人所为，实质乃是自愿的结果。其三，做人考虑生前也考虑身后，这考虑可能为人生增添光彩，也可能出现相反结果。当然，透过太炎先生的价值取向，可以想到的还不只这些，鲁迅先生悬起的第一面人镜可以照出的还要更多。

鲁迅先生悬出的第二面人镜是他注目的朋友。此镜辉映：普通的人生以普通为度。

鲁迅先生谈到关于朋友的变化，通过几个层面中肯独到的论说，表明他对做普通人的深刻理解，以及他对种种出格行为的深恶痛绝。

鲁迅的朋友中，可以称为至友的好像是许寿裳。许先生著有《亡友鲁迅记》，却没有见到鲁迅写过关于这位至友的文章。由此我想到两点：其一，或许是许先生太完美了，以至手操千钧重笔的鲁迅先生无从下笔去写；其二，或许是鲁迅与这位至友距离太

第三章 铸剑

近了,以至看不真切而不便写。

鲁迅与他的学生友谊最深的好像是韦素园。鲁迅对这位亦生亦友切切实实、点点滴滴的做事风格评价极高,将他比作楼下的石材,园中的泥土。这是对普通劳动者的礼赞,是为脚踏实地的国魂树碑立传,也等于为国民素质立定尺度。这是国家的主体,也是国家力量、前途、命运所系。这样的人在鲁迅的人镜之前只见其挺拔、伟岸、高大,他们永远是最平凡的人,也是本来意义上顶天立地的人,是国家的脊梁。

曾为鲁迅先生弟子、朋友,后反目成仇的莫过于高长虹。对于青年人的攻击,鲁迅是从不还手的。但是,小人的鄙劣实在比敌人还可憎。对于高长虹或纠缠,或奴役,或责骂,或诬蔑,闹个不完,大有避进棺材,也要戮尸的恶劣行为,鲁迅先生不能不深恶痛绝。为此,他连续写出《走到出版界的"战略"》、《新的世故》等文章。用展览攻击利用者言行的办法,似乎只轻轻一拨,就将其遮丑布揭去,露出那最怕见光的卑劣嘴脸;再加以似乎只有片言只语的评点,就活脱脱画出一个活生生的丑恶面目,也是丑类的面目。如此,一面照丑镜便立于世人的十字路口,令北来南往、西出东去的丑类纷纷显露原形,倒地为粪。

患"长虹"病的过去有,现在有,将来也会有。此病大概不会随着社会进步、文明进化有所好转。由此可见,鲁迅悬起这样一面人镜,社会功用太大了,无论对识人识史,顺风闻香,逆风辨臭,还是防身护善,激浊扬清,排污开道,都极为重要。

"也是我的老朋友"的是刘半农,也即刘复,他"活泼、勇敢，很打了几次大仗"，而且与朋友相处，"令人不觉其有'武库'"，即便是浅吧，"他的浅，却如一条清溪，澄澈见底"。然而，做好人也要付出代价，是人生的无奈。刘半农终于受不住来自方方面面，主要是士大夫阶层的看不起，从"他的到法国留学"以及后来逐步与他"无话可谈"了，到他的"渐渐据了要津，我也渐渐更将他忘却了"等几个变化步骤，反映出一个人竟会就这样被推向别处，拉向无聊。从鲁迅先生"我爱十年前的半农，而憎恶他的近十年"这一表态，不留余地地表明鲁迅先生看人看事的鲜明立场。从鲁迅先生"愿以愤火照出他的战绩，免使一群陷沙鬼将他先前的光荣和死尸一同拖入烂泥的深渊。"则进一步说明，鲁迅立起的人镜，是区别进步与倒退，激浊扬清的悬天宝镜。不知为什么，这却又使我想起并不相干的曾国藩自制联：依天照海花无数，流水高山心自知。

　　由鲁迅对半农的忆评，我也想到三点：一是人无主心，便成泥团，环境的影响，别人的看法，都成拿捏人的利器，做人不必总是瞧着别人的牙眼；二是衡量一个人功过的尺度，不只是社会，更是历史，做人最好别把丑丢到历史上去；三是别人对自己怎样看，比起敢为、敢作、敢爱、敢怒、敢冲、敢闯的人生又算得了什么呢？何必那么多不自在？不过，人生的路怎么走，还真有其交通规则。规则何在？别人的变化中，伟人的表率中，圣人的思想中。

　　鲁迅先生悬出的第三面人镜是他决不与之妥协的保守思想。此境摄下：保守的方式尽管不同却都是进步的羁绊。

第三章 铸剑

鲁迅一生为中国,也为人类的解放与进步,与复辟倒退斗,与反动势力斗,也为革除一切保守思想和陈腐习俗抗争呼号。他面对的是沉沉的黑天,无底的黑海,令人窒息的铁屋子。一切的黑暗、痛苦、不平都压向他的心。为此,再大的心也会沉重。他不能不呐喊。且不说他为驱散这黑暗,掀掉这黑屋子无畏的战斗,单是他对落后、保守、陈陋的愤世嫉俗,也是永远令人肃然起敬的。比如,对于拒绝先进的排斥心理,他愤言:"他们重卫生,我偏吃苍蝇;他们壮健,我偏生病……(还可以加一句,他们铺地毯,我偏丢烟头。)这才是保存中国固有的文化。"对于官本位的本性惯习,他指出:"中国人的官瘾实在深,汉重孝廉而有埋儿刻木,宋重理学而有高帽破靴,清重帖括则有'且夫'、'然则'。总而言之:那灵魂就在做官,行官势,摆官腔,打官话。"对于保守的后果,他沉痛断言:"我们虽不能说停顿便要灭亡,但较之进步,总是停顿与灭亡相近。"鉴于中国搬动一张书桌都要流血的现实,鲁迅大声疾呼:"我们目下的当务之急,是:一要生存,二要温饱,三要发展。苟有阻碍这前途者,无论是古是今,是人是鬼,是《三坟》《五典》,百宋千元,天球河图,金人玉佛,祖传丸散,秘制膏丹,全都踏倒他。"

读着这热火与悲愤相扭结的痛彻之论,我们只感到,应说的鲁迅都说了,应推倒并扫除的却任重而道远。如果再捉摸一下"人世"这俩字,更不能不生出无限感慨:人生大舞台,舞台大人生,人生这出戏,真的是令人永远经不完,看不完,也想不完。

鲁迅先生悬出的第四面人镜是他憎恶的流氓。此镜透视：流氓的变迁也是社会的变迁。

鲁迅先生对流氓的变迁有很深的研究。他透彻地指出：顺听、逞雄、保本是流氓的处世原则。"和尚喝酒他来打，男女通奸他来捉，私娼私贩他来凌辱"，"对老实的乡下人也不放过"，"对女人头发的变化他也嘲骂"则是流氓的行径。他进而指出："流氓的根底可以从保镖、游侠一直追溯到墨子，流氓的变迁也是社会的变迁"。

由此可知，中国文化还有消极和毒素的一面。旧中国的上海滩，"文革"中的打砸抢，时下仍然没有扫除的欺行霸市、拢赌贩毒，都有流氓的影子，都是这一文化遗毒生出的痈疽。我们知道"孔子之徒为儒，墨子之徒为侠"，却不知道流氓的老祖宗竟是墨子。大概就是墨子本人也万万想不到他撒下的文化种子竟生出那么多流氓。

不过，现在的世界又有了新的"进步"，不光有流氓，有黑社会，还有世界性恐怖组织。鲁迅若是睁开眼睛看一看，也会大吃一惊吧。这些东西是否一定要与高速公路，载人飞船，网络系统，同存共在呢？

这变化已非"日新月异"，也非"奇妙无边"，在现代词典里简直难以找到描绘其"伟大"的用语。无怪乎现代人那么心浮气躁。人对这个世界是越来越陌生了，人与人也更难相互认识和理解了。便是"仰观宇宙之大，俯察品类之盛"的圣人面对这样一个世界，也会目瞪口呆吧。鲁迅先生悬出的人镜与这样的世界现

第三章 铸剑

实相比也有点太小了吧。

鲁迅先生悬出的最后一面人镜是他直面人生的自己。此镜几乎无所不能。

鲁迅很善于将人和事放在发展变化中分析，敏锐地揭示出他人尚未觉察的事物变化端倪，从特殊与一般的对立统一中揭示本质，预测趋势，决不会把事物看死和故弄玄虚。他的评人论世，不仅当时振聋发聩，几十年过去了，仍然震撼人心。

当今社会为什么不会有鲁迅的出现呢？我推测，是因为不是产生鲁迅的时代，即便鲁迅再生，也不会是原来的鲁迅了。这恐怕是一件好事。出英雄的时代是生灵涂炭的时代，出圣人的时代是黑暗与光明交织、专制与自由混杂的时代，这与老子所说的"大道废，有仁义。智慧出，有大伪。六亲不和，有孝慈。国家昏乱，有忠臣"是一个道理。

郭沫若说，在近代学人中他最钦佩的是鲁迅与王国维，认为他们两位的著作，是"虽与日月争光可也"，并赞誉他们为现代文化史上的一对金字塔。

鲁迅逝世已经70多年了，但他并没有死，他永远是树立在人民心中的丰碑，永远是高耸天地间的金字塔，永远是高悬人间天地的人镜。

然而，鲁迅确实是死了，他再也没有新的思想产生，没有新的作品问世，没有新的人镜悬出了。有时，我私下想，假如鲁迅活到七十岁以上，不仅正在谋划中的《长征》、《中国文学史》，可以问世，还不知要写出多少好作品可以供人学习，促人警醒，催人奋进。不过，即使这些假如都实现，也还有假如，假如之后的假如，假如之外的假如，假如的假如。

同时，我也注意到，"假如鲁迅还活着"这样一个问题被提出来讨论了。这一问题的提出又使我想到，不管鲁迅是活着还是死了，作为一面人镜将永远照出正义、照出勇敢、照出进步，也照出邪恶、照出卑鄙、照出腐败。不仅照出，而且作为一种主流文化，永远滋润着我们这个民族。

然而，假如的事太多了。也有人假如毛泽东在新中国成立后执政不超过十年，较早留下一个退休换届的好制度；假如孙中山再多活十年，看到北伐的胜利；假如蒋介石在"二七"政变前死掉，没有黑暗的蒋家王朝……假如终归是假如，世界只有假如，没有假如的实现，假如实现了，也就不再是假如了。

我常读鲁迅，自觉地走近鲁迅，想较深地理解鲁迅。也许我并没有走近鲁迅、读懂鲁迅，但我是真心想走近他、读懂他。我十分赞赏像钱理群那样与鲁迅相遇，看着鲁迅走进当代，探寻鲁迅心灵的严肃学风。但是，在当代中国，鲁迅既已成为一个理念，正如钱理群所说："凡在有思索的地方，凡有思索的人，鲁迅就是一个不可忽视的存在。"但愿我的思索不会没有鲁迅，更不会连思索也不是。即便这一切都没有，鲁迅笔下的人镜高悬于人间，这已成为一个伟大的存在，一个永远的存在。

第三章　铸剑

至　境

> 死的高尚,在于其不可替代的价值。懂得这一点,即是懂得人生;做到这一点,可以到达人生至境。

西方第一哲人苏格拉底,将自我克制视为希腊人的理想境界。这是做人的一个要求,道德的一条准则,生活过程中的一种自我约束,却还不是人生的至高境界。

苏格拉底坚信,来自心灵深处的神圣法则,将指导人们走向道德之路。为此,他主张研究思想行为,探索内心世界,克服不良心理,防止不轨行为,培养良好性格。这对人生是必要的,是否最重要需要商量,如此仍然不是人生的至高境界。

苏格拉底利用一切可利用的条件有意识地去训练自己的性格,以求克制的自觉。经常对他的性格构成训练的,首先是他那位心胸狭窄,极易动怒,好破口大骂,有时还大打出手的夫人。一次,这位夫人大发雷霆之后,将一盆洗脚水劈头盖脸泼向苏格拉底。对于这样的"礼遇",我们的先哲非但没有动怒,反倒不无幽默地说:"雷鸣之后,免不了一场大雨。"

说到克制,这倒使我想起另外一个故事。有人请客,时间过了,一大半客人还未到,他焦急地说,怎么搞的,该来的客人还不来?几位敏感的客人听到这话,心想,该来的没来,那我们是不该来的喽?于是悄悄地走了。主人看到这种情况更焦急,又说，怎么不该走的客人反倒走了呢？剩下的客人听到主人这样说，也都走了。这时，仅有的一位最要好的朋友劝他说，你说话应该考虑好再说。主人大叫冤枉，急忙解释说，我并不是叫他们走哇！朋友一听说，那就是叫我走了，头也不回地离开了。

这当然是利用系列巧合编撰的笑话故事。这则故事，经相声大师马三立稍加演绎，令观众笑得前仰后合。然而，笑过之后，我们是否应该想到故事道出的道理：人不可能总是处于冷静状态，尤其是遇事着急的时候，冷静尤为珍贵。但冷静的性格虽有与生俱来的成分，后天修养却是主要的。该克制不克制，必然置于尴尬境地。而有效克制的基础则是大度宽容的性格。

性格训练是人生一大难题。把不良当优良，把缺陷当长处的情况常有，明知有病，讳疾忌医也不少见。然而，即便懂得这些道理并克服了此种缺陷，仍然不是人生的至高境界，而只是为达到至高境界创造了条件。

苏格拉底的大度和宽容，尤其表现为面对死亡的那份从容。对于来自不能容他的势力的迫害，他本可以选择以金赎命，他却放弃赎命，选择了死，从容地饮下法官提供的毒酒，在谈笑风生中死去。面对死亡的来临，他想到的是天鹅唱着歌而死的传说，想到的是还欠人家一只羊钱没有还，想到的是喝毒药前先洗个澡省去清洗尸体时让别人费力麻烦，想到的是让他的朋友们知道目前这种处境并非是一种不幸，想到的是安慰众人不要为他的死过度悲伤。

这份从容，这份安详，这份泰然自若，这份无微不至的爱，

第三章　铸剑

似乎使人觉得死也是一件令人神往的事。爱的归宿，爱的极致，只有如此才能充分体现。这不能不令人佩服。柏拉图就是一位对他老师这样从容的死最佩服、最推崇的人。他甚至说"学哲学就是学死"。

记得恩格斯在《马克思墓前的讲话》中，写到马克思的死，也曾说："等我们再进去的时候，便发现他在安乐椅上安静地睡着了——但已经是永远地睡着了。"睡着了，并不等于死了；永远地睡着了，也就是死了，而且是静静地死了。其实，这样的死，饱含了当事人圆满、无愧与奉献一生的幸福。

我想，哲人的死，尤其是苏格拉底的死，也许对于他的信仰，对于他的"理想国"，对于他身后的无穷事业，更是一份深邃，一份开创，一份贡献。对于当时的他，选择死，就是选择永远的光明；选择赎命，则可能是选择身后事业的断送，选择永远的龌龊。

《刘胡兰》烈士的壮烈，《红岩》志士的赴义，《祁连山回声》的群体英雄形象，当然还有李大钊、瞿秋白、方志敏等等的死，不能说他们都是自愿，尤其不能说是故意。但是，他们在关键时刻作出选择的时候无不是选择了光明，选择了辉耀，选择了永生。还有白求恩、鲁迅、关向应等等，虽然不是直接为主义而牺牲生命，却都是为了正义的事业和民族的大义以身殉职。比如，鲁迅，他虽然是在书斋里面对无穷的黑暗而战斗，他本可以听从朋友的劝告到苏联治病，但他却选择留在国内继续战斗。他们的选择都是永生的选择。他们的人生都达到了人生的至境。

相对而言，有的人遇到一时挫折，一次冲撞，一份不理解，便以结束生命来终了一生，那不是死，至少不是如归之死，而是轻生。更有甚者，大概压根儿就没有顾及什么至境和永生，他们是以出气，以至是否有气，为活着的标准的。

不记得哪一部书中讲的了，一个浑噩一生的公爵，已经气息奄奄了，大概是用尽垂死的力气，放了一个响屁，并说出死前的最后一句名言："我放屁，我还活着。"不过，随着这一实事求是的、惊世骇俗的、拼尽毕生精力的名言问世，他咽了气，终止了放屁，下了世，死了，同时也了了，永远地了了，此人的生前及死后，也就这样的结果了，仅此而已了。

人各有志，无须强求。但像以一个响屁告别人生的公爵那样的人生，毕竟不值得颂扬。我甚至想过将此写入我的书中，有污染之嫌，只是为了衬托至境的人生还是写进来了。我不认为自己的追求有多高尚，但我敬佩高尚，鄙夷苟且，向往至境。

著名作家李国文在《中国文人的非正常死亡》再版前言中，有一段十分精彩的文章。他写道：

"尤其那些'铁肩担道义，辣手著文章'的佼佼者，为主义献身，为真理取义，为民族大义而洒尽热血，为家国存亡而肝脑涂地，以'头颅掷处血斑斑'的书生意气，与暴政，与侵略者，与非正义，与人吃人的制度，与一切倒退、堕落、邪恶、愚昧而斗争到生命最后一刻者，从来就是我们这个民族的骄傲。"

我想，这便是"我们这个民族"，也包括世界各民族，来到这个世上，也必然离开这个世界的每个人，可以达到的至高境界。至境不是人人都可以达到的，但却是人人都应该敬佩的。有此敬佩之心，便是面向至境；连敬佩之心都没有，不仅与人生的至境失之交臂，而且可能背道而驰。

中 和

太阳是圆的,地球是圆的,地球围绕太阳运行的轨道大体也是圆的。或许世界本来由圆组成,何必弄出那么多有棱有角的道理呢?

中国有一个文化传统:崇尚中和,讲求有容,看重器大,推崇中庸之道,圆满或许是最高追求。

孔子把"中庸"提到至高无上。他在《礼记》中说:"天下国家可均也,爵禄可辞也,白刃可蹈也,中庸不可能也"。在他老人家看来,做到"中庸",比与人家平分共治国家还难,比辞官去薪还难,甚至比冲入刀枪剑丛还难。年轻时看过这段话,心想,这老头儿是故弄玄虚吧,后来经事多了,还真有几分同感,而且体会到:说难,一是境界高,难以企及;二是人类社会最容易走极端,不左就右,难是由人性的弱点决定的。

正因为难,做到了才了不起。世界上的事不全是难能可贵。然而,一般而言,难能与可贵总是联系在一起。淘金难,炼金难,镂金更难,把一克黄金拉成两公里长的金丝,制成万分之一点六毫米的金箔,把一部《兰亭序》镂在指甲大小的金箔上,都属难能而可贵。然而,这仍然是可以做到,甚至超越的。孔子说的中庸之难,恐怕更难。他老人家不是爱说大话的人,他是把人性看透了,阅尽了,才说出此番肺腑之言。否则,为什么将中庸

第三章 铸剑

推到如此绝对的高度呢?

中庸的目的是实现"中和","中和"是贯彻中庸思想的结果。子思曾说,"中也者,天下之大本也。和也者,天下之达道也。致中和,天地位焉,万物育焉"。中和境界虽高而难攀,却妙不可言。一般说天堂好,大概一是应有尽有,二是秩序井然,三是谦让和谐。尤其是和谐,那是物质文明和精神文明发展到高级阶段才能达到的一种境界。

"中和"体现世界万事万物都由不同方面、不同要素构成统一整体。在这个整体中,不同方面、不同要素相互依存、相互影响、相异相合、相辅相成。我们说的"中和",既包含执之两端而用中,避免因偏颇造成失误,也包含了和谐、和睦、和平、和善、和气、和顺等含义,蕴涵和以处众、和衷共济、政通人和、内和外顺等深刻的处世哲学和社会理念。

由于"中和"思想反映了事物的普遍规律和本质属性,它不仅不会被时代的发展所淘汰,而且会随着社会的发展不断充实其内容,始终受到应有的重视。南怀瑾先生在讲解孔夫子关于中庸一段书时,从《易经》关于变的道理,讲到如何适应变,如何把握变,如何领导变。他特别指出,最高明的领导者在于能通过运用中庸,从"中和"中把握真理,实施正确。目前,我们越来越清楚地看到,重大决策的形成过程及其结果,与极左时期极端否定和极端肯定的做法大不一样了。这是一个很大的进步。人类社会也不全都在进步,尤其是某个阶段,某一方面,不但会反复,甚至会大踏步倒退。有些事情在当时看来是进步了,放在历史的长河中看却是退步了。能经得起历史考验的进步，才是真进步。

"中和"思想传到世界特别是欧洲后，受到许多思想家的重视和推崇。早在十七世纪初，英国的罗伯特·勃顿就在其著作中称赞，持"中和"思想的中国人"和平而安静"。上世纪二十年代，罗素在《中国人》一书中写道："中国至高无上的伦理品质中的一些东西，现代世界极为需要。这些品质中我认为和气是第一位的。"英国学者阿诺德·汤因比在他的《历史研究》中，法国学者伏尔泰在《风俗论》中，都有这方面的阐释，除大加推崇，还联系现实有见解精辟的发挥。

退一步从现实和实用的角度讲，社会千头万绪，再高明的人也不可能什么都看透，留有余地总会主动一些。"中庸"思想从实用的角度讲，至少是留有余地的高明之见。比如，讨论重大问题，两种以上意见同时出现时，聪明的主持人不会随意否定其一肯定其二，而是充分展开讨论；更高明的做法甚至尽可能几种意见都采用，一是兼容并包集中正确合理的部分，二是不加否定，分出先后实施各个方案。这样做不是和稀泥，不是看谁的面子，而是唯恐真理被否定，唯恐积极因素受到排斥，唯恐不能全面看待问题和解决问题。西方一些发达国家在这方面做得比较好。这是文明程度提高的一个重要标志。

其实，我们祖国的文化中，从孔子上溯到老子和下延到禅宗，所讲的中庸思想、自然思想和禅学真义，都有这方面的含义。只是同其他许多好东西一样，或者是不经意丢失，或者是将其以绝对化的方式扼杀，也可以说是中庸却为不中庸所误。

第三章　铸剑

孟子称孔子是"可以仕则仕，可以止则止，可以久则久，可以速则速"，总是"适当其时"，又"恰如其分"，其结果必然是"中道而力，能者从之"。

汉代大儒董仲舒，把中庸之道运用到治理国家的政策中，提出了调均的主张。唐代的思想家李翱，把中庸之道发挥到"性"与"情"的对立，认为性是天赋的，情则是邪恶的，虽然推动了中庸之道的贯彻，却开宋明理学的先河，事实上对中庸之道输入偏颇的成份。

宋代理学家程朱提出"存天理，灭人欲"，在把中庸之道提到很高地位的同时，也为中庸之道惨遭后人批判埋下伏笔，等于为中庸之道掘下坟墓，实际上是不中庸的恶果。

中和思想是人类的共同财富。与《培根论人生》、《帕斯卡尔思想录》并称为欧洲近代哲理散文的《蒙田随笔》中有这样的话："过冷和过热都会使人灼伤。""有些技巧发挥到极度，不仅变得毫无用处，而且误入了可笑的歧途"，这就如同"胆大和胆小都会使四肢发颤"一样。他还讲到，有的人为声音更加柔和沉着而换掉声带，有的人为牙齿排列整齐，竟把好端端的牙齿拔掉，一位巴黎女人为使皮肤细嫩，竟把身上的皮剥掉，在当时医疗条件下后果可想而知。

美好的人生，是有序的，是向普通模式看齐的人生。与此相反，不论愿望怎样美好，只能由极致走向极端，落入荒唐一路。

金开诚教授在《对"中庸"理解的巧合》一文中，从中医的温寒两派说起，谈到母亲以秤锤移动比喻"中庸"的事，谈到小女关于"'中庸'不是'折中',不是把一切拉平,而是动态的过程,是通过'中庸'达到'中和'的富有新意的理解。接着指出,"中庸"难就难在实事求是区分事物,难就难在准确把握火候,难就难在做到恰到好处。并认为'调和'的确是很好的境界。故五味调和乃有美味;六脉调和身心健康;画为色之调和,乐为声之调和;经济发展是物质生产与消费的调和,世界和平是国际关系的调和。"

读金教授文章的当时,我曾写下眉批:"我对中庸之道愈加佩服了,切实理解中国传统文化的精髓并运用之,是很不容易的一件事。我们还没有理解,就怀疑甚至打倒它,是多么愚蠢的过火行为啊!"

冯友兰先生对中和的理解又高一个层次,他认为"万物并育而不相害,道并行而不相悖"这种和谐,不仅指人类社会,它也渗透全宇宙,构成所谓"太和"。易乾卦《彖辞》说:"大哉乾元,……保合太和,乃利贞。"就是说乾的生发能力多么浩瀚……联成一合,保有至高的和谐,这就是大吉大利。"

我曾静下心来想过,正确的东西总是打不倒的,"中庸之道"历经千年,虽然经历了拉入极端的厄运,但仍然没有打倒。一个好的东西,我们要拥有它,就必须宝贵它、爱护它、恰如其分对待它,切实落实它。"中庸之道"也是一样,重视它、施行它的唯一正确选择是"中庸",切不可因为难就偏离它;也不可把它看得太简单,走向庸俗一路。

第三章　铸剑

让宽容大行其道

> 懂得宽容，是人类的进步；实现宽容，是人类的追求；做到宽容，是人类的成熟。

久闻房龙善讲故事，讲地球的故事，地理的故事，人类的故事，音乐的故事，谈天说地，无所不包。他还专门谈过"宽容"。

说到"宽容"，便联想到"宽恕"。记得，鲁迅先生写给亲属的第七条遗嘱是："损着别人的牙眼，却反对报复，主张宽容的人，万勿和他接近。"又说："欧洲的人临死时，往往有一种仪式，是请别人的宽恕，自己也宽恕了别人。"他的态度是："让他们怨恨去，我一个都不宽恕。"

房龙先生谈的宽容和鲁迅先生谈的宽恕是有区别的。宽恕是针对饶恕他人的过错而言；宽容是指容人之量，宽宏大度。不过，二者也有相同之处。

大概是由于对鲁迅先生的崇拜，并受时代的局限，加之性格的原因罢。鲁迅先生"一个都不宽恕"的思想几乎影响我的前半生。然而，随着年龄增长，加上时代变化，慢慢地由"不宽恕"转向了"宽容"，尤其是充满兴趣地听过房龙先生讲《宽容》，关于宽容的做人理念便在我心中生根、滋长、扩大起来，从而有了如此去做的充足理由。

理由之一：一个故事引起心灵震撼

故事是这样的：很久很久以来，一群人生活在宁静的无知之谷。他们年复一年过着平静的一成不变的生活。有一天，一个人走出无知之谷，拖着千疮百孔的身躯带回外界文明的信息，却被谷人依律处死。罪名是大逆不道，打破了固有的平静。又不知过了多少年，无知之谷的水源枯竭，连苟活也没有可能了，人们才想起那位先驱踏出的路。当人们沿着他插下的路标走向文明，走向开放的幸福之地时，才想到"当时为什么不能宽恕他呢？"然而，能够面对的只有抛入谷底的一具枯骨和永远的遗憾与悔恨。

理由之二：一个人的被处死为人类留下两千年遗憾

西方哲学史和世界哲学史，都把苏格拉底列为首篇。令人永远痛心的是，这样一位全心全意为人类谋求幸福的哲人，具有超自然人格的天才，不是自然死亡，而是被罪恶的雅典民主法庭判处极刑被迫服毒而死。苏格拉底的死，已经留下两千四百多年遗憾了，今后的子孙后代仍然会遗憾下去。这穿越数千年的历史遗憾，难道不应该引起我们深刻反思吗？

苏格拉底这位思想范式的创立者，就那样被残酷地终止思想了；苏格拉底这位光耀千世的最重要的道德哲学家，就那样被不道德的罪恶行径以强力排除出人世了；苏格拉底这位圣人，这位在世界各大学耸立着他的塑像的人性智慧的象征，他的肉体生命就那样被轻轻一抹就抹去了。人们啊，千世万世的人们啊，难道我们只应该赞扬他对真理的火热追求，尊崇他对理性思维的特出贡献，肯定他万古长青的意义，却不应该，或者不允许从心底发

第三章 铸剑

问：这样一位人类思想的先驱者，这样一位最具原则性的大哲学家，这样一位与天地同辉的神圣人物，就不应该有生命的基本保障？如果应该，那么为什么没有让他最基本的东西，一生只有一次的东西，一生只能付出一次的东西，任何东西都不可替代的宝贵的生命，受到应有的甚至起码的尊重呢？为什么不能稍稍有那么一点宽恕呢？人类，尤其是其中的一部分，心胸为什么那样狭窄，心底为什么那样黑暗，行为为什么那样残忍呢？无论是过去还是现在的人们，是否应该想一想，千遍万遍地想一想，还是多一点容忍，多一点宽容，多一点心胸开阔好呢？

相比之下，我们中国的孔夫子，在陈、蔡受到围攻，虽有绝粮之苦，却没有丢掉性命。这是中国人值得骄傲的一件事。有了这样一个值得中国人永远骄傲的结果，才有孔子返回鲁国写下《春秋》这样一部光耀千秋的著作的盛事。这件事还可以说明，中国的人权是有传统的，是深入人性之中的，是在西方之上的。

孔子应该得到的最基本的生存权得到了，苏格拉底没有得到，过早地付出了，一次性地付出了，永远地付出了。这样的付出对人类而言，是最惨重的付出，这样的付出想一想都沉痛不已，有谁心甘情愿接受这样的付出呢？

苏格拉底之后还有耶稣被钉上十字架，亚里士多德被迫逃离，奥古斯丁在困城中逝世，伽利略三遭严审并终身监禁，马克思一再被驱逐出境；同时还有屈原放逐，司马迁宫刑，李后主鸩死，苏东坡流放。人类应该得到的不一定得到，不应该付出的却一再地付出。这都是因为不宽容的结果。不宽容永远是人性的弱点。这一弱点难道也是上帝赋予？如果不是，为什么中外古今普遍有这样的存在呢？

理由之三：一个忠告引发的思考

房龙说："所有不宽容的根源，都是恐惧。"噢，原来是怕别人不宽容，自己便首先不宽容；先下手为强，是为后下手遭殃预出的实招。然而，我却认为，所谓因恐惧而相互残杀，未必是本能反应，恐怕主要还是功利驱使。如此而为的例子古今中外不胜枚举。

最典型的是曹操误杀吕伯奢一家。这一由恐惧引出的惨剧，对于吕翁一家，是一片热情，一往情深，引来了杀身之祸；对于曹操，是一时猜疑，一朝铸错，招来一生骂名；对于人类，是一差二错，一笔孽债，留下一个污点和永远遗憾。究其根本原因，并不是因为曹操胆子太小，恐惧尤多，而是他"宁我负人，毋人负我"基本功利思想支配的结果。

鲁迅先生好像有过"宁愿喂跳蚤，不愿蚊子咬"的感受。原因是讨厌蚊子喝人家的血，还要发一篇大议论。人的最大本事是办了不应该办的事，找出种种应该的理由。这样的理由如果抬到吓人的高度，那可就太怕了。远的不说，就说好像昨天刚刚发生的，那场惊心动魄的"文化大革命"吧。那种兄弟相残，仅仅是革命狂热，上峰命令，一味愚忠？这些原因即使都有，仍不能排除个人野心和并不高尚的目的。

以相残而不是相容来达到个人目的和自身保全，往往适得其反。我们从一群狼对一头与众不同的狼不宽容，必欲置之死地而

第三章 铸剑

后休，可以看得明白，得出正确的结论。但于一群人对一个与众不同的人下毒手，却以为天经地义。这是多么残酷而可怕的人性啊！或者说，不是人性，而是人性的极端——阶级性吧。那就更可怕了，那就是一层人对另一层人绝无宽容可言。冠冕堂皇的理由是宽容就是对人民的犯罪，宽容就是对革命的反动。这是可以写在《宪法》和《党章》里的条款。

历史可以使神圣变成可笑。多一点历史的眼光，少一点功利的驱使，尤其是少一点黑暗的心思，人类社会就多一分光明，少一分遗憾。这才是真正应该堂堂正正写进人类文明史的卓识。

据顾随先生讲，宽容还是写出好诗的必要条件。他说诗心有两个条件：一要恬静，二要宽裕。不宽容则不会有恬静、宽裕的心境。宽裕然后能"容"，诗心能容则境界自广，材料自富，内容自然充实；恬静然后能"会"。陶渊明的诗所以最好，比杜甫还好，就是因为他恬静。因为恬静，写诗总不失其平衡，写出来的诗最能传神。由此可见，人有了不宽容的弱点，是要殃及从处世到处艺各个方面的。

不识庐山真面目，只缘身在此山中。有弱点而不自知，看到了又不思改正，千方百计掩盖，也是唯有人类才有的丑陋。更为严重的，还有宗教的专横和非宗教的专横。苏格拉底的死，耶稣的死，韩非的死，商鞅的死，少正卯的死，李斯的死，岳飞的死，当然还有瞿秋白的死，张志新的死。他们的死，对当时一些人来说，或许是一种需要，一个胜利，但并没有因为这样的需要，这样的胜利，对社会的发展，人类的进步有些许推动。相反，官只能说明：人类历史上还有黑暗的污点，黑暗的证明，黑暗的标记。

所有这些能说明什么呢？说明宽容是人类生存的需要，是社会文明的需要，是时代进步的需要，是一切需要的需要。为此，房龙先生特别忠告：让宽容大行其道！

第四章 览胜

他们从来不认为自己会演戏

中国文化是汪洋大海。哪怕一滴水,一朵浪花,一只贝壳,都饱含着深厚的历史底蕴,闪耀着灿烂的知识光华,凝结着无穷的人生智慧。徜徉其中,那一份激动,那一份宁静,那一份满足,恐怕不是"流连忘返"可以描绘的罢。

与众不同的符号——梵高

> 梵高与庄子同行。庄子言道:"大美皆天驭。"梵高不好意思地说:"马粪味和土豆香中有艺术的大千世界。"

在我心中,连同中国古代的庄子在内,古今中外尤为与众不同的只有三位,另外两位,一位是尼采,一位是梵高。

假设以望月为喻,我们大概总是从正面远远地望上去,无论看得怎样仔细,不过是从正面望望而已;他们二位则不同,不仅要假设许多常人不去想的问题,还要转到月亮的侧面,走到月亮背面,甚至钻到月亮的内部,抑或把月亮砸碎了再捏起来,都是他们要做的工作。至于庄子,他的思想的短波,绝不局限于月亮与地球之间,而是在整个宇宙漫游。然而,这还只是他们与众不同一个侧面,不足以表达其于万一的一点。如果您读懂了庄子,神会了尼采,领略了梵高,想必也会产生同样的看法。如果您无暇去做这些劳神费力的事,那就强忍着不耐烦读读我的这篇小文吧,或许也能对了解梵高与众不同的人生有些许帮助。

别看现在的梵高是俗得不能再俗了,说他是品牌店里的时尚,新式别墅的装饰,画廊里一路攀升的数字,股民手中搓来搓去的一笔利润可观的股票,都不过分。但是,当初的梵高,本来的梵高,五颜六色的代名词的梵高,那可是追求艺术的疯子,与众不同的符号,让人看一眼就倍受刺激的呈现,说成是天外来客

第四章 览胜

也可以的存在。

首先，梵高的长相就与众不同，瘦如削石的面庞，兀如山崖的额头，骇如惊鸿的目光，似乎永远被纱布包裹着的耳根，不再冒烟却像他很少张开的嘴巴上的配件的烟斗，从老松林拣回来的干树皮竟又涂了一层黄土的脸皮，虽有一定的热度却如同圆形花岗岩般坚实的下巴，从左腮到右腮再到鼻子通往下巴的硬如钢渣的胡茬。总之，他的"首级"整个就是一块我们刚从长白山天池旁拣回来的散发着泥土芳香和硫磺异味的火山石。

罗曼·罗兰有一句话好像是针对艺术家说的。他说道："清贫，不仅是思想的导师，也是风格的导师。他使精神和肉体都知道什么是澹泊。"澹泊者，明于心而淡于欲，清于志而寡于营也。

然而，时下的一些所谓艺术家不顾艺术灵魂的禁区，把追求富有作为时尚。应该说，社会为艺术家提供天堂般的条件不但必要，而且是社会进步的标志。而艺术家争富的竞赛，如果像蚂蚁赶会、青蛙噪天、苍蝇逐腐一样热闹非凡，浮躁庸俗，以至做出一些极不光彩的举动，就可能为人类所不齿。范曾诗曰："最可笑，弹铗求鱼；最可鄙，舐痔得车。"一个人有点艺技和能耐，喊几声"长铗归来乎，食无鱼！"亮亮嗓子，尚无不可；为几辆破车几架陈灰覆盖的破车、几顶散发着千年腐气的破帽子去溜沟舐痔就无此必要了。

我们可敬可佩的梵高先生可不是这样。他既不像时下的逐富群把钱看成比爹妈还要亲的高堂，也不像古代的士大夫，满口"君子固穷"，却孜孜以求鱼与熊掌兼得，而是把自己的五体深埋于穷得连一星土气儿都闻不到的戈壁下,把自己的灵魂高搁于一丝湿气都流不进的穷空四壁的"天堂"里,把自己的笔触深深插入到苍穹一样无边无际的黑暗中。贫穷之于梵高,就像冬天里西伯利亚的空气一样固执地包围着他。对此,"君子固穷"的梵高不仅乐不思蜀,而且得蜀望陇,说他甘心如此得天独厚,以此得意忘形也不过分,只是没有像庄子所言的那样得鱼忘筌就是了。对于穷,我们可敬可佩的梵高先生是鱼为我所欲也,筌也为我所欲也。因为,他毫不隐讳地直言:贫穷是甘草和牛粪混杂成的一种健康气味。

我怀着崇敬的心情体会着梵高为追求艺术的极限而甘愿受穷、乐于受穷、与穷合而为一的情景,进而想到,梵高先生大概对中医并无研究,他对甘草是中医手里的四大保国忠良并不深识。否则,他就不仅感谢甘草的芳香甘甜,而且会吸入肺腑,化作血肉了。虽然不深识此道,他大概也情不自禁地这样做了。

安贫乐道的梵高在写给提奥的信中竟如此兴高采烈地说:"我要告诉人们一个与文明人截然不同的生活方式……如果一幅农民画散发出火腿味、烟味和土豆热气,那不要紧,绝不会损害健康的;如果一个马厩散发出粪臭,好得很,粪臭本来是属于马厩的;如果田野里有一股成熟的庄稼或土豆或粪肥的气味,那是有益健康的,特别是对城里人,这样的画可能教给他们某些东西。"

其实,将心比心的梵高这回却犯了一个天真的错误。他只是说出了自己的感受,他的画只对自己的感受是正确的。至于城里

第四章 览胜

的富人所需要的并不是"教给他们某些东西",而是当他们酒足饭饱,美女也玩腻了的时候,戴上白手套,小心翼翼地一边欣赏梵高的画,一边感谢上帝赐给画家贫穷,尤为满意地感受着画面的穷气与他们的富贵的绝对差距。这是一种高人一等的感受,一种居高临下的感觉,一种皇帝加太监的变态心理的需求和满足。面对这来自富人的感受、感觉、需求和满足,我只想对梵高画蒸腾的、扶摇直上的土豆气、甘草味、马粪香致敬。

哲学家培根曾经指出:"使人们在追求真理的过程中受骗的原因,不仅由于探索真理的困难,也不仅因为真理使人的幻想破灭,而且是由于假象更适合人性中喜欢自我安慰、自我欺骗的恶习。"此话对常人而言是正确的,而与众不同的梵高却不是这样。他并不信奉现成的真理,也不遵守清规戒律。他似乎生来就是与众不同,活着为了与众不同,追求彻底与众不同。他对所有被众人抬得高高的,披着神圣外衣的人都保持警惕。他好像专门与神圣的天经地义背道而驰。他只相信自己的逻辑和大地的道德。对于圣人的训示,现成的公式,世俗的教条,万世不变的"至理",他非但不屑,简直嗤之以鼻。无怪乎他被世俗当作疯子,被权威视为异类,被朋友称为一个孤独的灵魂。他本来就是一个彻头彻尾,从外到里,从里到外的与众不同的符号。

画家范曾也说:"梵高远离了传统审美的藩篱,以所向空阔的气势和才力俯瞰当代,睥睨千秋,从而一扫艺术界的平庸浅薄和乡愿惰性。他有崭新的惊世骇俗的前所未有的艺术感觉,有着战栗着的、流动着的、闪耀着的绚烂光彩。这种画风一旦问世,美术史就必须重写，色彩学甚至是美学就必须修正，这正是梵高撒向人间的一个永恒的、不易解的谜。"

无论这个谜的谜底是什么，其本质依然是与众不同，不是与众不同便不是梵高。然而，也许正因为如此，使得梵高这样一位"手法神奇、色彩高妙、构图超绝"的绝无仅有的画家，作品在生前却并不昂贵，竟难以出手，甚至连被人嘲笑和诟骂的资格都没有。在人生的道路上，没有谁比他更失落，没有谁比他更凄凉，没有谁比他更不为常人所理解，他的人生竟是与死比邻的人生。对此，他只是义无反顾地向前走去。可以肯定地说，正因为他不管眼前的所有和所无，才有他的义无反顾；正因为他们义无反顾，才有他的与众不同；正因为他的与众不同，才使得他死后的人生大放异彩，并以他的无量光焰烛照全世界。同时，这也是他身后随着天才光耀的飞升，一批浅薄的家伙攻击他患有癫痫病、精神分裂症、躁狂抑郁症，甚至梅尼埃尔氏病，断言梵高的天才之谜只能到研究痴呆病患者中找答案。这些家伙的目光也太短浅了，心胸也太狭隘了，用心也太不光彩了罢。不过，对于他们这种不光彩也并不需要全盘否定，因为他们毕竟指出一个事实，与众不同才是成功奇峰突兀、光彩夺目的根本原因。

我们还应该承认，在现实生活中，我们很难见到凤凰，倒是乌鸦诅咒凤凰的事并不鲜见。相反，无论乌鸦的诅咒多么浅薄和卑俗，它毕竟做了一回反衬的材料，做了一回衬托美丽的丑陋和对比光辉的灰暗。这一衬托和对比，更使我们所知道的梵高与众不同，进而认识到与众不同的梵高比凤毛麟角更珍贵。因此，我

第四章　览胜

们必须说，正因为与众不同，梵高，只有一个！

"与众不同"可能是世人刮目的一景，但这种"可能"首先要经受时间的洗礼，经不起"洗礼"者，便没有这种可能。然而，真正的"与众不同"者并不顾及这"可能"，他只管自己：我行我素。

天才与天才的事业

> 孔子听韶乐，孙子著兵法，老子骑牛想问题，马克思写《资本论》，尤其是贝多芬、施特劳斯、柴可夫斯基、莫扎特、海顿作曲弄琴，都是天才与天才的事业。

记不清有谁说过：一个地方文明不文明，有两个最有用的标准：其一，音乐课普及了没有；其二，公共厕所修得如何。

把这两件极不协调的事物并列，作为三大文明之一的两个重要标准，是因为它们都与文明程度以及人的素质提高，有着极为直接的关系。当然，其中之一的音乐，如果再往高里说，更同人的吃、喝、拉、撒一样，自然而然，成为天才与自然结合的妙品、精品、神品。

孔子听韶乐，三个月不知肉味，并给后人留下有德之士才配欣赏音乐这样一项神圣宣言。南怀瑾先生在《论语别裁》中讲，音乐如此之妙，孔子的欣赏水平如此之高，真有想不到的高明。

天下的事，就像宇宙的大与小一样，极大与极小都想象不尽。此刻我只想到孔子与音乐有关的三件事。第一件是他曾指出过子路的琴艺还没有"登堂入室"，可见他是体悟琴色的专家，诲人不倦的榜样；第二件是他本人学琴，从曲调到结构、意蕴、作者为人、作者形貌，一直攀升上去，直到文王的出现，每一阶段都是从无到有的升华，可见他是务求至境的来者，追求极限的

第四章 览胜

典范。第三件是伯牙与钟子期以琴会心，以心交友的故事，这件事虽与孔子没有直接关系，但与前两件事一样充分说明高妙的音乐是天才创造的极品，也是天才与天才神交的神品。达此境界，音乐才是至高享受，至高修养，至高沟通，是圣之至者也。无怪乎英国的神学家托马斯·比瑟要相信音乐感动人心的魔力和人类欣赏音乐的能力都是上帝的赋予。原来，音乐或者说唯有音乐，才真正是可以充分展露天才，可以使天分很高的人到达的至神至圣境界。

  我循着这一思路继续静静地想，像欣赏音乐那样入迷地想。如此想着，心里便产生这样的理念：因听韶乐而三月不知肉味的孔子及其《论语》，文王及其《周易》，老子及其《老子》，庄周及其《庄子》，孙武及其《孙子兵法》，都是天才与天才的事业，人是天才的人，书是天才的物化。

  音乐就更是这样了。有此是天才的证据，适此是天才的神所，是此是天才与自然巧妙结合的神品。天才与经典，就像《圣经》的上帝与山川一样，是那样的顺理成章，那样的天衣无缝，那样的圣乐天成。

  如果不是这样，《论语》、《老子》、《庄子》，包括《黄帝内经》那样的经典，为什么几千年才出几部？贝多芬那样的音乐家全世界才有几个？马克思的《资本论》问世一百多年了，为什么没有与其比肩的著作出现？难道是后来的人都没有努力？伟人与常人，天才与普通人，或许就差那么一点——却是永远不可逾越的一点——天生造就的一点。

圣乐是天才的创造，也是天才的载体。

舒乙先生曾经写道："世界上最奇妙的东西莫过于音乐家的大脑了，他们比文学家、美术家的大脑更神秘。当人们听贝多芬，听大小施特劳斯，听柴可夫斯基的时候，尤其会有这种感叹。"

古典交响乐的先驱维伐尔第，一个身体瘦弱但聪慧过人的少年，用心倾听一二次演奏便能记住乐曲与圣诗，而且每一个乐句，每一声吟唱，都能引起他心灵的共鸣。不是天才怎么会有如此的早慧呢？

比维伐尔第更早表现出音乐天赋的巴赫，这位出生于音乐世家，在音乐河流浸泡下的天才，四岁善唱歌，六岁会弹琴，八岁参加唱诗班，十五岁成为教堂歌手，十八岁跃升宫廷乐手，在比赛中吓跑久负盛名的音乐大师。他在指挥、导演、作曲方面都有极高的天赋，像贝多芬的奏鸣曲被称为新约圣经一样，他创作并演奏的《平均律钢琴曲集》被称为旧约圣经。

这方面的例子还有很多，尽管音乐的天才并不像天上的繁星那样数不过来，却也像在灯火下数星星，只要细心去数，总还是可以数下去的。这也就绝不容有丝毫动摇地说明，音乐，就这样丝毫不留商量余地的归之为天才的专利和天才的事业。

圣乐是天才的熔炉，并冶炼了天才。

鲁迅先生说："天才并不是自生自长在深林荒野里的怪物。"音乐天才自然有其慧根和慧心，有对音乐超常的敏感和悟性，及其超常兴趣和不舍的追求。因此，对于音乐天才而言，音乐熔炉冶炼天才，就像天下无双的干将、莫邪出世，非常的条件和非常

第四章 览胜

的经历都并非非常。罗曼·罗兰在《约翰·克利斯朵夫》中写道:"对于一个天生的音乐家,一切都是音乐。只要是颤动的、震荡的、跳动的东西,太阳的夏天,刮风的夜里,流动的光,闪烁的星辰,雷雨、鸟语、虫鸣,树木的呜咽……这种无所不在的音乐,在克利斯朵夫的心中都有回响。他所见所感,全部化为音乐。"

交响乐之父海顿,对音乐这一表现生命的艺术,看得比生命更有生命。他眼里和心里无限美妙的大自然处处是音乐。轻柔的雨声,潺潺的泉声,挲挲的树枝摆动,悦耳的群鸟啼鸣,无不是音乐。他用父亲折下的一段嫩树枝,抽下树皮做成最原始的短笛,能吹出各种美妙的声音,并为此入迷到废寝忘食的地步。不到十岁,他就参加了为女皇演唱的《马太耶稣受难曲》,由于变声期嗓子不够优美,受到女皇斥责,被赶出教堂,流浪街头,卖艺为生。即便是这样,他决不放弃对音乐的追求,在此后曲折的经历中,他学会了演奏、作曲,在心灵中通过大自然与上帝沟通,成为名副其实的第一小提琴手,成为世界一流的作曲家和交响乐之父。

与海顿相比,音乐神童莫扎特要幸运多了。不过,幸运并不意味着像饭来张口那样轻松地便能登上艺术顶峰。莫扎特在母亲肚子里开始接受音乐教育。莫扎特三岁时,听到七岁的姐姐弹琴,丢下手中的积木,像小精灵进入天堂一样闯入音乐的圣殿。姐姐弹的曲子一个音一个音进入莫扎特的小脑袋,他又用自己的小手以同样的顺序一个音一个音弹出来。莫扎特四岁时,这个还不会写字的小家伙，就用歪歪扭扭的音符，写出了第一首优美复杂的协奏曲。莫扎特五岁时，在一次都没有练过的情况下，硬是挤进大人堆里，充当起六首三重奏乐曲的第二小提琴手，仅伴着大人演奏一遍，便单独把曲谱非常漂亮地演奏下来。莫扎特六岁时，与十岁的姐姐开始历时十一年之久的旅行演出生活，他谱写的第一首大键曲在萨尔茨堡大学公演，获得巨大成功。莫扎特七岁时，到法国巴黎演奏，被歌德用诗的语言记下了演出盛况，这是用天才的文笔记录下天才的演奏盛况。莫扎特八岁时，受法国国王路易十五邀请到凡尔赛宫演奏，然后又到英国为英王演奏，两次演奏分别受到两位国王宠爱，成为天才受到天堂一样高的礼遇的证据。莫扎特十一岁时，创作的小型歌剧《阿波洛恩和吉阿春特》和宗教音乐《弥撒曲》登上新的高度，成为证明天才前进在天才道路上的一个里程碑。莫扎特十二岁时，完成的田园短剧《巴斯汀和巴斯汀娜》再次实现新的突破，成为天才在天才道路上前进的突破。莫扎特十三岁时，到被称为音乐之国的意大利演奏，引起轰动，致使万人空巷；十四岁时，先后被鲍伦亚学院和维伦娜爱乐学院选定为荣誉院士。这都不仅是天才取得天高地厚辉煌的证据，更是天才之所以为天才的证据。

这自然是一位天才走向成功之路的简史。但在这位天才通向成功的道路上，也不全是鲜花铺地。他受过女王的捉弄和打击，经受了贵族、主教、阴谋家、恶魔的欺凌，品尽了流浪街头的滋味，遭受过被大主教从楼梯踢下以至昏迷的痛苦。所有这些来自扼杀天才方面的一切，正是天才走向成功的又一方面的证据。莫

第四章 览胜

扎特正是在天才与勤奋的结合中，充分表现出追求自由、踏倒荆棘的顽强意志，从神童走向圣坛，在天才的熔炉里百炼成圣，这是更有意义的证据。

然而莫扎特经受的磨难与贝多芬相比，的确算不了什么。贝多芬从悲苦的童年到失去听觉的沉重打击，正如房龙所说：这是生死相煎的噩梦，在噩梦中他以顽强的精神"扼住了命运的咽喉"。他与树木交谈，向山崖倾诉，用眼睛感受音乐的魅力。雄伟的古城，巍峨的山峦，朝霞落日，波光船影，无不在他心中化为美妙无比的音乐。如果不是天才，不是受"天命"召唤的天才，怎么会是这样呢？正是这位在一切天才之上的天才贝多芬，从心里先后涌出《英雄交响曲》、《命运交响曲》、《田园交响曲》、《合唱交响曲》。一个什么都听不见的人，却指挥演奏出音乐史诗《第九交响曲》，让不屈的意志回荡在天地间，跨越山河，超越时空，达及上帝。不是天才，怎么会以伟大的圣乐，不朽的瑰宝，不可思议的感知，铸就不朽天才的人生呢？不是天才甚至超天才，怎么能改变世界的历史呢？这就是贝多芬，这就是从天才熔炉走向神圣的贝多芬，唯一的贝多芬！

圣乐是天才与天才的沟通与慰藉。

古典音乐作为最激动人心的艺术，作为最高雅的享受，作为奉献给上帝的珍品，是天才之间心的交流，是只有天才才有的高峰体验和最高享受，是人的精神享受所能达及的至境。

无数的天才，在古典音乐中建树了他们的不世之功。贝多芬之所以站在古典音乐的极顶，是因为他通过音乐把崇高赋予永恒；肖邦之所以用钢琴写诗，是因为他把威力无比的武器赋予正义；舒曼之所以把一生的智慧贡献给音乐，是因为他要把一切的爱献给人类。美妙无比的音乐是生命的无价之宝，是天才的生命和产生天才的原生命。生命中没有音乐，将无色、无味、无光，将成为毫无生机的死生命。

有人说，爱乐使人崇高，使人完整。曾说过"人生就在于体现出虹彩缤纷"的天才文学家歌德则说："不爱音乐，不配做人。"歌德心目中的莎士比亚比任何人，甚至比自己的同胞，更深切地为德意志人所熟悉，即便是这样，他仍然认为"只有对音乐倾倒的人，才可完全称做人。"

人世间没有音乐，将不知有多少天才枯萎，更不知有多少天才的生命因得不到心灵的慰藉而枯死。对音乐的慰藉、拯救、解放，越是天才越有着非凡的感受，特别的需要。尼采曾说："没有音乐，人生是一种错误，是一种苦难，是一次流放。"爱因斯坦遗言："死亡对于我，意味着再也听不到莫扎特的音乐了。"英国著名心理学家马斯洛对五大洲进行了"人类高峰体验"调查，得出的结论是：人类最本性的需求，除了性爱，就是音乐。他没有说吃穿这两大基本必须，大概他认为前二者是在后二者之上的。关于这一点，俄国文学之父普希金在《石雕客人》中写道："人生的欢乐之中，除了爱，便是音乐，而爱本身就是旋律"。中国的庄子"训离朱，斥师旷"，以"天籁"为慰藉，同样是对音乐的极高追求。

音乐，既是富有者的奢侈，也是贫穷者的享受，但不是天才

第四章 览胜

便没有达及至境的可能。美学家桑塔耶说:"音乐不会使你富有,但会使你幸福。"把圣洁的音乐视作生命的人说:欣赏音乐是幸福的最高感受,接受音乐是人类的最高教育,没有音乐则将成为人类的最大悲哀。

古典音乐动荡血脉,通流精神,是生命发展的大道,文明进步的阶梯。司马迁的时代,虽然没有现代意义上的西方古典音乐传入,但音乐既然是"人类通用的语言",自然融汇中外、通贯古今。司马迁在《史记·乐书》中曾极其生动形象地描述道:"故音乐者,所以动荡血脉,流通精神而和正心也。""故宫动脾而和正圣,商动肺而和正义,角动肝而和正仁,徵动心而和正礼,羽动肾而和正智。"

圣乐是天才成就伟大的天梯。

天才总是迈着非凡的大步前进在事业的大道。然而,没有音乐的慰藉,天才的生命尚且可能枯萎,何以在事业的大道上大步流星地前进呢?伟大的科学天才爱因斯坦,其雄伟壮丽的生命大厦有两大支柱:一为科学,二为古典音乐。他曾深情地谈到自己的感受:每当我遇到难题的时候,为使头脑清醒,我就拿起小提琴进行演奏。""音乐的感觉给我带来新的发现,""如果没有接受音乐的教育,我将一事无成。"

尤其值得大书一笔的是,在那个永远值得纪念的早晨,爱因斯坦来到钢琴边弹起来,他边弹边停下来写着,突然高叫道:"绝妙的、辉煌的意念!"又弹了几下,又写,接着说:"瞧,相对论!"就是这样,伟大的"相对论"诞生了,地球、月球、太阳都被震动了，宇宙改变啦！

世界上再没有什么比哲学更高深了，尼采说："越是音乐家的人，就越是哲学家。"世界上再没有什么比高尚的灵魂更神圣了，音乐则是天使的语言，是圣洁灵魂的音符。

还能说什么呢？我们只能说，天才，唯有天才有天才的创造，唯有天才有天才的享受。天才是人类的神往，是少数人的专利。音乐，古典音乐尤其是特有的专利创造和专利享受。我这样说虽然一直有着一种不甘心，但还是心不由己这样说了、写了。又不知为什么，转而却想到范敬宜《人走茶凉属正常》的诗上去了，也步其韵打油一首：

天才自有天之长，不是反而不正常，

只要留得平心在，不为天才又何妨？

第四章 览胜

内外戏剧

> 戏剧人生,人生戏剧,台上台下,万千眼睛,会不会看戏不要紧,但千万别自以为会演戏。

人生如梦,很难说戏在梦中,梦在戏中。或者说,梦也是戏,戏也是梦。想爽性来它个梦语戏剧,写了半天,回头一看,不过老话重谈。睁眼说梦话,很难达到梦的水平,便将"梦"字去掉,换上一个"俗"字。又一想,虽是说戏,却涉及戏内戏外,才又改为"内外"二字。这二字的用意,既是戏剧内外倒装,又是内外、前后、高低、死活说戏。

(一)

我对戏剧的认识,是从父亲的肩头上开始的。躺在床上听戏的时候,我便会在似梦非梦中想到,就连自己这点微不足道的文学兴趣,也是在父亲肩头看戏培养起来的。

当年,并不年老的父亲,把他的宝贝儿子架上肩头,走上十里山路,到那拥来挤去的戏楼下看上半天戏,父子俩再以同样的方式回到那间墙黑如墨,至少降生过五代人的茅屋。在如萤的灯影里,在冒着野菜味的蒸气中,不知疲倦的父亲,会唱上几嗓子,还会讲说戏剧里的故事。降生于穷乡僻壤的我,最初接受的文学教育就是这样的,千百年传承着的,最朴实无华的文学意识就以这样的方式注入我的生命,一种耳濡目染的文学启蒙就这样开始了。

曾听人说，我父亲懂戏。现在回想，所谓懂戏，不过是认识戏中人物，知道人物之间的关系，一些主要人物的历史定位，及其按忠奸划分的是非观念，还有什么生、旦、净、丑等演技分工和什么板之类的唱腔和曲调设计。但对京剧行当所谓的"七行七科"和"六场通透"肯定是不知晓的。

最早进入我童年生活的戏剧人物是包青天、寇大人、海大人、杨元帅、八千岁、六郎、七郎、佘太君、穆桂英等。印象最坏的是与杨家作对的潘仁美，海大人的死对头严嵩之类。由此，做人要做忠臣的火种也就深深埋进我的心田。

对于新戏，当时好像最喜欢看《野火春风斗古城》，尤其是百发百中、百步穿杨的梁队长。如此了得的神枪手，已经够一个少年钦羡不已。将手榴弹绑在可憎的兰毛腰间，让这个坏蛋百依百顺听指挥，真是太过瘾了，能令人激动到连蹦几个高儿。梁队长那双机灵的眼睛，如飞的健步，好像随时都将穿云破雾，高入云端，那未动辄动的扮相，几十年之后仍时常浮现于眼前。

而对《朝阳沟》有所感想，是几年以后的事了。大概是有着与拴保同样的家境吧，在我数量不多的情书中，还真能找到《朝阳沟》的影子。或许这两部戏都不入江青等人的眼吧，所以始终也未见成为样板戏。

看到样板戏的时候，我已经多少可以对戏评头品足了。与现在喜欢大段唱腔的欣赏要求大不相同，当时好像最喜欢的是《智取威虎山》之类武打较多的戏，尤其敬服孤胆英雄杨子荣。但在

第四章 览胜

我心目中，此子荣是与《三国演义》中的姓赵的彼子龙异姓同名的。对说话点水不漏，应酬八面玲珑的阿庆嫂，也很心服，并在心中与一位远房姑姑作过比较。

现在，下班回家，看书之余也看看电视、听听戏。上党梆子偏爱郝同生和张爱珍的唱腔。黄梅戏、豫剧、越剧、评弹各有喜爱的名角。京剧最爱听《杜鹃山》雷刚和柯湘的唱段。最近，遇到梅兰芳、周信芳、张君秋、叶盛兰等京剧名家配像精粹，开始不太习惯，听来听去，似乎品出味道，感到与书法大家、国画大师的作品有同样的艺术感染力，不知不觉竟然又想到"中庸"与"中和"上面去了。后来，因为写上党戏以段　为首的名家群体，书名叫《盆地无声》，除几乎搜遍了上党梆子和上党　的所有光盘，又搜集了几乎囊括全国所有剧种的名家名戏和白燕戏曲访谈节目的光盘，一段时间内可以说天天都在戏中了。

（二）

为增加点看戏和听戏的知识，提高欣赏能力，我也曾找来一些有关的书随便翻翻或随时备查，其中对《画戏·话戏》最有兴趣，置于床头经常翻翻，留下的印象最深。

通过读书与戏的对照，我深化了看戏是为古人担忧，写戏做戏是为今人担忧这样一个普通道理。伍子胥上场诗"丹心投主，白首抛儿"，只这么一句，台上台下融为一体，就是写照。

戏外有气戏内出，看戏解闷儿，也是普通人的普遍心理。《打严嵩》这一"出气戏"，就充分顺应了这样一个心理需求。尤其是压抑空气浓烈的社会条件下，这种戏就像锅炉上装有安全阀门,压力过大,把气放去一些,是很有必要的。

"善有善报,恶有恶报"既是历史的总结,也是好人的愿望。《伐子都》这出戏,副帅子都放冷箭射杀主帅颖考叔,心虚受惊,咯血而亡,使看客始于生气,终于解气。生气解气都是戏,也都是非戏的人生过程。饰演子都的演员扎靠披蟒,头戴插翎帅盔,脚穿高底靴,却能演化出如同杂技般的动作。尤其是当演与唱达到高潮,发一甩,血随之吐出的那一霎,对演员与观众来说,大概就像阴阳相交、强精进射或电闪雷鸣的一刹那吧。

人心很难说是满意于此过程还是彼过程,要释放这一点是人人都一样的,要得满意,还是要全过程。要不要全过程,戏可以选择,人生却只能走完全过程。完全的人生,也不过是满意与不满意的循环往复。

人生大舞台,舞台大人生,是一句老话。这句老话说明,人生活的范围很大,又很小。小大不论,小舞台、大舞台,戏与非戏都在是非曲直间。

《寇准背靴》中,寇大人宁愿光着脚为保家卫国求才访将,这是何等精神。一家、一企、一校、一国,大小是个单位,有此精神,何愁不兴旺发达。这出戏里的"翅子功"、"靴子功",都表现出演员的功力乾坤。寇准帽翅上下左右颤动,或左动右不动,右动左不动,把他动脑筋想问题、想点子、受煎熬的心理活动表演得淋漓尽致;尤其是脱靴子时那一脚踢出去,把靴子甩到半空,又来一个吊毛将靴接在手中,把为国事揪心,为大义舍身,无所不用其极的心态表演得活灵活现。

第四章 览胜

况钟手中的笔，那可是个举足轻重、决定生死的物件儿。况钟能心知肚明，扬善除暴，用好这枝笔，戏外手中有此笔者，更应懂得用笔的份量。胡乱批个条子，随意签个字，都可能是罪恶。你看那况钟，手持重笔，面对一面是主持正义，一面是保官为己，那心理斗争。是把这枝笔确立为执法如山的如椽大笔，还是苟且偷生、下流低贱的蝇头小笔，全在掌笔人关键时刻的决定。这一攸关生死，攸"官"清浊的决定难哪！我把京剧、豫剧、晋剧、河北梆子和昆曲中的几个况钟都看了，倒不是单为况重的"难"，而是为他知难而上的精神，为他对民负责的坚持，为他做官一身正气、有胆有识的气象，当然也为比较各个剧种的艺术。

蒋干盗书，好事做坏，招致大军覆没，领不到奖，却说："曹营的事，真是难办得很哪！"这牢骚是发给戏中人听的，也是面向台下观众的表白。意思是，我蒋干好事没办好，也是想办好办大的吧，这不，奖金领不到，小命也难保了。这不活该吗？无怪乎，引来的只能是哄堂大笑。

这人，大概还是愿意唱正生、当主角的多，但社会分工，总是配角多于主角，主配互换也是寻常。是"主"是"配"并不全在自己。然而，是"正"是"丑"，却几乎全在自己。戏中的丑角，脸上有一块白色豆腐干；现实中的丑角，豆腐干不贴在脸上而烙在心上，包在皮下，表现在举止之间。《盗书》这出戏，大概是表现主题的需要吧，蒋干脸上的那块豆腐干特别大，挂于尊容上的"丑三绺"也很特别，左一撇，右一撇，另有一撇吊在颌下,摇摇晃晃有趣极了。这"行头",大概标志着蒋干是一个自作聪明的十足的笨蛋。

曹营的事难办得很哪!李营、孙府、赵宫、钱大洋行的事也未必好办。伺候人的买卖,不仅应好好办,当心办,而且不可自作多情,搬起石头砸自己的脚。事办砸了,背个处分是轻的,丢掉小命也非前所未有和史无前例。

然而,戏内戏外,丑角一般要比正角轻松、幽默、开心。能当丑角,会当丑角,开开心心当个丑角,是一种造化。不过,若像蒋干那样办下大砸其饭碗捎带上脑袋的事,也就轻松不成,开心不得,幽默不了啦。

据说历史上的周瑜是一位心胸开阔、大度非凡的人物。戏剧中的周瑜却正相反。《草船借箭》中,周瑜一句"既生瑜,何生亮!"道出一个千古命题。要说周瑜一生也够威武雄壮和洒脱不凡了,无奈,心胸不够大,临终却呼出这么一句千古不平的"绝话"。其实,亮也好,瑜也罢,都是一时的长短。这声音虽然可以穿越千年历史,却连距离我们最近的月亮都听不到。你就是个月亮,也有比你更亮的,山外青山楼外楼嘛。允许你家前有小河,后有青山,中有亭台楼阁,就不允许人家下河洗洗脚,上山拾点柴,在亭子上看看月亮!这不也太小家子气了吗?人死,怎么个死法,不完全由自己选择,但胸怀是自家的,尽管有千万条理由,因鸡肠小肚气闷而死,总归不够体面。

人间最美好的东西,也可能成为最卑鄙的东西。好事坏事全在于操作。《美人计》、《斩马谡》、《将相和》、《逼上梁

第四章 览胜

山》处处都是。《打龙袍》这出戏，真是构思别致。包拯可谓处理问题的高手，不打本该挨打的皇帝，而打龙袍，既维护孝道，又不伤皇帝，落得个李太后和仁宗皇帝两满意，自己也顾全了清官的面子。古今官场上，总有这样一批办事高手，只要需要，总会从后台走到前台，好事办好，当然也包括坏事办好和办绝。

写戏的大概都是一些挖空心思的人，是看戏高手，也是做戏高手，为处理戏内戏外的矛盾，可谓奇招百出，说他们是政治家、军事家、民俗家，外带心理学家，一点也不过分，但最主要的恐怕还是善吊看客胃口的高级厨师。

戏里乾坤，天上地下，无所不有，梦里梦外各有春秋。有些事在白天不好办转入夜间，睁着眼的情况下不好处理，便转入梦中。说梦抑或梦说的戏也有不少。《惊梦》中杜丽娘做了个甜美的梦，在梦中与可意的情人相会；到了《寻梦》却变成苦梦，相思之苦，家庭羁绊之苦。明代剧作家汤显祖的《牡丹亭》，真是把人间和冥间的甜与苦写尽了。甜梦苦梦都是梦，是与甜相随，还是与苦相伴，不完全以人的意志为转移。杜丽娘在梦中与那持柳的英俊小生相遇，小生在《惊梦》中"如花美眷，似水流年"一声唱，激醒的是丽娘芳心，唤来的是生死情爱；而杜丽娘在《寻梦》中表白愿死后葬于梅树下，"生生死死随人愿，便酸酸楚楚无人怨"，真是感人至深哪！

最著名的"黄粱一梦"，在汤显祖笔下，成为《邯郸梦记》。此梦毕竟有代表性，值得大剧作家一记。面对此梦，我只想说两句话：好事不能不想，办到办不到是另一回事，是其一；少年时的许多梦，到了中年尤其是老年，却会从梦中走出，当然老年也不是全然无梦。

（三）

余秋雨先生是戏剧名校的高材生，留校后成长为一校之长的顶尖人物，文章名气又大，他写的《笛声何处》自然格外引人注目。打开此书，除了名家老照片和剧照、舞蹈图片、唐诗图片外，竟赫然印着王羲之的《兰亭序》。这使我眼前不觉一亮，心中顿时涌出遇到知音的幸福。

余秋雨先生说得好，中华民族在艺术文化充分成熟之后，有几种群体性痴迷值得注意。第一是唐诗，第二是书法，第三是昆曲。认为它们从审美意义上透露了整个民族的精神奥秘。我认为这一奥秘应包括几个群体的相容、艺术的相容及其共同的追求的那个相容的点。这个点，最简略的表述就是美。

余秋雨是戏剧研究专家，他仍拿出两位权威来说话。一位是中国戏曲史研究的开山鼻祖王国维先生，一直认为中国戏曲的巅峰在元代，明清戏曲无法与之相比。一位是文化史家胡适之先生，相信文学的逐步进化，戏曲也在不断进化，由昆曲时代而变为俗戏时代不是倒退，而是一大革命。余秋雨先生把两种不相同的观点拉到一起，认为这是昆曲在学术上处于两头脱空的尴尬。接着，他进一步亮明自己的观点：昆曲不应作为一种前辈的遗产而被尊重和保留，也不应仅仅因为蕴藉雅致的古典美而被欣赏和介绍，它本是中国传统戏剧学的最高范例。

我想，余先生的观点是不错的。但是，一种文化的失落与

第四章 览胜

否,不仅因为它的成就的高低,起决定作用的反而在它的接受群体。诗词、书法、电影都在一定程度上遇到这样的尴尬。这也是一个深入研究者的目光值得注视的领域。其次,与之有关的是当政者的倡导。"楚王好细腰,国人皆饿死"的社会现实,过去有,今后也未必消失。

虽说尴尬,但在中国戏曲史的长廊里,真是奇葩竞绽,人才辈出。仅古代一程,就有《窦娥冤》与关汉卿,《西厢记》与王实甫,《汉宫秋》与马致远,《赵氏孤儿》与纪君祥,《四声猿》与徐渭,《牡丹亭》与汤显祖,《慎鸾交》与李渔,《长生殿》与洪昇,《桃花扇》与孔尚任等等。

其中的徐渭即徐文长,在戏剧史的地位虽然没有关汉卿、王实甫、马致远、汤显祖更为彰显,却同时作为画家、书法家、诗人、文学家在中国文化史上占据特殊地位。作为画家,齐白石曾深恨自己不与徐渭同时,无缘投拜在他的门下理纸磨墨。他的书法自称"吾书第一",被沃兴华认为由衷之言。他的诗词被一代文豪袁宏道拍案叫绝。

此外,把"风流"二字发挥到极致的剧作家、戏剧理论家和戏剧活动家李渔,不能不令人高看一眼。他在《慎鸾交》一剧中借主角华秀说出的一句话,够人琢磨咀嚼一辈子。这句话是:名教之中不无乐地,闲情之中也尽有天机,毕竟要使道学、风流合而为一,方才算个学士文人。

戏里人生,人生戏里。戏剧是人生的精粹,人生是戏剧的丰富。戏外人,对于戏剧及其人物情节,多看少看,横看竖看,取己自便；作为社会这一大舞台的戏中人物，无论大小，既是戏剧中人，虽然可以串行、串演、联演，但无论如何，都应该力求像模像样。

　　附言：写完此篇之后的日子，又写了专著《盆地天声》。如果所写的先后反过来，这一篇可能好一些，深一些、艺术的东西多一些。然而，时间不能倒过来，本文也就由它去吧。

第四章　览胜

蓝色幽默

> 人们对幽默的乐于接受，除却像观月、赏花、听笑话，当有更多期求。幽默对这期求永远是湛蓝浩瀚的海洋。

给思想标定颜色，是20世纪最显著的标志之一。其中自然有红军与白军，社会主义与资本主义红白两大阵营之分，以及"文革"时期红色革命队伍与黑五类、黑帮等创造。

幽默有没有颜色，从作为定型本的教科书，作为宣传品的报刊杂志，抑或作为知识化身的学者教授之口，尚未所闻。但是，我是坚定地相信幽默是有颜色的。

对幽默没有着色，大概是因为什么是幽默，目前尚无统一定义。定义不一，并不等于没有幽默。正像"人"也没有一个统一定义，却满世界都是，据说还有人口爆炸的可能。幽默会不会爆炸，目前暂无征兆。不过，关于幽默定义的众说纷纭却是有据可查的。

——美国的《新时代大百科全书》对"幽默"的定义是："幽默乃是一切滑稽可笑的事。"且认定这是"最佳定义"。

——英国的《大英百科全书》将"幽默"定义为："一种能够诱发笑声的刺激。"虽然没有标榜为"最佳定义"，却也没有表明"有待商量"或"恳请讨论"。

——法国的《拉鲁斯大百科全书》是这样说的："人们把各种

各样的滑稽可笑的东西，甚至旅行推销员的趣闻都归在幽默的名下。"这等于说某筐可以盛苹果、核桃，也可以装电器或农具，却没有说此筐是竹编还是荆制。

上述各家，各执一义，共同的一点则是把幽默与滑稽混为一谈，可见为"幽默"定义之难，同时也透出做学问者滑稽的一面。

萧伯纳是幽默大师，他干脆说："幽默的定义不能下了，这是使人发笑的一种元素。"这老头的做法等于是，他在街头棋摊观战，口说这盘棋没法下了，却顺手拿起一枚棋子将一军。

中国的《现代汉语词典》中释义是：有趣或可笑而意味深长。如果让我来说，我干脆就是：趣味深长而可笑的意味。遇到这意味，自然发笑而体会其意味深长。或曰，笑过之后大觉意味深长。同时，我尤其赞赏列宁所说的"默幽"是一种优美的健康的品质。不过，我的这点意思也未必人人赞誉，尤其未必会认为准确定义。

看来，为"幽默"下定义，值得在全世界范围加以讨论。至于中国是不是产生幽默的国度？那要看在什么样的时代。记得鲁迅先生在20世纪的三十年代就说过："'幽默'既非国产，中国人也不是长于幽默的人民，而现在又实在是难以幽默的时候。"鲁迅先生说这个话的时候，是中国社会最黑暗的时候，是温饱无着的时候，是生命不保的时候，是"风沙扑面，虎狼成群"的时候，是"皇帝不肯笑，奴隶不敢笑"的时候。

就是那样一个时候，也有人竭力提倡幽默。面对那样一个时候的那样一种鼓吹，鲁迅先生一方面肯定了幽默作品中也有一部

第四章 览胜

分讲真话的好作品，另一方面指出：在这样的时候，不应该"一方面点缀富人们的太平盛世，另一方面掩盖穷人的呼号和血泪。"尤其坚决反对"将屠户的凶残，使大家化为一笑"。其中这"屠户"的指向是一目了然的。

面对此情此景，许多负责任的中国人都站出来说话。当时仅20出头的青年才子钱锺书也参加了那场辩论。他没有像鲁迅那样尖刀直入，像切割部位肉那样将这场讨论中关于幽默及相关的一切分割得清清楚楚，而是用自己特有的才气，在《说笑》一开篇就说："自从幽默文学提倡以来，卖笑变成了文人的职业。幽默当然用笑来发泄，但是笑未必就表示着幽默。刘继庄《广阳记》云'驴鸣似哭，马嘶如笑。'而马并不以幽默名家，大约因为脸太长的缘故。老实说，一大部分人的笑，也只等于马鸣萧萧，充不得什么幽默。"

钱锺书先生还说："真正的幽默是能反躬自笑的，它不但对于人生是幽默的看法，它对于幽默本身也是幽默的看法。""经提倡的幽默，一定是矫揉造作的幽默，""本来是幽默丰富的流露，慢慢地变成了幽默贫乏的遮盖。"

我敬爱在黑暗的铁屋子里无私地、勇敢地、韧性地战斗着的博大精深的鲁迅先生，同时佩服那位年纪轻轻就博采中外，熔铸古今，洞幽烛微，机趣横生的钱锺书先生。

钱锺书先生并没有正襟危坐地为"幽默"下定义，却在无意之间留下一个内涵丰富、定位准确、一语中的的幽默定义。他的定义充分体现了幽默的全方位性、自然性、自动性和本质性。

钱锺书先生不仅对幽默本身是幽默的看法，而且他自身也是幽默的。作为学贯中西的学者，不经意冒出来的作家，学养丰厚、联想丰富、比喻奇特的语言大师，他的幽默不是单调的幽默，而是充满着才气，闪耀着知识的灵光，饱含着机趣的智慧。他的幽默，不仅能使人发出会心的微笑，甚至大笑，而且能使人笑过之后留下深刻的印象，无穷的回味，引起深深的思索。不仅他的小说、散文充满幽默，就是他的学术著作也处处流露出机智和幽默。对一般人而言，在神圣的学术殿堂里一旦加进幽默，就可能露出浅薄和不逊，而钱锺书先生的机智和幽默反而使他的学术更显通透、文雅和圣洁。这是因为，他的幽默是以丰厚的学养为基，洞明的观察为积，灵动的情感为契，巧妙的方式为宜的钱锺书式的幽默——是以广博、深沉、灵动为特征的蓝色幽默。

说到以深厚的学养为底蕴，以机智和巧妙为方式的蓝色幽默，使我想到这样两件事：

一件是，幽默大师侯宝林到美国表演相声。在记者招待会上，一位西方记者问："里根原先是演员，在美国可以担任国家最高领导人。您也是演员，在贵国会有这种殊荣吗？"侯宝林先生不无轻松地回答："里根先生我知道，他和我不一样，他是二级演员，我是一级的。"听到的人个个捧腹大笑，无不为侯宝林先生的机智幽默所折服。这其中没有丝毫的浅薄，没有小家子气的拘谨，却充分体现出大艺术家深厚的学养和广阔的胸怀，不能不令人联想到无边无际的汪洋大海，蓝色透亮的海水。

另一件是，陈毅担任外交部长时，我国击落一架美国无人驾

第四章 览胜

驶U-2侦察机。有个外国记者问他是用什么武器击落的。陈外长回答："是一件新武器。"记者又问："是哪一种武器？"陈外长说："老实告诉你吧，我们是用竹杆捅下来的。"在场的记者不禁大笑，那位记者也不便再问了。这话从胸怀似海的陈毅口中说出来，看似有点不够大气，但越想越能体会到大国外长的风度。这种关系国家核心机密的问题，怎么可以正面回答呢？不正面回答又不造成尴尬，陈外长的处置是再恰当不过了。这"恰当"是通过长期修养形成的，是从无限的心底浮出的机智和博大，不仅使人想到湛蓝的海，而且想到蔚蓝的天。

上面说到的这两件事，连同毛泽东的幽默，还有红色成分，或者说以红色为基调，而钱锺书先生在各种场合和著作中的幽默，则更多地倾向为蓝色幽默。

例一，一般人总愿意让更多的人知道自己，包括目下的争镜头和"某某到此一游"。钱锺书先生恰恰相反。有人告诉他，外国有位记者说，来到中国有两个愿望，一是看看长城，二是见见钱锺书。钱先生不无幽默地说，知道那个鸡蛋好吃就行了，何必要见那只下蛋的老母鸡呢？其言词并不像太阳那样耀眼，酿成这言词的胸怀却像大海一样博大、深沉、透亮、湛蓝。也像蓝色的大海一样，并不争高，也不争大，却自有其大，自有其阔，自有其深，自有其无限的容量，并且永远是那样虚心以纳万有。

例二，中国人的吃饭艺术不仅屹立于世界之林，说成是一览众山小的世界昆仑也不为过。钱锺书先生对吃饭也幽过一默。他说，吃饭有时候很像结婚，名义上最主要的东西，其实往往是附属品。吃讲究的饭事实上是吃菜,正如讨阔佬家的小姐,宗旨倒不在女人。这种主权旁移,包含着一个转了弯的、不甚朴素的人生观。辨味而不是充饥,变成了我们吃饭的目的。舌头代替了胃肠,作为最后和最高的裁判。他又说,天下只有两种人:譬如一串葡萄到手,一种人挑最好的先吃,另一种人把最好的留到最后。他还说过吃餐好饭,你会觉得很合胃口,这主要是因为你心上没有挂碍,轻松的灵魂专注于味觉。如果是离别筵席,随它怎样烹调得好,吃来只是土气息,泥滋味。这关于吃的幽默,看似平淡似水,却也机智似风,深沉似海,圈子很大,景点甚多,完全可以说成是蓝海风光。

例三,快乐是人生最希望的东西,前世的事不好说,至少是多数人当世想一生快乐,并希望把快乐带到来世。关于快乐,钱先生也有一番妙语。他说,快乐在人生里好像引诱小孩子吃药的方糖,更像跑狗场里引诱狗赛跑的电兔子。几分钟或者几天的快乐赚我们活了一世,忍受着许多痛苦。我们还预想死后有个天堂。你看,快乐的引诱不仅像电兔子和方糖,而且像钓钩上的鱼饵,竟使我们甘心去死。这么严肃的生死大事,在钱锺书笔下竟如此轻松,如此清亮,如此通透,如此波光粼粼,除非比作蓝色海洋,还能有什么更恰当的判定呢?

例四,时下,有些人把讲吃讲穿,追求当下快乐,弄到登峰造极的地步,却还要拿读书来装点门面。关于读书,钱先生的话不失为最好的警策。他说,蚕吃桑叶,但吐出的是蚕丝,而不是桑叶;蜜蜂采花,但酿出的是蜜,而不是花。读书就好像吃饭,

第四章 览胜

会吃的人吃下去长精神，不会吃的人，吃不好反倒在肚子里长出痰瘤来了。这好像是说，有些人还不如一枚蚕和一只蜂，也好像是说贪官的结果大体类此。读着这些话，使人想到蔚蓝的天，蓝天下发生的事，不管这些事的颜色如何变化，底色依然是蓝色。只是透过蓝色还使人想到船沉海底，葬身鱼腹，化为肥料等事物。这似乎与湛蓝清亮的大海不相同类，但不管是湛蓝的海，还是蔚蓝的天，尽管可能被污染，被破坏其宁静，但本质仍然是蓝色，这蓝色已经渗透到钱先生幽默的内部。

例五，关于照镜子，钱锺书是这样说的：据说每个人需要一面镜子，可以常常自照，知道自己是个什么东西。不过，能自知的人根本不用照镜子；不自知的东西，照了镜子也没有用——譬如这只衔肉的狗，照镜以后，反害他大叫大闹，空把自己的影子，当作攻击狂吠的对象。可见有些东西最好不要对镜自照。这段话比较警绝尖刻，却仍然没有越出蓝色之外变为黑色幽默，给人的感觉强烈些，却依然是一道蓝光射进灵魂，令人清醒，却并不把谁击倒在地。

读钱锺书的幽默，闭上眼睛想着，眼前会出现蓝蓝的天，白白的云，忍俊不禁的笑，清灵灵的笑声，而不会使人想起压迫与反抗的斗争，想起"山雨欲来风满楼"的云烟，也不会使人想起以酒为池、以肉为林的腐败。因此，完全可以肯定地说，钱锺书的幽默既不是红色的，也不是黑色的，更不是黄色的，而是蓝色的。这蓝色幽默除了为我们展示一片湛蓝的天，展现出无边无际的蓝汪汪的海，还使我们联想到蓝色下的无限风光。

玄学玄思

> 孔子苦着脸,老子微笑着,庄子悠然自得。然而,他们都是在究天人之秘。所究者何?玄而又玄。

《老子》第一章的末句是:"玄之又玄,众妙之门"。

老子为什么要说这样一句话呢?他看到了什么,听到了什么,想到了什么呢?恐怕是看得太远了,以至听不到,思想的闪电达不到。他除了说过"大道无形",不是还说过"大音希声"吗?或者是想得太远了,以至既看不到,也听不到。《老子》的大注释家王弼不是说过"玄者,冥也,默然无有也"吗?恐怕还是冯友兰先生的解释更合现代人的思维习惯。他说,"玄"字的意思是指"深远神秘,变化莫测"。

人类想清楚一点事,要借助眼观耳闻。大到莫不说宇宙,小到莫不说质子,都使我们的眼睛和耳朵无能为力。现代大型天文望远镜可以观测到150亿光年以外的天体,再远的地方仍然是"玄之又玄";借助倍数最高的显微镜可以观测到用自来水笔轻轻点下的一点,竟拥有5000亿个质子。质子、中子之后再分是什么,有多少?更是"玄之又玄"。

令人更神秘和神往的是,"玄之又玄"为什么却又是打开一切众妙世界的大门呢?王弼说:"道以无形无名始成万物,以始以成,而不知其所以玄之又玄也。"

这似乎是"不知"便玄了。"不知"都玄吗？有必要玄思玄想吗？恐怕是只有与"妙"相联系才"玄之又玄"，并有必要"玄之又玄"吧。台大教授傅佩荣解释是："神奇之中还有神奇，那是一切奥妙的由来。"南怀瑾先生则说："玄的里面还有玄，分析到空无的里面还有空无，妙有之中还有妙有。由这样去体认道的体用，有无相生，真是妙中有妙，妙到极点更有妙处。"

王弼又说："万物始于微而后成，始于无而后生。"这似乎等于说，无论在大的方面，还是小的方面，"不知其所以"，索性展开思想的翅膀去高飞远举。总之是难知其所以便"玄"了。说是不知，也不是全然不知，知道一点便妙一点。这永远是一个由不知到知，由知之不多到知之较多的奇妙世界，所以是众妙之门。

哥白尼的日心说也不是发现了什么真理，而是说出一种丰富的新观点罢了。此描述是极为美妙的。这话也不是我说的，而是大名鼎鼎的大哲学家路德维希·维特根斯坦说的。

哥白尼的观点和路德维希的观点都很开人心智。做人要在"至大间恬淡安宁，至小里游刃有余"，都很有必要向"玄之又玄"去经营。这是物质世界的经营，也是精神世界的经营，是美妙无限的经营，是"玄之又玄"的经营。这经营其妙无穷，其趣无穷，其乐无穷，其哀无穷，其是无穷，其非无穷，其有无穷，其无无穷，其其无穷。

话又说回来，从宇宙空间来到现实人间，我们知道，在王弼那个时代，人类还没有分子的概念，更不用说质子和中子了，但他用了一个"微"字来言其小。现代人比王弼们进步多了,但"微"下去,依然是"玄之又玄"。

《老子》研究权威陈鼓应的高足——杨鹏,为讲清楚这段书,列举了庄周梦蝶的故事。"不知道是庄周做梦化为蝴蝶,还是蝴蝶做梦化为庄周。"这虽然是一个老掉牙的故事,但其中反映出来的"理",永远是一个新问题,面对它,依旧是"玄之又玄"。

一说这个"理",就很"玄",有多少是发现出来的"真理"呢?恐怕还是创造出来的"观点"为多吧。只要人类的"眼睛"看不全宇宙,即便认为是"真理"的东西,也未必不只是一种"观点"。这样说,照旧"玄之又玄"。

杨鹏接着说:"庄周与蝴蝶,是两种不同的东西,有各自的特征,有两种不同的名称,但他们之间可以互相转换,因为他们都是'道'的表现,他们都有'道'这个共同的本质。"

这是老子"万物有差异,但万物又归一"思想的现代版。这又回到了老子的"此两者同出而异名。"王弼释曰:"同出者,同出于玄也。异名,所施不可同也。"绕了半天弯子,也还是"玄之又玄"。其核心在于"同出"那边,永远是个"深远神秘"的所在。

所以,只要探讨事物的来源,只能是"玄之又玄"。别以为都是"道"的表现,就可以相互转换。每个人也都是"道"的表现,就可以你转换为我,我转换为你?这个转换很遥远,程序也很多,等下辈子再说吧。

第四章 览胜

"玄学"中提出了"辨名析理"的观念，其实质仍然是一个追本溯源的挑战。郭象是这个观念的首创者，他把"道"解释为"无"，无论"道"，还是"无"，或者用郭象的观点合而为一，仍然是一个"深远神秘"的问题。

老子和庄子也主张"道"是"无"，认为"道"不是一样东西，无从为它命名，而万物之名又是由道而来的。这便是老子所说："无名，天地之始；有名，万物之母。"话说到这里似乎较为明白，再向上说，再往深说又"玄之又玄"了。

同时，何处是"上"，何以是"深"，也是个"玄之又玄"的问题。这个"上"是说在我的头顶上吗？这个"深"是说在我的脚底下吗？如果不是，难道是在宇宙的头上和脚下，宇宙的头上和脚下又在何处呢？或者说是在"理"的上头或深处，这又是一个何在呢？更加"玄之又玄"了。

任继愈先生在《解老》中说："道是自然界的根本规律，理是万物借以互相区别的特殊规律。"对此，王元化先生指出："这是沿袭黄侃'道，公相；理，私相'之说。"他还引用黑格尔的观点来说明这个问题。即：黑格尔在《哲学史演讲录》中讲到的这种流行于古代东方的本体论的实质，是只承认"那唯一自在的本体才是真实的，个体若与自在自为者对立，则本身既不能有任何价值，也无法获得任何价值。只有与这个本体合而为一，它才有真正的价值。但与本体合而为一时，个体就停止其为主体，而消逝于无意识之中了"。黑格尔仍然是描述了"玄之又玄"。

为此，王元化先生又说："简单地说，这种本体论是把本体认作是存在于现实世界一切个别事物之外的绝对,这个作为绝对的本体不是从现实世界一切个别事物之中抽象出来的,它先于现实世界一切个别事物而存在。"这样说是"不玄"了,却是站在外边说的,如果到里边去,仍难免于"先有鸡和先有蛋"的玄思之中。郭象是指"道"为"无"。他在《庄子注·大宗师》篇论"在太极之先而不为高"时说,道"无所不在,而所在皆无也"。

王元化先生还指出:"玄学背千余年之骂名。王弼、何晏以庄老释儒经,曾被斥为'其罪深于桀纣'。但事实上,魏晋南北朝时代,学术空气活跃,有一种可以比较自由进行探讨的环境。""玄学的出现使得我国的思辨思维开始发达起来。"

事实正是如此,魏晋南北朝时期谈玄之风极盛,《易》、《老》、《庄》三玄,为玄的谈资,所谈主要是本来、有无、言义诸命题,涉及的内容还要广泛。玄学理论正是借助谈玄、著论、注疏"三玄"建立起来的。简而言之,玄学是以此为基础,在魏晋时期形成的一种道家思想为主的思想潮流。它扩大了哲学的视野,丰富了哲学的内容,探讨了许多哲学问题,提出了一系列新的概念和新的范畴。

思想潮流这东西,尽管或许有其神圣的一面,有时大概也是一些人起哄的结果。一帮文人或者玄学家,吃完鸡鸭鱼肉,用牙签剔剔牙,泡上一壶上好茶,边喝边聊,不知不觉,一些范围接近,方向接近,大小接近,颜色接近,就形成一个意思大体相近的思潮。这也像河流一样,是因为它的宽度有限,长度也有限,才成为河。如果宽度无限,就不成其为河。银河大概也因为在我

第四章 览胜

们肉眼观察中宽度有限，才成为河。除此之外，如果长度无限，一个水带可以在地球上像小猫缠线团那样玩，也就不是河了。该称什么呢？"玄之又玄"。

"辨名析理"是玄学的一个主要观念。由此也形成了一个叫做玄学的流派。或者说是站在"辨名析理"这条河边的看客说客小集团。其实他们所看的这条小河，在公孙龙时代就露头了，时隐时现，到了郭象他们的时候，又在河边热闹上了。《世说新语》的《文学篇》中说到这样一个故事：客问乐令，"指不至"者，乐也不复剖析文句，直以尘柄触几曰："至不"？客曰："至"。乐又举尘尾曰："若至者，哪得去？"于是客乃悦服。

"指不至"所争论的要点，是"名"与"实"的道理。一个名词的内涵就是概念，是不变的。"至"不能转化为"去"；名词的外延与内涵是两回事，它是可以转化的，一个具体的，"至"的东西，又可以转化为"去"。冯友兰先生说："乐令的一系列表示，是辨'至'之名，析'至'之实，这就是'辨名析理'"。这与王弼说的"意以象尽，象以言著"，言、象、意三者有联系又有区别的道理是一致的。言生于象，象生于意，因此可以寻言以观象，寻象以观意。另一方面，意对于象或象对于意，只是一种为认识方便而设立的符号，故又有"存言者，非得象者也；存象者，非得意者也。"

人世间的事情，非要弄清它有什么作用，就像吃饭可以充饥，充饥可以维持生命这一再简单不过的事，但人人吃来吃去，最后都归于死之一途，似乎又都是因吃饭而死的，所以又有神仙不食人间烟火而长生不死的想象或者事实。依我看，思维方面的有些东西，似乎是为思维设计的，即便不是仅为思维设计的，也很难说明其具体的实用意义。玄学作为魏晋南北朝时期学术空气空前活跃的反映，追求思想自由也是其一大特色。

冯友兰先生在《中国哲学简史·崇尚理性的玄学》一章中，写下一段极有趣的书：如果万物只是在自身有限的领域中自得其乐，它们的乐也是极其有限的。针对这一点，庄子在《逍遥游》的故事里提出一个独立的人（大鹏），超越有限而融入无限，享受到无限所给的快乐。他因超越了有限、融入无限而"无我"。他顺乎万物本性，与万物一起得其所哉，因此，在世人眼中，他"一无所成"。他与道成为一体，道无名，依同样的道理，至人也无名。

向秀和郭象在《庄子注》里，把这一思想发挥到淋漓尽致，认为"故游于无小无大者，无穷者也。冥乎不死不生者，无极者也。若夫逍遥而系于有方，则虽放之使游而有所穷矣，未能无待也"。"夫唯物冥而循大变者，为能无待而常道，岂独自通而已哉？"在向秀和郭象这里还是"道"即是"无"，成为向郭的《庄子》。因此，后来有禅师说"曾见郭象注庄子，识者云，却是庄子注郭象。"

至人无名，常人以"鹏"为名的却大有人在，只是常人不是至人。但是，追求自由与解放是人的天性。魏晋时期，玄学家们还提出了一个圣人有情无情这样一个与现实有密切关系的问题。何晏认为圣人无喜怒哀乐，其论甚精。王弼认为，圣人茂于人者

第四章 览胜

神明也,同于人者五情也。并认为,然则圣人之情,应物而无累于物者也。有人认为,这一讨论,其实是汉末以来重情风尚的理论探索。

老庄主张任自然,是走向忘情,而重情风尚从任自然开始,走向纵欲。王粲娶曹洪女,天姿国色,感情甚笃。妇病亡,粲不哭而神伤,因神伤过重,岁余也亡。阮籍母死居丧,违背礼的规范,照样饮酒食肉,但"举声一号,呕血数升"。竹林名士中的其他人,如刘伶、阮咸,也都是任性纵情者。刘伶的纵酒放达,脱衣裸形;阮咸的居丧而纵情越礼,都是以自我为中心,哀则极哀,乐则极乐,超越了庄子"物我两忘"的忘情,从忘情走向了任情。

鲁迅先生在《魏晋风度及文章与药及酒之关系》一文中指出,董卓之后,曹操专权,立法很严,影响到文章方面,一是清峻,二是通脱。通脱即随便之意。曹操力倡通脱的结果是,想说什么说什么的文章多起来,孔教以外的思想源源引入。曹操是文章的祖师,曹丕的诗赋很好,子建的文章很好,何晏、王弼、阮籍、嵇康的名声很大。何晏喜欢研究《老子》、《易经》,喜欢空谈。王弼只活了二十余岁就死了。一个二十几岁的人就为我们留下一部《老子注》,可见当时的学术风气之自由和地位之高。

因为有自由的学术空气,儒释道三教的门户也相对放开了。何晏、王弼儒道会通,以无为本,祖尚老庄,而不废儒书。向秀、郭象亦称儒道双修。南朝玄风盛时,更认为儒释道本源相同,开三教同源的先河。梁武帝"少时学周孔","中复观道书","晚年开释卷"。由此可以认为，不同的教派，追索的结果有走向同一的倾向，是其一；互相影响，互相渗透，是其二；三者并用，形成玄学本体论的一元唯心主义，把世间一切现象最终归结为绝对精神的表现和外化，是其三。从孔孟到老庄，再到禅宗，大体是一个由实到空的递进，到最终体现为一个"玄"字，大概也是人类极限思维的一个结果。而魏晋南北朝时候是玄学的一个高峰，不过随着儒释道的合流，也使玄学走向终结。

说是终结，只是像一项事业过程中的一个小结，或者年度总结。总结归总结，事业的继续是必然的。玄学对于后世的思想、哲学、文学、书法、绘画都有重大影响自不待说。如果以现代人的聪明，加上科学的发达，继续玄学的思考和思维，当又是一个境界，又是一层天地。然而，现代人似乎特别注重实用和实惠，而忽视实用和实惠以外更高层的东西。这等于生活上就低不就高，不能说完全是一种好事。米老鼠尚且作出打破常规的思维，何况人呢？

本体问题，以及体用关系问题，是哲学长期以来争论不休的问题，其意义自不待言。玄学的哲学贡献和历史地位不是谁可以否定的，其现实意义也是显而易见的。崇尚思想解放而破除思想禁锢更是当代世界思潮的趋势。社会要趋向和谐，必以宽松的思想环境为基础。从魏晋思想的玄远和文章的清峻通脱来看，追求潇洒风流与高情远韵，寻求心灵的宁静和自在，是无可比拟的精神美。但是，一个民族，永远都应该有自己的主导思想，否则，走向任情纵欲一端，代价将是沉重的。

第四章 览胜

扯了半天,我写下的标题"玄学玄思"是什么意思呢?大概像天文说天,不过在似有似无的天宇间作些似是而非的观察和空间想象。无知与大胆相联系。无知的大夫可以大胆下猛药,可能把病人治死,也可能治好。倒是谨小慎微的名医,总是下些不痛不痒的药。这便是世界。

禅海蠡测

> 鸟唱枝头，溪语涧底，云舞天空，小孙孙缠着老爷爷问，人为什么活着？这一切在禅的世界里，都有一份心悟，都回归于宁静。

在泰戈尔的思想宝库中有一句极富哲理的格言："天空中不留下翅膀的痕迹，但我已飞过。"

这话是自我满足的一种表白？是社会不公的一句责备？是留给后人的一份遗言？是丰硕人生的一个句号？抑或都是或者都不是，仍然作为飘荡在天空中的一种色彩，为太阳增添绚丽。

我反复品味这句话，无论站在外面，还是进到里面，上到高山顶上，还是下到小河边，都会有在智慧的殿堂漫步的馨香、惬意和惊喜。若是用禅眼凝注，禅心体悟，便既是开始，也是结束；既是过去，也是现在；在外面，伴随它飘荡；走进去，融入那沧桑；在天上，闻到大地的芬芳；落了地，升起天空的梦想；在地上，望着天空的空旷；升上天，回顾大地的苍茫。这便是沧海一杯，或许还是禅心一瓣。也正像"云把水倒在河的水杯里，它们自己却藏在远山中。"

东方文化尤其是中国文化，是深不见底，阔不知边的汪洋大海。古往今来，海内海外，有谁能说他遍游此海，走尽天涯海角，观光海的全貌？若如此说，只能证明他尚未下海，见到一粒

第四章 览胜

沙粒,捡到一个贝壳,便妄自尊大。"当太阳经过西方的海岸,他对着东方留下敬礼。"这是因为她晓得海洋的博大,也感受了大地的深沉。

在中国文化这一汪洋大海中,禅文化大概只能算是大海中的一朵浪花。然而,即便是这浪花溅出的一个水珠,竟也是如此流光溢彩,博大精深,直截了当,清新自然,淋漓痛快。其中蕴藏着的中华文化特有的动人风采和令人叹为观止的佛教智慧、人生智慧,至今仍不失为中华文化的一座独特丰碑,说它是人类智慧灵光的广阔天空也不为过。我仅涉猎其中的一星半点,已感觉到它对把握自我、认识人生、豁达洒脱,大有裨益;对智力开发和思想深化也有积极的意义。从写文章的角度讲,学一点禅文化,对于提高悟性,增强灵动,强化美感,均有着诸多好处。

中国禅宗发轫于五世纪中叶,鼎盛于七世纪慧能禅师,近代是禅文化总结、研究、梳理的一个高峰。一些著名文化大师几乎无不涉足其中,甚至扎进去沐浴禅风、痛饮禅水、饱尝禅味、透识禅机。胡适、冯友兰、范文澜、苏渊雷、任继愈、宗白华、钱穆都对禅文化有很深的研究。

我敬服的南怀瑾先生,无论参禅还是研究禅,都达到很高的层次。我对禅产生兴趣,就是基于读南先生和胡适先生的书。南先生的一部《禅海蠡测》,通过纵向的叙述和横向的比较,对禅宗的演变、宗旨、传授和修行实践均有精深的研究。在《禅话》一书中他对禅的理解也有精到的见解。在他的《参禅日记》中,更是记录着他的切实的感受和体会。一本《我读南怀瑾》的书说:"南老师的禅学境界,许多情况,同'兵家奇计'、'诗人灵感'一样,只能意会,不能言传。"就参禅而言,南怀瑾也是深不见底的海。越是这样,他越是那样的谦逊。"白云谦逊地站在天之一隅,晨光给它戴上霞彩。"越是博大谦逊的人,越是光彩照人的人。

鲁迅似乎没有关于禅的专文,不过这正像他没有哲学专著一样,并不证明他对禅少有兴趣。从他研究中国文化的散论,以及《野草》、《朝花夕拾》等集子看,正像他对中外哲学涉足很深一样,对祖国的禅文化也有广泛的吸收。这也正像我们吃的是米面、蔬菜、肉食,喝的是美酒、香茶、淡水,却并不从体内体表长出玉米、小麦、大白菜、红萝卜,即便是出汗,流出来的也不是酒液、茶汁和白开水。鲁迅是真正把祖国的禅文化作为深厚的学养吸入灵魂的现代中国第一文化人。

绿叶恋爱育成花朵,花儿仰慕成就果实。禅文化对恋爱她、仰慕她的文化人给予深深的爱,并使他们成就芳香,结出硕果。且不说出自他们之手的大部头著作,便是大师们的禅味散文、禅味小说、禅味诗,那一份通透,那一份隽永,那一份醇厚,那一份无与类比的清凉恬静,是任何美酒的微醺,香烟的迷离,麻将牌的微妙不可比拟的。有这样一份拥有,便是"生如夏花之绚烂,死如秋叶之静美"。

枝是根的升起,根是枝的源头。禅对文人学士的影响源远流长。如果上溯到唐宋之际,哪怕身边只有清代吴楚材、吴调侯所选的《古文观止》,在鸟语花香的小院中,窗明几净的小窗前,

第四章 览胜

润物细无声的静谧雨夜里，清享那一份静美，那一份宽博，那一份神奇，那一份惬意，是多么美妙的感受啊！

刘禹锡的《陋室铭》，是那样的从容闲逸而又情味隽永；柳宗元的《永州八记》，是那样的情趣奇特而又传神入腑；欧阳修的《秋声赋》，是那样的迷离恍惚却又景声入心；王安石的《游褒禅山记》，是那样的识度超绝，立意高远；苏洵的《辨奸论》、《心术》，是那样的纵厉雄奇，机锋夺人；苏轼的《石钟山记》和"赤壁二赋"，是那样的襟怀豁达，文情酣畅，风韵潇洒，超凡脱俗。没有禅的影响，没有禅心体悟，没有禅味入文，怎么能这样，怎么会这样，怎么是这样呢？这或者只是我的感觉，或许还有幻觉的成分，或许是以禅心度人度文的感受，但无论如何，我确实有这样的感觉，并且肯定地认为，这感觉是美妙的，是透彻的，是灵光的。

露珠对湖水说过，"你是荷叶下面的大露珠，我是荷叶上面的小露珠。"诗人也曾说过，"鸟儿愿为一朵云，云儿愿为一只鸟。"不管是大露珠，还是小露珠，是鸟儿，还是云朵，是高登文学殿堂，还是屈尊公文写作，涉足一点禅，便可以感受"大地接受绿草的帮助，绿草拥有大地的滋润"的快乐。

泰戈尔说："我把小礼物留给爱人，把大礼物留给所有的人。"即使我们时间的大部用于工作，小部用于偷闲，有一片禅心，无论这"大"，还是这"小"，都将融入无限。因此在工作的间隙，在读书进入状态的情况下，在心旷神游的时候，我会想到，有大学问的革命家如梁启超、章太炎、康有为，晚年一头扎进中国传统文化中出不来，难道不是因为中国文化是一个无底的海，太深了，太大了，也太美了吗？还有我们的科学家为什么要那样废寝忘食，废娱忘情，苦心孤诣，尽其一生，殚精竭虑，不分昼夜，不舍追求，舍生忘死，东西接日月，南北迎雨雪，转朱阁，低绮户，总无眠？不正是对美的追求吗？

尤其是毛泽东，尽其青春、旺年和暮年皆以书为命。少年时代，他读书忘时日；中年时代，他读书忘炮声；进入中南海之后，已近老年，钟书依旧。他老人家为了读书，常常是一个芋头，一碗麦片粥通宵达旦；弥留之际，身不能动，眼不能看，口不能言了。依然请人朗读。这是为什么呢？为什么是这样呢？为什么非要这样呢？其中固然有人类共同的利益这一原动力的推动，有使命的驱使，有责任的自逼，但能说其中没有美的吸引？没有对美的追求？没有对"无限风光在险峰"的流连忘返？

我望着毛泽东手书的"落霞与孤鹜齐飞，秋水共长天一色"，在大美的无限空间，不仅想到"书香润物细无声"，而且想到"陶然空景乐无边"。

虽说"采着花瓣时，得不到花的美丽"，禅之花却可以一瓣一瓣采入我们的心中，高搁于智慧的山顶之上，一杯一杯添入文化的海洋之中。还可以漂洋过海，送达海外。因此，中国的禅文化还是对世界文化的一大贡献，对亚洲，尤其是对日本的影响尤甚。有这样一个故事，我看过之后再也没有忘掉，细加品味，很有点意思。

说的是日本有一位修养极高的白隐禅师与一位美丽的姑娘为

第四章 览胜

邻。这位姑娘尚未出嫁,肚子却成了泰国的首都(慢鼓)。未婚先孕这样的事,在深受中国传统文化影响的日本人看来,毕竟很不光彩。在父母的震怒和追逼下,姑娘吞吞吐吐说出"白隐"俩字。接下来自然是找白隐禅师兴师问罪。面对气势汹汹和出言不逊,白隐禅师只是若无其事地说:"就是这样吗?"

孩子出生后,姑娘的父母不由分说要求白隐禅师抚养。已经名誉扫地的白隐禅师,平静地接受了这个不知其父究竟是谁的孩子。老禅师每天冒着众人的唾骂,东家出来进西家,乞奶水养育这个孩子;对于无论来自背后议论,还是当众白眼,甚至当面嘲骂,始终泰然处之,静若止水,毫无气愤、不平、不满之意。

一年多以后,真相终于大白。原来肇事者是东京的一个青年。姑娘一家人怀着愧疚的心情向白隐禅师赔礼道歉,并要求将已经养得白白胖胖的孩子抱走。面对这一切,白隐禅师依旧淡然如水,平静如镜,温暖如春,依旧是轻轻重复了那一句:"就是这样吗?"仿佛什么事情都没有发生过。

有人说禅是一滴水,也有人说禅是一枝花,即便说禅是一片天空,一瞥凝望,均无不可。然而,禅就是禅,任何比喻都无法领略其万一。

由上面的故事,我们读出了什么呢?是面对毁誉的大度?是敞开胸怀的博爱?是融入宇宙的无限?是海底红尘,火中白雪?是空灵玄远,不可思议?是心明如镜,万古长空?我们只能说,这就是禅海一滴。汤一介先生说:人虽在世俗中生活,但并不为世俗所累,而能超然自得,因此既可不离世间,又可超越世间,此或为禅家所追求之精神。他还引用一首禅诗说，"春有百花秋有月，夏有凉风冬有雪；若无闲事挂心头，便是人间好时节。"禅家的这种精神境界正是一种顺自然境界，自在无碍，便"日日是好日"，"夜夜是良宵"。这两段话或许可作为对白隐禅师的一个注释，但老禅师的境界应该更深远、更广阔、更在眼前，也更在当下。

佛陀说："凡所有相，皆是虚妄"，不必执着于过眼烟云，应透过云烟看人生的天空。鲁迅先生在厦大执教时与荒坟合影，坐在坟堆中，怡然自得，并把此照寄赠友人，表明他渴慕古墓生活，厌恶黑暗人世，倾心于地狱中的人间，而非人间中的地狱。

做人应以执着始，以"无执"终。没有执着，才能成就执着。陕西出了一个哲学家马建勋，写出一部《圆点哲学》，以"圆"和"点"两个基本概念为出发点，揭示一般事物的性质、状态和发展变化规律。他认为宏观宇宙，中观万物，微观世界，以及人体结构、人生命运、社会发展、思维方式，其形态大都是圆的，也大都是按圆的规律运动的。他的结论是：万物皆以圆统之。他还指出，"圆"体现东方哲学的整合精神，"点"体现西方哲学的分析精神。并由此出发提出了圆点无限律、异质同构律、圆点嬗变律、圆点全息律、普遍和谐律、圆点均衡律、内外交换律、反序逆向律、圆点回旋律、互为因果律。

我认为，圆点哲学恰恰体现了禅的精神。这是因为：事事妙圆，处处空寂是禅；一生万物，万法皆一，一即一切是禅；佛即是我，我即是佛是禅；禅即是我，我即是禅也是禅。泰戈尔问

第四章 览胜

过：压迫着我的，到底是我的心想要外出的灵魂呢，还是那世界的灵魂敲着我心的门要进来呢？我则想问：是我的心生出禅，还是禅进入我的心？好像释尊说过，都不是这样的。而是"若有想，若无想，若非有想，非无想。禅由何来，又于何往？"赵朴初有诗曰：

不知何处有天涯，四季和风四季花。

为爱晚霞餐海色，不辞坐占白鸥沙。

禅不是花，却散落花间。或者说花间有禅和由禅统辖。灵山法会上"佛祖拈花，迦叶微笑"，一笑道破禅机。

禅机是什么？这是不可为外人道的，也是不能用语言转述的。禅在佛祖的心中，在手拈的花中，在拈花的转动中，并以此传入迦叶的心中。

禅就是这样传承的。没有佛祖一拈，迦叶一笑，花还是花，佛祖还是佛祖，迦叶还是迦叶，不会转而为禅。虽然三者的组合而生出禅机，但佛祖还是佛祖，花还是花，迦叶也还是迦叶，却处处是禅。

禅并不是庄周梦蝶，但一只蝴蝶走进庄周的心，使庄周怡然快乐。不知是庄周变蝴蝶，还是蝴蝶变庄周，总之是蝴蝶使庄周接近于禅。但没有庄周的禅心和灵悟，蝴蝶仍是蝴蝶，庄周也只能远离于禅。

禅不是水上明月，苏东坡却泛舟于水，迎江上之清风，邀山间之明月，耳闻为声，目遇成色，尽享这取之不尽，用之不竭的美景和禅境。

居何？清风徐来，水波不兴处，在平静中得禅。目何？月出东山，白露横江，水光接天之色，在目遇中得禅。闻何？声呜呜然，如怨如慕，如泣如诉，余音袅袅，如绝缕之声，在闻声中得禅。歌何？《明月》之诗，《窈窕》之章："月出皎兮，皎人僚兮，舒窈纠兮"之句，在歌韵中得禅。假如不是苏学士所遇处处是禅，不是物我圆融，通于禅佛，他心中眼中怎会有此美景，有此妙思，有此情致呢？

禅只可心悟，不可言说。说出来的禅只是言下之禅。言下之禅讲"智慧"，通过祛除欲念，恢复自性，由内心宁静安定而获得；言下之禅讲"破执"，通过舍弃贪恋，破除执着，放下包袱而获得；言下之禅讲"慈悲"，通过宽容博大，物我圆融，博爱万物而获得。然而，执着于获得，仍不能得禅。

有僧问马祖："如何修道？"马祖："道不能修，言修得，修成还坏。"所以竟有识："德山棒，临济喝，并是透顶透底，直接剪断葛藤，大权大用。千差万别，会归一源，可以与人解粘去缚。"

据说苏东坡一生用佛理来关照人生，在生活中体会禅悦，经历了三个阶段：参禅前为未臻禅境经受种种困惑；参禅中为悟禅理破禅机，谈佛论道，经历了脱胎换骨的过程；参禅后，解除烦恼，拨雾见性，渐入禅境。

对禅而言，语言是下不了雨的白云，煮不了饭的红光，动力有限的虚电。如果用语言表达，禅什么都不是，什么都是。慧能大师说过，佛性好比天上的明月，文字就像我们的手指。手指可

第四章 览胜

以指出明月所在,但手指却不是明月本身,看月亮也不一定非得通过手指。说禅是信仰,等于说禅是月亮;说禅是智慧,等于说月亮可以发光;说禅是理解人生的一把钥匙,等于说月亮可以为夜行照明。这些比喻都只是指看月亮的手指头,都不是月亮。

今人当中,南怀瑾大师和圣严法师对参禅各有体验。南怀型号先生说,参禅深入,经过一番大死忽然大活,悟境出现在眼前,心目在动定之间,寻觅身心,都是了不可得,身心已不存在了,古德说:"如在灯影中行",是一个实际状况。到了这个"灯影中行"的境界,参禅的人夜睡不会做梦,就可以让得了"醒梦一如"的境界。就像三祖所说:"眼若不寐,诸梦自除,心若不异,万法一如。"圣严法师则说:坐禅是发掘并发挥人类潜在智能和体能的最佳方法,所以透过禅的训练不难把普通人改造为杰出的伟人,将天赋派的人类变优秀,体魄差的人类强健;优秀者使之更优秀,体魄强健的变得更强健,使人人皆有成为完人的可能。

或者禅原本不可言说,说出来便不是禅,至多只是通向禅的指路标签。既然如此,为什么还要一本一本出书呢?为什么作为禅不可言说派的我,也来凑此热闹呢?老实说,我所说的都是禅外之言,即使说是"禅海蠡测"的蠡测,也是言过其实罢了。

石头寓言

> 只要你骗出我心头的蓝天白云,骗起我心底的海底红尘,我情愿让你骗一把。

有人称张五常傲语狂生,却也有人认为他是首位最接近问鼎诺贝尔奖的中国人。就是这样一位才高意广的狂人,对艾智仁教授却佩服得五体投地,尤其佩服他老师那神话般的出神入化的教学本领。他在他的名师博览中有一篇《艾智仁》,此文以郑重其事的笔法,详述了艾教授让学生不用任何度量衡称石头的教学方法,实际上是讲了一个以骗施教的故事。

关于张五常,我第一次得知于中国科学文献出版社出版的《张五常作品系列(第一辑)》。封面上的张五常满头银丝,戴着金边眼镜,穿着和尚领的羊毛外套,看上去轻松随意。他,眉宇凝结自信,眼睛闪现智慧,整体形象谈不上文弱,也丝毫没有张狂的感觉。这一套三本的书名也较特别,分别是《随意集》、《凭阑集》、《学术上的老人与海》。目录也很引人注目。有《艺术天才的排列》、《天才何足道哉》、《科斯的雨伞》、《毛润之的词》、《最"聪明"还是马克思》、《苏东坡与朱元璋》等。当然少不了《艾智仁》。

他的随笔大气、疏朗、新颖,见他人所未见,道他人所未道,读来颇有味道。因为喜欢他的文章,对他也心生敬意,或者说佩服有加。不是爱屋及乌,而是爱乌及屋。读了第一辑,还想

第四章 览胜

读第二辑,却一直没有找到。不知是他本人的原因,还是出版方面有什么不便。

后来,又买到他的《经济解释》,却没有耐心读完。至于他的名气很大的得意之作《卖桔者言》,或者是再版不多,或者是薄薄一本被那些"大书"淹没,反正是没有找到。其实,真正的大书不见得不是薄薄的一本。《老子》、《论语》、《易经》都很薄,鸿篇巨制的《史记》与现在的"大书"相比,也上不了排行榜。我倒希望书薄一些,思想的容量厚一些,买书也总向薄处着眼。

《张五常系列》薄薄的三本,我都喜欢。由于喜欢他的文字,对关于张五常的评论文字也较留意。此类评论还真不少。《狂生傲语张五常》就给我的眼目投来不少的狂刺。那封面上的张五常,头发、眉毛、眼睛、嘴巴、手势,无处不狂。

我对狂本不反感,而对从一个人身上挑出一点什么,大肆渲染,尤其是当一个学者对当局有所建议,与某位领导人有过接触,便极尽揪辫子之能事并不想苟同,总觉得这是小报的勾当。而把一个人拉向两个极端的做法,是小报也应该羞于"启齿"的。这样的事越来越多,大概证明着有些人甘愿通过玷污别人而沽名,不失通过向公众献丑而获利。

我费此口舌,不是想替张五常辩护,而是表示对一位学问家的尊重,还是想循着求学这条线说点什么。据张五常先生讲,学习经济学必须掌握许多概念。用什么方法最能有效引导学生记住并弄懂这些概念呢?教学过程中有着出神入化本领的艾智仁教授,经常提出一些似乎与教学内容无关却可以引导学生钻进去,将学生带入一种化境的问题。他曾出过一道看似可笑却用意很深的怪题:假若你去到一个有很多石头的海滩,在没有任何度量工具的情况下,要知道某一块石头的重量怎么办?问题提出后,学生纷纷利用一切条件查阅资料、检索概念、寻求办法。一个学期过去了,虽然没有一个人找到正确答案,却解决了许许多多教学目标中的概念和难题。

骗比骂好。骗术极妙也是艺术。小骗遭骂,大骗叫人佩服。只要你骗得妙,骗得深,我情愿让你骗一把。艾老师的骗术着实高明,能有幸受此一骗是学生的造化;能出此骗招则是艾老师的长期修炼的结果。对于这样的骗,我们只能恳切地称之为"诱导"。

高山景行的诱导者,我们尊奉为导师。据张五常说,艾老师学究天人,见解精辟,逻辑紧密,哲理湛深,使人有高不可攀的感觉。他天天都在想问题,从早想到晚,似乎是为思考而生活,为思想而生存。他讲课从来不带讲义,因为带也没用,昨天的讲义与今天的新思考相比已经过时。他追求的是时鲜,大概像高档酒店对海鲜供应的要求,宁愿花高价空运,却不到小摊上去捡便宜。又据说,艾教授讲话滔滔不绝,如长江大河,从他口中流出来的全是新鲜思想和鲜活材料。这样的导师即使提一个幼儿班的问题,同学们也会认为有什么玄机,自然会向高深的学术殿堂登攀和寻求答案。受这样的人骗,不受白不受,受了还想受;小受小有益,大受大有益。

第四章 览胜

人大概经常生活在行骗和被骗中,与其受小知的骗,不如受大智的骗,正像鲁迅先生宁愿喂狮子、老虎,也不愿去喂癞皮狗一样。更何况艾教授的骗是将人引向高深的学术殿堂呢?走向学术殿堂尤其是走过的过程,真正会受益的不是概念和答案,而是不易说出却深深体会到的感觉。

感觉是一种超前性质的信息。如果把认识比作雷声,感觉则是闪电。对许多问题的认识,不是先有认识,而是先有一种并不清晰的感觉。感觉覆盖面非常大。没有认识之前,它先于认识出现;有了认识之后,它深于和远于认识,烛照到认识达不到的更深更远处。认识可以传达,感觉要靠意会。人作为宇宙精英,感觉还飘渺在天外的时候就能感觉到,可以感觉宇宙间的一切事物。感觉与宇宙同在,与宇宙同一,心通宇宙的神读书正是这样。

我们在工作中,特别是研究材料,也经常通过漫谈,用旁敲侧击的方法找感觉。比如,围绕一个文件的起草进行讨论,思路尽管暂时还不清晰,也不一定当即找到主题,却能较快进入角色,转而找到感觉,逐步理出头绪,进而抓住要害,圆满完成任务也正是神通之一。

记得有一次,几位同事帮助一位领导起草一篇署名文章,任务很紧急。我的同事们加班写出一个稿子,自认为还差不多。我看后,没有马上说不行,但大家从我的表情知道否定了,脸上的亮光很快暗下来。我没有告诉他们应该怎么写,写什么;不应该怎么写,不写什么。其实直到此时,我心里也没有很明确的"底数"，至少是那个众里寻她千百度的"她"，还没有来到灯火阑珊处。只是在我心中已有了一种感觉，为了把感觉中的"她"推到大家面前，便漫无边际地侃，从侃中流露感觉。看到火候差不多了，大家心中有底了，我的任务完成，便回家轻松睡觉。几位同事连夜奋战，任务完成，在国家大报上发表后，在本市引起较大反响。有人说，这篇文章是胡侃出来的。其实，这只说到表面，真正起作用的是纸上写不出，口头说不出，却通过字外和言外的感觉意会达到目的。这或许就是"天外来客"，就是"神助"。

由张五常崇拜的艾智仁老师安排的称石头的故事，还想到另一个故事。一个官迷，从年轻一直熬到年老，却无缘升官，痛苦地活了大半生，而且越活越痛苦，有一天竟在办公室号啕大哭起来。一位年轻同事忙问怎么了？回答是，年轻的时候，当时的上司爱文学，拼命地跟着背诗词，写小说；进入中年后，来了一位爱哲学的，照跟不误；快到退休年龄了，又换了一位热衷自然科学的，以前学到的本事都用不上了，别说升官，同领导语言交流都困难，能不痛苦和悲伤吗？

其实，这个官迷的痛苦，既不在没有升官，也不在学习跟不上变化，而在于他对艾教授布置的不用任何度量衡称石头重量的工作，压根就没有兴趣。还在于他在感觉上走火入魔，远离幸福的天使，投入痛苦魔王的怀抱。他不是为自己活着，不是把工作当作快乐的过程，而是把那个所谓的目标看得过重，把领导的青眼看得过于神圣，他是为上司的脸色活着。他活了将近一辈子，大概还不懂得幸福是在过程中，尤其在高尚的感觉中这样一个简

第四章　览胜

单的道理。一个人，要连这点道理都弄不懂，即便是官至"林彪"，仍然是个苦人儿。

人活着懂得轻松，这与懂得尊重人至少同等重要。孔夫子直到晚年才随心所欲不逾矩。也就是说，他的幸福生活晚年才得到落实。庄子与他相比，要聪明许多，觉悟许多，也幸福许多。不懂得轻松，便是不懂得生活的真谛，不懂得幸福的真义。

做人，尤其是做官，不看上司的脸也难。有的人，表面上说不看，心里还是看；说是不怕领导，其实还是怕，或者说不能保证始终不怕，永远不怕。看也无妨，但千万别把自己累着。即便是甘愿受累，也应该懂得休息，有劳有逸嘛。即便是不愿意有劳有逸，也应该为领导想想，彼此彼此嘛。就是不为领导着想，也应该为上帝想想，他老人家也是无能为力嘛。怕一点也无妨，千万别把自己吓着。吓出点汗也不要紧，千万别得唯上症和恐头儿癌。自己得癌也不要紧，千万别以此吓唬朋友。我这样说并不是随心所欲打油，而是有两件事给我留下深刻印象。

第一件事：我的一位朋友，对领导特别尊敬，大概经常在心中装着"红太阳"，特别渴望"雨露滋润禾苗壮"，以至到了迫不可耐的地步。一次，他到一个距离"红太阳"还有十万八千里的小官那里"面圣"，刚进门还没有说上一句话，就先抖上了，事没有说成，牙齿倒是碰了"半天"。其结果怎么样呢？人家给他定了性：这样的干部有啥用？！

第二件事：我的另一位朋友，很善于把别人当梯子，狐假虎威的本领与生俱来。他惯用的手段是把他认为可以利用的领导，不惜从头发到牙齿武装起来，弄成魔鬼，弄成阎王，弄成刽子手，弄成吃人不吐骨头的野兽，借以吓唬别人，以此为自己飞黄腾达和谋取私利拓出无限空间。

我自己也是个缺点突出的人。人家不便说破的事，我却毫不顾忌去说破，而且常常是一针见血。对这位朋友，我尤其毫不留情，经常问人家今天又开出几片新天地。不知底细的人，还认为他是开天的大王，辟地的盘古，我是账房伙计。

做人不容易，懂得尊重他人有必要，懂得尊重自己更有必要，懂得轻松尤其必要。无论如何，我佩服像鲁迅先生那样，还是甘愿将自己喂狮子、老虎，绝不喂给癞皮狗；同时，也不反对弄一点美丽温馨的小骗术。

石头里能蹦出孙大圣，也能寓意一部人生哲学的大书。这书上不能没有这样一句话：做人不妨经常骗自己一把。如果对这句话加注，我想到两条：其一，骗你钻进去——深刻；其二，骗你走出来——轻松。

第四章 览胜

悬壶杂说

> 身背酒葫芦的铁拐李招摇过市,引来众人哄笑;神农一本草,黄帝一部经,却荫福千秋,万代敬仰。

我已有20多年几乎不读小说了。开始是由于读起来放不下,怕占去太多时间,后来是因为小说的单位字句思想含金量较低,引不起兴趣。

说不读,也并非全然不读,古代的笔记类小说,现代的思想凝练的短篇,尤其是小小说,还是读过一些。一篇《悬壶日志》就给我留下极深极好的印象,并由此深化了对中医的认识,还为一位中医朋友写过一幅"悬壶济世"的条幅。

在我的印象当中,鲁迅先生一是对京剧贬损有加,二是对中医简直深恶痛绝。他曾说过"渐渐的悟得中医不过是一种有意的或无意的骗子"的话,也说过"我们中国的最伟大最永远的艺术是男人扮女人。"

中国的国粹不知有多少,被鲁迅先生否决的至少有两项。如果男人的辫子和女人的三寸金莲也算国粹,更在他老人家痛击并彻底摧毁之列。

至于鲁迅先生做诗云:"杀人有将,救人为医,杀了大半,救其子遗。"国难当头,好端端的青壮,被一批又一批杀掉,救活几个老弱病残,又算什么呢?愤激之词,言人心声,并不因此否定救死扶伤的神圣使命。更何况他还写过《"皇汉医学"》和《经验》等杂文，对中医的作用加以肯定，尤其指出"古人传下来的经验，有些是极可宝贵的"，因为它曾费去许多牺牲，而留给后人很大的益处。"并说："《本草纲目》里面却含有丰富的宝藏。"

中国古代知识分子，主要出路有三条。第一是做官。这是"万般皆下品"之上的最高选择。第二便是从医。有道是"不为良相，则为良医"。这大概是下品之上，上品之下的中品。第三是任教。这却有点无可奈何的意味，连在这三者之下的普通百姓口中都有传言："家有三升糠，不为小儿王。"看来，做个良相之下的良医，是很不错的选择。

傅山先生就是一位学问道德都不在良相之下的良医。不过因为他书法暴得大名，成为近代史上首屈一指的大家，因而掩盖了他的医名。其实他的主业是悬壶行医，书法是业余。一次，他骑毛驴出诊，竟连人带驴从山梁滚下坡底，巧遇石碑，忘掉主业，忘记归家，一连两天摹碑不已。家人认为他摔死沟下，找到的时候，竟发现他睡在碑前。如果不是这样，中国近代史上则又添一个华佗，少一个王羲之式的人物。

现代西方医学可以追溯到公元前400多年古希腊的希波克拉底。他被誉为西方医学之父。他信奉温和疗法，追求平衡，思维方式与中医相通。

然而，据专家讲，盖伦才真正是西方医学的奠基者。他生活于公元二世纪，首创解剖学。做手术的大夫如果想敬一尊神，盖伦应是首选人物。

第四章　览胜

伽利略虽然不是医学家，但他发明显微镜，把西方医学的基础从人体解剖提高到细胞微观与病理的层次。如果没有他的发明，面对这一领域，人类只能是睁着眼睛的瞎子。因此，伽利略对西方乃至世界医学的贡献具有里程碑式的意义。

中医的起源，如果从神农尝百草，辨药性，著《本草》算起，比西医早了三千多年。但中医经典《黄帝内经》的形成则比希波克拉底晚了三百多年。几乎可以与《黄帝内经》平起平坐的中医经典，还有张仲景的《伤寒杂病论》，孙思邈的《千金翼方》，李时珍的《本草纲目》。它们的作者连同中医的外科圣手华佗，都被尊称为药王。我在本书中多次说过，中国有对贡献杰出的人称王尊神的通例。这又是一个依据，也是人拉长人生，达及永生的明证。

无论中医，还是西医，都是为人民服务的神圣事业。但由于中西文化的差异，中西医结合确有其难度。中医的基础理论是五行学说。五行学说的核心思想有二。一是万事万物依类相配与对应；二是"木、火、土、金、水"五行循环的相生相克关系。五行的方位观念最初源自《洛书》，经典根据可以追溯到《尚书·周书·洪范》。《素问·阴阳应大象》有这样的说法：东方生风，风生木，木生酸，酸生肝；南方生暑，暑生火，火生苦，苦生心；中央生湿，湿生土，土生甘，甘生脾；西方生燥，燥生金，金生辛，辛生肺；北方生寒，寒生水，水生咸，咸生肾。"这是依据中原的气候观察的结果。五行学说最难与现代西方医学接轨，因此最受西方的驳难。但是，越是难以弄清楚的东西也越难驳倒。

近现代中医对五行学说有遵循和否定两种态度，各持一端，莫衷一是。

我对中医基础理论中的"天人合一"、"五行相应"、"五运六气"以及对《易经》思想的应用一无所知，但对中医实行的辩证论治，综合平衡、药食同理、扶正祛邪是信服的。综合调理已成为我生活中的一部分，受益匪浅。尤其是听到和遇到一些典型医案之后，对中医更加佩服。

《燕山医话》载有这样一个医案。一个14岁的少年患鸭步病，步呈鸭状，起站费力，不能下蹲，骨瘦如柴。医生诊断，因脾肾两虚，气血不足所致。方用马前复萎灵冲剂，20天一个疗程，中间停10天，第二个疗程剂量加倍，月余后配合针灸、按摩，每周各三次，竟奇迹般地好了。

又载，小儿夜啼，用钩藤10克，清热平肝；蝉衣3克，散风解痉；木香3克，温中和胃；槟榔3克，行气破滞；乌药6克，顺气降逆；益元散10克，清热降火。以上诸药相伍，效果奇佳。

《南方医话》载，贵州遵义一女婴，出生才四个月竟患阴道出血，啼哭不乳。父母带着她从县医院到市医院，再到省医院，均未见效。最后找到一位全省有名的老中医治好。

贵阳一八十老太，患右下肢冷痛数十年，遇一针灸游医，一针下去冷痛即失。嘱其三日后解针，老太不忍解去，结果一日热甚一日，大夫已游他方，不能解针，每到冬日只好做一特制棉裤，右下肢着单度日。一些专家闻此事后前往观察，无不惊叹中医神奇。

广东一少女患"鬼迷"病，呆若木鸡，状如神灵，终日面

第四章 览胜

壁，不言不语。一胡姓医生以加味甘麦大枣汤治愈，被人呼为善于打鬼的钟馗。

一个八岁男孩子，形寒畏冷，神疲倦怠，面色苍白，头面浮肿，经诊断为急性肾炎，刘医生本着从胃论治的原则，肾病治胃，竟收全效。

著名中医郭梅峰曾说，自神农尝百草，轩歧言病机，到张仲景始成中医理论系统，以六气为体，以三阴三阳为用，又著《金匮要略方论》，以虚实为体，以"调以甘药"四字为用，此即医法之定律。又说"邪气盛则实，精气夺则虚"二语，为辩证准绳。《杂病源》说："生气于精，从阳引阴也；引火归源，纳气归肾，从阴引阳也。"从阴引阳，从阳引阴，全在医生辩证。这些基本的东西不能不予以遵循。

同时，中西医也应互相学习，融会贯通。早在明万历年间，意人利玛窦等人来华，西医东渐。清光绪年间，福建省出过一个名叫力钧的通医，早年常与当时的名医郭金淦、郑省三、林宇苍讨论中医之道，后游学日本，著《日本医学调查记》；并考证历代医书存佚，著《历代医籍存佚考》；中年后又遍游德、法、瑞、奥、意、俄等国，考察学习西医。临终前还谆谆告诫后学，切勿分歧立异，要把中医典籍译成西文，供欧美研究，自己也要虚心学习西医的长处，以求中西会通。

中医以及中医医药学作为中华文明永放光彩的重要部分，又走向了一个新的发展阶段，它必将在总结前人全部经验和智慧的基础上，吸取新的文化营养，借助新的科学成就，走向新的辉煌。

酒苦茶香

> 酒是穿肠毒药，色为刮骨钢刀，茶却清逸飘渺。

俗话说"酒是穿肠毒药，色为刮骨钢刀。"自古以来，这两样东西最撩人心弦。茶就淡雅多了。因此，清茶一杯，便与"灯红酒绿"搭不上界。

至于，同茶功用相近的咖啡，以及近年来由咖啡厅开发出来的类似"青楼"的"事业"，公正地说，那与清纯淡雅的茶事就相去更远了。

此刻，我坐在窗明几净的书房的写字台前，凝望院子里轻轻飘落的雪花，欣赏绿白相映的景物，顾盼娇美的银枝玉叶，思绪轻飏而上。

我似乎看到三过家门而不入的大禹熟睡在一棵大柿树下面。太阳照在他那像朱沙石雕刻的脸上。深秋的太阳并不太毒，他还是被阳光的触摸弄醒了。

他用舌头舔舔干裂的嘴唇，想起又是三天水米未进了。他想起三天前虽然狼吞虎咽地啃过一条鹿腿，饱饮一通鹿血，而此刻饮水却成为第一需要。

他坐起来了。他用已不惺忪的眼睛，望望对面山崖上并不大的瀑布。他收回目光，望定并不远的草丛里有柿子和柿叶的黄水，隐约有一股清香之气浸入他的肺腑。他站起来，走过去，蹲

第四章 览胜

下去,一捧一捧凑近嘴边喝了个够。

痛饮此水,他感觉比鹿血畅快多了,但不一会便晕头转向,飘飘欲仙,竟不知不觉倒在地上再次睡着了。

这是酒的第一次发现。发现大自然醇酿的第一人——大禹便是第一尊酒神。中国历史上像神话又非神话的大事件就这样出现了。我认为,这并不比希腊神话里的酒神狄奥尼索斯及其酒话更神话。

在中国酒的发现虽以醉水而始,却因大禹是和衣而卧,并不太伤大雅。西方的情况就不同了。希腊的葡萄酒酿神狄奥尼索斯虽然没有留下醉酒失态的记载,《圣经》里的诺亚,从方舟下来,却因醉酒赤身裸体挺在园子里,较早地为西方人因酒失态留下神话和话柄。

中国的甲骨文中已有"酒"字。《世本》载:"仪狄始作酒醪,变五味,少康作秫酒。"曹操的《短歌行》中有"何以解忧,唯有杜康"一说。

曹操酒色并发,失去爱将典韦一事,是否罗贯中演义的故事,且不管它。英雄与酒色两项较为亲近,大概总归是事实。

正因为有这样一个屡屡出现的事实,禁酒令较为常见。武王鉴于商纣王因酒亡国作过《酒诰》,曹操怕酒误事,下过禁酒令,都有文件档案可查。

由此可见,酒这东西,小苦苦自己,大苦苦国家。说好,可称为"般若汤"、"扫愁帚"、"钓诗钩"、"攀天梯";说坏,则是"穿肠毒"、"催命汤"、"亡国水"。在《圣经》中,上帝用水解决了人类的堕落，恐怕没有想到酒水也是酿成堕落的祸水。

美与堕落相联系，是贪美过头的必然结果。美色、美酒、美言都有两面性，宜适可而止，不可过贪。不贪，不走向反面，美好依然美好；过贪，美好便可能走向反面。

《汉书·食货志》称酒为"天之美禄"。人人都知道李白斗酒诗百篇的美谈。苏东坡也曾自称："天下之不能饮，无不在予下者；天下之好饮，亦无不在予上者。"苏大学士虽然酒量不大，却好这一口儿。我是既不能饮，也不好饮。看来，大自然或者说老天爷赐给人类这一妙不可言的享受时，却把我等排除在外，列入无此福禄之列。所以，我对酒是闻着香，喝着苦，每遇酒场，躲避唯恐不及，无奈到场，总是苦不堪言，不仅酒香全无，饭香也冲跑了。酒这一尤物，美则美矣，对我而言，却只能着一个"苦"字；如果因喝酒耽误大事，只好着一个"憾"字；因喝酒闯祸，酒后驾车压死人，尤其是酒后杀人，那就只好着一个"罪"字。

茶就不同了。茶首先是神农尝百草的保命神品，其次是"饮之使人益思"的提神"灵芝"，更是"精行俭德之人"的保德饮料。

被《唐才子传》称为茶仙，《新唐书》称为茶神的陆羽著有《茶经》，肯定茶树为"南方之嘉木也"。他认为，茶水可与醍醐甘露相媲美，并从茶之源、茶之具、茶之造、茶之器、茶之煮、茶之饮、茶之事、茶之出、茶之路、茶之图全面奠基茶文化。因此杰出贡献被称为茶仙或茶神。这也再次证明，中国对开创性杰

第四章 览胜

出贡献者称仙称神几乎成为通例。这样一个美举,恐怕是由民间"组织部"首先任命,广为传开,才由官方钦定的吧。无论如何,这件事充分说明,对茶事大力提倡和推波助澜的杰出人物,可谓茶香与人香合而为一,横香万里,纵芳千秋。

品茶是高品位文化,高雅享受。宋代赵佶有"茶以味为上,香甘重滑,为味之全"的感受;陆游诗曰"客去茶甘留舌本,睡余书味在胸中",茶书交织,别有体味。被众多名人公认为天下第一文人的苏东坡似乎对茶着墨不多,但却肯定文人把聪明才智寄托于茶,是淡泊处世,讲究高韵、辅之以精理的妙道。

现当代文人当中,鲁迅先生认为喝茶主要是喝工夫和心情,没有闲工夫和好心情,再好的茶也饮之无味。他对好茶的品评是色清、味甘和小苦,对"香"字似乎没有太在意。不过,在这几个字眼中,就数"香"字最俗。由此可见,鲁迅先生品茶应归于雅中上乘。

鲁迅先生的弟弟周作人就是另一回事了。他虽然写过《关于苦茶》的文章,却把放入茶中极雅的"苦"字写得很俗,且有拖入污泥之中的倾向。

茶不苦便不是茶。我不堪酒苦,并不在于味觉,而是不堪酒席上的应酬,不堪酒席间的嘈杂,对茶苦却情有独钟。苦丁茶虽苦,一喝上就放不下。我想,一个有此品质的人,遇到血与火的考验,叛变投敌应该不会。不过,和平环境说大话,不会令人信服,真正经受了考验,再说硬话不迟。

梁实秋表明不善品茶,不通茶经,不懂茶道,认为"酒实在是妙",可以飘飘然,可以忘烦恼,可以撒疯骂座。如此文人雅士,对酗酒竟至于酷爱。我由于对鲁迅的感情而厌恶梁实秋,加上在酒与茶的品评上,他是"热酒淡茶"派,我是"酒苦茶香"派,既难同席,也不同道,对他就更少有好感了。不过,对他翻译《莎士比亚全集》一事倒是心怀着敬意。

我非常喜欢孙犁的散文。他是否写过关于茶的文章,没有留下印象,至少是没有留下像毛泽东用手抓吃茶根那样强烈的印象。倒是他的《吃菜根》,勾起我对童年的回忆,引出我对喝茶的思索。正如菜根"甜味中略带一种清苦味,其妙无穷,可以著作一本'菜根录'"一样,细想我的喝茶,虽与"粗粮细吃"相反,是"细粮粗吃",再好的茶,上班前泡上一保温杯,有时间就喝上几口。办公室、会场上,正在飞奔的车子上,都是我喝茶的场所。尤其是写东西时,随手拿起杯来,看也不看便喝,茶是什么味道,全然不知,只有苦味十足的"苦丁茶"能引起一点感觉。由此可见自己的呆气十足,只是没有过像王安石那样吃"鱼饵",像米芾那样蘸墨吃馒头的经历罢了。

近两年来,我血脂、血糖、血压三高并举,医生说喝胡萝卜缨子有益,我已喝了一年多,没有明显感觉,只是因此把所有的茶全忘在脑后。目前,关于茶与我,以及茶与人生的关系,只是因为经常与茶有关的书籍相遇,才在《旷思敛语》中添入此篇。

保健、养身和养心是茶当仁不让的义务。茶身兼提神醒脑、消积化滞、清热解毒、助文兴诗,脱俗举雅,伴随人进入半仙之境的功效。至于茶的止渴、提神、灭菌、防龋、防辐射、抗过

第四章　览胜

敏、抗衰老、抗癌变、降血压等功用和益处，早已广为人知，无须赘言。

《红楼梦》这样一部可以与《易经》并称的天书、奇书，通天宇之际，言人事之末的百科全书。不说它的整体气脉，便是其中的枝节小识，都被赋予了神采与生命。此书中茶的描写，值得特别关注。

《红楼梦》第一回贾雨村刚入甄士隐的书房，便有小童献茶。这该是不如此不能表明客人身份，不如此不能表明主人态度的献茶吧。献茶是中国传统礼仪的重要一面。茶仪可分为宫廷茶仪、宗教茶仪、婚礼茶仪和家庭茶仪等等。

《红楼梦》第四十一回贾母陪刘姥姥逛大观园走到栊翠庵，妙玉连忙将茶献上。老太太说："我不吃六安茶。"妙玉含笑说："这是老君眉。""六安茶"是安徽六安县所出，是我国的主要绿茶之一。老君眉是福建武夷山出品，是向皇帝进献的贡茶。由此可见老太太对茶的考究和贾府上下以老祖宗为中心的心态，也说明作为红楼中人有必要懂些茶道和茶经。

《红楼梦》一书关于茶的描写几乎应有尽有：消食化积，有普洱茶；涤热清火，有女儿茶；贾母与众小姐玩"灯谜"游戏，用的是有利于行气开窍的"五窨"花茶；林黛玉接待心上人让紫娟拿出来的是上好的"龙井茶"；宝玉和奶娘尤喜饮枫露茶。晴雯死后，宝玉设祭，还特意献上一碗枫露之茗，说明晴雯和主人有同一爱好。

枫露茶产于何地，有什么特色和功用？我在一部茶书上从

"芽茶"查到"叶茶",从"散茶"查到"团茶",将江苏、浙江、安徽、福建、江西、山东、河南、湖北、湖南、广东、广西、四川、贵州、云南、陕西、海南等茶乡查了个遍,也没有找到。问到朋友,说这种茶可能产于江苏,清香平易,适宜儿童。

我的思绪随着雪花飘飏,与琼枝玉叶一道净化,
水煮沸了,完全没有觉到。

浅叙丹青

> 从山涧邀来一缕清风,从东海采回一瓶水,从竹林捡得一截残竹,从太阳、月亮那里借来一块色彩,绘画便开始了。

十多年前,我去北京出差,在朋友的倡导下,到中国美术馆看画。一位叫吴其树的青年画家的作品吸引了我。他画的花卉,生机勃发,能让人听到风声雨声。他笔下的雨林榕树,能使人想到恐龙时代。他见我对画着迷,便主动与我交换名片。

此后,他每年寄画册挂历,我也曾邀请他来太行山写生和考察古迹。

再次见面,我已届知天命之年,除了徒增岁月,没有别的长进,他则已成为走向世界的大画家。国际画展在中国精选十多幅画,他的画不仅选中,而且反映热烈。随着画声大振,他人也很忙,来长治住了三天,有两天是在观音堂度过的。他认为观音堂是长治的文化品牌,以此为龙头,可以把文化产业做大。

我对画素无研究,却较喜欢。有了这样一位画家朋友,受到感染,更增加看画的兴趣。后来,利用出差机会,又到北京、西安等地看过画。不过当时去来匆匆,过后速速淡化,渐渐了无印象。倒是齐白石、徐悲鸿、张大千、黄宾虹、范曾等大师的画集,常作为怡眼养神之物置于案头,随手翻翻,在心中形成一些感想。

第四章　览胜

我开始对齐白石的画情有独钟，是从书法进入的，后来对他的人品所重超过画品；对书法的情感，是上小学阶段用毛笔做作业、春节写对联培养的。我总觉得，齐白石的画更多地体现着中国传统文化精神，是由国粹成为国宝的，而他的人格魅力即体现于画，尤体现于画艺的追求过程。

开始遇到由他的画印制的挂历，竟情不自禁地看得入神。只感到他画的虾可以惊跑，可以对话；画的蝉，可以惊飞，可以鸣唱；画的蛙，可以跳跃，可以从手上滑去；画的老鼠与灯台，可以嬉戏，可以引出儿时的梦。看着他画的《搔背图》，甚至呼女儿快取挠痒来。见状，女儿大笑，我也大笑。他的真迹，偶尔在画展中见过。他为毛主席画的雄鹰，使人联想到毛泽东的雄才大略，却不会与霸气相联系，同时有"静若处子，动如脱兔"的感觉。从他笔下的《万年青》使人看到拳拳爱国心。《米芾拜石》、《乞丐图》、《夜读图》、《掩耳图》、《歇歇图》之类的人物画，我感觉是以丑为美，美的奇趣盎然，令人喜欢。他的一幅《夕阳归牛图》，使人一眼望去，夕阳西下，晚霞映红地平线，几枝柳丝缓缓摆拂，归牛留给我们的虽然只是一条尾巴和一个大屁股，却使人感到美不可言，绝对比看到美女的屁股圣洁。

读过黄苗子的《艺林一枝》、《画坛师友录》和范曾的画评后，我才多少知道一些关于画的奥秘，同时对白石老人生出深深的敬意。

画是寂寞之道。要心境清逸，不慕官禄，方可从于画艺。

画又是出生入死的事业。观天地之造化，来腕底之鬼神，都是心的修炼，须竭尽心力为之。对此，白石老人用诗说："胸中山水奇天下，删去临摹手一双。"没有勇气和毅力在变革中升华，在出生入死中出神入化，最好远离画艺。白石老人在日记中写道："余作画数十年，未称己意，从此决定大变，不欲人知；即饿死京华，公等勿怜，乃余或可自问快心时也。""书画要一变百变，才能独创一格。"六十岁后白石老人数次求变。为此，他不失几死几生，从决死的大痛苦中求变革新生。他用诗道出了其中甘苦：

破除风格总难能，十载关门始变更；

老把精神苦抛掷，功夫深浅自分明。

喜欢一种东西，进去之后不知是怎样散开和扩张开来的。大概像一块石头投入心海，一圈圈扩出涟漪吧。由齐白石扩开去，接下来认识徐悲鸿。仔细想来，我对徐悲鸿的认识，是由于他笔下的马首先闯入我的视野。而对马的关注，也主要不是因为马，而是因为马身上那股力量，或者说力度。其实，这种力量或者力度不是因为马的飞奔，而是因为画家的笔力，因为中国书法特有的遒劲。由于喜欢徐悲鸿笔下的马，对画家的艺术生活和爱情故事也很神往。之后，从林散之的书论中知道了黄宾虹的"五笔七墨"，知道作画要气韵生动，除了笔、墨、章法的运用和功力外，还要讲"阴阳开阖，起伏回环，离合参差，画法之中通于书法。"为达此艺术境界，黄老晚年仍苦研金石碑帖、钟鼎彝器、秦汉玺印文字不止，画家笔下力挽万牛的健笔，应该都是这样得来的。

第四章　览胜

不过，看画也不单为看那种力量或力度，闲下时翻看画集，我喜欢看吴作人的《金鱼》，齐白石的《草虫图册》，张大千的《碧荷》，潘天寿的《雁荡山花图》。悠闲自得地看着，悠然神往于画家的情怀，悠然来到心中的那份恬淡、静谧，这份感受，或者说艺术享受，有什么可以与之相比呢？

相反，忙里偷闲，工作特别紧张的空隙，翻看徐悲鸿的《奔马》、《愚公移山》，廖冰兄的《禁鸣》，齐白石、徐悲鸿合作的《雄鸡》，特别长精神，心中会涌出一股激情，涌动一种力量，疲倦顿时消散。

人大概总是要深入思考一些问题的。有些问题引起心里烦乱也是在所难免的。这种情况下，我会看看徐悲鸿的《九方皋》，张大千的《唐人观书图》，范曾的《达摩神悟图》、《君子临渊图》和《老子出关》，黄宾虹的《山水清音图》，以无我境界静我心田，导我心空，领我解脱。这绝不是阿Q的精神胜利法，不是自我陶醉、自我满足、自我慰藉，也不是攀登者的雄心、求索者的追求、胜利者的满足，而是与天地为一，宇宙为一，装一杯沧海，盛一盅蓝天，上升到无我、无限的快乐。

人心大概不会永远与空为一，为蓝天白云相伴。九十年代初，我得到一部中外名家书画集，这可是上下五千年，中外无界限的大选粹。其中张大千先生的两幅画深深吸引了我。此后开始搜求他的画集和有关书籍。黄苗子说张大千的画跌宕飞扬，手挥五弦。这当然可以使人想到他飘洒的大胡子，无拘无束的爽朗笑声。但看他的《照殿红牡丹》，不是国色天香的富贵气，却是热气腾腾的一颗火红的心。他的《鲜蔬图》、《消夏妙品》和《泛舟图》，似乎没有农家情调，却有仙家气息。也就是两瓣西瓜、三只菱角，却透出一派清凉，清凉中透出温馨和飘逸，飘逸中似乎又有着仙风道气。不就是一株普通的笋吗？为什么使人想到高风亮节，思绪万千，饱读诗书呢？这是神笋对大地的回归，野生向天堂的升华。那一叶扁舟从何而来，向何而去？分明落款是陶渊明的诗句："舟摇摇以轻飏，风飘飘而吹衣"，却使人想到李白遭贬遇赦泛舟东返，朝辞白帝，夜听猿声，远离朝堂，回归自然的情景。

张大千总归是张大千，胸括天地，笔裹风雷，才是他的真面目。一幅《云龙图》，笔法劲健，雄姿豪放，大概只有李白的"登高壮观天地间，大江茫茫去不还，黄云万里动风色，白波九道流雪山"可以与此图有同等气势。无怪乎黄苗子要对张大千画室拆墙、画桌扩大才完成的《庐山图》巨制赞曰："这种气魄，不是桀骜不驯，能够想到和实现吗？"

人想成仙也是一种追求，等而次之沾点仙气也是一种满足。这满足是什么？肯定不是富有，也不是肉体的快感，而是空阔与永生的拥有。大概是由于年龄的关系，50岁以后范曾的画集摆放在随手可触的地方，齐白石、黄宾虹、徐悲鸿、张大千的画集再打开的时候就不多了。范曾的画在我这个外行人看来，可以概括为一个"神"字。他画神也是神，画人也是神。神有神的超迈，大气斡旋，真气弥漫；人有神的境界，行气如虹，行神如空。

第四章 览胜

我想，他的画能达到这样一个无边大道的高度，固然与他多年以来枯寂参画禅有关，也一定是天才的大成。他八岁时写过一幅"南无阿弥陀佛"，表现出来的不是普通少年的稚气，而是神根初露。

南开大学的叶嘉莹在《范曾画集》序言中有"飘然素发，翛然独往，依稀泽畔"和"呵壁深悲，纫兰心事，昆仑途远"等语；在另一首《水龙吟》中写道："杜陵沉挚，东坡超旷，稼轩雄迈。异代萧条，高山流水，几人能会。喜江东范子，能传妙咏，动心头籁。"

范曾自己在《老子演教》的《画外话》中曾自叙说："道之所在，便是冲融和谐之所在。在画集自序中进一步言明'极高明而道中庸'，'致广大而尽精微'，'乘物游心'，'独与天地精神往来'，'复归于婴儿'，'复归于朴'对中国画家影响最深"。他甚至说："西方人取其近而为新，中国人取其远而求好，其大别如此。"在他的其他文章中，对"大美无言"、"大道无私"、"大乘起信"，俱以专论。我总觉得取近为人，取远为神，范曾的画始终是向着神的方向走去和走来。

岁月如流，往事如烟，艺术永在。我这篇浅叙实在难以道艺术的大千世界于万一，何况又是门外汉的门外话。然而，是也罢，非也罢，此刻在我心中涌起的却是这样一句话："艺术生命，生命艺术"。艺术家将生命付于艺术，艺术才有了生命。同时又想，是什么力量使人对画入迷如此，是否与市场的竞争，战端的挑起，权力的追求，享受的贪图，财物的贪占，是同样的东西呢？倘是如此，我简直不敢想下去。不是的。我想应该不是的。人生许多事，包括再令人钦羡的事，做过也就是了，就像美酒自酌，贪杯毕竟是对美好的破坏。

  我曾说过人的心情也像天气的变化，晴朗天空一朵黑云飘来遮住太阳会突然暗下来。近日从《人有病天知否》和《沈从文别集》中看到范曾"文革"中的极端行为，虽然没去落实事实真伪，心中总有些别扭，再看他的画似乎也变了味。明知不必如此，情感的负面影响总是挥不去也抹不平。同时也就感到，还是齐白石、徐悲鸿、黄宾虹、张大千的画更入目舒心。

浅叙丹青图

书法中庸

> 或许我真的是老了,懂得用"中庸"谈书论法了。还有什么更高明的书论呢?就目前所知,唯有"中庸"。

中国书法如果用一个字来言说,只有"中"字较为稳当。或者说,用中的精神来看中国书法,应该是可以站得住的。

关于中的精神,棋圣吴清源先生的理解是:"'中'这个字,中央有一个棒子,从形状上分为左右两个部分,表示着阴和阳,取得阴阳平衡的那一点,就是'中'"。

"中和"是阴阳相和的最高境界。棋艺达到这样一个境界,棋盘上所有棋子都发挥到最佳的一手,从而形成全盘整体平衡的"六合之棋"。

"六合之棋"是吴清源达到棋圣境界的标志。所谓"六合",在古文里是宇宙的意思,也即东西南北和上下六个方位。将"六合精神"运用于围棋形成"六合之棋"。意思是围棋的目标不是局限于边角,而是站在很高的角度保持全体平衡。这是棋手应当付出一生追求的境界。人生尤其是书法艺术更应该有此追求。

吴清源先生根据他对棋艺和书艺的体会指出:"中国字是'中和'。所谓'中',在阴阳思想中,既不是阴也不是阳,应该是无形的东西。无形的'中',成形的时候表现出来就是'和'"。这是一言中的的很高明的书论。

第四章 览胜

我不懂围棋，但仔细品读吴清源先生关于围棋的"六合精神"，尤其是他终身追求的"中和"境界，还是被他的"中和"精神深深地吸引住了。联系读过的书法理论，以及以往揣摩碑帖的感受，越想越明朗，越想越兴奋，以至到了不能自已的地步。回想第一次见到王羲之的《兰亭序》，一下子就被惊呆了，越看越如痴如醉。此后又陆续寻到《圣教序》、《丧乱帖》、《孔侍中帖》等，无不如此。究竟是一种什么力量使人如此呢？直至看到吴清源先生的高论才真正懂得：是"中和"的力量。

"中和"之美在王羲之的书法中得到了最完美的体现。历代书论家共同认为，王羲之的书法不激不厉，从容中道，将雄与秀、动与静、奇与正、方与圆、肥与瘦、刚与柔、文与质统一得恰到好处，正所谓"平和简静，遒丽天成"。如果对如此高的艺术境界着一恰当的字，只能是"中"。

我想，这就像观日出，无论到高山巅还是大海上，要的都是那样一个角度。有此角度，才有此奇境，无此角度便索然无味。我从吴清源先生这里受到启发，再去品读书法，就像换了一双眼睛：原来高明的书法都是"中和"的体现。套用王国维先生的话说，就是有"中和"则自成高格，自有名书。进而想到，这样一种境界，并不是谁事先规定了标准，设定了途径，制定了比赛规则，然后再有组织地去实现，而是只要走向书法艺术这条路，有着强烈的对书法艺术美的追求，就会自觉或不自觉，或者说由不自觉到自觉地向"中和"靠拢，逐步达及"中和"境界。这不是由谁的规定决定的，而是由本来便有的规律决定的，是由事物内部原本存在着的真理决定的。

通过中庸思想在围棋与书法实践中的贯彻，达到"中和"，是很高的境界。而以中庸思想为统领观看书法，则自是一层天地。明白了这一点的当初，我如获至宝，激动不已。再去翻看名家的书论，原来书圣先哲们早就是这样说的：

张怀瓘在《书断》中说得好："进退宽章，耀文含质，推方履度，动必中庸。"

近代书论家认为，王羲之所以成为书圣，并经受了历史的考验，真正的原因就在于他的书法代表了中国古代的两大哲学思想。一是以孔子为代表的中庸之道，一是以老庄为代表的自然之道。而这两大思想体系，都不是由孔子和老子随意编造的，而恰恰是他们对自然和社会本质规律的发现和揭示。这两大哲学思想体现于王羲之的书法，或者说书圣王羲之自觉地将这两大思想贯彻于他的书法，并使二者在他的书法中得到高度统一，以至"合二而一"，形成一个高层次的完美结合。

书法艺术达到如此境界，便是以完美为标志的自由天地。也可以说，王羲之以自己的天才条件和不懈追求获得了这样的自由。正如黄庭坚所言："右军书法如孟子言性，庄子谈自然，纵说横说无不如意。"

高层次的艺术，包括书法在内，都是高峰体验的结果。王羲之的书法，以及黄庭坚书论所言，正是这样一种境界。能达此境界还不仅仅是自由，而是自由的自在，是自在的高峰体验。写成书法，便是这种高峰体验的物化。这样的追求达及的境界，对书

第四章 览胜

对人都是一种造化。《世说新语》中描绘得更形象:"时人目王右军飘若游云,矫若惊龙。"这正是对静穆与飞动长期追求而形成的神韵。这神韵的深刻内涵是中庸,表现在书法上是"飞动"。如同蔡邕《笔论》中所说的:"若坐若行,若飞若动,若往若来,若卧若起,若愁若喜,若虫食木叶,若利剑长戈,若强弓硬矢,若水火,若云雾,若明月,纵横有可像者,方得谓之书矣。"

书法中庸,写自然,并非从王羲之始,他是集大成者而已。早在甲骨文当中,就讲究对称,追求平衡,体现平衡基础上的对称美。甲骨文虽然线条细挺,但在相交处已流露出中点的含义,产生血脉相通,水墨交融的效果,而且笔笔轻重相宜,决不失重。这说明中庸思想对书法的统摄从自然到自觉,是一以贯之,彻地通天的。也说明书法对"中和"的追求,无论是自觉的,还是不自觉的,在漫长的历史中,经历了长期的追求。也可以说,甲骨文时期已见到"中和"的晨光。

继甲骨文之后的金文,更讲究"精巧匀称"。西周中期的《鲁生鼎》,行笔沉缓,不激不厉,线条舒展有度,通篇感觉如随波披拂。最著名的《散氏盘》,线条组合虽然突破横平竖直,但左右相倚,上下相形,变不平为平,不直为直,奇姿迭出,妙趣横生,又不无失度。《石鼓文》在结体上虽然将线条安置在字形的四周,却并不失去用中的原则,从而表现出既宽博恢宏,又平衡安稳的风格。康有为在《广艺舟双楫》中指出:"石鼓既为中国第一古物,也当为书家第一法则也。"最受世人推崇的颜真卿、怀素等书法大家,不管书风如何不同,却都深受《石鼓文》的影响。近现代名家杨沂孙、吴大澂、吴昌硕等人的篆书也都从《石鼓文》脱胎而来。这都充分说明，一种最接近真理的精神，一旦被发现，就会影响一代又一代人；换一个角度说，一代又一代人都会为接近同样一种真理而不停地努力。书法对"中和"精神的追求正是这样。

书法到孔庙三碑，大概对"中和"的追求逐步进入自觉阶段。与《乙瑛碑》、《史晨碑》合称为孔庙三巨制的《礼器碑》，用笔方中见圆，结体平正中见险绝。清人杨守敬对此曾有"寓奇险于平正，寓疏秀于严密，所以难也"的评说。透过《礼器碑》，"但存一股清气于空明有无之间"的艺术魅力，联系孔夫子关于中庸绝难的感受，仔细品味此碑体现的中庸精神，更应该意会到书法艺术的极致在中庸。

唐代书法大家褚遂良效法《礼器碑》，吸取众长，"字里生金，行间玉润，法则温雅，美丽多方"。王世贞指出，诸评书者只道褚河南书如瑶台婵娟，不胜罗绮，不知其虽外拓取姿，而中道有法。王论可谓一语中的。《乙瑛碑》的"骨肉匀适，情文流畅"，《史晨碑》的"修饬紧密，矩度森然"，无不体现"中和"的精神。

书法从魏晋到隋唐，对中庸精神的遵循形成自觉。纵贯其中近五百年无不将孔子的中庸之道与老庄的虚无清净自然之道相结合，将恪守法度与崇尚自然相统一，从而将书法艺术推上前所未有的新高度。钟繇的小楷刚柔兼备，点画厚重，笔法清劲，异趣与古雅并出。王羲之的书法将人工美与天然美的巧妙结合，"从

第四章　览胜

山阴道上行，如在镜中游"。王献之的《洛神赋》，用笔娴雅舒展，线条圆润遒劲，结体疏朗有度，举止灼然恬淡，神气中和而不知人间所在。二王书法都是神品，也都是中庸之道的典范之作。

　　唐太宗李世民对书法中庸从书家与书艺的统一作过更精到的论述。他认为"夫字以神为精魄，神若不和，则字无态度也；以心为筋骨，心若不坚，则字无劲健也；以副毛为皮肤，副若不圆，则字无温润也。"此论中的神之和、心之坚、字之度和字之温润，都是以中和为表现的中庸思想的贯彻和体现。

　　书法从楷书到草书，表面看，似乎是对"中和"精神的突破，是对中庸思想的超越，但悉心研究，并不是突破和超越，而是发展和升华。张旭的《古诗四帖》，通篇大开大合，大收大放，强烈的跌宕起伏中突现了雄肆宏伟的态势，颇有咄咄逼人之感。由此一般人认为张旭的草书不可能与"中庸"二字搭界。岂不知他在用笔上仍然是奔放中有含蓄，飘洒中有浑厚，奇厉中见圆润，是开张与收敛的和谐与统一，依然是内法中庸，外法自然。不是本质上深得"中和"的辩证法，便不会有如此荡气回肠交响乐般的草书瑰宝。同样，狂僧怀素的《自叙帖》"虽如壮士拔剑，神采动人，而回旋进退，莫不中节"；"虽率意颠逸，千变万化，终不离魏晋法度。"也就是说，就像地球绕着太阳，春夏秋冬虽有不同，终归不会脱离轨道。

　　意识中有了"中庸"，就像心中有了太阳，再看书法，无不亮堂。我对颜真卿《祭侄稿》的喜爱，甚至超过《兰亭序》，总觉得越看越耐看,爱不释手。何故如此呢?方孝孺的书论回答了我想说而没有说出来的意见。他说:"公之书人皆知其为可贵,至于正而不拘,庄而不险,从容法度之中,而有闲雅自得之趣,非知书者不能识之。"

由此可见,颜真卿作为一代忠臣,最懂得一个"中"字的分量,做人有中心思想,作书不离中心。今人沃兴华认为,颜真卿作为一代开宗之派的名家,虽经历坎坷,但做人志存高远,秉性耿直,作书遒劲豪放,圆浑厚重,殆出天造。最近看到他的《竹山连句诗贴》,更感受到他做人忠烈刚直,发于笔翰,则刚毅雄特,体严法备,如忠臣义士,正色立朝的大家风范。不是以中庸为本,岂能忠直如此?

孙过庭《书谱》是不朽书论。《书谱》说:"初学分布,但求平正;既知平正,务追险绝;既能险绝,复归平正。初谓未及,中则过则,后乃通会。通会之际,人书俱老。"并引用孔子的话说:"五十知天命,七十从心。故以达夷险之情,体权变之道,亦犹谋而后动。动不失宜,时然后言,言必中理矣。"由此可见,书法中庸,需付出一生追求,并切实做有心人也。

追求书法艺术是一生一世的事业,也像围棋一样,不能将一生付之,只是玩玩而已。棋圣吴清源深知其中精要,他将一生付与棋艺,将棋艺和人生付于中庸。他五岁开始读《大学》和《中庸》,七岁开始把棋子放到棋盘上,一生读书研棋从不间断,80多岁了,仍然每天坚持研究《易经》。他是把"中和"精神作为艺术和人生的最高境界追求的。他的人生是追求"中和"的人

第四章 览胜

生,他的棋艺达到"中和"境界。著名小说家金庸先生说,遍观古今中外,他最佩服的"古人是范蠡,今人是吴清源"。并指出:"围棋是中国发明的,近数百年来盛于日本。但在两千年的中日棋史上,恐怕没有第二位棋士足与吴清源先生并肩。这不但是由于他的天才,更由于他将这门以争胜负为唯一目标的艺术,提到了极高的人生境界。"对吴清源先生而言,围棋是一种艺术,更是一种哲理,是终身以求的"中和"境界。书法也同此理。有此境界,人书俱胜;无此境界,终不会成为大器;求其境界,须将一生付之。

尼采在《查拉图斯特拉如是说》中,有个很有名的比喻:人的思想有三种变形,由忍辱负重的骆驼,到英勇搏击的雄狮,再到天真游戏的儿童。到了最后这样一种境界,事实上就是与宇宙合而为一的"中和",可以天真烂漫地开始一切,创造一切,往往可以实现雄狮所无法完成的事业。这三种阶段,可视为书法中庸的完整实现史。

大地小识

> 面对历尽沧桑、无私奉献的大地母亲，我似乎永远是一个无知无识、幼稚可笑的孩童。

我这个人对方位极不敏感，坐车常常迷向。新地方情有可原，老地方也这样，就令人吃惊了。不过，也会听到安慰：这是因为经常想问题的缘故。事后想想这类安慰，知道自己是走向老年了，如果是青年，肯定是受到教育而不是安慰。

由于有这方面的先天不足，对地理也就较少兴趣。只是考虑到地理知识毕竟与学习、工作、生活息息相关，而且我们总将在其中生活一段时间，并将消失于其中的大地总该有些沟通，所以有时也看看地图，翻翻有关地理的书。书架上抬眼可触的有：《中国地图册》、《世界地图册》、《中国地理图鉴》、《世界地理图鉴》、《房龙地理》；还有一套规模较大的《中国历史地图集》。这部由谭其骧先生主编的大型工具书，是多年搜求，在一位书友帮助下买到的。到手后也曾不忍释手地看过一阵子，后来就置之备查了。

方向的确定，是至关重要的一件事。我们居住的这个地球，无论就大里说，还是就小里说，都不能不讲方向。就大里说，地球各方冬去春来，寒来暑往，昼长夜短，昼短夜长，都与方向有关。就小里说，城市的定位和修房盖屋，都不能不讲方向。为

第四章 览胜

此，中国文化中还形成一种具有独特效用和魅力的学说——风水学。

风水学是一门集中反应"天人合一"思想和人与自然和谐的很复杂的学问。我对这门学问素无研究，却知道它是一门科学而不是迷信。最近与一位领导谈到城市布局，重要建筑应听听真正的风水师的意见，他极赞同，并有深刻见地。就我的粗浅理解，风水是集地质地理学、生态学、景观学、建筑学、伦理学、心理学、美学于一体的综合科学。我大体知道，在自然方位上，至少也要讲究"背山、面水和向阳"；在文化方位上，还要依据河图洛书、八卦、五行等理论来考究。《风水辩》中对风水有一段简要解释："所谓风者，取其山势之藏纳，不冲遇四面之风；所谓水者，取其地势之高燥，无使水近夫亲肤而已。"为此，北宋以后出现并使用罗盘，当然还有一套风水应当把握的"三和"原则，"陆院'风水'六六顺"，"宅院'风水'四忌"，"住宅三不要"等等。

最讲究风水方位的莫过于皇城。这种讲究由来已久。春秋末期，齐国有一部官书《考工记》。其中有"方九里，旁三门，国中九经九纬，经涂九轨，左祖右社，面朝后市"的记载。王城的中间是皇城，左侧设祖庙，右侧是社稷坛，之后设市。街巷采取经纬制度，南北方向的道路称经，东西方向的道路称纬。经与纬均与城门相通。这些道路称为干道。干道之间又设次干道。城垣之下辟环涂，即今天所说的顺城街，从而形成畅通的道路体系。知道这些对辨向还有些用处。天津等城市不讲这个，常使人迷失方向，不能不从心里憎恨侵略者从外到内、从物质到文化的侵略行径。

城市尽管重要，毕竟只是地理的一部分。地图以山川河流、五湖四海为主，城市不过是星星点点的小点。去年初，我得到一部探讨书法和绘画的书，书名是《情寄八荒之表》。于是，我在心里发问，"八荒"指什么呢？查阅《中国文化知识词典》，才知道"八"为八个方位，"荒"为荒远之地。《说苑·辨物》有"八荒之内有四海，四海之内有九州。""九州"指中原地带，"八荒"指离中原极远的地方。《尔雅》有九夷、八狄、七戎、六蛮为之四海之说。而我们通常所说的五湖四海只是指洞庭湖、鄱阳湖、太湖、巢湖、洪泽湖和渤海、黄海、东海、南海，泛指全国各地。祖国的"三山五岳"、九大名关、黄河的35峡谷、铁链锁江遗踪各自的地理位置，楚河汉界历史上是指古代豫州荥阳成皋一带，并非现在的扬子江畔的楚河地带，都属大地小识。

曾孕育过中华灿烂文明的泾河、渭河，有泾渭分明之说。泾渭的清浊在历史上有过几次变化。春秋时期泾清渭浊，战国至魏晋时期泾浊渭清，南北朝又翻过来，隋唐时期再次调个儿，唐代以后一直是泾清渭浊。这样变来变去都与人类对自然环境的保护和破坏密切相关，尤其与战争和农业关系重大。这些地方我大都去过，看书之后，有"有朋自远方来"的感觉。

地名中的"阴"与"阳"，关系到天文、地理和历史。古代人根据日照现象，称山南为阳，山北为阴；水北为阳，水南为阴。许多城镇的名称由此形成。如，华山北面有华阴，长江南面

第四章 览胜

有江阴，衡山南面有衡阳，沈水北面有沈阳。掌握这一规律，遇到带"阴"、"阳"二字的地名，一般可以追索出其地理位置。当然，也不是没有例外，武汉三镇的汉阳，应在汉水北面，却在南面，这是因为明代成化年间汉水改道造成的。

古代读书人讲求上知天文，下知地理，大到经天纬地。知道地理沿革是读书人的本分。谭其骧先生主编的《中国历史地图集》，是一项浩大工程，一项经天纬地的事业。据谭先生说，编著此书，历经30多个寒暑。毛泽东、周恩来等一代伟人倾注关切之情。著名历史学家范文澜、吴晗等有初创之功。

关于祖国的历史地理传统可以追溯和回顾到两千多年前的《禹贡》、《山海经》，后来汉代班固撰《汉书·地理志》，元代郦道元的《水经注》，唐代叶贾耽的《海内华夷图》，宋代税安礼的《历代地理指掌图》，尤其是清代集舆地学之大成的杨守敬的《历代舆地图》。我认为，这个一以贯之的传统，不是用"江山代有才人出，各领风骚数百年"可以论定的。他们的贡献应在历代以诗词文赋名世的文人墨客之上罢。

谭先生主编的这部详细而精确的中国历史地图集，记录了祖国石器时代以来祖先们生息活动的区域变化。可以由此看到我们这个多民族国家缔造和发展的过程，充分反映了各民族之间互相吸引，日益接近，逐步融合的历史大趋势，对于阅读和研究历史提供了极大的便利。

我对祖国的历史地理知之甚少，国外的历史地理几乎是个空白。但是，房龙的《地球的故事》和《地理的故事》，还是吸引了我。由此使我更冷静地认识到，人类原来不过是一群并不凶猛也不强大的哺乳动物，经过几千世纪的不断努力，才成为地球上的统治者。然而，人类如果不虚心一些，不充分尊重我们赖以生存和发展的地球，必然受到无情的报复。

地理是人类认识地球并在其上繁衍生息的记录的一个方面。也许还可以说是人类的伟大足迹与这个可爱的星球亲吻的结果。如果用房龙的说法来描绘，无论是生活繁衍在巴尔干半岛南端，创造了古希腊文明的希腊人的发祥地，还是那些从亚洲通过乌拉尔山和里海之间的通道来到一个新住所，与那里已有的人类共同生息被称为欧洲的地方；无论是两千多年前希腊地理学家开始对"亚洲"这个词论辩，后来才意识到欧洲并非世界中心，另一片人口远远超过他们的大陆亚洲人家园，还是由于造物者在开天辟地时粗心大意，直到1644年才被发现，十八世纪英国大批"罪犯"移民过去才开始开发的澳洲大陆；无论是有着1.4亿人民居住，生活较为贫困的非洲"黑色大陆"，还是地理条件得天独厚，被房龙先生称为幸运美洲的西半球唯一大陆，所有这一切，都是地球村的组成部分，当然还有比这大得多的海洋世界。作为人类的共同家园，都理所应当得到全人类的尊重、爱护和建设。

地球上的有些地方，一经发现，就永远牢牢聚焦在人们心中。比如说，位于马来半岛和苏门答腊岛之间的马六甲海峡，因为是沟通太平洋与印度洋的重要航道，成为仅次于多佛尔海峡和英吉利海峡的世界上最繁忙的海峡之一。苏伊士运河作为亚非两洲分界，南北连通地中海与红海，是世界海上航道最重要的"十

第四章 览胜

字路口"之一,也是大西洋与印度洋的最短航线,其极为重要的经济、政治、军事战略价值自不待说。好望角这个大西洋与印度洋之间的非洲西南端的突入海中的石质岬角,被西方人称为海上的生命线,也是通向富庶的东方将珍稀货物运往非洲的必经之路。本初子午线这一地球上计量经度的起始经线,是直到1884年在华盛顿举行的国际专门会议才决定的,采用的是通过英国伦敦格林尼治皇家天文台(旧址)。尽管后来的计算方法有所变化,但却反映出综合国力以及文化贡献才是真正在国际上体现地位的决定性因素和力量。

　　我十分喜读大作家的小文章,曾得到过一套《大书小识》的丛书,爱不释手。此书说是"小识",却是以小见大,奇智宏论迭出,非常开人心智。我借用"小识"二字来说大地,是想表明,大地的事太多了,也太大了,即使一得之见,也谈何容易。因此,只是将自以为有趣的常识抄在一起,一则温习,二则或省去读者一些翻检之劳罢了。如果能由此引起部分读者的兴趣,向较大较深的范围走去,就是我的些许欣慰了。至于我的浅薄,加之在认识地理方面先天不足,所谈如有不妥也请见谅并指正。

星空走笔

> 有人说，星空中有我的位置。这话听起来有些狂傲和遥远，其实却是实情。不应隔膜，而该亲切。

"神五"和"神六"到太空游走，并没有碰着一颗星星，带回一片彩云，但毕竟是人类有史以来，中国人第一次星空散步，不能不令世界震惊，国人激动。如果上帝有意嘉勉，发一个贺电，吴刚、嫦娥应带上王母娘娘赠送的蟠桃和御酒，亲临祝贺，并出席人民大会堂的庆功宴会。

我在激动之余，生出参观太空的兴趣，无奈没有杨利伟、费俊龙、聂海胜三位的幸运，只好找来几种有关的书读起来。

第一种是放在手边的《新编实用万年历》。这部书几乎"应有尽有"，同时也"应无尽无"。简捷说吧，此书关于天文的知识，看过等于没有看。它不过说些太阳系有九大行星，银河系有2000多亿颗恒星，现代国际通用的星座有88个以动物的名字命名，北斗七星属大熊星座等常识。

古代天文学的三垣二十八宿不知是怎样形成的？我总觉得它的创立者应该是天文和文学俱佳的人物。否则，那观察与想象如何能结合得如此天衣无缝呢？无论你抬起头来看，还是低下头去想，不仅发现不了破绽，而且会有天上人间，人间天上的亲切感。

第四章 览胜

就说以帝星为首的三垣二十八宿吧。三垣的上垣为太微垣，中垣为紫微垣，下垣为天市垣。二十八宿又分为四象，每象七宿。分别为东宫苍龙，南宫朱雀，西宫白虎，北宫玄武。我的印象，这与人间帝王的政治、军事关系密切，与老百姓的生活也应有些关系，诸如春种、夏长、秋收、冬藏。

不过，连自家的文字都认识不了多少的百姓，哪管得了这么多呢？还是农历的二十四节气，以及梅、伏、九，与百姓的生产生活息息相关。包括阴阳八卦，既有其揭示自然与人本质的一面，又有被一些人用来骗钱的一面。天空的事真懂也难，半懂半不懂正是产生内容丰富的新观点和玩弄骗术的根由和条件。

第二种是《万物简史》。这是一部由北大校长许智宏作序，中科院院士甘子钊、何祚麻力荐，被称为具有里程碑意义的书。书的第一章是"寥廓空宇"，所说大至宇宙和小至质子，任凭我们展开想象的翅膀，永远想不到其大和其小。宇宙大到几亿亿亿公里再往后面加几百万个"0"，仍然不能尽其大。质子，小到我们写字时随意点下的最小一点，都可以拥有约5000亿个质子，要比组成1.5万年的秒数还要多。

银河系大约是宇宙1400亿个星系中的一个，而银河系估计有1000亿到4000亿颗恒星，太阳只是其中的一颗。我们人类居住这个小天地，人口呈几何级数增加，天上的星星是否也等量增加呢？等量与否，就目前情况看，个体的人与单体的星星结下对子，暂时还不困难。如果每一个星星都是一个美女或者英俊的白马王子，我们的童男童女、壮男壮女、衰男衰女都可以有福消受了。即使是王母娘娘画出一道天河，拆断鹊桥，爱河的潮涌，也会垒起人堆的大道的。我原曾担心，百年之后灵魂无论到何处安身都不免逼仄，如此数数这些恒星，紧张感便完全消失了。于是心想，无论到哪一颗星球上找一块自留地、自留天都不会困难，只是不知寒热如何，有无污染？

人心思大。但除了中国的老子外，很少有人大到太阳系那么大。太阳系有多大？我们以光的速度前进，花七个小时可以到达冥王星，而冥王星距离太阳系的边缘有多远，仍然是一个未解之谜。仅到达这个边缘路过的中间站奥尔特云，需以光速飞行58天。还有一说，太阳系的直径为120亿公里。谁是谁非，有谁能充任权威的界定者呢？界定不界定，莫不说到全宇宙、银河系，即便是到太阳系这个小地方游游泳，散散步，总归是较为惬意的吧。有什么做不到的呢？展开想象的翅膀飞翔就是了。如果硬要推行霸权主义，企图将这些变为自家的后花园，气魄是大，却也太过于贪婪和小家子气了吧。

躺在席梦思上神游，可以将月亮想象为书桌上的台灯，甚至拥入怀中，伴己入眠，都无不可，但一定要像个人隐私一样，化为独有，再不让别人想想看看，就无此必要了。尽管这个距离我们最近的星球，不过是45亿年以前，一个火星大小的物体与地球相撞，炸飞的碎片组合而成的地球伴星。它既有与地球为伴，为夜行者照明，让母子指看的天职，哪有闲工夫单为你享有呢？更何况据说它的构成材料虽然来自地壳而不是地核，虽然极少有地球所有的很多的铁，即便不是地球的铁心伴侣，也是哥们兄

第四章 览胜

弟,你既没有付出,凭什么与你去亲热呢?即便是大小只有地球的四百分之一的冥王星,尽管它还盖不住中国版图一半的面积,也不能成为谁家院中的盆景。

不过,宇宙当中或大或小都很寻常。我们既用不着为空间的狭小而担心,也用不着因妄自尊大而狂妄,老老实实在生生灭灭中排队就是了。

宇宙当中的长长短短并不奇怪。无论是以往的存在,现在的存在,未来的存在,置于宇宙的长度和宽度中,都近似于不存在。然而,这并不等于以往的存在不珍贵,现在的发展不重要,未来的目标不必奋斗,而是说千万不要斤斤计较——不值得;更不要贪得无厌——无必要。

相互尊重和共守秩序也是宇宙的一条规律。总把自己太当人,拿别人不当人,自己也就不是人。宇宙当中的星球大概比地球村的人要多吧,却从来互相尊重,各守本分,你吸引着我,我吸引着你,手拉手,共同走。一家子很少闹什么情绪,没有你给我一拳,我踢你一脚的时候。人这个万物之灵为什么做不到呢?恐怕还是自己心中的空间太小吧。细想,人也够可怜的,有时候连人类不把人家当人看的昆虫都比不上。在这个意义上,人不如自然,甚至不如昆虫。

第三种是《星象解码》。这是一部描述中国星座的书。作者自称由此可以叩开宇宙之门。我总觉得宇宙之门历来是敞开的,只是我们过于渺小,无所适从罢了。到了我们可以低低头过去的时候,人类的伟大和谦虚也就可以说到家了。苏东坡曾说过:

"南箕与北斗，乃是家人器；天亦岂有之，无乃隧自谓。"能有此认识，可见苏大学士的心态与胸怀。顾炎武的《日知录》有言："三代以上，人人皆知天文：七月流火，农夫之辞也；三星在户，妇人之语也；月离于毕，戍卒之作也；龙尾伏辰，儿童之谣也。"由此说来，人类社会是既有进化也有退化。这使我想到，像《易经》那样的著作，就是科学院院士也未必弄通弄懂。人类对规律的把握既无穷无尽，不必担心穷尽真理，无事可做，也有老祖先眼中的常识问题，我们却作为新的发现大惊小怪的情况。

据前人研究，中国第一个奴隶王朝夏，在山西南部和河南西部，即现在的晋南创立了夏文化。夏人以龟或三足鳖为图腾。正是在此基础上，中国古代天文学家建立起黄道带和四象的观念，将黄道带分为四段，每段代表一个季节。东夷以龙为图腾，东段名曰苍龙；西羌族以虎为图腾，西段名曰白虎；南方少昊、北方夏越分别以朱雀、玄武为黄道带南段、北段的名称。这是中国星座命名的真谛，也是建立天文地理分野思想的基础，其核心集中反映了皇权天授的观念。

天帝坐镇中央北极，居所称为紫微垣。北斗七星是天帝的坐车，天帝坐着一刻不停地巡行四方，巡行一周就是一年。因此，《鹖冠子·环流篇》说："斗柄东指，天下皆春；斗柄南指，天下皆夏；斗柄西指，天下皆秋；斗柄北指，天下皆冬。"这一指向论述，只象征东南西北四方及其气候特征，并不代表太阳的季节方位。

据天文学家观察、推算和研究，在五千年间，北极星更换过

第四章 览胜

5次。北极星只有一颗，选用距北极最近的恒星充任。北极只是天球上的一个几何点，没有实际天象可以显示。北极在恒星间的位置短时间保持不变，它大约26000年绕黄极移动一周。故每一个极星，最多也就使用1000年。在中国古代的历史文献记载中，北斗曾作过北极星，故称之为北辰。北辰既是北极，又可以用以指示季节，这就是辰的含义。有些人起名辰，是个很厉害的名字。现今的北极星钩陈一，宋以后一直是这一颗。曾作过北极星的还有左右枢星、天一、太乙、帝星和天枢星。有志于做一回极星，是较大的胸怀，是比明星还要大的人生目标，但比起上下五千年的老子来，仍然是个小伙计。

既然是个小伙计，被人捉弄一下，也属正常，用不着心生恨、胆生怒。关于小伙计北斗星，曾有一个有趣的故事。据《明皇杂录》记载：一行大师幼年贫寒，受到邻居王姥姥持久救济。唐玄宗开元年间，一行受到玄宗皇帝敬遇，对他言听计从。王姥姥却因儿子杀人犯下死罪来求一行说情。一行既不愿意违背法律，强人所难，又想救下王姥姥的儿子。于是，就让浑天寺充作劳务的人帮他腾出一间房子，搬进一只大瓮，吩咐他们在园中潜伏，黄昏时分将进来园子的猪，一个不留扣入大瓮。第二天太史官上奏，北斗七星不见了。玄宗问一行大师，这是什么征兆，可有什么办法？一行说这是上天的警示，建议大赦天下。就这样，既救下了王姥姥的儿子，又没有违背法律。

原来北斗七星这个小伙计竟是一小群猪，而且是一行大师手中玩弄的一张小牌，连同皇帝也被捉弄，为人家开了绿灯还领情。人的智慧真是太可怕了，连天星都要了。

　　天文学尽管是一门科学，但也是较为动人的一台杂耍。难怪大哲学家康德要说："世界上唯有两件东西，能够深深震撼我们的心灵，一件是我心中崇高的道德准则，另一件是我们头顶上灿烂的星空。"康德这个小老头的话，既说明准则大于天，又说明既有广阔的星空在，便用不着为天地狭小而违背准则。同时也是对老子的《道德经》的破解。老子和康德都是在至大与至小里洗牌。他们随意抽出一张牌，正面朝着自己，背面朝着后人，后人永远也研究不完。

　　根据那个小伙计的故事，天文学家寻根溯源，先后在古代典籍找到关于"北斗为猪神"的记载和图示。《山海经中》的"豕身人首"和"豕身人面"，正是古人对猪图腾的写照。《春秋纬说题辞》有"斗星散时，散精为彘。四月生，应天理"之说。意思是北斗星斗柄指向可以确定四时，它的散精则成为猪。猪怀胎四月而生，又象征着天理。

　　第四种书是《宇宙之谜》。这部书作为科普读物，档次也较高。书中提出了诸如宇宙诞生之谜，太阳系起源之谜，地球灾难之谜，月球年龄之谜，夜空黑暗之谜，外星人来访之谜，不明飞行物之谜等无数个令人神往的谜。这些谜可能永远是谜，但破解这些谜，探索宇宙的奥妙，揭开太阳的面纱，探求地球的秘密，研究围绕月亮而来的一切疑问，与神秘的外星人建立有益的联系，则是人类最有意义的工作之一。在这一系列的研究中，能有真正的发现自然伟大，即便是能像哥白尼那样冒出一个新观点，

第四章 览胜

也同样伟大,或者更伟大。

揭谜代有高人出。面对宇宙,伟大的发现也可能是荒谬的胡思乱想。然而,即便荒谬,只要出奇,并自圆其说,就是杰出贡献。包括每一次伟大发现,即便被后人证明为荒谬,在一定历史时期,对人类社会事业的推动,都曾起过极其伟大的作用。

荒谬之中有伟大,伟大之中有荒谬。十五世纪,古希腊著名天文学家托勒密提出"地球中心说",认为地球是宇宙的中心,太阳、月球、行星和恒星都围绕地球转动。十六世纪,波兰天文学家哥白尼,提出"日心说",认为太阳是宇宙的中心,地球和其他星球都围绕太阳转动。比"日心说"只推迟40年,意大利哲学家布鲁诺出版了《论无限宇宙和世界》一书,指出"宇宙是无限大的,其中的各个世界是无数的。"这与中国古代天文学家的看法虽然大体一致,但毕竟思考的范围更为广阔,而且把太阳从宇宙的中心天体降为一个普通的恒星。地球中心论较之四脚乌龟天柱地维之说,"日心说"较之"地心说",人类的眼睛总归是越看越远。远归远,仍然很有限。有限的眼,看无限的事,永远是在摸索中,所以只敢对自己的学说加上"假说"二字。

假说也是科学。二十世纪以来,关于宇宙的假说主要有三种模式。一种是"宇宙大爆炸"的假说。这一观点是由美国著名天体物理学家加莫夫和弗里德曼提出来的。这一假说认为,大约在200亿年以前,构成我们今天所看到的天体的物质都集中在一起。密度极高,温度高达100亿度,被称为原始火球。后来不知什么原因,发生大爆炸。在爆炸两秒钟之后,在100亿度高温下产生质子和中子，在随后的自由中子衰变的11分钟之内，形成了重元素的原子核。大约又过了1万年，产生了氢原子和氮原子。在这一万年的时间里，散落在空间的物质便开始了局部的联合，星云、星系的恒星，就是由这些物质凝聚而成的。第二种是"宇宙永恒"的假说。认为自从开天辟地以来（其实这个词也不准确，看来人类一说话就出错是最容易犯的错误之一），宇宙中的星体、星体密度以及它们的空间运动都处在一种稳定状态。这就是宇宙永恒的假说。这种假说是英国天文学家霍伊尔、邦迪和戈尔特等人提出来的。霍伊尔还把宇宙中的物质分成恒星、小行星、陨石、宇宙尘埃，射电源，脉冲星，类星体和星际介质等。第三种是"宇宙层次"的假说。认为恒星是一个层次，恒星集合组成的星系是一个层次，许多星系结合在一起组成星系团是一个层次，一些星系团组成超星系又是一个层次。人类这些见解的提出，以及其他各种假说，都是探索宇宙奥秘的成果。每一次新的观点和假说的提出，都呈现出人类的目光越来越深远的特点。这种目光的深远也带动了人类方方面面的进步。这种对真理的不懈追求和大胆探索，永远是人类最可宝贵的行为。

　　侃了这么多，其实我对于天内的事，尚且知之极少，连一知半解都谈不上；天外（或者说天根本没有内外之分，所谓天外来客，天外有天，只是人类目光短浅的自说自道。）的事怎么可能知道呢？不过以"荒谬也是伟大"为理由，信口开河罢了。因此这篇《星空走笔》还算不上散步时的遐想，只能算晨练时朋友碰面那种不负责任的信口开河的轻松。

第四章　览胜

书事三叹

> 人世间有书，就像自然界有太阳，让我
> 们尽情感受书的温暖，接受书的照耀吧。

天天与书打交道，我竟不知道书是什么，正如不知道人是什么一样。说人是制造并使用工具劳动的高等动物，书是有文字或图画的册子，似乎是，却并没有说全。书的定义虽不好下定，却也并不影响说说关于书的几件事。

一、关于书的产生

书产生前，有个书前期，那是一个很长的时期，开化到结绳记事阶段，已是很大进步，办法也简便。不过，恰如鲁迅所言"只有几个结还记得，一多可就糟了。"总得想出不太糟的办法，所以正如《易经·系辞》所说："上古结绳而治，后世圣人易之为书契。"

造字的圣人是谁？据说是长着四只眼睛的仓颉，所以读书人四只眼的为多。书的发明专利权归谁所有，应该是两只手的人所为。究竟是谁，有待考据。我的看法，应该是仓颉之前就有了书，因为字是由画演变来的，没有书之前，尽管可以把画画在土地上、岩石上，也可能画在木板上。一上木板，便可能成册，也便有了书而且是地道的"图书"。恩格斯说，书是人类从蒙昧状态走向文明阶段的标志。这么重要的大事件，竟不知道创造发明者是谁，不能不是人类的又一大遗憾。

高尔基说：" 书能使你生活轻松；它会友爱地来帮助你了解纷繁复杂的思想、情感和事件；它会教导你尊重别人和你自己；它以热爱世界、热爱人类的情感来鼓舞智慧和心灵。"一句话，书是精神的营养，是智者的密友，是治愚的灵丹妙药，是思想与情感的温床。书有这么多好处，以及更多妙不可言的神妙，竟不知始创者是谁，真是太令人遗憾了。

甲骨文的产生是老后来的事了。把已有很大进步的文字刻在乌龟壳与牛胛骨上，被我们称做"甲骨文"。有了甲骨文，便有了较原始的书。据说当初在河南安阳市附近的小屯村发现甲骨文的农民，把它胡乱地叫做"龙骨"，作为"刀尖药"贩卖。京官王懿荣买药时发现"龙骨"上有文字，引起重视，这已是公元1899年的事了。据研究者探明，甲骨文从商代产生到近代发现未见天日三千多年，有组织的研究，又晚了许多年，这不能不是人类的又一憾事。又据说日本人对甲骨文的研究高度重视，卓有成效。外邦竟从文化根基研究上占据上风，就不仅仅是遗憾的事了。

简册是写于竹片或木片像帘子一样的东西。这东西是人类文明的主要标志。刻书方便了，不仅看书的人多起来，创作的人也多起来，对美的追求也越来越成一种自觉行为。把人类从动物那一头过渡到人再接近于神，把人类从繁重、单调和枯燥的体力劳动中解放出来，书——从甲骨到木片、竹片、布帛再到纸张种种形式的书有盖世之功。书，始终像一条红线，或者像金光大道，贯穿着整个文明之旅。制造并推动书的进步始终是人类最值得骄傲的一件事。在这条金光大道上，我们的老祖先当中历代都有贡献杰出的圣人。《尚书·多士》记载："惟殷先人，有册有典。"孔夫子和七十二贤以及弟子三千都用这种册子；孔子读《易》，"韦编三绝"，已是较晚的事；《说文解字》的作者许慎说"著于竹帛"，是更晚的事；再后来，才有了写在丝织品上的帛书。

明代的罗颀在《物原》一书中说："史籀始墨书于帛。"似乎帛书为史籀创始。史籀为周宣王时人。这样一位重要人物，我查阅《中国大百科全书》，没有找到。郭沫若在《奴隶制时代》一书中推断商代已经有了帛书。我们现在可以见到的只有汉代的帛书，这种书大概到三国后逐步消失，东汉元兴元年蔡伦发明造纸术，后来有了用纸写的书，印的书。纸为书的发达和人类的发展贡献不可估量。书不断发展提高，书的事永远难以尽言。总而言之，是向简便、实用、美观发展。至于像我这样更喜爱线装书，只能说是一种偏好。

二、关于藏书种种

纸是汉代发明的，到了晋代纸书逐步登上书史舞台，及至唐宋，又发明了雕版印刷术，有"市人传相摹刻，诸子百家之书，日传万纸"之说。书多了，藏书成为读书人的追求，逐渐演变为一种专业。至于成为非读书人的一种装潢，恐怕只算是现代化进程中的一种奇怪现象。

殷代既有册典，也当有藏书。春秋战国时代，把书铸于鼎、钟、爵、盘之上，也可以视为藏书之法。现在尚可见到汉代的帛书，可见汉代藏书已较普遍。曹操"雅好读书文籍，虽在军旅，手不释卷";诸葛亮读旧史,寻往哲,事君之节,开国之才,立身之道,治人之术,都堪称人中之龙,可见当时读书之盛,藏书之富,军旅中的流动图书馆肯定是不可少的。唐代的李泌藏书万卷,韩愈以诗记曰:"邺侯家多书,插架三万轴。"宋时的陆游子承父业,不断添书,家中柜子、箱子、床上都是书。他的"书巢",俯仰回顾,无非书者,饮食起居,没有一日不是以书为伴,以至为书包围,行走不得。明代的范钦在宁波建藏书楼"天一阁",藏书数量多,善本书也多。据说范钦爱书成癖,他的侄子范大澈想借善本书一阅,都不予允许。好在这位侄子很争气,也成为大藏书家。这样的事只有读书人可以理解。明末清初的钱谦,藏书达十余万卷。《牧斋遗事》云:"大江以南,藏书之富,无过于钱。"视书如命,重书胜过重钱,也是读书人一癖。再后来"瞑琴山馆"的主人刘疏雨,藏书也逾十万,可惜他的子孙不善守业,大概也厌倦读书,藏书归于别人。这是读书人的悲哀。"君家疏雨吾好友,积书之癖与我同,……于今说着'瞑琴馆',卅六年前一梦中。"这是刘疏雨的好友严可均针对传书无后写下的诗句。人世沧桑,书世沧桑,转眼旧梦,如之奈何。

藏书,不仅是古代的家国大事,也成为一以贯之的优良传统。今人当中,郑振铎藏书首屈一指。阿英、唐弢都是关注新文学的藏书家。巴金曾说:"现代文学馆有了唐弢的藏书,文学馆就有了一半。"最近,我到北京中国现代文学馆吊唁巴金,看到馆内藏书确实以唐弢为最多。《阿英书话》,唐弢《晦庵书话》,都是爱书人百读不厌的好书。

第四章　览胜

有人说，藏书家坐拥书城，左图右史，手披口诵，含英咀华，是赏心乐事。其实这对爱书、藏书、读书人来说，只是挂一漏万。书就是人，人就是书才是读书人真实写照。"文革"下放期间，杨绛指着一个窝棚说："给咱们这样一个棚，咱们就住下，行吗？"钱锺书认真地想一下，说："没有书。"读书人可以不计较衣食住行，不能没有书。

三、关于读书精神

中国古今不知有多少藏书和读书的故事，也不知有多少品书的佳话。但有一点，季羡林先生十分肯定，那就是，"这样藏书和读书的风气，其他国家不能说没有一点"，"实在是远远不能与我国相比"。不是仅凭季老一句话，就把别的国家比下去了。中国作为"四大文明古国之一"，是世界上最喜爱藏书和读书的国家。曾有"到中国可以不看紫禁城，不可以不看辜鸿铭"之誉的辜老先生也曾郑重其事地说："学习中国文明，学习中国的著作和文学，对欧洲和美国的所有人都有益。"大概也是从中国崇尚读书源远流长以至形成一种民族性格而言的。

南梁刘勰是读书人和品书高手。他把写在纸上的书和宇宙这部大书一起读，把人写之书放之于宇宙这部天然之书中品味和品评。他说："天有日月星辰谓之文，地有山川陵谷谓之理。"王元化先生在《文心雕龙讲疏》中指出：刘勰的"《原道篇》探讨了宇宙构成和文学起源问题"，"刘勰的文学起源论是以他的宇宙观为基础的"。鲁迅先生在《汉文学史纲要》中也说过："梁之刘勰，至谓'人文之元，肇自太极'（《文心雕龙·原道》），三才所显,并由道妙,'形立则章成矣,声发之文生矣',故凡虎斑霞绮,林籁泉韵,俱为文章。"

刘勰之所以能完成《文心雕龙》这一见解精辟、体系完备的品书巨著,除去天才条件,则是因为长期"披文入情"。非此便不会有"体大而虑周"、"笼罩群言"的"艺林之准"形成。我还认为,刘勰对于书,就像伯牙与钟子期"以琴会心,以心交友"一样,与书结成了"高山流水"的情谊。因此,他心之照理,譬日之照形,目瞭则形无不分,心敏则理无不达,深钻细研,体会玩味,观位体,观置辞,观通变,观奇正,观事义,观宫商,极尽读书人的本分和本职,像日照山河,万里生辉,兀现读书人本色。

中国现代读书人当中,陈寅恪是公认的大家。他从13岁到36岁二十年间,先后于日本、德国、瑞士、法国、美国钻研梵文、巴利文和比较语言学。他通晓多种文字,于史籍、文集、小说、佛典均有精深研究;于历史、文学、哲学、宗教、语言均有精湛造诣。他曾与王国维、梁启超、赵元任同为清华大学国学院导师,其学术成就为海内外所重。人称他对史料有百科全书式的掌握,读书治学有无与伦比的创见。据他的同学也是表弟俞大维说,陈寅恪对十三经大都能背诵,而且每字必求正解。赞陈寅恪学问"博通古今,学贯中西",犹有不满。

有人说,二十世纪确实出了一批学术上的大师巨子。他们承前启后,空前绝后,陈寅恪名列前茅。他的"独立之精神,自由之思想",是一生坚持的思想精神,也是他之所以有如此成就最

第四章 览胜

简要的答案。

有一个很有代表性的事件。国学大师王国维自杀，一时众说纷纭，形成"殉清朝""殉文化"两种观点。陈寅恪先生作了一幅很著名的挽联："十七年家国久消魂，犹余剩水残山，留于累臣供一死；五千卷牙签新手触，待检玄文奇字，谬承遗命倍伤神。"还写了著名长诗《王观堂先生挽词》并序，写了《清华大学王观堂先生纪念碑铭》。

陈寅恪先生曾说："我的思想完全见于王国维的纪念碑文中，我认为研究学术，最主要的是要有自由的意志和独立的精神。"为此，他宁愿付出生命的代价。王国维的死，陈寅恪的碑文，都充分说明，文化的发展，文化人的安康，自由空气是首要条件。

厦门大学教授易中天有一篇题为《劝君免谈陈寅恪》的文章。文章指出，近年出现的陈寅恪热，是不该热而热起来了。陈先生不是文化明星，不是大众情人，不是金庸，也不同于吴晗、梁漱溟那样曾被指控"文艺黑帮"头子，一夜之间闻名全国，虽然与钱锺书一样学贯中西，但也没有写过《围城》那样的小说，更没有拍过电视剧，真正震撼我们的是八个字：自由思想，独立精神。认为这八个字是高于一切的。所谓高于一切，就是比一切生命要高，比一切信仰要高，比一切别的利益要高。这样说似乎是超越一切，但自由思想，独立精神正是以人民的根本利益、共同利益为前提的要求。

外国人当中，莎士比亚曾把书比作太阳。他说："生活里没有书籍，就好像没有阳光；智慧里没有书籍，就好像鸟儿没有翅膀。"

莎士比亚出身贫寒，他的父亲是一个织手套的工匠，也是个贫穷的农夫。他13岁就不得不离开学校去找工作，后来的婚姻也是悲剧性的。他一生当中挤过牛奶，剪过羊毛，做过染牛皮的工作。他靠当演员赚了钱，大概为读书和写书创造了点条件，但他在世时却没有多少人知道他，他的全集是去世七年后才出版的。他认为"书籍是人类的营养品。"完全靠持之以恒博览群书，积累了渊博的知识，才写出那么多与太阳比光的作品。据专家考证，他创作的材料来源，几乎全都是阅读历史典籍和前人著作所得。这使人想到，阅读对于作家，正像生命对于空气，植物对于土地，万物对于太阳。我们总认为，一些作家的作品不深是生活不深，恐怕主要还是读书不够。要砍柴而不磨刀，即便是终身住在山上也无济于事。

阅读也使人变太阳，变食粮。饱览群书的莎士比亚一旦被认识，人们的生活就离不开他。一部关于改变历史的事件和人物的书这样评价莎士比亚：

"400多年来，他对语言的精妙运用征服了无数的读者。他创作了38个剧本和150首十四行诗，以前所未有的感性深度对人类内心世界的复杂性进行了探索。所涉及的主题要旨，从浪漫的喜剧到感人的悲剧，均是变化万千。但他所有的作品所共同表现出来的，是此前此后任何作家所无法比拟的对字句驾轻就熟的运用。在世界戏剧的舞台上，在电影上，在课本里，在我们各自的国家里，威廉·莎士比亚无处不在，这也是对其骄人成就的最好继承。"

第四章　览胜

　　莎士比亚以压倒群芳的成就和艺术征服力，为全世界一切爱好和平、追求进步、把德行和艺术看得比金钱和权力更重要的人所折服。在上海戏剧院举行的莎士比亚塑像建成揭幕仪式上，王元化先生是这样赞誉莎士比亚的：

　　莎士比亚不属于一个国家、一个民族、一个时代，"说不尽的莎士比亚"！再没有比歌德这句话对莎士比亚是更适当的赞词了。莎士比亚的戏剧不仅包括了浩瀚的人生，而且还蕴涵了渊博的知识和发掘不尽的深邃思想。莎士比亚的光辉并不随着时间的消逝而褪色。一个一个世纪过去了，一本一本作品被遗忘了，可是莎士比亚的戏剧仍像一座开采不竭的矿藏，永远保存着未被发现未被揭示的新意蕴。它们向现在，也向未来，展示着尚未被认识的哲理。

　　面对这样一位像太阳一样光芒四射的人，面对这样一座永不枯竭的矿藏，面对这样一个"说不尽的莎士比亚！"，我们还能说什么呢？只有更虚心地学习，更勤奋地思考。

　　书事是说不尽的话题。正像刘白羽说的那样："我爱书，我常常站在书架前，这时我觉得我面前展开一个广阔的世界，一个浩瀚的海洋，一个苍茫的宇宙。"

　　我也爱书。然而，关于书的产生竟有那么多遗憾，关于藏书竟有那么多感人至深的故事，关于读书及读书人竟蕴藏着那么伟大的精神，这就是我对书事的三叹！

第五章 奔月

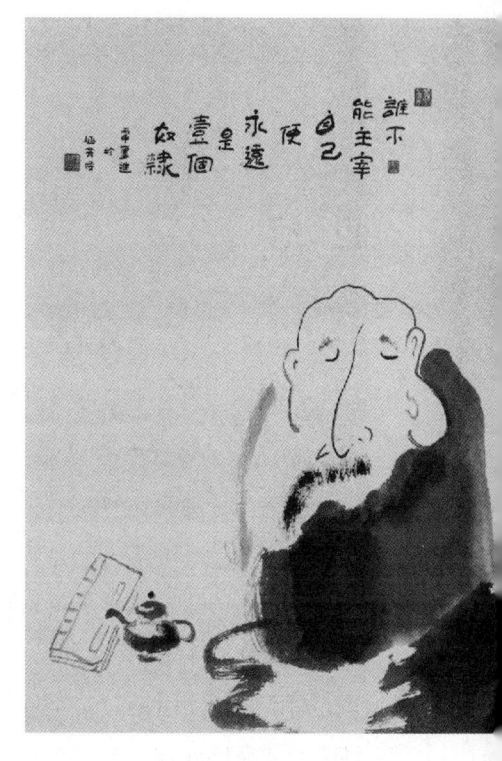

歌德的话永远有效

一个人有九天揽月的雄心,即使揽不到月亮,也能摘到星星。心动不如行动。瞬间构成人生。极品出自极限。

世 范

> 周恩来是完美人格的化身，是中国的典范，也是世界的典范，更是不断有人类走来和走去的历史大道上高高耸立的自然品格的高大丰碑。

论历史功绩，毛泽东是我眼中第一座丰碑；讲自身修养，周总理则是我心中的第一楷模。"言为世则，行为世范"是他们共同的写照，但"世范"二字用到周恩来总理身上似乎更贴切。这是因为就品格而言，毛泽东是横空出世的昆仑，周恩来则是大无其大和小无其小的自然化身。

大概是受了毛泽东的影响，我总觉得，新诗中的杰作不多，令人记忆犹新的更少。但是，柯岩的一首《周总理，你在哪里?》，不知是诗的旋律，还是大山的回应，曾经无数次回响在我醒时的脑际和睡时的梦中。每当这时候，高山巅、松涛间、田野里、大海上、工厂中，周总理繁忙而亲切的身影就会鲜明地浮现于眼前。

最近又看到顾城的一首诗写道：
生就高山志，更复大江情。
世人如总理，乾坤自大同。

就一般人而言，总是志向不高，胸怀不大，用情太窄，如果有点能耐，还要加上野心太大，贪得无厌。这一切毛病即便都没

第五章 奔月

有，要想有周总理的自然品格仍然穷尽一生努力也不一定能达到。辛词云："生子当如孙仲谋"，顾城则说，全世界的人如果都像周总理那样，这世界自然会"环球同此凉热"。这里是把周总理志比高山，情比大江，当然还有少年周恩来的诗情在内。因此读顾城诗自然会联想到周恩来的少作：

大江歌罢掉头东，邃密群科济世穷。
面壁十年图破壁，难酬蹈海亦英雄。

写这首诗的时候，周恩来只有十九岁，已决心留学日本，图强救国，一展抱负。

然而，志也罢，情也好，我则认为，有天宇之志和辽阔情怀的周总理更像大海。他有海的宽广，海的容量，海的吸纳吞吐，海的无限腹藏，海的滋润万物的无私奉献，同时也有海那样的清浪舒卷，粼粼波动的旖旎风光。

周恩来的修养，以及由修养形成的自然品格，是举世公认的。然而，据回忆文章讲，年轻时的周恩来，虽然是个漂亮文静的美少年，却也是易于动情发怒的人。参加革命工作后，在长期的实践中，他养成了善于驾驭情感的好习惯，才成为世界人民敬仰爱戴的人格最完美的伟人。都说世界上没有完人，我看周总理就是一个，而且举世公认，人人敬仰爱戴。

曾长期叱咤世界外交风云、遍会各国领袖人物的基辛格，对周恩来特别钦佩。他说，周恩来有一些特别的品质，对问题了如指掌，极富耐心，从来不发脾气也不急躁，极其体贴别人；考虑周到，毫不费力地处理方方面面的关系，具有非凡的人格魅力。

当然，他为他的国家服务，我为我的国家服务，我们并不总是意见一致，但我从来都非常钦佩他温文尔雅的风度，超群的智力，以及他对人的体贴关怀。基辛格这个世界顶级人物，佩服一个人是不容易的，能对一个人敬佩到如此地步，更是绝无仅有。他心悦诚服的仍然是周总理高层修养的自然品格。

从基辛格对周恩来的评价，使我想起有人说周总理是个举轻若重的人这样一种印象。我认为这一评说是不确切的。除了他在外交场合具有轻轻一拨就扭转乾坤的力量，他处理日常事务都是那样温文尔雅。这与动不动就发火，动不动就大动干戈的领导作风比起来，显然是举重若轻。他对工作的高度负责，对领袖的敬重维护，对同志的体贴入微，是他高大完美的具体体现，是他人格魅力的具体化，而不是举轻若重的证据。我始终认为不动声色和平易近人就能把问题处理好的人是能力极强的体现，动不动就杀气腾腾，既是办法不多，又是对同志不信任的反映。周总理对温情工作法的自然贯彻，从工作方法、为人处世、人格力量多方面为他的自然品格增添魅力。

伟大的人总是为他人着想和以他人为重的人。一个人把自己当成珍珠，时时有怕埋没的顾虑，倒不如放弃这种担心，把别人当作珍珠，从内心里宝贵，处处不忘道一声珍重。这看似简单的一件事，不少人做不到也做不好，周恩来不仅做到了，而且是做得那样完美，以至他人格的丰碑不仅永久地耸立在中国人民心中，而且永久地耸立在世界人民心中。

英国的希思也是个出类拔萃的人物。他在毛泽东心目中同蒙

第五章　奔月

哥马利、戴高乐、铁托、尼克松、基辛格一样受到尊重。希思曾说过，周恩来那冷静沉着的态度给我留下了很深的印象。我很欣赏他自然的风格。并说，美国人的幽默感极为浅薄，而法国人的幽默感又太僵硬，可英国人和中国人的幽默感是相似的。

我们注意到希思的话中不仅用了，而且集中体现了"自然"二字。这看似最为简单，最为本来，最为普遍，放到大自然当中，竟然使人常常不以为然的"自然"二字，用于人格的评价，则是最高评价。除此之外，我们很难想出比这更大、更高、更深、更广、更贴切的词语。

尤其是一个人能与大自然的天然品格融为一体，化为人格的魅力，是多么难能可贵的天缘呀！在上层知识界对周恩来总理有周公之称，这使人想到古代的周公，想到《诗·大雅·大明》中有"文王初载，天作之合"。这是说周文王要老婆这样一件小事，尽管是值得称道的美满婚姻，仍然是男人与女人结合这么一件最普通的事。周恩来总理的天缘，却是一个完美人格的伟人与完美无比的大自然品格结合的一件大事。这才真正是值得大书特书的历史。有资格记此的应该是为天地代言，为万民立心的史家。我在文章中通篇突出"自然"二字，只是想表达对自然品格的高大丰碑——周总理无比崇敬的心情和敬意。然而，面对这自然品格的高大丰碑，便是借东海之水当墨汁也难以尽书情怀。

怎么办呢？联系周恩来总理的自然品格，深思其深刻含义，想起泰戈尔对这"自然"二字有着很深的感悟。他说，夏天的飞鸟唱罢又飞走，秋天的黄叶飘落在地上，舞动着的河水奔腾不息,宽广的大海蕴藏着永恒,初升的太阳向着人们微笑致意,弯弯月儿挂在天空,干涸的河床并没有生出怨恨,瀑布的歌唱也不图留下记忆。星星就是星星,无需喧嚣,也不怕冷清;云雾在山头嬉戏,绽放出种种美丽的惊喜;小草,它总是深情地感谢大地,回报雨露,致敬太阳,为风歌唱。蜜蜂的劳动酿成甘美,海水的摆动变为波涛,绿叶的恋爱育成花朵,风儿吹过,则留下芳香。这一切好似有意安排,又不知这安排者是谁。这就是自然,自然品格就是这样,我心中最配得起"自然"二字的周总理也正是这样。这就是我心中的自然楷模,永远的楷模。抒发对楷模的敬仰情怀,就是要以全部的大自然来书写。

我还想反复说,大自然尽管无限大,但无论其大还是其小都是那样自然。有"自然"品格的周恩来总理不也是这样吗?他对大事小事都是那样自然,以至他作出的每一项决策,下达的每一次指示,有过的每一个举动,都是本该这样,必然这样,只能是这样。举一例来说,牢记他人的名字,被戴尔·卡耐基视为成功与伟大的秘诀。我们敬爱的周总理在这一点上,既有超人的天才,又有常人难以企及的爱心。再普通的人,只要和周总理有过一次交道,多少年后再见面,他都可以脱口叫出名字。这使人感到特别温暖,同时反映出周总理的心中总是装着他人,装着所有的人。我曾想,也许周总理心中本来就有全世界所有人的名字,见面介绍等于复习一次,所以他永远记住了。同时又想,周总理作为大自然的化身,大自然包括人类社会本来就是他其中的一部分,他怎么能不洞彻通明呢?

第五章 奔月

　　有一件事，我总觉得非常奇怪。在我心中耸立起周总理这一自然品格的伟大丰碑，但梦中却经常梦到毛主席。我从来不作诗，在梦中却写过几首诗，并请毛主席他老人家斧正。老人家说，你的作品大气磅礴，诗味也足，但与诗律未合。我虽然多次梦会毛主席，醒来后脑中和眼前却经常出现周总理，高山巅，大海上，田间里，诗人的笔下，百姓的口中……

　　周总理是中国的楷模，也是世界的楷模。没有见过他的人不会想到世界上还有那样完美的人；见过他的人，无论是谁，都会在心中树起一座高大无比的丰碑，与大自然一样高大的丰碑。

巨 星

> 人人可能发光，但不一定成为光源。一个人成为光源或许是自己的不幸，却是人类的大幸。成为光源的人，我们称之为巨星。

公元1879年3月14日，一颗巨星在地球上德国南部一个古老而美丽的小城乌尔姆镇降临了。承载这颗巨星的小生命的诞生，如同一千八百七十九年前在伯利恒小城一具马槽中诞生的婴儿开创人类历史纪元一样，同样也在人类历史上开创了一个新的纪元——科学的纪元。

光辉的源头

这个标志科学纪元的婴孩不是别人，而是科学巨星爱因斯坦。伟大的德国物理学家、量子论的奠基人普朗克称爱因斯坦是"二十世纪的哥白尼"！同样伟大的法国物理学家朗之万称爱因斯坦是"比牛顿更加伟大的、现在是将来也还是人类宇宙中闪烁着头等光辉的巨星"！

然而，正是这一"头等巨星"，一流的数学教授爱因斯坦一次乘坐电车，说售票员找错钱了。售票员再数一遍，结果发现并没有错，于是除对他狠狠地赠送上一个白眼外，还重重说了一句："你最大的毛病是不懂数学！"

正是这位"不懂数学"的伟大科学家，一个古往今来无人可

第五章 奔月

比的伟大科学家,创立的涉及高速运动领域只存在于外宇宙空间星体运动和原子核内部的粒子运动之中的高深理论——《相对论》,在当时只有普朗克、能斯特、卢瑟福等少数科学巨匠可以懂得它的含义和伟大意义,而在此后的不断验证中,每一次重要验证的结果,都证明了它的正确性和科学性,都使每一个成功验证的科学家理所当然地成为当年的诺贝尔奖获得者。这就充分证明,爱因斯坦不仅是超越时代、对人类科学未来发展做出无法估量的重大贡献的科学巨星,而且是此后诸多科学家放射光芒的巨能光源。

在当时,爱因斯坦一觉醒来,发现自己成了一个誉满全球的人物,吃惊之余,连自己都不敢相信这是真的。直到今天,爱因斯坦逝世已经五十多年了,全球一切媒体中人名曝光率最高的,不是球星、歌星和影星,也不是总统和将军,更不是某件丑闻的主角,而依然是伟大的科学家爱因斯坦。正如戴尔·卡耐基所说,一个数学教授居然成了世界各地新闻媒体的头版人物,一个科学家居然能享有这样高的盛誉,这在人类历史上还是破天荒的第一次。

21世纪千禧到来之际,美国《时代》周刊选出的对人类历史进程影响最大的一百位伟大人物当中,高居榜首的仍然是爱因斯坦。爱因斯坦真正是全世界公认的科学巨星、人类巨星、宇宙巨星,同时也是其他科学家发光生辉的活水源头。

音乐的灵电

科学巨星爱因斯坦不仅有着一个无与伦比的天才大脑,而且有着一颗对音乐异常敏感的心。是天才的科学头脑天生对音乐敏感，还是音乐的敏感孕育了天才的科学头脑？这个问题有待深入研究。可以肯定的是，作为登上人类思维顶峰，摘取思维皇冠明珠的爱因斯坦，肯定是在科学和音乐两大巨轮的推动下登峰造极的。

爱因斯坦3岁的时候，就被母亲的演奏吸引和打动，两只眼睛睁得大大的，里面闪烁着迷醉的光芒。面对这一发现，天才的母亲激动地说："我的小天使，看你这副一本正经的样子，你都听到了什么？"当时拥有词汇量还极其有限的小爱因斯坦竟断断续续回答出"花园……微风……还有星星！"

为此，母亲异常激动地说："这个孩子拥有一颗多么敏感的心，而且拥有多么丰富的想象力和音乐天赋啊！"

想象力是创新的最基本的能力，是天才最显著的表现之一，音乐则是想象力的翅膀。或许可以说没有音乐，就没有想象力的展翅高飞，就没有相对论，就没有科学巨星爱因斯坦。

戴尔·卡耐基在《伟大的人物》中写道，比起其他事物来，小提琴给爱因斯坦带来了更大的快乐，爱因斯坦在音乐中思考，在音乐中做着白日梦，小提琴伴随了爱因斯坦的一生，同时促成了他一生的巨大成功。

我曾说过，音乐是天才与天才的事业。这句话包含了三层涵义。其一，音乐是从天才的头脑中流出来的圣水；其二，音乐的圣水滋润天才的头脑；其三，圣洁的音乐始终与天才相伴和同行。

爱因斯坦用他伟大的人生充分证明了这一点。不仅是音乐使

第五章 奔月

他天才的脑袋更加富有天才的创造力，是音乐像十八匹神马驾驭着天才的头脑遨游宇宙，而且在这个具有丰富的音乐细胞天才头脑支配下的天才爱因斯坦同时也是一位演奏高手。

爱因斯坦的演奏水平被音乐的王国、贝多芬和巴赫的故乡称赞为一流水平。他与德国皇家科学院院长普朗克在白宫为罗斯福总统和夫人演奏的小提琴、钢琴二重奏，被称为世纪的合奏。他亲手建立的极大影响人类科学发展的相对论大厦，竟是在演奏小提琴时获得灵感，像是突然被上帝召见，或者像千军万马突然接到总攻击命令那样，是在戛然停止演奏的情况下写出重要突破点，再在时奏时停中记下要点的。他临终说的最后一句话是："死亡对我来说，最大的遗憾是不能欣赏贝多芬的音乐了。"这实际上等于说，一个天才的头脑和一颗敏感的心，随着欣赏音乐的终止，也终止思维了，科学的巨星陨落了，当然也可以说，从此只能以另一种形式照耀人类前进的道路了。

但是，无论如何我们应该相信这样一个事实：是伟大的音乐激活了产生相对论的脑细胞，也是伟大的音乐打开了流出相对论这清泉活水的闸门，而连接伟大的音乐和伟大的相对论的是伟大的爱因斯坦这绚丽多姿、美丽无比的彩桥。对这一事实的相信和肯定，就像相信相对论从问世那时起，已经像通彻天地的彩虹立于宇宙一样，成为不可否认的、全部人类内外世界都被它的光辉笼罩着一样。

罗盘的转动

一个伟大事物的出现，除了它的根本原因外，一般还会有一个楔子。促使爱因斯坦这一巨星升起的楔子，不是太平洋的水，不是宇宙中比较大的银河，不是地球上人人都可以看到并产生丰富联想的太阳、月亮和星星，更不是普罗米修斯从天上偷来的火，而是中国人发明的比人的拳头还要小一些的罗盘。

还是在爱因斯坦五岁生病的时候，父亲赫尔曼为减少他的寂寞，送给他一个圆圆的还算不上通体透亮的小罗盘。这个奇怪的小罗盘不管怎么转动，中间的指针始终指着北方。这一奇特的现象引起小爱因斯坦的极大兴趣。他一再追问背后藏着的秘密。磁力现象以及无法回答的奥秘，就这样深深地打入或者说种入爱因斯坦的幼小的心田。直到67岁他写《自述》时还认为，小罗盘对给他留下奇妙而持久的印象，引起幻想和探索的兴趣关系极大。正是这样一些潜移默化的影响，促使爱因斯坦对宇宙间的诸多秘密展开追问和探究，引导他超越了牛顿的经典力学定律和万有引力定律，超越了在牛顿力学基础上建立起来的人类有史以来的最辉煌的科学大厦，在新的探索和新的思维基础上亲手建立了一座更加宏伟高大的相对论大厦。当然在这一大厦的建立过程中，他还经历了进入欧几里德神奇王国，曾像天主教徒对待圣经那样，把欧几里德平面几何尊奉为自己心目中的圣经；经历了进入一个更加神秘深广的哲学王国，通过对康德、布赫纳、伯恩斯坦、斯宾诺莎的深入探讨，特别是对斯宾诺莎自然即上帝的哲学思考的心路历程；经历了在奥林匹亚科学院这一科学的众神之山的修炼、深造、砥砺、升华和喷薄而出。

这样一些经历，并不比中国红军的万里长征少走了一步，并

第五章　奔月

不比登山运动员攀登珠穆朗玛峰少一分艰辛,并不比哥伦布发现新大陆少一分惊喜。更多一点的则是,也是值得庆幸的一点是爱因斯坦始终有音乐相伴。正是音乐伴随下的爱因斯坦,通过科学道路上的长征,通过科学攀登的艰辛,通过科学发现的一个个惊喜,最终达到目前尚无其他人达到的科学高峰。

不会弯曲的星光

爱因斯坦建立的广义相对论证明,星光是会弯曲的,但作为科学巨星也是和平巨星的爱因斯坦放射的光芒却是不会弯曲的。

爱因斯坦提出的广义相对论引力方程的完整形式,标志着广义相对论已经完成,并由等效原理推引出了空间时间的弯曲,证明是由空间的弯曲造成星光的弯曲,引力已经不存在了。他还根据广义相对论新的空间理论重新对光的弯曲度进行了计算。

爱因斯坦虽然对光的弯曲坚信不疑,作出了有史以来改天换地的突破性贡献,但他作为和平主义者,作为接受上帝的爱的精神圣徒,作为坚持真理的科学巨人,决不放弃对任何种族奴役、霸权主义与扩张主义的斗争,决不放弃做人的原则,决不放弃对真理的坚持。

一切强权都与人类中的罪恶行为相联系。强权主义除了自己犯罪,最大的特点就是强迫他人同流合污,对一切不从者视为异端,任意加害。爱因斯坦就被视为这样的异端。面对灭顶的压力,爱因斯坦没有屈服。他很早就放弃了自己出生地的国籍,对忠君、爱国、秩序、服从等被德国人视为神圣的东西一概给予斥之,对"爱歌德和贝多芬的德国,恨俾斯麦和威廉二世的德国"

的口号深表赞同，对提出相反见解的科学家宣言明确予以拒绝。普朗克出面以高薪聘请他担任威廉皇家物理研究所所长，他也没有应聘，只是考虑到世界科学的中心在柏林才去到柏林，并在第二年就和另外三位科学家发表了反对战争和促进永久和平的《告欧洲人民书》，接着又作为创始人之一组织了反战联盟。

天空中不仅有太阳，有月亮，有星光，也有乌云。人世间有白云蓝天下的和平使者繁忙，也有阴云密布下的枭魔逞雄。始终坚持反对种族主义和维护世界和平的爱因斯坦，自然成为法西斯攻击的主要目标。希特勒一上台，柏林就开始了对爱因斯坦的缺席审判。面对种种压力和迫害，爱因斯坦始终把寻找宇宙的最高和谐和促进人类世界的和平作为最神圣的使命。正因如此，爱因斯坦永远属于全世界爱好和平的人民，永远属于以光明为主旋律的未来，永远属于广大人民永远认定的不朽！

跃居星空的异端

爱因斯坦是一个天性耿直的人，但他的天性在学习、生活和工作中却表现出许许多多在常人看来的怪异行为。

小时候，他是一个特别笨的孩子，语言表达能力极差，甚至和别人谈话都很吃力，除了他母亲，别的亲人都嫌弃他，看不起他，老师们甚至认为他是一个低能儿。

上大学以后，他被认为是大学校园里的异端。他自己选修的课程，几乎每节必听，十分专心；一些著名教授主讲的必修课，他反而经常缺课。他把时间腾出来，一头扎进图书馆，在书中与当代的物理大师和历代哲学大师对话。四年的大学生活，他大部

第五章　奔月

分时间都浸泡在图书馆书籍的海洋里,对于不少人热衷的社交生活不屑一顾。有一次,天性耿直的爱因斯坦甚至在课堂上当面指出韦伯教授引用的一个公式是错误的,使德高望重的老教授下不了台。在典型的古典物理代表人物牛顿力学大厦的坚定维护者韦伯等人看来,爱因斯坦不是研究物理学的料。一位老教授甚至说:"爱因斯坦先生,你为什么要来学物理呢?为什么不去学医学、法律或语言学呢?也许它们更适合你一些。"倘若随了这些教授的意愿,人类历史上就少了一颗科学巨星,而多了一个平庸的人。教育上的误人子弟永远是人类的悲剧,中国的韩愈说过的"千里马常有,而伯乐不常有",永远是值得全世界有识之士高度重视的格言。

生活上大多数人孜孜以求的名利,优裕体面,在爱因斯坦看来简直不值一提。一次他乘轮船横渡大西洋,船长请他住豪华套房,被他拒绝了。他宁可去坐下等客舱,也不愿意享受特权。

爱因斯坦就是这样一位从学习到生活到工作,尤其是处理重大原则问题,个性鲜明、特立独行的人,特别是在科学探索的道路上,他宁愿被视为异端,决不盲从。他的感人至深的行为,不能不吸引我们走进"异端"这个概念里面去,在吸取它的思想精髓后,再以新的目光来审视由"异端"开辟的新天地。

异端是对传统的挑战,对正统的反叛。在科学发展史上,异端永远是科学与文明的先知。

——普罗米修斯是异端,他违背宙斯的意志,从奥林匹斯山上将火偷到人间,使人类从此脱离了愚昧和野蛮。

——哥白尼是异端，他第一个证明地球围绕太阳转，推倒千百年来的地球中心论，也粉碎了上帝创世说。

——伽利略是异端，他第一个把望远镜瞄向星空，发现那里有的只是物质演化进程，根本没有上帝的座位。

——牛顿是异端，他的力学定律和万有引力定律证明整个宇宙都是按照物质运动的法则在运动，一切星球的轨道都可以精确计算，根本没有上帝在后面指挥。

爱因斯坦更是异端，他以更加深远的目光观察宇宙和否定上帝。牛顿的经典物理学大厦已经矗立200年，它雄伟、辉煌，长期以来被认为完美无瑕。如果有人敢于向整个牛顿力学开战，毫无疑问会被认为是不识时务的异端。然而，爱因斯坦不仅发起挑战，而且挑战意志异常坚决，取得的辉煌战果可以覆盖牛顿而成为更耀眼的巨星。正因为如此，在正统教授的眼里，爱因斯坦是一个很不安分的、最大的异端分子。然而，历史的发展一再证明，科学需要这样的异端，人类的进步需要这样的异端，未来的突破和创新更需要这样的异端。反过来说，没有异端便没有科学的光辉，没有异端便没有社会的进步，没有异端便没有思维的跨越。

从普罗米修斯到牛顿，再到爱因斯坦，正是异端的一次次胜利，一次次推动了人类的新跨越，而这些异端分子也毫无疑问成为不同时代天空的亮星。迄今为止，最大的异端分子不是别人，正是爱因斯坦；科学的天空最亮的那颗星也不是别人，也是爱因斯坦，我们称之为巨星。

第五章　奔月

兼容并包

> 兼容并包不是我最赞赏的箴言，却是我最佩服的实践。

在北京的东堂子胡同，有一处蔡元培先生的故居。此处较别的宅院没有什么特别之处，我也没有到过那里，是从书上知道的。不过，知道之后，连同上海华山路303弄16号，北京沙滩北大红楼，燕园未名湖畔丛树幽林间的蔡先生半身铜像，这四处可以代表蔡先生风骨、风物、风范的所在，便不时浮现于我的脑际和梦中，并合而为一形成四个金光灿灿的大字："兼容并包"。

我在梦中曾对着蔡先生的上述四处所在，不，是对着那四个大字三鞠躬。无论如何，我对"兼容并包"的教育思想和教育实践特别佩服，简直到了五体投地的地步。

"兼容并包"以及"思想自由"八个字，是蔡元培先生教育思想的高度概括和浓缩写真。其思想内涵是"容纳各种学术和思想，让其自由发展"。体现在实践中，就是不分信仰、党派、学术见解广揽人才，及其不同见解的自由发生、发表、发展。

蔡先生所揽人才，既有新文化运动的核心人物陈独秀、胡适、鲁迅、李大钊、钱玄同、刘半农、周作人、沈尹默，也有政治保守但学术造诣很深的辜鸿铭、刘师培、黄侃。就蔡先生对人对事的容量来看，无论是陈独秀创办《新青年》发动革命和造就革命人才，还是曾大力鼓吹复辟帝制的辜鸿铭拖着辫子讲英语，或者是筹安会的发起人之一刘师培讲《三礼》、《尚书》和训诂,只要是给学生光明正大的学问,言之有据的科学、理论和学识,在蔡先生执掌下的校园便有其自由的天地。

曾有人对"兼容并包"的内涵作过这样的概括和描述:"蔡先生的北大是真正兼容并包的北大,各种思想,各种声音都可以并存,是一个多元、开放、宽容、民主的大学,超越了单纯的党派观念和'革命棋子'的狭隘性,不仅造就了傅斯年、罗家伦,也培养了高君宇、张国焘。正是在这个意义上,蔡元培重塑了北大,同时奠定了20世纪前半叶中国大学的基本面貌。"与诸多大人物的狭隘主义相反,"他有大胸襟、大气魄,是大手笔,前无古人。""他对北大的改造和陈独秀办《新青年》对'五四'运动具有同样重大的意义。"

有如此胸怀的伟大人物蔡元培,如给他一方天地,他就能扩出一个宇宙。这样的人物是很难被限制在狭小天地之中的。正如傅斯年所说:"北洋政府请蔡先生到它的首都去办学,无异猪八戒肚子中吞下一个孙悟空。"

毛泽东评价蔡元培是学界泰斗,人世楷模。能获得毛泽东如此评价,世上能有几人?而蔡元培当之无愧。可惜,包括毛泽东本人在内,也没有蔡元培那样兼容并包的教育思想。

我们再来看看蔡先生自己对"兼容并包"、"思想自由"是怎样表述的罢。他为《教育大辞书》写的"大学教育"词条,高度概括了这一思想。他写道:"近代思想自由之公例,既被公认,能完全实现之者,却惟大学。大学教员所发表之思想,不但不受

第五章 奔月

任何宗教或政党之拘束，亦不受任何著名学者之牵制。苟其确有所见，而言之成理，则虽在一校中，两相反对之学说，不妨同时并行，而一任学生之比较选择，此大学之所以为大也。"

与蔡元培先生及其思想相关的，还有两件事给我留下的印象特别深刻。一件是曾有一个误传，说梁启超推荐陈寅恪到北大任教授，险些不被通过，梁先生急了便说，他是没有文凭，但他任意拿出一篇文章，都能超过我梁某人全部著作的价值。后经蔡先生特批，陈寅恪任教北大，并成为四大导师之一。

其实，王国维、梁启超、赵元任、陈寅恪都是清华国学研究院的导师，推荐陈寅恪入清华的是吴宓，而非梁启超，校长是曹云祥而非蔡元培。之所以把这件事加在蔡元培和梁启超头上，恰恰是"兼容并包"的影响。人们在传言中把不拘一格选人才的美名加之于蔡元培先生是很自然的事情。不仅如此，而且给人一种更加入情入理、顺理成章的印象。这也是"兼容并包"已与蔡元培合二为一，举世公认的又一证据。

据《史家陈寅恪传》载，王、梁过世，赵长期外出，在校导师实际只陈一人的情况下，陈曾举荐章炳麟、马衡、罗振玉和陈垣为导师。校方也一一放聘，因章不屑继王梁之后，罗亦不愿就职，陈垣自谦不足继王梁二师，惟马衡应聘。由此可知，当时学术界的风气，学人们的心态，双方选择的充分余地。章炳麟先生未应聘清华，但他的高足如黄侃、刘师培、陈汉章、马叙伦等都进入蔡先生执掌的北大，继桐城派古文学家称霸之后，称雄北大，并与胡适为代表的英美留学派长期并存北大，形成一校三派的强大阵容。由此更见蔡先生"兼容并包"的吸纳之广、容量之大、影响之深远。章炳麟先生在这件事上气量不大,不值得推崇。读书不能使人通脱,是否书之罪不好定论,终归是读书人的悲哀。无论以什么理由拿架子,总是让人不舒服。

第二件事虽然与蔡元培先生没有直接联系,甚至间接联系也没有,但思想上的相同却如出一辙。而且陈寅恪先生的所思、所想、所为也是对蔡先生"兼容并包,思想自由"再好不过的注释。事情是这样的:建国初期,准确时间是1953年12月,汪篯受委派下广州劝说陈寅恪进京,主持中古史研究所工作。陈先生口述一信说:"我决不反对现在政权,在宣统三年时就在瑞典读过资本论原文。但我认为不能先存马列主义的见解,再研究学术。我要请的人,要带的徒弟都要有自由思想,独立精神。"为此,他提出两条要求:其一,"允许中古史研究所不宗奉马列主义,并不学习政治。"其二,"请毛公或刘公给一允许证明书,以作挡箭牌。"

他之所以提出这样两条要求,是因为在他看来"唯此独立之精神,自由之思想,历千万祀与天壤而日久,共三光而永光。"而"受俗谛之桎梏,没有自由思想,没有独立精神,即不能发扬真理,即不能研究学术"。

这样的要求在当时没有通过是很自然的,现在的政治环境能否通过,也在两说。但由此可以使我们感受到两点。一是马克思主义的"学术化"已露出端倪并日趋成为事实;二是"兼容并包,自由思想,独立精神"是学术研究的必要条件和必然要求。

第五章 奔月

这就像我们要路过低矮的门户，低个子尚且心怀踌躇，高个子更会常有碰头之虞了。

与上述两件事本质相关却并不出自蔡先生身边的还有两件事：一件是钱锺书以语文分数第一，数学只有15分的成绩，经当时的清华大学校长罗家伦特准录取；另一件是陈丹青教授对自己特别看重的几位奇才，虽再三建议，终因英语不达线未被录取为研究生，因此愤而辞职。

对于上述四件事，我私下里想，假如陈寅恪因没有文凭不被录用为教授，假如钱锺书因数学不及格被拒之大学校门之外，假如陈寅恪先生的两条要求被接受，假如陈丹青先生的建议被通过。接下来的将是怎样景况，我们可以写出若干种答案，但有一点却只会有一种答案：那就是如果让大胸襟、大气魄、大手笔的蔡元培先生决断，必然是该发生的必然发生，不该发生的必定不会发生。

有人说，把大自然关进笼子里就是文明。人类从树上走下来，从野外走进屋子里，开始把野牛、野马、野猪、野羊和野鸡圈起来饲养，都是文明和进步。人有了屋子，有了组织的约束，有了法，有了专政与民主，都是文明的结果。老子和庄子大概是最著名的崇尚自然的圣人，也是最显著地表现出对"圈起来"不满意的人。孔子企图制造出一种最理想的"圈子局面"，为此奔波一生。他的生前，理想没有实现；身后却形成一个影响中国两千年的"圈子"，他自己的头上也因此被加上许多个光环。毛泽东在"文革"中不仅企图造就一个万世永固的"圈子"，而且企图将这个"圈子"牢固地移植在每个公民的思想中,只许思想"圈子"以内的思想,不许思想"圈子"以外的思想。蔡元培先生不是自然主义者,也不是不要任何"圈子"的人,但他的"圈子"很大,大到人们包括敏锐的知识分子感觉不到"圈子"的压力以及存在,或者说只感到"蔡先生的圈子"很舒服,对有"这样一个圈子"很满意。

大哉,蔡元培先生!

第五章　奔月

微笑可鉴

> 冬日里，我们亲近阳光；夏日里，我们期盼凉风；人生里，多数时候和多数情况下，我们都需要温暖、惬意的微笑。

我对胡适的反感始于鲁迅杂文，继于毛泽东发动的清算运动。从鲁迅笔下照出来的胡适，是一个笑里藏刀的人，他的笑嘻嘻无论怎样和善与灿烂，却会引起一些人的担心和心悸。毛泽东的"最高指示"，尤其是一系列批判行动告诉我们，笑嘻嘻的胡适，是以资产阶级的温情为表象，喝劳动人民的血，吃劳动人民的肉，笑嘻嘻地吞下，甚至连骨头都不吐出来的家伙。

近年来，为胡适翻案的文章多起来，将胡适与鲁迅作比较的文章也多起来，甚至以胡适为新文化的大旗压鲁迅与毛泽东的文章似乎也多起来。无论如何，我对鲁迅与毛泽东的崇拜始终坚定不移，想改掉对胡适的反感，却长时间转不过弯来。

我的一位忘年交看了我的书稿目录说："你写了鲁迅，是否可以写写胡适，胡适宽厚长者的风度是值得称道的，微笑也不是假的。"

于是，以往看到的各种书中描写的笑嘻嘻的胡适便一一浮现出来，"我的朋友"式的微笑也定格于我的脑际。大概是受各种肯定宣传的影响吧，好像胡适的微笑也没有那么阴险了，至少是一种绅士风度，甚至是值得肯定、提倡的精神境界了。

由于有了这样一个"定格"，"相知最深的自然莫过于情人"

这样一个意思也浮现出来了。这样，与胡适深情五十年的韦莲司女士笔下的胡适也就在我的脑中逐步形成一个鲜明的轮廓了。

韦氏与胡适相爱是灵与肉相统一的情爱，还是空气中并不荡漾肉交芬芳的纯精神之爱，不得而知。反正从他们的相互通信中看，他们二位的爱是极纯洁、极空灵、极深沉、极永久的。因为纯洁空灵，似乎只是"发乎于情，止乎于礼"，到底没有越过"那道很高的墙"；因为深沉和永久，韦氏笔下的胡适，似乎只是一个才华出众的、经受爱的折磨的、心事重重的、并不面带微笑的胡适。我在心里想，爱竟会如此沉重吗？只有如此沉重才是真心相爱吗？不如此沉重便不足以证明爱的深沉吗？"我的朋友"式的微笑不可以与爱相随吗？越这样想着，越强烈地想知道胡适的微笑应该如何产生，如何存在，有着如何的含义，产生如何的效应。

经过一番研究，我从韦莲司笔下透出来的消息感受到，不管有微笑，还是没有微笑，胡适都是一个平和、开明、简静，令人爱慕，甚至仰慕的人。进而推想，这样一个人，他的微笑也应该是以平和、开朗、简静为主调，而不是有什么危险的东西深藏其中的。

相识和相知一个人，当然不能仅从相爱者笔下来了解。他的朋友，他的弟子，关心他的一切人物，包括他的对立面，都应该是了解他的材料来源。其中，与他相识的、善于把握本质的、看人看事入木三分的哲学家的看法自然引起我的特别注意。

为什么对哲学家的看法引起特别关注呢？因为在我眼中哲学

第五章　奔月

家应该是这样的一群人。他们有着超常的智慧，他们以敏锐的眼睛观察，以深刻的思想品味这以人为主的世界。他们既考察历史，也体会现实，既凝视物质，也思辨精神。他们把世界作为一面镜子，尤其把伟大人物作为一面镜子。他们不只是站在镜子的对面，还会走到镜子里面。我喜欢他们，经常通过书这样一种媒介，与他们生活在一起。在他们当中有我的朋友，也有我的师长，或许还有我的敌人。其中冯友兰先生不只使我敬重甚至敬仰，是"高山仰止，景行行止"那种敬仰，同时也对他的人生际遇中的尴尬有一种惋惜、同情到理解的感情。这位有着"为天地立心，为生民立命，为往圣继绝学，为万世开太平"期许的，有着丰富人生经历的，有着中西文化深厚底蕴的伟大哲学家怎样看待胡适，不能不引起我的考据兴趣。然而，在一本《名人笔下的冯友兰，冯友兰笔下的名人》中，他几乎没有涉笔胡适。写中国现代哲学史，胡适大概是个绕不过去的人物。冯友兰先生在《新文化运动的右翼——胡适、梁漱溟》一章中写道："在新文化运动中，蔡元培的地位出现在左翼、右翼之前，而居于其上。""胡适则是引进美国哲学——实验主义的首要人物。""胡适的哲学思想并没有出乎杜威之外，也没有重要的发挥，他的工作主要是把杜威的哲学思想引入中国。"冯友兰先生在书中还引述了胡适曾经引用过的赫胥黎评价达尔文的一段话："他要我们跟着走的路，不是一条理想的蛛网织成的大路，乃是一条用事实砌成的大桥。那么这座桥可以使我们渡过许多知识的陷坑；可以引我们到一个所在，那个所在没有那些妖艳动人而不生育的魔女——叫做最后之因的——设下的陷人坑。"我不知道冯友兰先生写书时是否运用了春秋笔法，如果用了，联系近、现代中国历史，包括世界历史，以及中国及世界的未来发展，真是大有深意。但不管用了还是没有用，有一点是可以肯定的，胡适的微笑很大成分由引进而来，由于引进较早、恰当其时，不仅有开创之功，而且对中国的发展有领路的意义，不仅是对人世的开明，而且是时代的开先了。说到"开先"，现代名家的评论中，我没有见到比李零先生更大气、更深刻的。他说："胡适的贡献，是开创性的，也是开放性的。他是真正的大师。""大师的意思是倡风气之先，为后世奠格局，不是收拢包圆儿，不是颠扑不破。"仔细想来，这个评价是很中肯准确的。李零先生在他的"四书"的每部前都有的《重归古典——兼说冯、胡异石》，是一篇份量很重的文章。在这篇文章中对冯友兰和胡适的兼说和比较，是一个份量很重的大格局。可谓大气的开创，开创的大气。令人想到司马迁的《史论》论赞，也即太史公曰，

时间不会停留，历史也不会停留。这样，后来人纪念前面的人，走来的人望着已走过的人，正走的人评价走完一个段落的人，就成为寻常。季羡林先生在他已是"老神仙"的年龄，站在胡适墓前看见似乎在墓中又在墓外的胡适，写下《站在胡适之先生墓前》一文。在这样一篇文章中，他首先想到胡适的微笑。他写道："我现在站在胡适之先生墓前，他虽已长眠地下，但是他那典型的'我的朋友'式的微笑，仍宛然在目。可我最后一次见到这个笑容，却已是五十年前的事了。"他又在一篇《为胡适说几

第五章 奔月

句话》的文章中写道:"他这个人对任何人都是和蔼可亲的,没有一点盛气凌人的架子。这一点就是拿到今天来也是颇为难能可贵的。今天,我们个别领导干部那种目中无人、天上天下唯我独尊的气势我们见到的还少吗?"他还写道:"我写的一些文章也拿给他看,他总是连夜看完,提出评价。"季羡林先生笔下的说到从噩梦中醒来看对胡适的"缺席批判",他认为是浪费笔墨纸张、时间精力、乱哄哄的一场闹剧。

由此可见,季羡林先生对胡适的笑容是留恋兼赞颂,对胡适的为人是肯定加欣赏,对胡适的"缺席批判"是看作深痛的噩梦加轻狂的游戏,对胡适那有魅力的典型的"我的朋友"式的笑容是心存温暖加念念不忘。通过这位"老神仙"传达的精神,我们可以感受到,胡适先生的笑容,是送给大家的温暖;胡适先生的和蔼可亲,是对任何人的;胡适先生的对人的尊重,也不仅仅是笑笑而已,而是设身处地为人着想;胡适先生对送他看的稿子,是"连夜看完,提出评价"。季羡林先生笔下的胡适先生的微笑笑得灿烂,笑得阳光充足,笑得空气平和。这不能不使我们生出这样的感想:冬日里,我们亲近阳光;夏日里,我们期盼凉风;人生里,多数时候和多数情况下,我们都需要温暖、惬意的微笑。这样说来,胡适的微笑里除了"开明"和"开先",还有着对人性和人品修养的借鉴意义。

胡适毕竟是胡适,他虽然不像爱因斯坦那样成为报刊竞相报道的首席人物,也不像梵高那样成为市场上的时尚,但似乎天生就是一个知名人物,至少是出名很早的人物,尤其是现代史绕不过去的人物。我们读现代文学作品及有关史料，时不时会与胡适相遇，尤其是在他那个时代以及后来不同历史时期各位有代表性的名家笔下与他相遇。

——鲁迅与胡适的关系很难用一句话来说明白，他们有并肩战斗中的分歧，也有分歧下的互相尊重与友谊。鲁迅曾经毫不留情地揭露批判过胡适，胡适不管怎样保持笑嘻嘻的风度，还起手来也到了不留余地的地步。后来，鲁迅走了，走到每个人终归要去的地方了；胡适跑了，跑到他并不情愿的却是自己选择的海岛上去了。在这样一种情况下，有人（特别是陈源也即陈西滢）仍然对鲁迅恶毒谩骂和不遗余力地攻击。对此，胡适先生明确表示无此必要了，还并不客气地表达了对此行为制止的意思，同时也表明了对鲁迅的尊重和肯定。这件事给我留下很深很好的印象，成为我改变对胡适看法的一个重要基础。

——胡适在毛泽东眼中经历了大名人、青年楷模到资产阶级反动文人的变化，这变化与中国近、现代史始终连在一起。毛泽东曾当面对斯诺说过："我非常钦佩胡适和陈独秀的文章"。这当然是指胡适"五四"时期的文章。在李锐著的《毛泽东早年读书生活》中，还说到"他们（胡适和陈独秀）代替了被我（毛泽东）抛弃的梁启超和康有为，一时成了我的楷模。"至于后来由楷模成为"反动文人"，既有历史发展的原因，则主要是政治的原因。即使这样，毛泽东还说过，胡适新文化运动是有功劳的，不能一笔抹杀，应当实事求是。到了21世纪，那时候替他恢复名誉吧。毛泽东对胡适的微笑和做人态度未见有什么评说。

第五章 奔月

——蔡元培先生被毛泽东称为"学界泰斗，人世楷模"。他是鲁迅先生的同乡，也是挚友。他一生对鲁迅提掖，鲁迅逝世后担任鲁迅治丧委员会主任，为《鲁迅全集》作序。在海内外各界人士纷纷撰联寄托哀思中，蔡元培先生撰联赞佩鲁迅"著述最谨严，非徒中国小说史；遗言尤沉痛，莫作空头文学家。"这一评价既中肯又深沉，既高屋建瓴，又排除是非。蔡元培对胡适的评价也很高。他认为胡适是一个"旧学邃密"、"新知深沉"的人。他在为胡适的《中国古代哲学史大纲》所作的序中称赞胡适学贯中西，心灵手敏，方法辩证，手段扼要，眼光平等，研究系统，将三千年来"一半断烂一半庞杂"的哲学理出头绪。蔡先生对胡适的评价既严谨开阔，站得很高，看得很实，又充满朋友的友谊，不能不使人折服并受到影响。

不知是胡适自身竟有那么复杂，还是另有原因，在众家笔下真是千人千面。但无论怎样复杂，胡适还是胡适，胡适的微笑还是微笑。这微笑虽然不是阳光灿烂，却总有其暖意在。

唐德刚作为胡适的弟子，是仅有的可以同胡适促膝长谈的学者。他写出了一个"有血有肉、有智能、有天才、也有错误"的胡适，一个"有深厚修养的哲人"，一个"不可救药的乐观主义者"，一个"以哲学为'职业'，以史学为'训练'，以文学为'娱乐'的智者"，一个"调和气味极重的人"，一个"有说有笑，使对方无拘无束"的"我的朋友"。我们知道，尽管五十年代以后胡适已"穷愁潦倒"到"灰溜溜"的地步，但"灰溜溜"的胡适仍有他的使命，将维护中国史料，保存中国古籍视为神圣的责任。知道晚年的胡适夫妇，年高多病，缚鸡无力，坐吃山空，但仍然没有失去笑嘻嘻的音容笑貌。由此使人想到，大概胡适始终认为，微笑既是对人间的贡献，也是对自己的慰藉。尽管唐德刚说，面对他那副慈祥而天真的笑容，我们对他老人家的怜悯与同情之感，实远甚于尊崇与学习之心。但胡适是坚信"生命的意义就是从生命的这一阶段看生命的次一阶段发展！"这样说来，对胡适的微笑还应该加上"广博而深远"的评价。

在历史的不同阶段，总会有一批人向历史走来，又沿着有轨道又没有轨道的历史走过去。这些走来和走去的历史人物，不管是满面春风，还是一身壮烈，不管是笑嘻嘻来去，还是悲切切过往，都是历史人物。也不知是时间和空间，还是掌笔人心中的情感，总会为历史人物涂以各种色彩。这还不算，还会有意或无意地为他们排定座次。有资格为《胡适杂忆》作序的夏志清认定胡适是"当代第一人"。理由是，"一方面因为'他的为人处世，真是内圣外王地继承了孔孟价值的最高标准'，另一方面因不论国粹派也好，共产党也好，反胡阵营中竟找不出一位学问，见解（且不论人品）比胡适更高明的主将堪同他匹敌。"我对夏先生的两点理由虽然都有保留意见，但对他所说的"唯胡适有他的自信，有他的冲动，绝对信任他的'科学的治学方法'，绝对乐观，才能在返国二十年间干出一番轰轰烈烈的大事业来"深有同感。

我赞成这样一个看法，从美国留学回国后的胡适如果仅仅潜身于学术研究，胡适也就不是胡适了。这正如鲁迅如果只是写小说的鲁迅，写文学史、为人师的鲁迅，而不是写杂文、战斗者的

第五章 奔月

鲁迅，也就不是鲁迅了。他们之所以走在历史的大道上，大桥上或者山坡上，峡谷里。他们都有自己的喜怒哀乐，也都有表现自己喜怒哀乐的不同模式，不可能也无须用一个模式限定什么，一定说怎么就是，怎么就不是。由此我们是否可以认为，胡适的微笑，除了前面的内容，还应该是对丰厚的肯定，对高不可攀的自信，对幸福的回顾。

  我很喜欢读王元化的文字，十分敬重他的人品和文品，同时感觉到，他好像是共产党内的胡适。他身上有鲁迅的一面，也有胡适的一面。到了晚年，他的思想越接近于胡适，越成为当代的鲁迅，却又没有完全成为鲁迅。他是游刃于党内党外，还算不上完全独立人格的文化人。王元化先生对唐德刚先生的《胡适口述自传》和由《序言》改为《胡适杂忆》的书引起重视。他在《读胡适自传唐注》中讲到这样一件事：一次一位大陆学人访美，和一位美籍学者作了有关胡适的对话。大陆学人说，胡适在学术上有贡献，在政治上很差。美籍学者说，我的看法相反，他在政治上很好，在学术上很差。讲完这件事，王元化先生明确表示不去评价谁对谁不对，而却认为胡适的一生是贯彻了他的自由主义立场和信念。我品味大陆学人，美籍学者和王元化先生的话，得出的印象是胡适先生是以他的学术支撑他的政治，以他的政治扩大了他的学术影响。二者既有相互抬高的一面，也有相互影响和制约的一面，而这一切都与自由主义立场的支配有关。在自由主义立场支配下的、政治和学术都有较高成就的胡适的微笑，其丰富的含义除了前言所述之外，是否还有几多沉重和无奈呢？

我们经常可以看到和遇到这样的情况，本来只有一个孔子，历史上和文人笔下却会出现许许多多的孔子；本来只有一个老子，也会以同样的方式形成许许多多的老子。庄子也是一样。鲁迅、胡适自然也不例外。每当看到这种情况，我们会惊异并困惑于这杂乱，虽然应该佩服史学家们的良苦用心，但面对层层迷雾，我们毕竟有着诸多无奈。不说惊天动地的大事和高深莫测的殿堂层面的事，即便某人天天挂在脸上的微笑，我们读他千遍万遍又怎能说得清楚呢。

我认为钱理群对鲁迅的研究，走得远而近，新而深。达到这样一个效果是很不容易的。我注意到，他比较鲁迅与胡适，简要指出：鲁迅与胡适相比，前者是体制外的、批判的立场，后者是体制内的、补充性质的。鲁迅的批判思想是彻底的，包括对自己的批判，其中心思想是"立人"，追求人的个体精神自由。我还注意到，他比较周作人和胡适，认为周作人与胡适结成一种精神同盟，正是以争取"个体自由意志"为中心的"个人主义的人间本体主义"把二位紧紧连在一起。后来二位由分歧到分歧加剧，也是由于周作人坚持人道主义立场，始终站在学生一边，而胡适采取调和的立场，千方百计为国民党开脱。再后来，鲁迅更加坚定地站在被压迫者一面，尽管在日本侵略者面前，周作人和胡适都曾经丧失民族自信心，陷入"民族失败主义"，但最终还是走上了不同的道路。从钱理群笔下，我们读到的胡适的微笑，已不只是沉重与无奈，或许又多了几分苦涩和尴尬。

前面已经说过，我对胡适的认识是始于阅读鲁迅。除此之

第五章 奔月

外，通过阅读鲁迅还认识了许多作家。其中一位就是鲁迅研究专家，现任鲁迅博物馆馆长的孙郁教授。他既写过《鲁迅书影录》，也写过《胡适影集》。孙馆长对鲁迅的维护无须赘言，对胡适也有拨雾见天之论。他认为"在中国，将西方自由思想和东方儒家意识结合得较好者，当首推胡适。"这样说还不是他的一家之言。

他概括说胡适是"诗人、教授、社会活动家、校长、院长、驻美大使……他的一生是平凡而又传奇、平民而又贵族、朴素而又高雅。他的名字纠缠着现代中国史，纠缠着艰难的现代化进程。"他尤其认为"谈中国的'被现代化'史，这是一个重要的存在，直到今天，他依然是一面镜子。"这一大段话可以视为对胡适的一个总评，却仍然算不上完全意义上的新见和新论。

我最感兴趣的是他对鲁迅与胡适的两种选择所作的分析和判断。我认为，这才真正是说出了他人想说而尚未说出来的话。孙郁教授除了指出鲁迅与胡适分道扬镳后做出不同的选择。还深刻分析了两种不同选择的现实区别，未来区别，社会影响区别及人格意义的区别。鲁迅由官场退向民间，充当了社会与政府的批评者。胡适由书斋走向议政之路，成了现存政府的诤友。鲁迅走向民间站在弱者的立场发言，厌恶世俗社会，冷视官场；胡适与现政权虽然也保留着相当大的独立性，并受到右翼文人的攻击，作为一个具有清洁精神的人，恪守心灵的圣地，是难能可贵的，但却不能像鲁迅那样走向黑暗的深谷，与陈腐的权贵彻底决裂。他还认为，鲁迅与胡适的价值选择中延伸出的文化隐喻，或许正是今天的镜鉴。

　　我想得没有这么深，也没有这么远和这么广，但我总认为，鲁迅以冷峻的面孔拯救世界，胡适以微笑的面孔慰藉人间，不只是由性格决定的，主要还是各自的人生目标和内心世界决定的。由此而言，不能说哪一个绝对值得称道，哪一个却绝对要不得。鲁迅以冷峻面对敌人和黑暗，不仅是因为他勇于挺身敌阵，还因为他看到敌人像制造垃圾一样制造了那么多的黑暗——渗透于包括人的思想、习惯、社会秩序、伦理道德等等中的黑暗和消极因素。胡适以笑容面对朋友和帮助对象，是因为他没有看到那么多的黑暗，也没有挺身迎对那么多的敌人，他所看到的不是革命的一面，至多只是改良的一面。

　　这样说，除力戒偏袒和贬损，并不准备新造一本糊涂账。因为我相信文人都有铁肩担道义的使命感，都有将社会引向光明的责任感。然而，因为社会太复杂了，前面的路太模糊了，他们会有不同的选择，从而形成不同的方案，插下不同的指路标牌。这都没有什么不正常。包括这些个"不同"，导致你死我活的对立，或许都是不可避免。作为后来的评说者，明知这都是不可避免的，又有什么必要一定要将他们或者抬到天上，或者打入地狱呢？我想，更多的或者说更重要的是应该像读书一样，从中读到什么，体会到什么，明白些什么。

　　胡适的微笑是含着真与善，还是藏着假与诈，就我所占有的资料很难说明白。所以，我的这篇文章也正如胡适的微笑，似乎晴朗明媚，又似乎云里雾里。朋友们看了也有这样的感觉，问到

第五章　奔月

为什么不写得更明白些。答曰：本来不明白，为什么一定要写明白呢？雾里看花不也是一种风景吗？

不过，总而言之，凭我的直觉，我还是认为胡适的微笑是"平凡而又传奇，平民而又贵族，朴素而又高雅"。这微笑已经留在中国的历史上，尤其留在中国的"被现代化"史上。

同时，我也强烈地感受到，鲁迅是一个大海，胡适也是一个大海。这两个大海虽有不同的颜色，深浅也不相同，总归都是大海。我这个不会游泳的人，不仅想领略海的风光，而且想下海试水，只是由于游技不够，仅能涉足浅处，略品海的部分魅力罢了。

妙曼优雅

> 美丽是世上万事万物的主要方面。动物的美丽常令我们叹为观止,而人超越一切之上的美丽则在于:妙曼优雅。

中国人在世界各民族中,是否话最多,没有研究过。然而,进餐场合那个吵呀,却是独步于海内外。这一恶习,既遭外人白眼,又丢国民人格,简直令人难以忍受。

人生构成于举止之间。从点滴做起,将中国文化中传统的、现代的以及外来的一切优良和美好,点点滴滴渗透于日常行为中,既是普通人的本分,也是高尚者的追求,更是融伟大于平凡的必修课。证严法师就是这样的将中外文化的优良品质和高雅精神渗透于举止之间的光辉典范。

贯彻和贯穿于证严法师举止之间的妙曼优雅,是那样贴切,那样自然,那样令人叹为观止。这对粗俗是一种净化,对心灵之美是一种外化,对高尚则是一种自然化。证严法师所做的这一切,很难用文字作出全面表达,只能从中抽取几个片段,略表一二。

吃相:"龙口含珠,凤头饮水"。证严法师从吃饭这一最具体的细事做起,端碗持筷双肩挺直,拇指和食指形成一个"龙口",盛有粒粒白米的圆圆的白碗合于其间,用筷子的动作更是像凤头饮水一样妙曼优雅。这样一个优雅举动,让人看看忘不

第五章　奔月

掉，品品有滋味，想想生愧心，学习到手，融于生活，自然令人尊敬。

动相："行如风、立如松、卧如弓。"行，像风吹云动般轻快稳重；立，似高洁的松树挺拔庄重；卧，如弯弓之月自然沉静。这一切是那样自然而然，浑然天成。这样做对自己的修养，社会的净化，文化的建设，恶习的革除，文明的贡献，都使人有目共睹，有心同赞，有弊思改。

言相：一声"阿弥陀佛"，双手合十含笑问候，已令人心生敬意。说话轻言慢语，字字声声带出佛教文化和传统文化长久熏陶的优雅，传递出来的温馨气息给人以温暖、明媚、恬静的感受。这是什么呢？是日丽风和，是莺歌燕语，是林下风致，是流风遗韵，是云卷云舒，是用尽所有言词，也难以恰当形容的优雅仪表。你看那启口，齿不外露；你听那声音，娓娓动听；你品那语速，快慢有节。听证严法师言谈，完全是一种高雅的享受。如果不是一位秀外慧中的智者，缘何来此举止呢？

生命承诺："让宝贵的生命散发真善美光辉"是证严法师立定的人生宗旨。人生最大的事，莫过于生死。证严法师在《静思语》中庄严而沉静地说："人间寿命因为短暂才显得珍贵"，"人无法管住自己的生命，更无人能挡住死期"，"既然这么来去无常的生命，我们更应该好好地爱惜它，利用它，充实它，让这无常——宝贵的生命，散发它真善美的光辉，映照出生命真正的价值。"

人的一生，生前有生前作为，身后有身后贡献。不说生前，单说身后，就可以有多方面选择。这既取决于生前的一切努力，取决于一生的思想修养，也取决于关键时刻的选择和决定。在这一点上，证严法师的所言所许尤为感人。他曾十分精辟地指出："人生没有所有权，只有使用权。""包括自己的躯体，活着的时候充分使用它，让它放出真善美的光华；死了，这个一辈子享受了不知多少好东西的身体不能发挥原有的作用了，献给医学事业，继续发挥作用，最后一次感恩。"

这样想和这样做，是把高尚的情操和无私的奉献精神融入全部人生，既包括生前，也包括身后。如此慧中其内、秀露其外的人格力量怎能不令人敬仰呢？如果我们再听听证严法师感人肺腑的心声，对他由具体到整体的高尚人生必然有更深入的认识。

就人生的整体而言，他认为"一个人在世间做了多少事，就等于寿命有多长。因此，必须与时日竞争，切莫使时日空过。"

把人生的整体化为一个一个具体，从他心底流出来的清泉话语，更加精彩感人。他说：

——人有口，"脾气、嘴巴不好，心地再好，也不能算是好人。"

——人有心，"心胸狭窄，所以处处都是障碍。"

——人有耳，"听到人间好话，要如海绵遇水牢牢吸住，面对世间是非，要如水泥地般坚固，水过则干。"

——人有足，"要加快脚步快速前进，不可拖泥带水"，"前脚走，后脚放"，"昨天的事让它过去，把心神专注于今天该做的事。"

第五章 奔月

——人有姿,"走路有走路的风度,站立有站立的姿势,坐有坐的形态,睡卧有睡卧的姿态。"

——人有脑,"口说好话,身做好事,心发好愿,脚走好路。"

记得有人说过,两个炽热相爱的人愿意掰碎再和到一起,全身上下,包括每一个发丝都是你中有我,我中有你。或者说,我就是你,你就是我。但这只是一种美好的愿望。然而,证严法师的人生,不论是整体,还是部分。无论是合在一起,还是分拆为每一个"部件",都是那样的完美。整体有整体的完美,"部件"有"部件"的完美。整体的完美不是每一个"部件"完美的简单相加,而是相乘,"部件"的完美无处不闪耀着整体完美的光华。

这就是证严法师,这就是完美的化身。不知完美是从每一个"部件"开始,还是由整体散发到每一个"部件"。总之,一切都是那样的"妙曼优雅"。这就是修养的力量。这就是人生应有之仪。

项南五赞

"高山仰止，景行行止，虽不能至，然心向往之。"我从古人那里借来这几句话，作为对项南的祭言，同时作为自己以项南为楷模的明证。

太史公司马迁说过："古者富贵而名磨灭，不可胜记，唯倜傥非常之人称焉。"

今读《史记》，想到项南这位"非常之人"，便再次找出《人民公仆项南》读起来。准确地说，不是读书，而是读先前写下的密密麻麻的眉批和读后感想。于是，从太史公书中借来一个"赞"字，写下这样一个题目。

我与项南神交，应该说是我神往于项南，已有30年了。

说来并不远，那是上世纪最后一年的秋天，我得到一部《人民公仆项南》，香港荣誉出版有限公司出版，封面除赵朴初题写的书名外，还有三行字："项南是政绩卓著的改革先行者之一，是振兴现代农业、造福八闽城乡的实干家。华夏人民大众，特别是福建的海内外同胞永远不会忘记他，世世代代怀念他。"

我一字一句读完这几句话，以崇敬的目光注视项南的遗像，沉思良久，在封二上写下这样一段话：

"我对项南的神往，是从七十年代开始的。当时，从事共青团工作，接触到一些团中央的文件。在那样的年代，第一次接触

第五章 奔月

项南那样的讲话，知道青年团这个人才辈出的地方，别有奇才，别有声音，尤为他的见识、胆略、文采折服。此后一直留心他的文字，直到他主政福建，才又读到他精练有力、见解精辟的文章。再后来，我在省委党校学习期间，遇到特别喜欢项南文章的李高山同学，在一起谈人说文，更增加了对项南的神往。又过了将近10年，一次接待中央编译局的张九阳同志，也谈起项南。他回京后多方搜求，为我找到两本书。除了这一本，还有李锐的《直言》，且有作者签名。项南这一本，是纪念集，有他的文章、讲话，也有别人的诗文和挽联。读这样一本书，心情是沉重的，读到项南遭受的种种磨难，心情更加沉重。"

今天，动手写项南，心情依然是沉重的。但无论如何，现在清明自由的空气多起来了，理直气壮地写项南这样的"非常之人"无须心有余悸了，我却又感到自己的笔拙，不能赞项南于万一。虽不能尽意，还是把想说的话写下一些，姑且称为"五赞"。

一赞其识

《人民公仆项南》编委会称：正像司马迁所言"非常之人称焉"一样，"项南必将成为遗泽后世、永垂青史的一位当代非常之人。"并指出："这是通过大量的历史事实不约而同地得出的一个共同的结论。"

我想说的是，有胆无识不是才，有识无胆半个才，项南却是一位有识有胆的奇才。

他过人的远见卓识，尤其不可多得。那还是三中全会之前，他就"彻悟"到"我们从观念到体制都必须进行改革。"他是第一个向当时的党中央主席华国锋当面报告"美国的三大差别比我国小"的人；是最早为中央改革开放出谋划策者之一；也是最先中止"以粮为纲"，推行全面发展思想，提出在福建"念好山海经"的省委书记；还是率先把发展的注意力集中到抓机场、码头、通讯、高等级公路等基础建设的具有远见的实干家；尤其是独步当时，以旷古未有的卓识和胆略面向国外引进资金和大型项目的"思想解放"、"政策超前"的先驱性人物。

有人称项南是"走在时间前面"的人，这不仅一点都不过分，而且是从他慧眼独具和远见卓识的所作所为中得出的看法。早在1984年春天，他就向邓小平建议，把"厦门特区"扩大到厦门全岛，同时开放闽南金三角，实现"人员来往，货物出入，货币兑换"三自由政策。这一提议无论就其胆识，还是就其对国家前途命运的深谋远虑来看，都是无人可比的。说他是对国家、对历史高度负责的治国大才，由此可见一斑。

然而，正是这样一位有着远见卓识，并且敢于创新、敢于超前、敢于负责、敢于冒险，又善于审时度势提出重大战略思想的党和人民的好干部，贯穿他一生的除了"追求国家发展，关心群众疾苦"这样一条红线之外，还有经常不断的打击紧追不舍。为此，《人民公仆项南》编委会也指出："项南作为中国大舞台上的一颗熠熠生辉的改革之星，既是大众关注、赞誉、议论的焦点，是闪光的智慧、魅力的人格、光辉的事业集其一身的亮点，也是各种流言、各种莫名其妙的'处分'不断的是非中心点。"

我想，正因为在他身上形成决然相反的两个方面，其英雄本

第五章 奔月

色才更加本色，其可贵精神才更加难能可贵。也正因为如此，他才成为一位巍巍青山永远铭记、滔滔碧水歌咏不绝的奇人伟丈夫。

二赞其直

直，是项南的本色。他的直，是胆识的直接表露，是对人民高度负责、不怕牺牲、勇于开拓精神的外化。

还是在"恐资症"笼罩的年代，他先后到几个资本主义国家考察归来后，有人问到资本主义的情况，他直截了当表明自己的观点："资本主义好得很。"他这样说，不是有意抬高资本主义，贬低社会主义，而是对国家的前途、命运真担心，对社会主义真热爱；不是鼓吹异端邪说，而是对极左路线统治的社会弊端坚决否定；不是标新立异、显示自己，而是以新的角度、新的思维为推进体制改革呐喊。他这样直露地表达自己的看法，更不是信口开河，而是在英国考察期间，坐在马克思墓前的草坪上思考半天，得出的结论。

曾有一度，我们把一切不健康、不好、落后、黑暗都加在资本主义头上。其实，事实并不如此。马克思在《共产党宣言》中早就指出过："资本主义在它不到一百年的阶级统治中所创造的生产力，比过去一切世纪创造的全部生产力还要多、还要大。"列宁也多次强调，只有把资本主义一切先进的东西学过来，才能建设共产主义。当时的社会环境，对老祖宗说过的话置若罔闻，对老祖宗指出的事实视而不见。即便是马克思、列宁说过的，明摆着的事实，也不许看见，倘若看见了也必须从否定的角度去看待,也就是一切的一切都必须以"假马克思主义"的思维去思维。在这样的情况下,项南如此直言,实话实说,既有危险的一面,更有振聋发聩的意义。

邓子恢是坚持真理、敢于直言的老一辈无产阶级革命家,也是新中国成立后第一位受到不公正待遇的党和国家领导人。项南不仅对邓子恢这样一位杰出领导人遭受不公正待遇痛惜不已,而且亲自抓了《邓子恢传》、《邓子恢文集》和《回忆邓子恢》三部书的编写和出版,大力弘扬正气,倡导直言,坚持真理。然而,令人心痛的是,书出版了,邓子恢的精神得到弘扬了,国家经济建设迈上康庄大道了,项南却追随邓子恢而去了,再也读不到他的新作,看不到他新的建树了。

不过,哲人其萎,音容宛在,邓子恢和项南"处顺境而不骄矜,处逆境而不消沉,处困境而思奋进"的坚定意志和刚直形象永垂不朽。完全可以说是"昔三后之纯粹兮,固众芳之所在。"不过,这"三后"不是屈原所指的楚君熊绎、若熬、蚡冒,而是我们最敬爱的孙中山、毛泽东、邓小平三位巨人。他身上的"众芳"所由,则是集古今中外众贤之长而培育起来的优秀品质。

三赞其廉

在追悼项南的众多挽联中,有一副是:"功高无私为官一世两袖清风,德高望重为人楷模流芳千古。"这样的溢美之辞,对有些人可能是应景之作,对项南却是写真。一位哲人说过,当历史错误地对待一个人的时候,又往往是历史特别看重这个人物,他们不在身前,就在身后,总会有公正的结论。张居正的身后,戚

第五章 奔月

继光的晚年，海瑞的后世人生，就都是这样。项南还算幸运，不仅有晚年的复出，而且有身后的民族中兴局面。身前，项南的清正有目共睹，身后，项南的廉明永照千秋。

小事见大端。清廉从政不仅体现在大事上，而且体现在小事上。项南深知不廉政的缺口往往从小事打开，老百姓看一个干部，既看抓不抓大事，大事办得好不好，又看能否严以律己，从每一件小事做起，从严要求自己。

树立廉政形象，根本在品质，具体在一点一滴。关系廉政形象的事再小项南也不放过。有一个服装厂作为开放政策的典型，是项南直接指导发展起来的。一天，厂长拿来一件本厂生产的普通衬衣提出试穿，项南不想给基层同志泼冷水，亲切过问了厂里的经营情况，按市场价买下这件衬衣，说是领导干部更要以一名普通消费者来支持企业发展。

请领导题字送润笔费，是基层单位结交领导的一种方式。彻底拒绝担心伤害积极性，项南采取不送润笔费有求必应，送润笔费一概拒绝的办法来处理，既加强了与基层的联系，又导正了上下级之间的风气。

赠送古玩和工艺品，是又一种通行的变相送礼。对此，项南铁板钉钉，毫不容情，不留任何余地。一位福建老乡通过国防大学的教授带来一件不少人望眼欲穿的工艺品，讲明没有别的意思，就是敬重项南的为人。对此，项南除表示谢意，工艺品怎样捎来，还怎样捎了回去。

由于他自身清正立得正，事事作出表率，加上眼里容不得沙子,他领导下的省委班子廉声政声都很好。但他相信仅靠表率是不够的,还必须靠有力的监督机制。为此,他多次强调,省纪委的眼睛要盯着省委常委,以下各级以此类推,为各级领导干部站好岗,放好哨;媒体单位也要充分搞好舆论监督,形成多管齐下扼制一切越轨和腐败行为的机制。

四赞其诚

项南是改革带头人和不怕担风险的人物,也是个实心实意的人。他与人交往最讲一个"诚"字。改革开放初期,一位名望很高的老教授受邀去美国讲学。一些人认为,这位教授以往受过不公正待遇,美国条件又好,出去了就不会回来。项南坚信老教授对祖国的忠诚,并看望了他。这位教授如期归国,还用讲学挣的钱买回很多学校急需的仪器。一个"诚"字不仅体现了项南的为人,而且给广大知识分子带去了信任和温暖。

对于招待国外旅游团体,一般人认为花花绿绿、排排场场能吸引人。项南却主张土色土香,干净大方,物美价廉,别开生面,让人家感到不虚此行,走了还想来。包括待客毛巾这样的细事,他也考虑用白的好,认为带色的往盘里一放花红水绿,外宾讨厌,内宾也不会喜欢。

他总说,真爱国,真革命,真干事业,真对朋友,就要真心实意,不能作假。他有一段掏心窝子的话:"称大物,用磅台;量细物,用戥称。衡量一个人是否真心实意爱党爱国爱社会主义,靠的不是有无"红帽子",出身是否贫苦,过去对剥削阶级有无深仇大恨,更不靠会不会说漂亮话,靠的是美的灵魂指导下的实

第五章 奔月

际行动。"

五 赞其痴

项南是痴情于书的人，对书的痴迷达到常人难以理解的程度。他一生不抽烟不喝酒，没有任何不良习惯和嗜好，唯独嗜书如命。他家中的书房、客厅摆满书柜和书架，还有不少书摆放在地上。每次搬家和调整房间布局，他都要挖空心思，为书"扩张"出一块地盘。

项南对于别的财物从来有求必应，唯独对书特别吝啬，对外不借出，对内也不愿意借给任何人，子女非借用不可的书，要打借条，再三叮嘱要刻意爱护，偶而弄丢一本书，他会心痛很长时间，并四方搜求补上。

爱书是为了读书。为了多有一些时间读书，他一是提高工作效率，二是挤用休息时间。他无论春夏秋冬，每日凌晨四五点钟都要晨读，晚上还要读到很晚。据他的家人回忆，早上和晚上总看到他的房间亮着灯，不是读书便是写东西。

他的精力充沛，读书写作特别投入，经常弄到忘乎所以的地步。比如每当读书写作的时候，即使家人叫吃饭，只说来了，来了，却三番五次来不了。

项南读书"胃口好"，记忆力强。一次，他的小儿子谈社会制度中一些令青年人迷惘的问题，说了一些较过激的话。项南当面指出："这些问题马克思早就说过，你们最好看了书再发表议论，不要把结论下得过早。"并告诉儿子到哪本书第几章第几页去查找。他的儿子当时不服，事后偷偷查阅，不得不佩服父亲的博闻强记。

　　项南虽然没有上过大学,但凭自学自修,掌握了渊博的知识,成为名望很高的知识型、智慧型领导干部。他刚30岁就当上了安徽大学校长,一些大学教授很不以为然,怀疑他是否具备当校长的学识水平和实际能力。听过他几次报告和看到他处理问题的见地、分寸、水平后,不能不由衷佩服。

　　项南对党和人民的忠诚达到了痴迷的程度。他一生当中,可以称为灭顶之灾的打击就有三次之多,但从未改变过志向,丝毫也不放弃对理想的追求。40岁左右正是一个人大显身手的时候,他被打成右派,从团中央书记处书记下放到京郊农村劳动改造4年。他刚刚平反,"文革"中又被关进"牛棚",经受了长时期磨难,一直到七十年代才主政福建,后来又受到不公正待遇。面对种种折磨和不公平待遇,他总认为,干革命、干事业不可能没有曲折。更何况人与人认识有先后,有深浅,加上各种因素错综复杂,企求一帆风顺是不现实的;明哲保身,不坚持正确意见是不道德的。他认为作一个正直、正派并为理想献身的人,就要随时准备经受考验。这看似不公,社会只能如此,没有什么可奇怪的。因此,不管遇到多大的困难和挫折,他从来意志不减,本色不变,充分表现出人民公仆的浩然正气。

　　一个人的历史是自己书写的。项南以他的天生良材与终其一生的不舍追求,写就了一部意志和毅力过人,智慧和才能非凡,品格和业绩突出的人生,同时也是在困难挫折中呈现英雄本色的人生。按他的条件和能力,本可以放弃一些东西,换取宽松的生

第五章 奔月

存空间，本可以放开一点，适应轻松、富有、风光的生活，但他却选择了坚持原则，选择了坚持真理，选择了艰苦奋斗，选择了无私奉献，选择了艰难困苦，也选择了不怕吃亏和不怕牺牲。他的选择突出地表明：真正的人生是不动摇的信仰，不放松的坚持，不松懈的追求，更是永不满足、永无止境的奉献！

漫谈哈佛理念

哈佛理念的内涵和实质用中国的话说，似乎可以概括为"实事求是，与时俱进"八个字。然而，我们的认识仅停留于此，便等于打折自己腾飞的翅膀。

时代一日千里前进，地球一日万里缩小，我们生存与发展的四维空间，激烈竞争的气氛，大有爆炸之势。欲求胜利，欲求发展，必须与时俱进，更新观念，树立新的理念。

最近看过两本书：《在哈佛听讲座》和《哈佛理念》。300多年来，哈佛大学以独特、公开、自由的教育思想和与时俱进的教学方式，培养了一代又一代政治家、科学家、企业家、作家和学者。其间产生过7位总统，37位诺贝尔奖获得者。当今世界的著名专家、学者和总统、大师，以登上哈佛讲坛为自豪。近年来中国人当中，有原国家主席江泽民、社会科学院原副院长刘吉、互联网实验室董事长方兴东、海尔集团老总张瑞敏等在哈佛作过报告。

哈佛的案例式教学，被公认为最先进的教学方式；哈佛理念成为引领世界新潮流的理念。从上述两本书看，以下六种理念值得深入思考、研究和借鉴。

其一，关于独立思想的理念。

独立思想似乎不是新理念，而是历代有识之士特别是资本主

第五章 奔月

义社会诞生以来的仁人志士的共同追求。对此，一切的保守主义者可能因视之为异端邪说而不安；过去的一些所谓社会主义者可能由于种种原因而不容。不管是不安，还是不容，都不能证明它不是真理产生与发现的必要条件。哈佛把"独立思想"确立为第一教育原则和第一理念，把培植自主与独立思想的苗床作为哈佛人共同追求的第一乐趣，甚至视为哈佛的生命线是值得称道的。

为全面贯彻"独立思想"这个第一理念，哈佛采取了一系列措施。其一是确立选课"购物周"。选什么课完全由学生自己决定。选定后如果不如意，可以在新学期开始后第五周的星期一退出重选。其二是实行自由思考教学法。课堂教学，教授主要是提供思考的线索和参照，绝不以任何成规和固有的思想束缚学生思考的自由，尤其鼓励学生提出新的观点和见解，允许尖锐直率地向授课人提出质疑和批判。其三是推行激励独创思维的评分标准。在评分标准上，给分最高的是善于独立思考、具有独创能力、敢于挑战教师的学生。通过以上三种措施，从主要尺度和评价标准上体现了哈佛的教育导向，保证了独立思想的理念受到自上而下的普遍重视。

人类社会的发展，既有进步与完善的一面，也有倒退和扭曲的一面。自由思想就像水流低处，本是人的天性，顺其自然便好，历史上却有许许多多好事之徒，包括当时的统治者不遗余力地设防、扭曲、出售思想的牢笼。当人们一觉醒来，发现以往的一切全都错了，已经是绿树变成了黑炭，再改变它只能从育种、植苗、浇水开始。天性不是良好的存在，便是不良的习惯。为了一时之利扭曲人的天性是人类社会发展史上的最大悲哀。

其二，关于自主研究的理念。

为确保学术研究独立自主，哈佛规定了共同遵守的"三A原则"，坚持学术自由、学术自治和学术中立三个方面充分放开，绝不干涉。除了恶毒攻击、人身中伤理当受到限制，诸如决定研究项目，决定研究方向，收集阅读以及吸取研究材料，对研究对象进行分析调查，用口述或出版的方式发表研究成果，均不受任何限制。第25任哈佛校长德里克博士指出："只有具有安全和自由保证的学者才能探索科学真理"。从哈佛出来的哲学家和心理学家威廉·詹姆斯甚至极言："如果有朝一日哈佛想把她的孩子塑造成单一固定的性格，那将是哈佛的末日。"

其三，关于追求卓越的理念。

鼓励学生探索、创造、挑战、领导，致力于克服种种限制，充分发现自己的能力和兴趣，广泛参加学习和研究活动，最大限度地利用受教育的机会，全面强化对卓越的追求，在哈佛既是致力推行的理念，也是着力实行的实践。人所乐于追求的不就是这样吗？真正应该追求的不正是这些吗？人类的进步不也理当如此吗？顺应"这样"，抓住"这些"，做到"理当如此"，不正是人生和社会发展必须重视的关键问题吗？

为了促进卓越，哈佛对在校教师实行"非升即走"政策。一个助教五、六年内升不到副教授，副教授几年内升不到教授，就意味着在哈佛不能再待下去。教授尽管是终身制，但都是世界上各个学术领域的顶尖人才，除非特别卓越，很少有本校的副教授

第五章　奔月

升为教授的。学校可以帮助一位教职人员在别处谋求相应位置，但绝不放宽提升条件；出去以后做出突出成绩则可以返聘。

我很欣赏"非升即走"的政策。中国有句老话，树挪死，人挪活。为什么宁愿在一棵树上吊死，而不挪个地方生根、长干、开花、结果呢？人生如果不懂得个人的特长、特点、优势，只有在运动中找到适当条件对号入座才能实现，那就是不懂社会，也不懂人生。况且，喜新厌旧是人的天性，习惯生惰性也是人的天性，在一个地方待的时间越长，这两个天性结合得越紧，诸如积极、努力、开拓、创新等进步要素越没有地位。妇女缠脚是多么愚昧的一件事，但既已形成习惯，连康熙皇帝都不敢下令废除。可见习惯一旦养成是多么可怕的一个东西。我想，哈佛一定是把这一切研究透了，才有了这样高明的政策。为了卓越，只能留住卓越而不是留住人。留住卓越，卓越将成为永远，成为更大范围的良性循环；留住人，则是留住了暂时的卓越，而牺牲永远的卓越。

卓越是极限的追求，也是创优环境的结果。哈佛特别重视为最优秀的学者创造最好的研究环境，同时鼓励学者为优化研究环境寻求外部支持。对于实现卓越所需要的条件，哈佛目前能想到的都做到了，没有想到的诚恳希望校内校外有识之士提出建议。为了卓越，他们永远没有满足，永远不准备止步。

其四，关于"各美其美"的理念。

"各美其美"就是按照自己的价值取向追求最佳。诺贝尔物理学奖得主丁肇中先生说过："要做好的科学家，最重要的条件是:你要相信所做的事,是一生之中唯一最重要的事情。"这是对"各美其美"理念的最好注释。相信自己最好,自己所做的事最重要,自己的选择最正确,满怀信心以最好的态度、最佳的工作状态、最满意的效果从事正在做的事,就是"各美其美"理念的实现。

与此同时,为了在自由思想、自主选择、自我发展的前提下相互竞争、相互补充和共同进步,哈佛还提倡"和而不同"的理念。这一理念源于孔子"君子和而不同,小人同而不和"的论述。追求和谐而不盲从附和,对别人的优点肯定、鼓励、学习、吸收,而不嫉妒和拆台。这是保证自由竞争、自我发展、追求卓越、共同进步、和谐发展的必要前提。

其五,关于品牌第一的理念。

哈佛以品牌立校著名于世。它要求始终站在时代最前列,根据不断进步的时代生产体系、社会形态来设计教学、研究方向和院校结构。它的科学与人文学院、医学院、法学院和商学院整体水平一直处于世界领先地位,课程设置紧扣时代脉搏。哈佛的商学院以"三最"(最大、最富、最有名望)名扬全球。哈佛的图书馆是世界上最大的大学图书馆,被称为三多:藏书多、文献资料多、善本和孤本多;环境好,管理科学,便于研究。哈佛的教授被称为三高:名望高、地位高、薪资也高过其他名校。哈佛之所以被称道为学术重镇、政府智囊、总统和诺贝尔奖获得者的摇篮,正是由这若干个"三最"、"三多"和"三高"促成的。这么多的"最"、"多"、"高"像谱成著名交响乐的音符一样组成

第五章　奔月

哈佛多方面的世界一流水平。

其六，关于不断改革的理念。

哈佛认为，可持续竞争的唯一优势来自于超过竞争对手的创新能力，而这一优势的持续保持则在于不断改革。不利就改，有利就千方百计吸收和利用，是哈佛始终如一的原则。从仿效英、德到独创新制，从教学改革到管理改革，无不是哈佛坚持改革理念，革故鼎新的结果；从案例教学法的首创，到"质疑精神"的培养，也全是适应时代要求，与时俱进的实际行动。一国、一地、一单位、一个人，始终坚持与时俱进的改革精神，随时"质疑自己的过去"，就意味着进步，意味着光辉灿烂的明天。

哈佛现任校长，原克林顿时代的财政部长劳伦斯·萨默斯在就职演说时表明："大学永恒的传统是：我们要永远年轻，永远坚持不断自我更新。"保持年轻，追求自新都需要不断改革。烧改革之火无异于用火烤自己，没有"请君入瓮"的准备，没有下地狱的勇气，没有玩火自焚的精神，别近此火。然而，这位曾被称为"神童"，28岁就当上哈佛教授的校长，在哈佛渊源最深，人头熟，关系多，抬手动脚触动的都是老关系的利益。在这样的环境中，他上任的三把火却都烧在了改革上，大刀阔斧地从基本建设、教学工作、管理体制进行了全面改造。他胜利了，成功了，但其中包含着多少战胜自己的勇气、信心、毅力和牺牲精神啊！

面对哈佛的种种理念及其对理念贯彻的成功实践，我们想到的是，一切从变化发展了的实际出发，不断捕捉变化中的本质，更新观念，调整政策，出台新举措，这本来是马克思主义一贯坚持的原则，资本主义的哈佛反倒对这一原则贯彻最彻底。这就充分说明，真理是对客观实际的认知。是否真理并不在于由谁说出，也不需要绕多大的弯子，只要直面实际，实事求是，事情就会办好。但其中所包含的艰苦探索精神、刻苦学习精神、认真工作精神、密切配合精神则是不言而喻的。

哈佛理念概括为一句话是"追求卓越，志在创新"，概括为四个字是"日高日新"，概括为两个字是"创新"，概括为一个字是"新"。

第五章 奔月

务商冰鉴

> 胡雪岩的"灵活变通"四字取法，任何时候，任何地方，任何人都适用。

清代末期，有过两个"曾胡"，倍受推崇。一个是"兵兵"并称的曾国藩与胡林翼；另一个是"官商"并称的曾国藩与胡雪岩。

无论讲军事、讲政治、讲智慧，曾国藩都是中国历史上的一座高峰，放在世界史中也不逊色。

据说，曾国藩有十三套本领，其中之一是军事智慧。曾氏的军事智慧一经问世，便受到世人重视。近代名将蔡锷编有《曾胡治兵语录》，蒋介石任黄埔军校校长时，曾对此书亲加增补，定为教材。毛泽东也曾有"独服曾国藩"之说。与《语录》齐名的除了《冰鉴》，还有三本书：《挺经》、《求阙斋日记》和被称为晚清第一奏折的《曾国藩奏折》。

胡雪岩不像曾国藩那样著作等身，也不像胡林翼那样谙熟军事，我只见到过他的语录体乘势智语片段，却不能不佩服其字字珠玑，尤其是对人势、官势、时势的高超把握，不能不惊叹于他对官商之道运作的炉火纯青。

无怪乎有人说他是集"财神爷"范蠡的致富之能，"商人祖师"白圭的经营之术，"政商鼻祖"吕不韦的政商手段于一身的红顶官商。

我认为，他由三道合一创成的务商冰鉴，对于经商和从政都有经天纬地的神威。

青出于蓝而胜于蓝

——着重一个"深"字

"做官要学曾国藩,经商要学胡雪岩"。曾是一个时代的口头禅。真正看透务商冰鉴的左宗棠则说:"胡雪岩畅游官商两道终获大成,令世人仰望。然世人只知其所成,而不知其何以能成,故而无法效仿。吾之愚见,胡氏能成,乃其灵活变通官商之道也。"

"灵活变通"四个字,尤其是将这四个字活用于官商两道和官商打通,可谓一语道破了胡雪岩的不传之秘。这就像《红楼梦》的"护官符"是读懂《红楼梦》的书眼儿一样,这四个字则是读务商冰鉴的关键词,其不传之秘的核心则在"官商结合"。所谓"结合",则又在于取官商两力合为一个大力。

"古有先秦陶朱公,今有晚清胡雪岩"。陶朱公范蠡帮助越王勾践灭吴后,急流勇退,携爱侣西施隐居经商,被后人尊为"财神";白圭与范蠡并列,精于商道,善把商机,也被奉为"商人祖师";吕不韦道高一筹,足踏政商两道,以财谋国,以国取财,被称为难有其匹的政治商人。他们都没有想到的是,日月更替到晚清出了个胡雪岩,集范、白、吕三家衣钵于一身,既有陶朱公致富本领,白圭"权变之智"、"决断之勇",又有吕不韦商政交机、官商通营之术,娴熟驾驭官商两道而游刃有余。

"官商巨子"胡雪岩把"灵活变通"的官商两道悟透了,也用尽了,合二为一,巧用两机,暗度陈仓,明修栈道,路通四方,运致八极,简直无词可赞其能、其高、其活。他开钱庄,运

第五章 奔月

漕米，贩生丝，办药店，兴洋务，都是借助官方之力，因此别人垮他兴；他结交官府红人王有龄，背靠开疆大吏左宗棠，以至被慈禧太后亲赐二品顶戴，赏穿黄马褂，准紫禁城骑马，无不是巧用"商道"与"钱神"的力量，从而成为红顶大商人。

有人感叹说，胡雪岩是商人，但他不是普通商人，也不是一般大商人，而是透彻把握官商二经精髓，活用官商机巧的绝代官商，这水好深哪，超级官商。

游刃于官商两道
——看重一个"势"字

把握时势，因势利导，谋求发展，是当今社会频率很高的用语，但真正悟透"势"，深省势利不分家，有势就有利，欲图大利必取大势的是官商胡雪岩。他深知官场是势的发源地，琢磨出一套出神入化的取势方法；深通商无官不势，官无商不神，像做三合面一样，将官场之势、商场之势以及洋场之势水乳交融，合而为一，在"三场"之间左右逢源，大造其势，暴牟其利。

为此，他突出办了三件事：一是培植靠山。用他的话说，就是"送人成仙，自己上天"。二是抓住一切机会用势力扩充地盘。对此他真是胃口大开，来者不拒，"官场势力商场势力都要，江湖势力也要"。三是铺路搭桥，"冷灶热烧"。"火到猪头烂，钱到公事办"，没有他烧不热的灶，没有他打不通的路。正因为他一生不遗余力地游刃于"三场"合一的造势、取势、用势，才成为晚清大官商——头号红顶商人。

看人下菜碟

——玩活一个"用"字

商道也是人道。贯穿胡雪岩一生的最大本事就是"能用人"和"用能人"。"越是本事大的越要人照应"是胡雪岩体悟最深的"官经"、"商经"和"人经"。他曾直率地与人交流:"皇帝要太监,老爷要跟班,只有叫花子不要人照应。""没有人照应,赤手空拳,天大的本事也无用。"

务商过程也是用人过程。胡雪岩事业鼎盛时期,钱庄遍及杭州、宁波、上海、武汉和北京各地。除有典当行20多家,还兼理丝茧、军火生意。大生意、大事业必靠大家来办。面对生意走红,用人成为头等大事。胡雪岩把"不拘一格选人才"和"人尽其才用人才"作为游刃于官商两道的根本大计。他活用官、商两道的识人用人之道,把"用"字口朝上,狮子大张口,用二十倍的胆量、二十倍的容量、二十倍的增量用好用活了各类人才。

他善用人、会用人、用活人才的典型事例很多。比如,小船主老张忠实厚道,妻子熟悉茧丝业,胡雪岩便投资一千两白银聘他们经营茧丝。刘二只是一个柜台伙计,胡雪岩看准他精明可用,便让他当钱庄"档手"。就连陈小那样一个街头混混,且有赌博嗜好,胡雪岩看他人机灵脑子好使,也选他当了跟班。

胡雪岩的用人经可以写几大部书,即便是摘其要中之要,也不是我这篇小文可以概括的。此处仅述一二。

"德看主流,才重一技",是胡雪岩的识人用人经之一。他认为,世界上许多事本来用不着才干,只要忠于职守做事就行。不

第五章　奔月

需要多大才干的位置，用了有才干的人，反而坏事。他看到一个更夫不管时世有何变化，夜夜打更从不间断，便选他巡视仓库。胡雪岩识人用人反映出来的道理正如清人顾嗣协诗所言："骏马能历险，犁田不如牛。坚车能载重，渡河不如舟。舍长就其短，智高难为谋。生材贵适用，慎勿多苛求。"

"不看其非，但看其才"，是胡雪岩识人用人经之二。陈平盗嫂却被刘邦重用为宰相，是中国历史上有名的用人不计其非的事例。胡雪岩认定遭人嫉妒是人才，不遭人妒嫉是庸才。他看准了的人才，不管别人说得再一无是处，也坚决要用。古应春是上海洋场的"通事"，即现在的翻译，熟悉洋务，维护中国利益，朋友也多。胡雪岩便不管别人说长道短，把古应春当推心置腹的师友，为与洋人做生意、打交道、巧用洋场势力带来诸多便利。

"不计其短，单取其长"，是胡雪岩识人用人经之三。他手下有个刘不才，嗜赌如命，把一个好端端的药店也输光了，在别人眼里是个十足的"败家子"。但胡雪岩看到他赌得再狠，手上的几张祖传秘方决不押上；吃喝嫖赌四毒并进，但决不吸毒抽大烟，于是便起用他充当特殊"清客"，专与达官阔少打交道，起到了他人所起不到的作用。同时鼓励刘不才"以秘方参股"，许他"方"不外传，收到双赢效果，轻而易举大暴其利。

"用对人才，才能做对事情"，是胡雪岩识人用人经之四。优秀的木匠用材，要外看木势，内看木质，横看木理，竖看木纹，折看其脆，压看其韧，如有必要还要看其出生、成长和经历，比我们现今考察干部还要过细。胡雪岩深通此中奥妙，在他眼里横竖都是才，尤其能见常人之未见，从垃圾堆里选出国宝来。

仅以他选用秘书一事为例，思路就很特别。当"官"当"板"选秘书，通常有"五看"，一看其貌（美），二看其才（能），三看其德（忠），四看其勤（活），五看背景（有力可借用）。对这"五看"，胡雪岩似乎都不看，只看重敢不敢坚持说真话，甚至打横炮，宁愿舍弃"五看"，选重"一看"。他选用的秘书，性格大大咧咧，出差出国还要老板叫他起床，关照他的生活，长处是不怕挨骂，即使被骂得狗血喷头，听到的事该说照旧说，骂过之后依然说。胡雪岩从这位不怕挨骂、直说真话的秘书口里听到许多不容易听到的真实情况，受益匪浅。这大概是他一生立于不败之地的一条很重要的原因。

商海浪尖弄潮
——担当一个"险"字

商海、商海，是海就不会没有风浪，风狂浪涌，潮如山崩也是有的。置身商海的生意人，要在风云变幻，风起云涌，倒海翻江的变化中稳操胜券，必须有不断更新的新思维、新观念来适应新变化。胡雪岩不愧为察势观变应对时局的顶尖人物。他能从变中看出商机，抓住联手机会，做大生意，抬高自己。

胡雪岩十八岁那年，鸦片战争爆发，内受封建统治压榨之苦的中国百姓又外加侵略者掠夺蹂躏，生活境况进一步恶化；同时，传统的农本商末观念受到严重挑战。胡雪岩看准时局变化带来的商机，先开钱庄，向太平军逃亡兵将吸纳存款；又开丝业，为因战争阻断的丝路填补空白。

第五章 奔月

杭州被清军收复，胡雪岩立即开展战后赈济工作。宁波刚刚被官军攻下，城中军民严重缺粮，胡雪岩马上组织一万石大米救急，并答应等攻下杭州之后再收回这笔米款。这在别人看来丢本的买卖，却被胡雪岩抓住一笔大本钱——受到"湖南骡子"左宗棠的赏识，为后来在商官两道畅通无阻带来极大机运。

商场瞬息万变，商机稍纵即逝。"做生意贵乎盘算整个大局，看出必不可易的大方向。"为了把握大方向，胡雪岩总会拿出出其不意的举措来。他在湖州收购一批生丝运往上海，由于朝廷禁止运丝到上海与洋人交易，这一批货奇货可居。这在别人看来只要僵持一些时日，必然卖个好价钱。胡雪岩却让迅速出手，原因是他早已看出清廷很快要与洋人接续洋务了。正是从这些一般人不容易看出来的蛛丝马迹中，胡雪岩总能看出将要出现的新商机，新变化，及时做出新决策，所以永立不败之地。

"要想拥有巨大的财富，就必须具有独特的眼光，敏锐的观察力和预见力，想前人之所不敢想，为前人之所不敢为，去寻找一片新的天空，开拓一片新的领域。"这是大洋彼岸的戴尔·卡耐基的经验之谈。对于这一经验，此岸的胡雪岩早已心知肚明，运用自如。他总是谆谆告诫他的团队，生意场上向来是小险小利，大险大利，风险总是与机遇成正比。为了图利，刀头的血也要敢去舔，当然最好有担保。他既敢舔刀头血，同时又十分注重背后的担保工作，所以总是有惊无险。

"铜钱眼里翻跟头"

——巧用一个"活"字

胡雪岩有一句至理名言:"做生意一定要活络。""活络"有两层含义:一是灵活通达不拘泥,二是万理洞然？通透灵活。此话作为商经也有两层含义:其一,不要死守自己熟悉的一方天地,要适应变化,灵活应对;其二,反应要迅速,想到了立即去做,不放过任何一次机会。他在官、商两道上真可谓一步一个点子,一路一趟拳脚,一动一套招式,招招式式都能演化出新的财路。

古往今来,总不乏"四两拨千斤"的商战英雄。他们没有雄厚的资本,照样做成一桩桩大生意,一切都在巧妙的变通之中。为此,胡雪岩说:"八个坛子七个盖,盖来盖去不穿帮",做生意就要学会在"铜钱眼里翻跟斗",在缺乏资本的情况下做成大生意。其中的奥妙仍然在善于变通,精于变通。

日本松下电器的创始人松下幸之助谈到自己的生意经时说:"我是用天下人的钱和天下人,来办我的事情,我出售的只是服务。"这其实是胡雪岩"借力生财"的翻版。为用活一个"借"字,胡雪岩创造了三大招术:一曰正借——开门见山,不绕弯子,直奔主题;二曰顺借——自自然然出手,平平淡淡行事,在对方不知不觉中把自己的事办好;三曰曲借——采用迂回的策略,诱之以利,胁之以害,巧用中介达到借的目的。胡雪岩用这三招借到的不仅是钱,还包括人情、信誉、声望、商机以至强势。

第五章 奔月

平地打造金字塔
——立足于一个"名"字

打造做人的金字招牌是胡雪岩立于不败之地的根本。他经常说,人生在世是先求名,还是先求利,想来想去还是先求名,创出"金字招牌",名达三江,才能商通四海。

胡雪岩开钱庄不久,接待了一位特殊客户:一个军官提着很沉的麻袋来见他,要存八千两银票,三千两银子,说利息无所谓,折子要不要也无所谓。经过边吃边聊,胡雪岩了解到这个家产雄厚的客户,虽不务正业,但很讲义气,出口就答应存款三年连本带息一万五千两银子,其中有朋友的交情在内。这位客户感动不已,回到军营广为宣传,许多军官纷纷把钱存入此店,生意很快火爆起来。

"做事容易做人难,要做生意先做人。""前半夜想想自己,后半夜想想别人"是流行在胡雪岩家乡的一句名言。胡雪岩主张"做人总要为别人着想"。他给自己定下两条办事原则:其一,不能只要帮忙而不顾别人的难处;其二,把别人的难处当成自己的难处,尽力帮助解决。尤其做人一定要漂亮,要行得正,立得稳,以高尚的人格立身、立商、立世。

胡雪岩总结自己的商海生涯得出结论:"做生意还是从正路上去走最好。"这一肺腑之言也有两层含义。一是能按正常的方式、正当的渠道办的事,不用"歪招"和"怪招",万不得已用了"歪招"、"怪招",也不能自以为得计和得意,而要从心里持否定态度;二是做生意不能违背大原则,什么钱能赚,什么钱不能赚,要分得清清楚楚,不能一心只想赚钱而不顾道义。纵观胡雪岩的一生,尽管是很活络的官商,为了守住道义,他有五条基本原则决不违背:

第一,可以为了钱"去刀头上舔血",但决不在朝廷律令明文规定不能走的道上赚黑钱。

第二,可以捡便宜赚钱,但决不去贪图于对别人不利的便宜,决不会为了自己赚钱而去敲碎别人的饭碗。

第三,可以借助朋友的力量赚钱,但决不为了赚钱去做任何对不起朋友的事情。

第四,可以寻机取巧,但决不背信弃义靠坑蒙拐骗赚昧心钱。

第五,可以将如何赚钱放在日常所有事务之首,但该施财行善、挪金卖乐时决不能吝啬。钱不可不赚,但决不做守财奴。

我们这个时代,官商结合是不被提倡的,甚至是禁止的,但官商结合的事却并不鲜见。这说明很多人深知其中门道,惯用其中机巧。但有些人有胡雪岩之能,无胡雪岩之德。胡雪岩作为一个历史人物,胡雪岩现象作为一种历史现象,胡雪岩的经商之道作为务商冰鉴,值得深入研究。本篇小文题为《务商冰鉴》,其实只能算作一个小引,至多充作一种简介,仅此而已。

第五章 奔月

与卓越为伍

> 就像与盗贼为伍成为盗贼,与赌徒为伍成为赌徒一样,与卓越为伍则成就卓越。

卓越是高超优越,更是超越和跨越。说得形象一点是鹤领鸡群迈大步——高也是它,快也是它。被称为经营之神的杰克·韦尔奇就是这样一位卓尔不群的企业巨星。

杰克·韦尔奇执掌美国通用电气集团(GE)达20年之久,使公司的股票市值增长近百倍,跃居全球第一首席执行官。他离任前出版的自传,动笔前已被700万美元买断版权,在中国发行量也超过百万册。他作为卓越的象征,集中体现为在任的每一天都将自己的全部智慧、热情和勇气投入到生命的每一个瞬间,他的经历就是对卓越和何以卓越的最好诠释。

一、自信领航

自信好像是生活的态度,实质是能力的物化,尤其是通向成功的灯塔。我曾说过自信是太阳,这是就对人生的影响和支撑而言。还可以说自信是充气功能,一个人生龙活虎,还是气息奄奄,全在于一口气。自信的人生神完气足,否则,便无此饱满。

自信有天生因素,却取决于后天的自觉,壮大于友善的环境。孩童时代的韦尔奇曾一度因为口吃,在众多的孩子面前感到自卑。他母亲告诉他:"这是因为你太聪明,没有任何一个舌头可以跟上这样聪明的脑袋瓜。"有了这样一个绝妙的理由,小韦尔奇坚信自己比别的孩子更聪明，从而在幼小的心灵种下卓越的种子。

好的老师对一个人成长尤其是自信的强化至关重要。韦尔奇读研期间，与一位漂亮的女同学做了出格的事，校园警察要抓他，德雷克莫博士及时出面保护。这件事对韦尔奇影响极大。从此，他的学习热情空前高涨，成绩一路领先，仅用三年时间就取得博士学位，并在心中坚定了以自信为核心的与人为善的信念。

就男人而言，自信更多地源于爱情的幸福、婚姻的美满和家庭的和睦。24岁那年，韦尔奇与他深爱的姑娘卡罗琳成婚。漂亮、练达、聪慧的妻子成为他自信的源源动力。韦尔奇自己也经常无比欣慰地说，恋爱与婚姻美满，是上帝的特别恩赐，也是一生用不完的能源。

二、个性彰显

果敢、敏锐、进取、创新这些特征构成了韦尔奇独具一格的性格。公司人力资源部的备忘录对韦尔奇这样评价：有很大勇气和天生企业家的素质。也指出他"多少有些武断"，"对于复杂的情况更倾向于依靠快速的思维和直觉"。韦尔奇承认，他喜欢"积极的冲突"，既"拥抱人"，也"踢人"，尤其是对那些不能很好履行自己职责的行为总是难以容忍。

他的独特个性及对事物独到的见解，在就业之初已显露出来。洞房花烛，金榜题名，令人满意的工作岗位都是多数人梦寐以求的美事。面对博士学位、美满婚姻、令人羡慕的工作三大喜事接踵而至，韦尔奇并没有像一般人那样陶醉，尤其是对工作的安逸、待遇的优厚并不满意，厌倦情绪一天比一天严重。原因是他追求的是才华的展示和个性的充分张扬。这一核心目标达不到，别的东西再多也激不起他的热情。为此，他正式向公司提出辞职。这一与众不同的举动，被老板发现并引起重视，及时为他调整了中意的工作。一辞一留，更强化了韦尔奇"与众不同"的意识，这比晋职增薪更有意义。

软环境要以硬行动为基础。韦尔奇认为，只有意志坚定的人才有资格谈论诸如"卓越"或者"学习型组织"等所谓软价值，对有些人和有些事必须以面对现实的态度进行处理。因此他被人送了个"中子弹"的绰号。他尽管不喜欢这个绰号，却很满意自己强硬的性格。他不管别人说什么，自己认为没有错，就大刀阔斧地干。只要有利于才华的展示和个性的充分张扬，他就毫不顾忌地向前走。为此，他被评为"美国十大最强硬老板"，列于首位。一个才华横溢、个性独特的韦尔奇就这样知名于美国，进而知名于世界。

三、绝处逢生

就在韦尔奇28岁那一年，通用电气设在美国马萨诸塞州的一间实验工厂发生爆炸事故，所幸的是员工没有受伤。当时担任实验项目负责人的年轻经理杰克·韦尔奇由于优秀的上司——查理·里德没有呵斥他，还细致入微地关心他，由此使他深切感受到了关心与鼓励的力量。这无论对他留任，还是此后发展，都至关重要，尤其是对一个人本质性的激励，其意义之大尤为不可估量。

与这一高明的处置相比，我们经常看到的是，每有事故，通常的惯例是查找责任人，接着是一连串的追究和处分。优秀的人才因一次事故而泯灭，企业因一次事故而一蹶不振。这是很不高明的，也不是以人为本的应有之义。敬业精神得到普遍尊敬，创新精神得到大力提倡，并把敬业和创新的人放在第一位，才是最重要的量人用人原则。由这件事我们还可以想到，延安整风时期毛泽东对许世友的关爱。高明的领导者总是从更高更远处着眼处理问题，这才是大胸襟、大手笔。

　　失败和成功是游戏的两面，没有人可以例外。《棋经十三篇》云："善胜者不争，善阵者不战，善战者不败，善败者不乱……"。希腊神话中的巨人安泰每次被别人摔倒，都从大地获取新的力量，以更强大的姿态重新站立起来。在体育和商业的竞技场上，优秀的选手往往是那些懂得从自己和他人的挫折中吸取教训的人。优秀的教练都是懂得珍惜优秀的人。韦尔奇认为，世界上没有永远的常胜将军，只有不断进取的商业智慧。为此，他经常告诫部下：胜败兵家事，懂输才能赢。

　　四、神奇解析

　　1981年，韦尔奇成为通用电器历史上最年轻的首席执行官（CEO）。一直到他退休期间的20年里，韦尔奇管理下的通用电气的市值增加了30多倍，达到4500亿美元，排名从世界第十位升到了第二位，一直被公认为管理最优秀和最受推崇的公司，以至被称为"盛产CEO的摇篮"，"商界的西点军校"，这无不反映出韦尔奇高出一筹的管理智慧和领导艺术。

第五章 奔月

《老子》中有"善用人者为天下"的论断。韦尔奇最神奇的地方在于他的善于用人和以人为本的科学管理。他从自己的切身经历领悟到,领导者的工作就是每天把世界各地最优秀的人才延揽过来。他在给公司领导者传授的用人秘诀中说:"一个组织中,必有20%的人是最好的,70%的人是中间状态的,10%的人是最差的。""一个合格的领导者,必须随时掌握那20%和10%里边的人的姓名和职位,以便做出准确的奖惩措施。最好的应该马上得到激励或升迁,最差的就必须马上走人。"

之所以能有超过1/3的CEO从通用电气中走出去,除了严格的淘汰机制,最重要的就是无边界的学习型组织。身处其间的每一个经理人无时无刻不在自觉地精心雕刻自己,无人不在准备随时接受更高的挑战。韦尔奇的理念是:在通用,无法保证每个人都终生就业,但能保证他们获得终生就业的能力。

韦尔奇最成功的地方,在于他在GE公司建立起非正式沟通的企业文化。他经常"微服私访",甚至可能直接给全球34万名员工中的任何一位写信或打电话。他喜欢人们都用"杰克"来称呼他。不仅要求雇员,对顾客也是如此。他要求大家放下架子,免掉繁文缛节,顾客永远第一,以开"杂货店"的心态来经营。

管理模式和经营理念随环境的改变而相应调整,是全球市值最高的GE公司保持难得的活力和灵活性的又一秘诀。韦尔奇甚至提出,公司的任何一项业务如果不能在该行业的市场份额占据前三位,或不能够赢利,就应当坚决退出。这一曾引起众多争议的苛刻标准,并没有导致公司营业额的下降,反而使专注于核心业务的GE竞争力更加强大,赢利状况更好。

五、与卓越为伍

韦尔奇的管理理念是:人就是一切。他总是不断提醒他的经理们,不管在哪一个级别上的人,都必须分享我们的激情。今天,我们在他们面前是"大人物";明天,他们回到公司就是事实上的"大人物"。他要求每一个GE经理都记住,在其员工所关心的范围内,"他们就是CEO"。

在他36岁被任命为集团副董事长时,就在他的周围聚集了很多聪明智慧、知识渊博、反应敏捷的员工,在财政、人力资源、战略策划和法律方面有着令人称道的专业技能的杰出人才。

韦尔奇与这些杰出的人在一起,可以敞开思想谈论公司的远景和发展所涉及的一切问题。他们甚至谈总统,谈战争,谈世界范围的商务活动。他们的妻子也会参与其中,共同享受丈夫施展才华的满足。他们还会租一架飞机便于随时行动。他们之间充满着智慧交流的乐趣,紧张工作后休息的乐趣,团队和友谊的乐趣,还有在妻子面前夸耀自己的乐趣。

韦尔奇说,追求卓越要形成一种氛围。在这种氛围里,所有员工都能感到向自己的极限挑战是一件很愉快的事情,追求"数一数二"是一件很惬意的事情,每天面对世界上最强的对手是一件很幸福的事情,自己为此付出110%甚至更多的努力是最乐于去做的事情。

为了推进卓越,更为了永远与卓越为伍,韦尔奇把他的团队分为A、B、C三类。

A类是激情满怀、勇于任事、思想开阔、富有远见的一批人。这些人不仅自己充满活力,而且有能力带动自己周围的人。这类人得到的奖励是B类的三倍,理所当然在提高工资、股票期权及职务晋升等方面有优先权。

B类员工是公司的主体,也是业务经营成败的关键,对他们则是投入大量精力提高水平,希望他们每天都考虑一下为什么没有成为A类,经理的工作就是帮助他们进入A类。对B类员工每年也要确认他们的贡献,提高他们的工资。

至于C类,是指那些不能胜任自己工作的人,他们更多的是打击别人,而不是激励别人;是使目标落空,而不是实现目标。对他们不仅什么奖励也不给,还要使他们时刻感到压力。

为此,韦尔奇甚至说,失去A类员工是一种罪过,我们一定要热爱他们,拥抱他们,亲吻他们,决不失去他们。每有失去的现象出现,都要认真查找失去的原因。并说,绩效管理是人们生命的一部分,我们的活力曲线之所以有效发挥作用,是因为花了10年时间在企业建立起了一种绩效文化。

韦尔奇在商界的影响是令人折服的。世人包括中国人,尤其是商界精英对他的敬重几乎到了顶礼膜拜的程度。有消息称,韦尔奇在京沪4场演讲卷走100万美元。海尔的张瑞敏曾说:"我有一个愿望,就是能有一天和杰克·韦尔奇对话并请教。"

不过,就像我们搞革命不是全盘的苏化,搞市场经济也不是全盘的西化一样,对韦尔奇的学习,我们也一样需要保持清醒和独立思考的头脑。现在,最值得提倡的是冷静的"拿来主义",

而不是盲目的崇拜和简单的照搬照抄。真正弄清了他长我短，又有有效的嫁接方法，一切外来的、过去的、现在的、未来的优秀文化和优势行为，都将成为我们的优势。到了那时候，我们才可以说：优势在我们这里，卓越在我们这里。

第五章 奔月

王选选命

> 命运在于选择。选择命运好像是天大的问题。如果从把握每一个瞬间做起，大问题就变成了小问题。

命运在于选择。

选择是一门艺术，命运选择是这门艺术的精要，或曰首页。如果说人生是一部大书，选择命运则是它的目录和阅读指南。

王选是著名教授，也是选命大家。

人生的路不管多长，多远，多复杂，都是一个个并不复杂的瞬间构成的。把握瞬间就是把握人生。人的一生不可能每一个瞬间都把握得那么好，但关键的几步是必须把握好的。

把握瞬间也是把握伟大。一个人有一个伟大称谓已属不易，而王选教授却有着"当代毕升"、"汉字激光照排系统之父"、"中国现代汉字印刷革命奠基人"、"中国迎接知识经济挑战的先驱"等诸多伟大称谓。每个称谓都标志着他在某领域的巨大成就。在那么多领域取得巨大成就的王选教授，就不是以几条线来标志他的成就，而是像扇面一样展开，甚至像太阳一样以如此圆满和耀眼地展示了自己。

对有这么多巨大成就的王选教授应该从多方面加以研究，但他善于把握瞬间，通过瞬间选择伟大，则更是值得深入研究和切实借鉴的一个重要领域。

王选教授一生经历了八次对瞬间的重要把握,作出了八次成功的选择。这八次选命,每一次都使他的人生大放异彩,并为我们留下重要启示。

第一次是1954年,他选择了北京大学数学力学系。当时好的学生大都选择了数学专业,认为计算数学没有前途。王选的选择正好赶上计算机迅速发展的年代,使他在起步阶段就走在前面,有了先驱意义。这一选择的启示是:选择并不是赶潮流、凑热闹,而是客观分析发展趋势,冷静思考现实需要,正确处理个人与国家、个人空间与时代空间的关系,着眼国家需要的大现实,而不是只考虑个人前途的小现实。一个人只有将个人的命运与国家的前途命运融为一体,才会交上好运,成就好命。"命"字的本义是"命令","从命而利君为之顺,从命而不利君谓之谄。"顺从国家的需要,从有利于国家的兴旺发达作出选择,是关系人生命运的大事。

第二次选择是1961年,他投入软件领域,进行硬件和软件相结合研究,从而使他开创性的人生走向康庄大道。适应时代的需要,投身前沿研究,是一切科学家的正确选择,也是创造性人生的必由之路。但问题在于王选教授为什么总能恰当其时?这除了他总是把国家的"大命运"与自己的"小命运"完美结合外,还因为他有着面向世界、面向未来的远大眼光。是一味埋怨国家落后,还是在困难中看到希望,从困惑中找到出路,以自己的奋斗促进国家的进步,既是做人的"试金石",也是选命的"分界线"。

第五章 奔月

第三次选择是从1962年开始,他决定锻炼英语听力。这看似普通的选择,却对他的辉煌人生至关重要。他深切地体会到,掌握一门至几门外语一生受益。关于这一点,有必要多说几句。对学外语的重要性一般都懂,就是下不了决心,受不起辛苦。陈寅恪精通17国语言,包括一些方言以至失传的少数民族语言。可以想到除了他的天才条件之外,要下多大工夫啊!他留学于许多国家的最高学府,却没有获得过一个博士头衔。他看重和凭借的是真才实学,而不是文凭。这对有"凭"无文是一个极大的讽刺。

我有一个痛切的感受,出了国不会讲英语,回了国不会讲普通话,回到家乡家乡话也说不好,还有行路不会开汽车,给自己的视野和活动造成很大局限。到异国他邦考察,语言不通是最大的障碍;在自己屋檐下看书学习,不懂外文原著,吃别人嚼过的馍,味道差出许多;与乡亲相遇,家乡话说不好,也少了几分亲切。这都是令人痛苦尴尬的事。

人们通常是比物质条件,比长寿常乐。尽管就感受以至享受而言,同样一个脑袋,两只眼睛,两个耳朵,一般人看到的,听到的,思想到的,感受到的,与鲁迅相比,与陈寅恪相比,与钱锺书相比,与钱学森相比,与毛泽东相比,与曾国藩相比,与苏轼相比,那是多大的差距啊!甚至,学生与学生相比,老师与老师相比,专家与专家相比,教授与教授相比,同级干部与同级干部相比,知识、学养、眼光、智慧、心态、思想境界等等,又有多大的差距啊!这一切还说明一点,选择必须与毅力相结合,与远大的抱负相统一。

　　第四次选择是 1975 年开始从事激光照排。他克服了种种困难，解决了当初许多人望而却步的难题，促成了中国印刷革命的成功。拥挤独木桥的最大可能是掉到河里。然而，人们似乎最习惯于这种拥挤。常人最不乐意的是面对困难，伟人最乐于去做的则是挑战困难。常人躲避了困难也远离了伟大，而伟人却在挑战和战胜困难中成就伟大。

　　行驶在高速公路上可以直接感受到直、平、快的快乐，而想想建桥打洞筑路的艰辛，不能不对艰苦的筑路大军心生敬意。一个"大"字，反映了古人伟岸的审美感知，也是一个源自成年男性的整体抽象概念。既要"大"就不能不立于天地间；既要立于天地间，就不能不去做出破天荒的事业；而要做成破天荒的事业，就不能被一个"难"字阻碍。迎难而上是成功者的选择，畏难而怯，必然与"伟大"失之交臂。

　　第五次选择是 80 年代初，他坚定不移地走上商品化、企业化的路子。这一次选择，现在看来算不了什么，当时却是冒天下大不韪的险棋。没有风险的选择是小选择，像风中的沙尘，除了平淡无奇，最多有一点身处迷茫的感觉；有风险的选择是在激流中行舟，虽有危险，也有刺激，更有大希望的召唤。有一位朋友说，桃花源是因为迷路而发现的。一生都走已被证明正确的路确实很安全，但却不会有奇遇和惊喜；走错了路的同时往往巧遇奇险的风光。

　　第六次选择是致力于产业化，开创高校办产业。这也是一大

第五章 奔月

创举。这使我想到，同样是走路，在人生的道路上，常人走别人走过的路，走惯了的路；伟人自创新路，引领时代的方向。一位朋友讲得很深刻，小牌要有大作为必须进入序列。扑克牌中的小"3"子在打升级中，也有轮到做主的时候，如果规则里允许连甩，进入"3、4、5、6、7"组成的集团，还可以轻松击败无序列的大牌，甚至于"JQK"，以至大小王牌。王选教授正因为率先引领高校进入改革的序列，不仅做了一回主，而且以压倒的优势领了时代潮流的先。

第七次选择是进军日本市场，并且把一大批年轻学者带到了市场经济的前沿。这使我想到一件事。一次办出国手续，一位朋友说，出一次国竟有那么多的麻烦。当时我说过一句笑话，成吉思汗进中原没有办手续，拿破仑出国也不办手续。事后想想，这话是不正确的，联系王选教授的创举想想，重大的举动完全可以通过共同愿意接受的方式进行。然而，现实世界，一方面是世界开放经济，一方面是强权下的不平等引发的战争争端。什么时候，完全以市场的规则，和平的方式交换、交流、交往，就该是理想中的世界大同了吧。人生放大了看，可以在序列中游刃有余，也可以在无序中创造新的秩序，何去何从，全在内心抉择。

第八次选择是进军广电业，包括广告制作、资料检索，以及整个过程的智能管理。王选教授一路走来，一路选择，常会别开生面、别有洞天。他的人生像时针一样，把握一点，八面展开，数字一路飞升，"人"字更加完整。这才是完美的人生。

人生是听天由命，还是明知不可为而为之？有人说："自己努力不可及的事，听天命，这是恬淡之心情；自己努力可及，但难以成功的事，尽人力，这是发奋之心气；失败了不仅有道义价值，而且对后人有铺垫意义的事，就要明知不可为而为之，这是勉励之心劲。"这话说得很好，我把它抄在这里，认为不仅代表我的心情，也可以代表我揣度到王选教授的人生选择。

　　背运来自索取，顺境来自奉献。乐于奉献的人会有不成功，但永远不会有失败。正因为如此，王选教授的每一次选择都是事业的提升，生命的升华。他之所以不断地由一个前沿冲向又一个新的前沿，使已有价值的人生获取新的更大的价值，归根结底是因为他始终把自己的命运纳入民族与人类的命运。

　　王选教授的每一次选命，都值得我们好好想一想，想好了而去果敢行动，你的人生将可能辉煌接辉煌。

第五章 奔月

我钦佩的两个人

> "伟大的人,在他心目中一定认为伟大也算不了什么。"人生本色,本色人生,才是真人生。

我多次说过,非常佩服两位成功而不居功、始终保持农民本色的人。一位是连任十届全国人大代表的申纪兰;一位是白手起家,致富一村,拥有几十亿资产却朴实无华的陈忠孝。

尽管他们的荣誉或财富如此引人注目,尽管荣誉或财富在当今社会是成功的主要标志,尽管荣誉或财富达到这样一个层次,在一定范围已罕有其匹,我敬佩的却不是这些,或者说主要不是这些,而是一个人的情况不管发生怎样的变化,荣誉或财富不管怎样接踵而至,颂扬和赞美之声不管怎样排山倒海而来,他们原来是怎样的质朴现在还是怎样的质朴,原来是怎样的勤劳现在还是怎样的勤劳,原来是怎样的与人为善现在还是怎样的与人为善。这是多么难能可贵的品质啊!

经常遇到有人预支自己,好像让他当总统必定做世界上最伟大的总统。其实,这种人也就是说说大话而已,或者说岂止而已,有朝一日还可能走向反面。我没有听说申纪兰和陈忠孝预支过自己。他们只是坚持做人本色,本色做人罢了。

这"本色"二字分量很重,做到了弥足珍贵。

不知是什么原因,"本色"二字在申纪兰、陈忠孝身上体现的如此出色。我穷心剧力、穷源竟委也想不出简要而明确的答案。申纪兰事迹展览馆中有这样几句话：一个人做点好事并不难，难的是一辈子做好事而不做坏事。申纪兰几十年如一日，为人民服务始终如一，艰苦奋斗始终如一，严于律己始终如一，淡朴无华始终如一。这显然进一步说明了她的本色，但却不是答案，不是准确、本来意义的回答谜面的谜底。

为找到答案，我继续苦苦思索探究。一天晚饭后，拿起一本书随手翻着，只见上面明明白白写着这样两句话。一句是"伟大的人，在他心目中一定认为伟大也算不了什么"；再一句是"如果你面对正确的方向，你需要做的就是一直往前走。"第一句话没有查出是谁说的，第二句话却明白无误出自释迦牟尼之口。

以敬佩的目光注视两位劳模，以虔敬的心态领会至尊语录，一霎时，随着心灵的净化和认识的升华，我自己似乎也随之高尚了许多。继之脱离尘埃，脱离卑俗，不断向着高洁，向着伟大和深广升上去。我好像看见太阳红得那样纯洁，白云蓝天没有受到些许污染，雨随人愿，风长志气，凤凰来朝，麟显于野，一切的一切是那样美好和令人舒心。

我鄙夷低俗，厌恶贪婪，崇敬高尚与伟大，却更赞美本色。

我目前还没有想清楚，这一思想是受传统文化影响的结果，还是对生活的体悟，却毫不犹豫地认为这才是做人的真谛，这才是像中庸那样并不是轻易就可以做到的一种境界。

好像是老子说过，众人喜爱的，是高高在上，喧嚷躁动，引人重视；众人厌恶的，是处于低下，没有赫赫功名，这与水流向

第五章 奔月

低处、无声无息的特征正好相反。不过，众所厌恶至少是不在意的水的特征恰恰与"道"接近。老子主张"上善若水"，像水那样"避高就低"，像水那样"保持沉静"，像水那样"简洁清明"，像水那样"应变自如"，像水那样"无怨无悔"。

孔子也说过"人莫鉴于流水，而鉴于止水。唯止能止众止。"庄子对孔子的这一看法是肯定的。心若止水才能镜见一切，才能以静制动，在自然而然中把握主动。只有真正达到止的境界、定的境界，才能够停止一切的动相达及宁静致远。人心不能像止水一样澄清，就永远没有智慧。

释迦牟尼从水性至洁说过"大海不容死尸"。表面上看，大海虽能藏污纳垢，本质却是水净沙明、晶莹剔透。这也是高尚而伟大的人既有容人之量，又不受小人迷惑的原因。

道、儒、佛三家的至尊以水言世，以水喻理，正好说明道家的谦下养生，儒家的精进利生，佛家的圣洁无生。

面对三面镜子，何去何从，全在于自照、自知、自处。如果能对三者融会贯通，合而为一，贯彻终身，必定是更真、更纯、更本色的人生。

北大教授李零先生把他研究《老子》的著作实名为《人往低处走》。其中讲到，俗话说，人往高处走，水往低处流。但老子却说，能居众之所恶，如居下流，水溱归焉，是近于道的境界。达到这种境界，将有七善，对人对己，对什么都好。这大概就是"人往低处走"的恶义。

申纪兰和陈忠孝不正是这样吗？或者说，他们二位即便不是自觉这样，也是自然这样；不完全是这样，至少心态及其主要行为是这样。"这样"已成为他们的思想和行为习惯，不知不觉就"这样"，才是真"这样"。

"故必贵，而言贱为本；必高矣，而以下为本。"一些位高名显的人常常忘记这个常识。不是将自身付与事业，而是付与张狂。一切努力变成张狂的资本，最终是连利带本被张狂吞没——任何数乘以0等于0。在老子看来，如果能以对待自己身体的态度去治理天下，天下就可以托付给你了；如果能像爱护自己的身体那样去治理国家，把国家大事交付给你，也就可以放心了。我还想补充一句，如果爱惜自己的清廉之名像爱护自己的眼睛一样，自己也就可以对自己放心了。

诚然，老子讲的是政治哲学，但也适用于普遍的做人处世。上面讲到的两位劳模，未必从理论上研究过这一问题，但他们所做到的却比许多作过深入研究的人还要好。这又应了老子另外的话："是以圣人处无为之事，行不言之教"，"为而弗志，功成而弗居"。我在读过这段书后，批过一句话：老子的境界极高，圈子很大，总是把上下以及相互之间的关系考虑的很周全，而其深度和意义还不仅于此。我猜度，申纪兰和陈忠孝两位劳模在本质上也正是这样要求自己的。相比之下，那些不择手段争位于朝，争利于市，特别是损公肥私、损人利己的人，不光是境界不高，愚蠢的成分也太多了一些吧。

"大美不言"，好像在庄子看来，天衣无缝，天章云锦的大美；天半朱霞，云中白鹤，山间明月，水上清风的大美；奇峡大

第五章　奔月

壑，渺渺微波，浩浩江流的大美；寒光积雪，大漠孤烟，落日余晖的大美，所有这一切自然之美，博大之美，至善至美，有谁见过它们夸夸其谈。

"天地有大美而不言，四时有明法而不议，万物有成理而不说。"天地的大美，四时的序列，万物的枯荣，都是那样自然而然，既不自大，也不自卑；既有秩序，又不刻意；既有长者风范，又有青春活力。相对而言，不知要渺小多少倍，或者说无限渺小的人在宇宙及其基本规律面前，只有虔敬的本分。一切的发明，一切的创造，不过是循其规律、用其微妙，最多可以做到"用管窥天，以锥指地"而已。

外国人把钱锺书比作万里长城，关于钱先生的学问，在我所遇到和在书上看到的人当中，还没有听到谁说过可以与他相提并论，但他学术价值极高的，打通古今中外文化的，囊括古今中外人文学科所有门类的，也是他最满意的巨著，书名却是《管锥编》。

申纪兰和陈忠孝，就书本知识而言，不但不能与钱锺书相比，就连普通大学教授，自然也难以相比。然而，就他们二位的本质、胸怀、行为而言，使人自然而然想到高山大海，虽有其增减，却永远是那样自然，永远是那样本色，永远是那样令人景仰。面对两位高山仰止的劳模，我更坚定了这样一个信念，做人就应该以他们为楷模：本色如此，如此本色，永远本色。

人生本色,本色人生,才是真人生。

第五章　奔月

"只有我能做到"

> 不讲任何条件，全心全意，毫无保留完成任务的人，过去、现在，以至一万年以后都受欢迎。

一位朋友问我，你相不相信当领导的有两怕？问到怕什么？回答说，一怕不听话，二怕不主动。我说，这都是对下，对上也有一怕，就怕不信任。

他意味深长地说："信任是双方的。干工作，多有几个像罗文那样的人就好了。"

罗文是谁？罗文就是《致加西亚的信》一书中的送信人。该书作者艾尔伯特·哈伯特是纽约 Roycrofters 公司创始人和总裁，《菲利士人》和《兄弟》杂志的编辑。他以罕见的经营天赋和写作才华被称为"东奥罗拉圣人"。他的这篇短文，最早发表在 1899 年的 Philitine 杂志上，后来被收录在戴尔·卡耐基的《人性的弱点》一书中。几乎世界上所有的语言都翻译过这篇文章。日俄战争中，俄国士兵人手一册，随身携带，随时学习。日军从俄俘身上发现后，相信这是一件法宝，把它翻译成日文，天皇下令发到所有军人和国家公务员手中。该书作为单行本被美国《哈奇森年鉴》和《出版商周刊》评为有史以来全球最畅销图书第六名（第一名是《圣经》，第二名是《毛主席语录》）。1995 年中国的《南风窗》杂志转载了这篇短文。2002 年，我在书店遇到这本书后,发给本单位同事学习讨论一周。

这本书并不是什么鸿篇巨制,而是一本只有支票簿大小的书。但书中所推崇的关于敬业、忠诚、勤奋的思想影响了一代又一代人,一个又一个国家。世纪之交,有人把它送给美国总统布什。布什读后说:"这本书太可怕了,它把一切都说了。"他在签名簿上写下自己想说的话,并解释说:"我把它献给所有那些在政府建立之初与我们同行的人们……我寻找那些能把信带给加西亚的人,让他们成为我们的一员。那些不需要人监督而且具有坚毅和正直品格的人正是能改变世界的人!"

书中的故事发生在1898年,说的是美西战争爆发后,美国必须立即跟古巴起义军首领加西亚取得联系,选择出色的送信人成为至关重要的问题。有人把一个叫罗文的中尉推荐给总统,说只有他能把信送给加西亚。罗文中尉接过信后,并没有问"加西亚在哪里,他长的什么样子,怎样与他取得联系,我如何才能到达那儿?"只是默默地接受了命令,而且做了他应该做的事——把信送给加西亚。

对罗文中尉这种不讲任何条件、全心全意、毫无保留地完成上司交给的任务的敬业精神,作者写道:"像他这种人,我们应该为他塑造不朽的雕像,放在每一所大学里。年轻人所需要的不只是学习书本上的知识,也不只是聆听他人的种种指导,而是更需要一种敬业精神,对上级的托付,立即采取行动,全心全意去完成任务——把信送给加西亚"。

以艾尔伯特·哈伯特推崇的罗文精神为标准,来端量我们周

第五章 奔月

围的人，大体可以分为五种类型：第一类是像罗文那样无需任何吩咐和指导，总能主动而圆满地完成工作任务；第二类是接到任务后，能积极行动，较完满地做好工作；第三类是连续告诉他几次之后，才去履行自己的职责，还能做些工作；第四类是在工作中懒散拖沓，往往是在被逼之下才开始行动，在工作中总会摆出这样那样的困难；第五类是不仅工作的每一步都要告诉他怎么办，而且总会留下一些遗憾，耽误一些事情。这五类人当中，第一类人是令人肃然起敬的"只有他行的人"，第二类是较为优秀的人，第三类是尚可容忍的人，第四类是经常受批评的人，第五类是即将被炒鱿鱼的人。世界上的事也许无此简单，但标准和规章却应该是这样的。

由此，使我想到吃药与消化系统的关系，以及与血液的关系。第一，用药需对症。第二，药通过消化系统进入血液而发生作用。人体的差异很大，同样的病要考虑人体的差异，考虑过敏和副作用等等。教育工作比医生治病还要复杂。对上述五种类型的人，不同的人用不同的药是一个方面，注重研究每个人的身体素质是更重要的方面。我们的教育如何像医生治病，对症下药，精心护理，扶正祛邪，真正通过消化系统，将药能转化到血液中，集中到病灶上，是值得认真研究的问题。

我在本书中所写到的，从苏格拉底到孔夫子，从耶稣到释迦牟尼，从林肯到孙中山，从马克思到毛泽东，从黄继光到雷锋，从申纪兰到吴仁宝，从安德鲁·卡耐基到陈忠孝，他们都是追求极限和努力到极限的榜样，都是圣人或具有圣人品格的人，都有令人敬仰的"只有我能做到"的典范意义。然而，不管是一个单位，还是一个国家，大批需要的还不是圣人，而是把信送给加西亚的人。这样的人虽然暂时还不是圣人，却也是甘心努力到极限的榜样，是世界上最受欢迎的人。

把《致加西亚的信》作为励志成功的著作，急切地得到它，仔细地读几遍，把书中所弘扬的精神作为做人做事的标准，以诚信敬业、忠于职守、乐于服从、善于思考、勤于工作、甘愿吃苦、品格正直来书写自己的人生，在自己的心中牢固树立"只有我能做到"的信念，在他人的眼中塑造"只有他能做到"的形象，对每个行进在人生道路上的人来说都是至关重要的。

小至一个单位，大至一个国家，在每个人心中牢固树立起"只有我能做到"的信念，在大家的眼中总是对"只有他能做到"的人肃然起敬，立为楷模，这是多么重要的原动力，多么丰富的创造力，多么巨大的生产力啊！

后记

后 记

这本小书，写写停停，停停写写，改来改去，不知不觉，两个寒暑过去了。

这两年，是我有生以来最紧张、充实、愉快的两年，也是于天时、地利、人和感受最深的两年。有人不堪其苦，以为是自讨苦吃，其实苦中求乐，乐在其中，乃是至乐。

人生难免苦恼于天地过于狭小，心态狂一点，快乐的空间自然扩大。笔墨游戏狂一点有什么不好呢？一位朋友说得好，人不狂思死气沉沉，文无狂论平淡乏味。突出一个"狂"字，营造几多轻松，原本是我写作的初衷。写着写着，却无缘无故、不由自主多了若干沉重，甚至似有似无的忧愤情绪。这是我最为不满意的。不过，我也并非不明白，再狂又能狂到哪里去呢？人生不就是一个框吗？生于此框，成于此框，死于此框，莫不说今世，即便将前世和来世都加上，仍然跳不出此框。

李国文先生好像对这"沉重"很有同感，他来信说尤其喜欢《文人无过》这一篇。并说，人到五十岁都是哲学家。当年，我是五十五岁，应该也在此列。是不是哲学家无所谓，是什么家也不是自封的，只要在"都是"范围就好。《人民日报》杜英姿好像对我的《孔子出国》特别感兴趣，挑出来发表在《大地》杂志上。网上网下的朋友凑趣的很是不少。这或多或少为我并不冷静的心又添了热度。无论如何，用去两年当中的一部分生命，换下这样一些文字，内心确有些许欣慰。这欣慰仍然不是对自己满意，而是忙里偷闲紧张笔耕后的一点轻松。或许还有舔犊的快慰，却无暇如老牛般专情。于是，我憎恨这人世的繁琐与嘈杂。

要付梓了，却也生出不忍相离的感觉。我知道这样的离别是很让人心冷和无以聊赖的。尤其围绕这本小书与诸位朋友朝夕与共的切磋琢磨，很有些战斗的情调和情谊在内，一旦失去，是万难割舍和很让人依恋的。

诚然，我们依然可以朝夕相处，但没有这样一个所依，或者换一个依托，将是别一种相处。这当中，包括我的老妻或于子夜时分端上一杯香茶，一碗热奶，或于我痴迷于文字之时促我休息，往往是将醇厚的情爱、关切与几分埋怨一并倾泻于我。几位挚友，或作为"背靠的大树"，或作为"第一读者"，或作为"一字之师"，或作为常识性错误、谬误的指出者，或作为查阅资料、打印校对的"热心襄助者"，都与我有着共同的爱好与追求，都是以友爱为重聚首相会在一起的，都为这本小书付出了心血、汗水、智慧，以至宝贵年华的一部分，都充分体现出以情谊为重的美德。我的老朋友著名画家吴其树先生，对我多有鼓励，并亲自设计封面，令我感激不尽。

表达情谊的方式多种多样，但相互间的情谊一旦达到一定高度，竟会堵塞选择的心路。我不知道用怎样的方式表达对不厌其烦、共同推敲的诸位朋友的情谊，只能对其中的钮宇大、安瑞祥、秦晓旺、王涌、宋振江、郭岢峰、申建刚、杨帆、王丽芳以及不能一一列举的朋友致以诚挚的谢忱，并向出版方面的朋友

后记

致谢！

　　我与于辅仁老师由机缘相会而巧遇，已是这本书成稿之后较久的事了。他是一位最平常也最不平常的人。他好像天生是一位像庄子一样的逃名者。他追求的是释尊的境界。为我写书评的认识的不认识的老师很多几位，把于老师的《金字塔边的随想》作为代序，也应该是特别的机缘吧。在此我还想说，对于于老师，任何感谢的话都是多余的，所以也就不把他放在致谢之列了。

段爱民于暮春三月记于百花书丛
及友谊春水荡漾涟漪间

　　以上后记，去今十年，这本小书的原有版本，也在朋友间存阅近十年了。所幸经典是不会过时的，我的这本可算是对经典的心悟暂时似乎也没有过时，以至有朋友鼓励说它"历久而弥新"。更多的话似乎无须再说，在此对出版社的李广洁、贺权以及我没有会过面的诸位先生深表谢忱吧。

2015年11月18日作者附记